创新型素质教育精品教材

弘扬中华传统文化经典教材

古诗词选读

主编　张庆生　刘守昌　杨俊灵

镇　江

内 容 提 要

正所谓“不读诗词，不足以知春秋历史；不读诗词，不足以品文化精粹；不读诗词，不足以感天地草木之灵；不读诗词，不足以见流彩华章之美”。古诗词是中华优秀传统文化的重要组成部分，是中华民族不可或缺的精神资源。本书共分为六篇，包括家国情怀篇、理想励志篇、哲理理趣篇、节日文化篇、惜时劝学篇和咏物抒情篇。所选篇章有感人至深的家国情怀，有催人奋进的理想追求，也有发人深省的真知灼见和沁人心脾的情感魅力。全书结构完整，体例丰富，版面精美，在轻松、愉悦的学习过程中，引导学生领略中国古典诗词的魅力，陶冶情操，提升智慧，丰富人生。

本书既可作为中等职业教育的教学用书，也可作为中国古典文化爱好者的收藏读物，同时还适合广大诗词爱好者学习参考。

图书在版编目（ＣＩＰ）数据

古诗词选读 / 张庆生，刘守昌，杨俊灵主编. -- 镇江 : 江苏大学出版社，2017.6（2023.8 重印）
ISBN 978-7-5684-0500-3

Ⅰ. ①古… Ⅱ. ①张… ②刘… ③杨… Ⅲ. ①古典诗歌－诗集－中国 Ⅳ. ①I222.72

中国版本图书馆 CIP 数据核字(2017)第 133363 号

古诗词选读
Gushici Xuandu

主　　编 / 张庆生　刘守昌　杨俊灵
责任编辑 / 周凯婷　米小鸽
出版发行 / 江苏大学出版社
地　　址 / 江苏省镇江市京口区学府路 301 号（邮编：212013）
电　　话 / 0511-84446464（传真）
网　　址 / http://press.ujs.edu.cn
排　　版 / 北京谊兴印刷有限公司
印　　刷 / 北京谊兴印刷有限公司
开　　本 / 787 mm×1 092 mm　1/16
印　　张 / 17
字　　数 / 393 千字
版　　次 / 2017 年 6 月第 1 版
印　　次 / 2023 年 8 月第 9 次印刷
书　　号 / ISBN 978-7-5684-0500-3
定　　价 / 42.00 元

如有印装质量问题请与本社营销部联系（电话：0511-84440882）

本书编委会

主　编： 张庆生　刘守昌　杨俊灵

副主编： 刘福亚　邓胜利　汪伯超　赵德功

参　编： 梁永亮　刘良安　贾廷树　师群力

葛永红　王兴华　朱　姝　郭小辉

郭文庆　谭玉振　张锦军　陈新峰

王云起　王东伟　冀　莉　刘立新

前言

让古诗词成为中职学生成长成才的动力

古诗词是中国传统文化的精华、瑰宝。在中职学校开展古诗词学习活动，对于传承中国优秀传统文化，培育中职学生的人文精神与人文素质，提高学生的品格、品行和品味，具有重要的作用和意义。

一、古诗词言志传情，具有深刻的精神价值和教化作用

党的二十大报告提出，“中华优秀传统文化源远流长、博大精深，是中华文明的智慧结晶”，要“传承中华优秀传统文化”。中国是一个诗的国度，古诗词是中华优秀传统文化的重要组成部分，是中华民族不可或缺的精神资源。那些感人至深的家国情怀、催人奋进的理想追求、发人深省的真知灼见、沁人心脾的情感魅力及引人入胜的深邃意境，不仅传递着古诗词的形式美和韵律美，而且蕴含着崇高的人格美和深刻的智慧美。古诗词是穿越时空、直切当代、历久弥新的民族精神符号，是一股永不衰竭的精神源泉，富含强大的政治影响力、思想凝聚力、道德规范力和艺术感化力，具有鼓舞人心、催人奋进的精神力量，以及潜移默化的道德教化作用，是感染、指引、激励一代又一代中国人成长的正能量。

诗词教育有着悠久的历史传统。《礼记·经解》云：“其为人也，温柔敦厚，《诗》教也。”“不学诗，无以言。”古诗词是中华民族精神的教科书，是帮助学生开启精神世界的金钥匙，是学生成长的营养剂。有学者说，没有一眼富有诗意的感情和审美的清泉，就不可能有学生全面的智力发展。而诗词同清泉一样，润物无声，打动学生的情感，陶冶学生的心灵，让其素质向真善美的方向转化；提高其审美情趣，升华其道德情操，促使其实现全面发展。读诗词可以养浩气、骨气和灵气，可以育诗性思维、人生智慧和人格操守。

中职学生作为祖国明天的接班人和建设者，以什么样的素养品质、精神风貌去实现中华民族伟大复兴的中国梦，是职业教育面临的现实课题。弘扬中华传统优秀文化、树立和践行社会主义核心价值观，是职业学校立德树人的责任和使命。学习古诗词以天地为经纬的大胸怀、大格局，润泽人心的中华情，一片冰心在玉壶的纯洁精神，以及吃苦耐劳、坚忍不拔的优秀品质，既是学生传承中华传统文化、践行社会主义核心价值观、增强文化自信和行动自觉的需要；又是学生涵养性灵、锤炼气质、完善人格、提升精神品质、蓄积前行动力的选择。

二、古诗词浩如烟海，拥有适切的教育资源和精神营养

明代谢榛认为，一首好的诗词“诵之行云流水，听之金声玉振，观之明霞散绮，讲之独茧抽丝”。结合中职学生在校学习的具体情况和人文素质教育的实际需要，突出针对性、人文性、典型性、系统性，坚持思想性和艺术性相统一，披沙拣金，我们编选了这本适合中职学生学习的古诗词读本。家国情怀是从古至今无数华夏儿女最普遍的情感共识和情感底色，由家国情怀衍生出来的爱国主义诗词，成为中华民族赖以生存与发展的“根”和“魂”，为一代又一代中华儿女提供了精神归依和心灵居所，成为涵养社会主义核心价值观的重要源泉。学习这类诗词能使学生增强对祖国高度的认同感、归属感、责任感和使命感，有助于学生描绘大写的人生、成就不凡的意义。理想抱负是人生的方向盘和航标灯，指引人乘风破浪、斩关夺隘、奋勇前行。如屈原所说，“亦余心之所向兮，虽九死其犹未悔”。古诗词中，处处洋溢着这种追求理想、热烈真挚的情怀。学习此类诗词，能荡涤灵魂、提升境界，高扬理想的风帆，点亮生命的精彩。哲理诗蕴含着益人神智的诗情和理趣，给人以哲理的思考和深刻的启示，启迪人们更深入地认识生活的真谛，在给人以一种富于哲理的美感享受的同时，促人奋发向上，追求美好的生活。励志诗“有的像心灵鸡汤，营养而鲜美；有的就是萝卜白菜或粗茶淡饭，却是生命之必需”（徐潜语）。

学习这类诗词可使学生既获得知识，又得到智慧；既获得艺术享受，又得到思想启迪，培养积极的人生态度和健康的人文素养。传统节日，是人们日常生活中的重要一环，起着丰富精神文化生活，继承和传播传统文化的重要作用，与社会主义核心价值观相融相通。许多文人骚客写下关于春节、元宵、清明、端午、中秋等节日的诗词，珍存着中华民族的独特文化记忆，折射出千百年来积淀凝聚的民族认同。学习这类诗词，可以让学生了解节日的意义，传递团圆、忠孝、和谐、仁爱、诚信、爱国等精神理念。“贫者因书富，富者因书贵。”中华民族有着珍惜时光、崇尚学习的传统，一些脍炙人口的惜时劝学诗启人心智、扣人心弦。

学习这类诗词，可使人深受教益和启发。咏物写景诗清新自然、意趣横生、耐人寻味，可以培养学生对景物的敏锐观察能力、遣词造句的才华和高雅的审美情趣。把上述诗词筛选出来、链接起来，形成厚重的人文素质教育读本，展示中华文化的瑰丽与神奇，既给学生提供了认识中国社会的发展、体会古人生活和生存状态的审美范本，又发挥了以诗词为载体的育人方式的独特作用。

三、古诗词言简义丰，蕴藏充足的思想真谛和行动力量

英国诗人布莱克说：“一粒沙里一个世界，一朵花里一座天堂。”“学诗可以情飞扬、志高昂、人灵秀。”学习诗词在更深层的意义上，不是为了学诗词而学诗词，而是为了启迪人的智慧，丰富人的内涵，提升人的境界，影响人的终身发展。

与诗词为友，为人生奠基。挥洒诗韵芬芳，助力梦想远航。倡导“阅读生活化、学习

终身化”的新理念，让师生亲近诗词书籍，努力营造热爱古诗词、吟诵古诗词、传播古诗词的文化氛围。阅读是获得思想资源最为重要的途径，也是我们眷顾内心的最重要的方式。诗人创作时的目标、心态、情绪，诗词传递出来的思想、意境、韵味，我们只有通过沉下心阅读，下功夫阅读，才能体会深刻、受益匪浅。教师讲诗词意境、情感、韵律和技法，让学生感知中华优秀传统文化中的民族精神、道德情操和人文涵养，强烈地激起学习兴趣；教师声情并茂地范诵，使学生们走进诗词的境界之中，心灵得到洗涤，思想受到洗礼和淬炼，从而大大提高背诵诗词的积极性。学校要搭建诗词沙龙、诗词班会、诗词漂流、诗词竞赛等形式的平台，掀起学、诵诗词的热潮。

“胸藏文墨怀若谷，腹有诗书气自华。”愿诗词陪伴学生快乐成长，收获幸福。

目　录

家国情怀篇

理想励志篇

哲理理趣篇

节日文化篇

惜时劝学篇

咏物抒情篇

家国情怀篇

家国情怀，在古诗文中有着最广泛的体现。曾有人做过研究，陆游是古代写诗留存最多的诗人，一生留下近万首诗作，其中一半抒写家国情怀。其实何止陆游，中国历史上这样的诗人、诗文不胜枚举。还是在锦官城，还是在浣花溪畔，一位诗人在他所栖身的草堂里发出了这样的呐喊——“安得广厦千万间，大庇天下寒士俱欢颜，风雨不动安如山！”这位诗人就是一代“诗圣”杜甫。在那个萧瑟的深秋之夜，怒号的狂风卷走了草堂屋顶上的茅草，诗人不禁感叹身世漂泊、世道艰辛，然而，他考虑的不仅仅是自己个人的不幸，更为天下所有读书人呼喊：如何能得到千万间宽敞高大的房子，庇护贫寒的读书人，让他们开颜欢笑？诗人最后甚至说道：“何时眼前突兀见此屋，吾庐独破受冻死亦足！”这是何等广阔的胸怀！时光流转，家国情怀不仅是永恒珍贵的历史文化遗产，而且已经成为中华民族固有的文化基因。在当今时代，再读一些古代经典吧，愿那份绵长的家国情怀永远赓续，在一代又一代人的心中生根发芽，传承恒远。

国殇[①]

［战国］屈原

操吴戈兮被犀甲[②]，车错毂兮短兵接[③]。
旌蔽日兮敌若云[④]，矢交坠[⑤]兮士争先。
凌余阵兮躐余行[⑥]，左骖殪兮右刃伤[⑦]。
霾两轮兮絷四马[⑧]，援玉枹兮击鸣鼓[⑨]。
天时怼兮威灵怒[⑩]，严杀尽兮弃原野[⑪]。
出不入兮往不反[⑫]，平原忽兮路超远[⑬]。
带长剑兮挟秦弓[⑭]，首身离[⑮]兮心不惩。
诚既勇兮又以武[⑯]，终刚强兮不可凌[⑰]。
身既死兮神以灵[⑱]，魂魄毅兮为鬼雄[⑲]。

作者简介

屈原自幼勤奋好学，胸怀大志。早年受楚怀王信任，任左徒、三闾大夫，常与怀王商议国事，参与法律的制定，主张章明法度，举贤任能，改革政治，联齐抗秦，提倡“美政”。在屈原的努力下，楚国国力有所增强。

注释

① 国殇：指为国捐躯的人。

② 操吴戈兮被犀甲：手里拿着吴国的戈，身上披着犀牛皮制作的甲。吴戈：吴国制造的戈，当时吴国的冶铁技术较先进，吴戈因锋利而闻名。被：通“披”，穿着。犀甲：犀牛皮制作的铠甲，特别坚硬。

③ 车错毂兮短兵接：敌我双方战车交错，彼此短兵相接。错：交错。毂：车轮的中心部分，有圆孔，可以插轴，这里泛指战车的轮轴。短兵：指刀剑一类的短兵器。

④ 旌蔽日兮敌若云：旌旗遮蔽日光，敌兵像云一样涌上来。极言敌军之多。

⑤ 矢交坠：两军相射的箭纷纷坠落在阵地上。

⑥ 凌：侵犯。躐：践踏。行：行列。

⑦ 左骖殪兮右刃伤：左边的骖马倒地而死，右边的骖马被兵刃所伤。殪：死。

⑧ 霾两轮兮絷四马：战车的两个车轮陷进泥土被埋住，四匹马也被绊住了。霾：通“埋”。古代作战，在激战将败时，埋轮缚马，表示坚守不退。

⑨ 援玉枹兮击鸣鼓：手持镶嵌着玉的鼓槌，击打着声音响亮的战鼓。先秦作战，主将击鼓督战，以旗鼓指挥进退。枹：鼓槌。鸣鼓：很响亮的鼓。

⑩ 天时怼兮威灵怒：天地一片昏暗，连威严的神灵都发起怒来。天时：上天际会，这里指上天。怼：怨恨。威灵：威严的神灵。

⑪ 严杀尽兮弃原野：在残酷的厮杀中，战士们全都死去，他们的尸骨被丢弃在旷野上。严杀：残酷的厮杀。一说严壮，指士兵。尽：皆，全都。

⑫ 出不入兮往不反：出征以后就不打算生还。反：通“返”。

⑬ 忽：渺茫，不分明。超远：遥远无尽头。

⑭ 秦弓：指良弓。战国时，秦地木材质地坚实，制造的弓射程远。

⑮ 首身离：身首异处。心不惩：壮心不改，勇气不减。惩：悔恨。

⑯ 诚：诚然，确实。以：且，连词。武：威武。

⑰ 终：始终。凌：侵犯。

⑱ 神以灵：指死而有知，英灵不泯。神：指精神。

⑲ 鬼雄：人战死了，魂魄不死，即使做了死鬼，也要成为鬼中的豪杰。

译文

手拿吴戈啊身穿犀皮甲，战车交错啊刀剑相砍杀。
旗帜蔽日啊敌人如乌云，飞箭交坠啊士卒勇争先。
犯我阵地啊践踏我队伍，左骖死去啊右骖被刀伤。
埋住两轮啊绊住四匹马，手拿玉槌啊敲打响战鼓。
天昏地暗啊威严神灵怒，残酷杀尽啊尸首弃原野。
出征不回啊往前不复返，平原迷漫啊路途很遥远。
佩带长剑啊挟着强弓弩，首身分离啊壮心不改变。
实在勇敢啊富有战斗力，始终刚强啊没人能侵犯。
身已死亡啊精神永不死，您的魂魄啊为鬼中英雄！

赏析

在屈原生活的楚怀王和楚顷襄王时代，秦国经过商鞅变法，在战国七雄中后来居上，扩张势头咄咄逼人，楚国成为其攻城略地的主要对象之一。但楚怀王放弃了合纵联齐的正确方针，一再轻信秦国的空头许诺，与秦交好，当秦国的诺言终成画饼时，秦楚交恶便不可避免。自楚怀王十六年（前 313）起，楚国曾经和秦国发生多次战争，都是秦胜而楚败。在屈原生前，据统计，楚国就有 15 万以上的将士在与秦军的血战中战死疆场。

这是一首追悼为国捐躯将士的挽歌，也是一首咏唱爱国精神和英雄主义的颂歌。此诗分为两节，第一节描写在一场短兵相接的战斗中，楚国将士奋死抗敌的壮烈场面；第二节颂悼楚国将士为国捐躯的高尚志节，歌颂了他们的英雄气概和爱国精神。全诗生动地描写了战况的激烈和将士们奋勇争先的气概，对雪洗国耻寄予热望，抒发了作者热爱祖国的高尚情操。全篇风格悲壮，情调激昂。诗人赞美将士们活着是人中豪杰，死后是鬼中英雄，把强烈的英雄主义色彩和积极的浪漫主义精神融汇在全诗之中，尤其最后一句“身既死兮神以灵，魂魄毅兮为鬼雄”成为挽赞舍生取义英雄的千古佳句。情感真挚炽烈，节奏鲜明急促，抒写开张扬厉，传达出一种凛然悲壮、亢直阳刚之美，在楚辞体作品中独树一帜。

知识链接

屈原负石而投河，行之难为者

楚襄王即位后，屈原继续受到迫害，并被放逐到江南。楚顷襄王二十一年（前 278），秦国大将白起带兵南下，攻破了楚国国都，屈原的政治理想破灭。屈原对前途感到绝望，虽有心报国，却无力回天，只得以死明志，在同年五月怀恨投汨罗江自杀。百姓听到噩耗很悲痛，争先恐后地来打捞他的尸体，结果一无所获。于是，有人用苇叶包了糯米饭，投进江中祭祀屈原，这种祭祀活动一年一年流传下来，渐渐成为一种风俗。

学思践悟

1. 端午节的来历及习俗有哪些？
2. 你知道“楚辞体”是怎样的文体吗？

白马篇[①]

［三国魏］曹植

白马饰金羁[②]，连翩[③]西北驰。借问谁家子，幽并游侠儿。
少小去乡邑，扬声沙漠垂。宿昔秉良弓，楛矢何参差[④]。
控弦破左的，右发摧月支。仰手接飞猱[⑤]，俯身散马蹄。
狡捷过猴猿，勇剽若豹螭[⑥]。边城多警急，虏骑数迁移[⑦]。

羽檄[8]从北来，厉马登高堤。长驱蹈匈奴，左顾凌鲜卑。

弃身锋刃端，性命安可怀？父母且不顾，何言子与妻！

名编壮士籍，不得中顾私。捐躯赴国难，视死忽如归。

作者简介

曹植（192—232），三国曹魏文学家，建安文学代表人物。字子建，沛国谯（今安徽省亳州市）人。魏武帝曹操之子，魏文帝曹丕之弟，生前曾为陈王，去世后谥号“思”，因此又称陈思王。后人因他文学上的造诣而将他与曹操、曹丕合称为“三曹”，南朝宋文学家谢灵运更有“天下才有一石，曹子建独占八斗”的评价。王士祯尝论汉魏以来二千年间诗家堪称“仙才”者，曹植、李白、苏轼三人耳。

注释

① 白马篇：又名“游侠篇”，是曹植创作的乐府新题，属《杂曲歌・齐瑟行》，以开头二字名篇。

② 金羁：金饰的马笼头。

③ 连翩：连续不断，原指鸟飞的样子，这里用来形容白马奔驰的俊逸形象。

④ 楛矢：用楛木做成的箭。何：多么。参差：长短不齐的样子。

⑤ 接：接射。飞猱：飞奔的猿猴。猱，猿的一种，行动轻捷，攀缘树木，上下如飞。

⑥ 勇剽：勇敢剽悍。螭：传说中形状如龙的黄色猛兽。

⑦ 虏骑：指匈奴、鲜卑的骑兵。数迁移：指经常进兵入侵。数，经常。

⑧ 羽檄：军事文书，插鸟羽以示紧急，必须迅速传递。

译文

驾驭着白马向西北驰去，马上佩戴着金色的马具。

有人问他是谁家的孩子，边塞的好男儿游侠骑士。

年纪轻轻就离别了家乡，到边塞显身手建立功勋。

楛木箭和强弓从不离身，下苦功练就了一身武艺。

拉开弓如满月左右射击，一箭箭中靶心不差毫厘。

飞骑射裂了箭靶“月支”，转身又射碎箭靶“马蹄”。

他灵巧敏捷赛过猿猴，又勇猛轻疾如同豹螭。

听说国家边境军情紧急，侵略者一次又一次进犯内地。

告急信从北方频频传来，游侠儿催战马跃上高堤。

随大军平匈奴直捣敌巢，再回师扫鲜卑驱逐敌骑。

上战场面对着刀山剑树，从不将安和危放在心里。

连父母也不能孝顺服侍，更不能顾念那儿女妻子。

名和姓既列上战士名册，早已经忘掉了个人私利。

为国家解危难奋勇献身，看死亡就好像回归故里。

赏析

这首诗描写和歌颂了边疆地区一位武艺高强又富有爱国精神的青年英雄（一说是指他的胞弟曹彰，另一说是指汉时骠骑将军霍去病。），借以抒发作者的报国之志。本诗中的英雄形象，既是诗人的自我写照，又凝聚和闪耀着时代的光辉。本诗为曹植前期的重要代表作品，青春气息浓厚。

诗歌以曲折动人的情节塑造了一个性格鲜明、生动感人的青年爱国英雄形象。开头两句以奇警飞动之笔，描绘出驰马奔赴西北战场的英雄身影，显示出军情紧急，叩动读者心弦；接着以“借问”领起，以铺陈的笔墨补叙英雄的来历，说明他是一个什么样的英雄形象；“边城”六句，遥接篇首，具体说明“西北驰”的原因和英勇赴敌的气概。末八句展示英雄捐躯为国、视死如归的崇高精神境界。

知识链接

曹植曾获其父曹操的宠爱，曹操曾一度欲废曹丕而立其为王世子。兄长曹丕因而心怀嫉恨。有一次，曹操出兵打仗，曹植、曹丕都来送行，临别时，曹植高声朗读了为曹操所写的华美篇章，大家十分赞赏。曹丕见状怅然若失，吴质对他耳语说：“王当行，流涕可也。”于是曹丕当即泪流满面，感动得曹操也欷歔不已。还有一次，曹操欲派曹植带兵出征。带兵出征是掌握军权的象征，是曹操重点培养的征兆。结果曹植在出征前酩酊大醉，曹操派人来传曹植，连催几次，曹植仍昏睡不醒，曹操一气之下取消了让曹植带兵的决定。

学思践悟

如何评价曹植？

军城早秋

［唐］严武

昨夜秋风入汉关，朔云边月满西山。

更催[①]飞将[②]追骄虏[③]，莫遣[④]沙场[⑤]匹马还。

作者简介

严武（726—765），唐朝中期大臣、诗人。字季鹰，华州华阴（今陕西华阴）人。初为拾遗，后任成都尹。两次镇蜀，以军功封郑国公。永泰元年（765），因暴病逝于成都，年四十。追赠尚书左仆射。严武虽是武夫，亦能诗。他与诗人杜甫友善，常以诗歌唱和。《全唐诗》存其诗六首。

注释

① 更催：再次催促。

② 飞将：汉将李广征匈奴有功，称“飞将军”。这里指勇猛的将士。

③ 骄虏：骄横的敌人。这里指唐朝时入侵的吐蕃军队。

④ 莫遣：不要让。

⑤ 沙场：战场。

译文

昨夜萧瑟的秋风卷入驻守的关塞，极目四望，但见边月西沉、寒云滚滚。

一再命令那些勇猛的将士追击敌人，不要让敌人的一兵一马从战场上逃回。

赏析

诗的第一句“昨夜秋风入汉关”，看上去是写景，其实是颇有寓意的。古代中国西北和北部少数民族的统治武装常于秋高马肥的季节向内地进犯。“秋风入汉关”就意味着边境上的紧张时刻又来临了。“昨夜”二字，紧扣诗题“早秋”。如此及时地了解“秋风”，正反映了严武作为边关主将对时局的密切关注，对敌情的熟悉。

第二句接着写诗人听到秋风的反映，这个反映是很有个性的，他立即注视西山（即今四川西部大雪山），表现了主将的警觉、敏感，也暗示了他对时局所关注的具体内容。

“更催飞将追骄虏，莫遣沙场匹马还。”“更催”二字暗示战事已按主将部署胜利展开。两句一气而下，笔意酣畅，字字千钧，既显示出战场上势如破竹的气势，也表现了主将刚毅果断的气魄和胜利在握的神情，而整个战斗的结果也自然寓于其中了。

知识链接

《军城早秋》是唐代将领严武的诗作。此诗描写作者率领军队与入侵的吐蕃军队进行激烈战斗的情景。前两句描绘的是一幅初秋边关阴沉凝重的夜景，寓意边境局势的紧张；后两句表现了作者作为镇守边疆的将领，斗志昂扬，坚信必胜的豪迈情怀。全诗表现了边防将帅在对敌作战中的警惕性，以及刚毅果敢的性格和蔑视敌人的豪迈气概。

塞下曲

［唐］李白

五月天山雪，无花只有寒。
笛中闻折柳，春色未曾看。
晓战随金鼓，宵眠抱玉鞍。
愿将腰下剑，直为斩楼兰[①]。

作者简介

李白（701—762），唐诗人。字太白，号青莲居士。其诗风豪放飘逸，想象丰富奇绝，语言流转自然，音律和谐多变。他善于从民歌、神话中汲取营养素材，构成其诗特有的瑰丽绚烂的色彩，是屈原以来积极浪漫主义诗歌的新高峰。李白被称为“诗仙”，与杜甫并称“李杜”。

注释

① 斩楼兰：据《汉书·傅介子传》，“汉代地处西域的楼兰国经常杀死汉朝使节。傅介子出使西域，楼兰王贪他所献金帛，被他诱至帐中杀死，遂持王首而还”。

译文

五月的天山雪花仍在飘洒，看不见花朵开放只有刺骨的严寒。
笛子吹着折杨柳的曲调，何处寻觅杨柳青青的春天。
白天随金鼓之声作战，晚上枕着马鞍入眠。
只愿挥起腰下的宝剑，过关斩将，打败敌人。

赏析

首句言“五月天山雪”，已经扣紧题目。五月，在内地正值盛夏而李白所写五月却在塞下、在天山，所见所感自然也就与内地迥然有别。这种同一季节的景物在内地与塞下的巨大反差被诗人敏锐地捕捉到了。诗人以轻淡之笔徐徐道出自己内心的感受：“无花只有寒。”“寒”字，隐约透露出诗人心绪的波动：既有天气的寒冷又有身处战场无法归家的凄凉之情，再加上寒风中飘来引人思乡的《折杨柳》曲调，让诗人内心的思乡和凄苦之情如何能自控！

“晓战随金鼓，宵眠抱玉鞍。”语意转折，已由苍凉变为雄壮。诗人设想自己来到边塞，就在天山脚下，整日

过着紧张的战斗生活。这里，“晓战”与“宵眠”是作者有意从时间的角度勾勒军中一日的生活，让军情之紧张、急迫瞬间跃然纸上。“随”字，摹状士卒的令行禁止。“抱”字，描绘士卒夜间警备的情况。二句写的是士卒的生活场景，将士兵们守边备战、人人奋勇、争为功先的雄心尽情展现出来。

尾联“愿将腰下剑，直为斩楼兰”，是借用傅介子慷慨复仇的故事，表现诗人甘愿奔赴疆场，为国杀敌的雄心壮志。“直”与“愿”字呼应，语气强烈，一派爱国心声，喷涌而出，具有夺人心魄的艺术感召力。

知识链接

《折杨柳》为乐府横吹曲，多写行客的愁苦。在这里，诗人写“闻折柳”，当亦包含着一层苍凉寒苦的情调。他是借听笛来渲染烘托这种气氛的。

学思践悟

你知道《折杨柳》曲子在古诗词中表达的含义吗？

茅屋为秋风所破歌

［唐］杜甫

八月秋高[①]风怒号，
卷我屋上三重茅[②]。
茅飞渡江洒江郊，
高者挂罥长林梢[③]，
下者飘转沉塘坳[④]。
南村群童欺我老无力，
忍能对面为盗贼[⑤]，
公然抱茅入竹去[⑥]。
唇焦口燥呼不得[⑦]，
归来倚杖自叹息。
俄顷[⑧]风定云墨色，
秋天漠漠向昏黑[⑨]。
布衾[⑩]多年冷似铁，
娇儿恶卧踏里裂[⑪]。
床头屋漏无干处[⑫]，
雨脚如麻[⑬]未断绝。
自经丧乱[⑭]少睡眠，

长夜沾湿何由彻⑮？
安得广厦千万间⑯，
大庇天下寒士俱欢颜⑰，
风雨不动安如山！
呜呼⑱！何时眼前突兀见此屋⑲，
吾庐独破受冻死亦足⑳！

作者简介

杜甫（712—770），字子美，唐朝河南巩县（今河南省巩义市）人，自号少陵野老，唐代伟大的现实主义诗人，与李白合称“李杜”。杜甫在中国古典诗歌中的影响非常深远，被后人称为“诗圣”，他的诗被称为“诗史”。杜甫创作了《春望》《北征》“三吏”“三别”等名作。

注释

① 秋高：秋深。怒号：大声吼叫。

② 三重茅：几层茅草。三，泛指多。

③ 挂罥：悬挂，缠绕。长：高。

④ 塘坳：低洼积水的地方（即池塘）。塘，一作“堂”。坳，水边低地。

⑤ 忍能对面为盗贼：竟忍心这样当面做“贼”。忍能，忍心如此。对面，当面。为，做。

⑥ 入竹去：进入竹林。

⑦ 呼不得：喝止不住。

⑧ 俄顷：不久，一会儿，顷刻之间。

⑨ 秋天漠漠向昏黑（古音念 hè）：指秋季的天空阴沉迷蒙，渐渐黑了下来。

⑩ 布衾：布质的被子。衾，被子。

⑪ 娇儿恶卧踏里裂：孩子睡相不好，把被里都蹬坏了。恶卧，睡相不好。裂，使动用法，使……裂。

⑫ 床头屋漏无干处：意思是，整个房子都没有干的地方了。屋漏，根据《辞源》释义，指房子西北角，古人在此开天窗，阳光便从此处照射进来。“床头屋漏”，泛指整个屋子。

⑬ 雨脚如麻：形容雨点不间断，像下垂的麻线一样密集。雨脚，雨点。

⑭ 丧乱：战乱，指安史之乱。

⑮ 沾湿：潮湿不干。何由彻：如何才能挨到天亮。彻，彻晓。

⑯ 安得：如何能得到。广厦：宽敞的大屋。

⑰ 大庇：全部遮盖、掩护起来。庇，遮盖，掩护。寒士：“士”原指士人，即文化人，但此处泛指贫寒的士人们。俱：都。欢颜：喜笑颜开。

⑱ 呜呼：书面感叹词，表示叹息，相当于“唉”。

⑲ 突兀：高耸的样子，这里用来形容广厦。见：通“现”，出现。

⑳ 庐：茅屋。亦：一作“意”。足：值得。

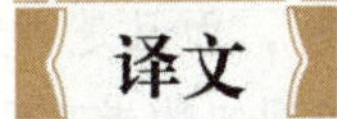

译文

秋深八月，狂风怒号着卷走了我屋顶上好几层茅草。茅草乱飞，渡过浣花溪，散落在对岸江边。飞得高的茅草缠绕在高高的树梢上，飞得低的飘飘洒洒沉落到池塘和洼地里。

南村的一群儿童欺负我年老没力气，竟忍心当面做“贼”抢东西，毫无顾忌地抱着茅草跑进竹林去了。我唇干舌燥也呵止不住，回来后拄着拐杖，独自叹息。

一会儿风停了，天空中乌云像墨一样黑，天渐渐黑下来了。布被盖了多年，又冷又硬，像铁板似的。孩子睡姿不好，以至于把被子的里衬蹬破了。一下雨屋顶就漏水，屋内没有一点儿干燥的地方，屋顶的雨水像麻线一样不停地往下漏。从安史之乱之后，我睡眠的时间很少，长夜漫漫，屋漏床湿，怎能挨到天亮？

如何能得到千万间宽敞高大的房子，庇护天下贫寒的读书人，让他们开颜欢笑，房子在风雨中也不为所动，安稳得像山一样？唉！什么时候眼前出现这样的房屋，到那时即使我的茅屋被秋风所吹破，我自己受冻而死也心甘情愿！

赏析

“安得广厦千万间，大庇天下寒士俱欢颜，风雨不动安如山”，前后用七字句，中间用九字句，句句蝉联而下。而表现阔大境界和愉快情感的词如“广厦”“千万间”“大庇”“天下”“欢颜”“安如山”等，又声音洪亮，从而构成了铿锵有力的节奏和奔腾前进的气势，恰切地表现了诗人从“床头屋漏无干处”与“长夜沾湿何由彻”的痛苦生活体验中迸发出来的奔放的激情和火热的希望。这种奔放的激情和火热的希望，咏歌不足以表达，所以诗人发出了由衷的感叹：“呜呼！何时眼前突兀见此屋，吾庐独破受冻死亦足！”抒发诗人忧国忧民的情感，表现了诗人推己及人、舍己为人的高尚风格，诗人的博大胸襟和崇高理想，至此表现得淋漓尽致。

知识链接

俄国著名文学评论家别林斯基曾说：“任何一个诗人也不能由于他自己和靠描写他自己而显得伟大，不论是描写他本身的痛苦，或者描写他本身的幸福。任何伟大诗人之所以伟大，是因为他们的痛苦和幸福的根子深深地伸进了社会和历史的土壤里，因为他是社会、时代、人类的器官和代表。”杜甫在这首诗里描写了他本身的痛苦，但他不是孤立地、单纯地描写他本身的痛苦，而是通过描写他本身的痛苦来表现“天下寒士”的痛苦，来表现社会的苦难、时代的苦难。他也不是仅仅因为自身的不幸遭遇而哀叹、而失眠、而大声疾

呼。在狂风猛雨无情袭击的秋夜，诗人脑海里翻腾的不仅是“吾庐独破”，而且是“天下寒士”的茅屋俱破。杜甫这种炽热的忧国忧民的情感和迫切要求变革黑暗现实的崇高理想，千百年来一直震撼着读者的心灵，并产生积极的作用。

陇西行[①]

［唐］王维

十里一走马，五里一扬鞭。
都护[②]军书至，匈奴[③]围酒泉[④]。
关山[⑤]正飞雪，烽戍[⑥]断[⑦]无烟。

作者简介

王维（701—761），唐诗人。字摩诘，河东蒲州（今山西运城）人，祖籍山西祁县，有“诗佛”之称。王维是盛唐诗人的代表，今存诗 400 余首。王维精通佛学，受禅宗影响很大。佛教有一部《维摩诘经》，是王维名和字的由来。王维的诗、书、画都很有名，苏轼评价其诗：“味摩诘之诗，诗中有画；观摩诘之画，画中有诗。”

注释

① 陇西行：乐府古题，又名“步出夏门行”，属《相和歌・瑟调曲》。陇西，陇山之西，在今甘肃省陇西县以东。

② 都护：官名。汉代设置西域都护，唐代设置六大都护府以统辖西域诸国。

③ 匈奴：这里泛指古代中国北部和西部的少数民族。

④ 酒泉：郡名，在今酒泉市东北。

⑤ 关山：泛指边关的山岳原野。

⑥ 烽戍：烽火台和守边营垒。古代边疆告警，以烽燧为号，白天举烟为“燧”，夜晚举火为“烽”。戍，一作“火”。

⑦ 断：中断联系。

译文

疾驰的军使跃马扬鞭，一走马便是十里，一扬鞭便是五里。这是西北都护府的军使，他传来了加急的军书，报告匈奴的军队已经包围了大唐的西域重镇酒泉。在接到军书之后，举目西望，却只见漫天飞雪，一片迷茫，望断关山，不见烽烟的痕迹，原来军中的烽火联系已经切断。

赏析

这首诗，取材的角度很有特色，反映的是边塞战争，但并不正面描写战争。诗人的着眼点既不在军书送出前边关如何被围，也不在军书送至后援军如何出动，而是仅仅撷取军使飞马告急这样一个片断、一个侧面来写，至于前前后后的情况，则让读者自己用想象去补充。这种写法，节奏短促，一气呵成，篇幅集中而内蕴丰富，在艺术构思上也显得不落俗套。

知识链接

此诗当作于开元二十五年（737）前后。当时王维以监察御史身份，奉使出塞，出参河西节度使崔希逸幕府。

年少行[①]四首（其三）

[唐] 令狐楚

弓背霞明剑照霜，秋风走[②]马出咸阳[③]。
未收天下河湟[④]地，不拟回头望故乡。

作者简介

令狐楚（766 或 768—837），令狐绹之父，唐文学家、政治家、诗人。字壳士。宜州华原（今陕西铜川市耀州区）人，先世居敦煌（今属甘肃），初唐名臣令狐德棻后代。唐德宗贞元七年（791）登进士第。病逝后追赠司空，谥曰文。

注释

① 少年行：古代歌曲名。
② 走：跑。
③ 咸阳：指京城长安。
④ 河湟：指青海湟水流域和黄河西部，当时为异族所占。

译文

弓背如彩霞明亮，宝剑磨得像霜雪一样闪亮，迎着秋风跨上战马奔驰出咸阳。不收复河湟一带失地，我誓不回头眺望故乡。

赏析

这是一首出征诗。诗的前两句刻画了青年将士的飒爽英姿，后两句写出了收复失地的决心。全诗主调高昂激越，洋溢着保家卫国的豪情壮志。

金陵晚望

［唐］高蟾

曾伴浮云归晚翠，犹陪落日泛秋声。

世间无限丹青手，一片伤心画不成。

作者简介

高蟾，生卒年均不详，河朔间人。家贫，工诗，气势雄伟。性倜傥，然尚气节，虽人与千金，非义勿取。乾符三年（876），以高侍郎之力荐，始登进士。官至御史中丞。《全唐诗》存其诗一卷。

赏析

秋天的傍晚，诗人登上金陵（今江苏镇江）城头远望，只见“浮云”“落日”映照着这座古城，一种沧桑之感涌上心头。这里所说的“一片伤心”，即是指这种情绪。“浮云”“落日”是有形之物，丹青能画；而“一片伤心”乃抽象感情，所以纵有丹青妙手，也难以描绘。黄叔灿《唐诗笺注》说：“‘画不成’三字，是‘伤心’二字之神。”正因为“画不成”，故见“伤心”之深；也正因为伤心如此，所以谁也难以传神地画出这种心声。

结尾两句，感慨深沉。高蟾预感到唐王朝危机四伏，正无可挽回地走向崩溃的末日。他为此感到苦恼，而又无能为力。

十五夜望月寄杜郎中

［唐］王建

中庭地白树栖鸦，冷露无声湿桂花。

今夜月明人尽望，不知秋思落谁家？

作者简介

王建（约767—约830），唐朝诗人。字仲初，许州（今河南许昌）人。擅长乐府诗，与张籍齐名。有《王司马集》。

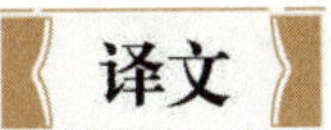

译文

中秋的月光照射在庭院中，地上好像铺上了一层霜雪那样白，树上的鸦雀停止了聒噪，进入了梦乡。

夜深了，清冷的秋露悄悄地打湿庭中的桂花。今夜明月当空，人们都在赏月，不知那茫茫的秋思落在谁家？

赏析

这是一首中秋之夜望月思远的七言绝句。诗人望月兴叹，但写法与其他中秋咏月诗完全不同，很有创造性，甚至更耐人回味。

“中庭地白树栖鸦”，明写赏月环境，暗写人物情态，精练而含蓄。这句如同马致远的《天净沙·秋思》首句一样，借助特有的景物一下子就将萧瑟苍凉之景推到读者眼前，予人以难忘的印象。诗人写中庭月色，只用“地白”二字，却给人以积水空明、澄静素洁、清冷之感，联想到李白的名句“床前明月光，疑是地上霜”，让人沉浸在清美的意境之中。“树栖鸦”这三个字，朴实、简洁、凝练，既写了鸦雀栖树的情状，又烘托了月夜的寂静。全句无一字提到人，而又使人处处想到清宵的望月者。

“冷露无声湿桂花”，紧承上句，借助感受进一步渲染中秋之夜。这句诗因桂香袭人而发。在桂花诸品中，秋桂香最浓郁，如果进一步揣摩，更会联想到这桂花可能是指月中的桂树。此为暗写诗人望月，正是全篇点题之笔。

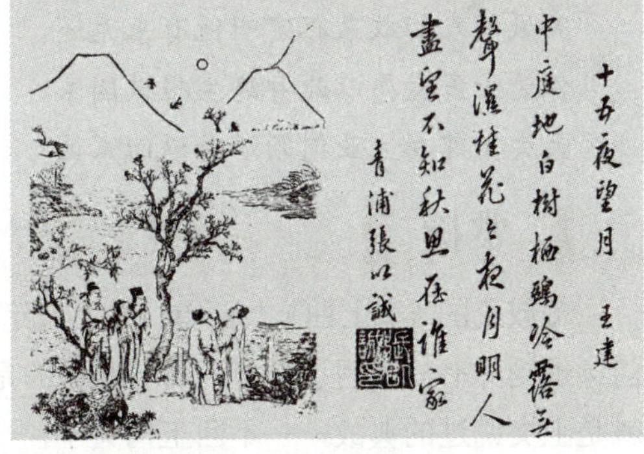

“今夜月明人尽望，不知秋思落谁家？”这两句采取了忽然宕开的写法，从作者这一群人的望月联想到天下人的望月，又由赏月的活动升华到思人怀远，意境阔大，含蓄不露。普天之下又有多少人在望月思亲：在家乡的人思念远离的亲人，离乡之人遥望家乡亲人。于是，水到渠成，吟出了这两句。

这首诗意境很美，首先予人的印象是情景如画，用苏轼的话来说就是“诗中有画”。明《唐诗画谱》中就有以这首诗为题材的版画，但这幅版画仅是画家别出心裁构想出的意境，和王建原作并不一一吻合，而且它对全诗点睛之笔——秋思未做充分表达。在这一点上，诗歌语言艺术显示了它的不可代替性。诗人运用形象的语言、丰美的想象，渲染了中秋望月的特定的环境气氛，把读者带进一个月明人远、思深情长的意境，加上一个唱叹有神、悠然不尽的结尾，将别离思聚的情意，表现得委婉动人。

知识链接

此诗是诗人在中秋佳节与朋友相聚时所作。诗题为《十五夜望月寄杜郎中》，可见是寄友人杜元颖的。原诗诗题下注云：“时会琴客”，说明佳节良友相聚，并非独吟。

塞上曲二首（其二）

［唐］戴叔伦

汉家旌帜满阴山，不遣胡儿匹马还。
愿得此身长报国，何须生入玉门关！

作者简介

戴叔伦（732—789），唐诗人。字幼公，润州金坛（今属江苏）人。年轻时师事萧颖士。曾任新城令、东阳令、抚州刺史、容管经略使。晚年上表自请为道士。其诗多表现隐逸生活和闲适情调，论诗主张“诗家之景，如蓝田日暖，良玉生烟，可望而不可置于眉睫之前”。

译文

我巍巍大唐的猎猎旌旗在阴山飘扬，
突厥胡人胆敢来犯定叫他有来无还。
作为子民我愿以此身终生报效国家，
大丈夫建功立业何须活着返回家园！

赏析

戴叔纶的《塞上曲》共两首，为七言绝句。这是第二首。这首较之第一首《塞上曲·军门频纳受降书》浅明了许多。前一联讲的是汉家重兵接敌，对胡兵一骑都不会放过。而后就是上文说过的典故——不回玉门关了，要以必死信念战胜胡兵，报效祖国。

戴诗同前人述志慷慨的边塞诗风一体同出，大都是吟咏壮士一去不复还的豪言志向，至于时代特征的分析、判断及有关主张，则稍嫌抽象。

知识链接

“生入玉门关”的典故

这“生入玉门关”原本是定远侯班超的句子。班超出使西域三十多年，老时思归乡里，上书言“臣不敢望到九泉郡，但愿生入玉门关”。班超三十年驻使西域，为国家民族鞠躬尽瘁，老而思乡求返，本无可咎。但以戴叔纶之见，班超的爱国主义还是不够彻底——他不应提出“生入玉门关”，也无须提出“生入玉门关”，安心报国就是了。戴叔纶的爱国之切是好的，义无反顾也是好的，但放到班超这个实际例子上看，却不是那么近人情。

学思践悟

古诗中有关“玉门关”的诗句，你知道多少？

塞下曲[①]

［唐］高适

结束[②]浮云[③]骏，翩翩出从戎。
且凭天子怒[④]，复倚将军雄。
万鼓雷殷地[⑤]，千旗火[⑥]生风。
日轮驻霜戈[⑦]，月魄悬雕弓。
青海[⑧]阵云匝，黑山[⑨]兵气冲。
战酣太白[⑩]高，战罢旄头[⑪]空。
万里不惜死，一朝得成功。
画图麒麟阁，入朝明光宫[⑫]。
大笑向文士，一经何足穷。
古人昧此道，往往成老翁。

作者简介

高适（700—765），唐边塞诗人。字达夫，一字仲武，世称高常侍，作品收录于《高常侍集》。少孤贫，爱交游，有游侠之风，并以建功立业自期。早年曾游历长安，后寻求进身之路，都没有成功。后客居梁、宋等地与李白、杜甫结交。“安史之乱”爆发后，任侍御史，谏议大夫。高适与岑参并称“高岑”，其诗作笔力雄健、气势奔放，洋溢着盛唐时期所特有的奋发进取、蓬勃向上的时代精神。

注释

① 作于从军哥舒翰幕府期间。塞下曲：新乐府杂题。
② 结束：装束，指备马。
③ 浮云：良马名。
④ 天子怒：皇帝威怒的军令。《诗·大雅·常武》：“王奋厥武，如震如怒。”
⑤ 雷殷地：形容鼓声震地。殷：雷声，语出《诗·召南·殷其雷》。
⑥ 火：指旗红如火。
⑦ 日轮驻霜戈：用鲁阳公事。

⑧ 青海：湖名，在今青海省东北部。唐时临吐蕃东北边境。

⑨ 黑山：即杀武山，在今内蒙古自治区呼和浩特市东南百里。为唐时北方边塞。

⑩ 太白：即金星。诗中指将星即唐军。

⑪ 旄头：即昴星。星名，二十八宿之一。诗中指胡星即敌人。

⑫ 明光宫：汉宫名。据《三辅黄图》，甘泉宫、北宫中皆有明光宫。泛指朝廷宫殿。

译文

给骏马装配好鞍鞯，潇洒地从军出征。凭借着天子的一怒之威，再依仗着领军将领的威武，雄壮大军出发了。无数的催军鼓擂起的声音就像雷霆滚过大地，千万面军旗挥舞成像迅火燎原一样的疾风。如霜的戟戈像要让太阳停住，而月亮也像悬在空中的巨大雕弓。青海的阵云密布，黑山的杀气冲天。战斗在激烈进行时，启明星还高高地挂在天上；等战斗结束时，天上的星斗又落下了。（那人）万里赴战不惧牺牲，终于等到了功成名就的那一天。他的图像被挂在麒麟阁上，他也入朝明光宫成为天子身边的大臣（汉宣帝绘霍光等十一人像悬于麒麟阁以示表彰，明光宫为汉宫殿名）。他大笑着对着那些文人说，一本经书有什么值得仔细研究的，以前的人就是昧于这种事情，却往往是皓首穷经，到老也一事无成。

赏析

该诗前半部分描写了壮丽的沙场征战之景，渲染了一种宏阔悲壮的氛围和豪壮之情；后半部分则表达了作者建功立业的雄心壮志，要成为画像挂上麒麟阁的立功之臣，并且十分嘲笑那些文臣，不能杀敌报国，只会读经书，白白地衰老，不能名留青史。诗歌手法大气豪壮而又宏大辽阔。

“结束浮云骏，翩翩出从戎”开篇二句呈现了一个装束齐备、身跨战马、疾驰如飞的勇士形象，具有挟天风海雨而来之势。三、四句再从“天子怒”“将军雄”两方面予以渲染：“天子怒”足见勇士的赴敌是正义凛然的，再加上“将军”的雄武，愈发增加了胜利的信心和立功的热望。开始四句层层蓄势，使下文“快战”场面的出现水到渠成。

“万鼓雷殷地”以下八句，一概省略主人公赴敌过程的细节，借助夸张和想象重点写战阵的壮阔，渲染激烈的大战和英勇的唐军。“战酣太白高，战罢旄头空”二句，连用两个典故“太白”“旄头”（分别代指唐军和敌人），精练地用“酣”（痛快）“罢”两个字写战斗过程，用“高”“空”的对比写战斗结果，恰如其分地渲染了唐朝将士们无可比拟的声威和战斗中所向披靡的英雄气概。

自“万里不惜死”以下八句，感情突破陡立的闸门，冲天而起，再奋逸响。因参战的主人公的理想是到金戈铁马的战场上建立功勋，是以“万里不惜死”以得到“画图麒麟阁，入朝明光宫”的封赏。因此，他为这撼天动地的战斗场面所鼓舞，为自己能建功立业、凯旋受赏而欣喜若狂。然后以“大笑向文士，一经何足穷”这样的豪语，将主人公安边定远的壮志、豪放不羁的精神，如狂飙勃发般地倾泻出来。

燕歌行[①]

［唐］高适

汉家[②]烟尘[③]在东北，汉将辞家破残贼。
男儿本自重横行，天子非常赐颜色[④]。
摐金伐鼓下榆关，旌旗[⑤]逶迤碣石间。
校尉羽书[⑥]飞瀚海[⑦]，单于猎火[⑧]照狼山[⑨]。
山川萧条极边土，胡骑凭陵[⑩]杂风雨[⑪]。
战士军前半死生，美人帐下犹歌舞。
大漠穷秋塞草腓[⑫]，孤城落日斗兵稀。
身当恩遇恒轻敌，力尽关山未解围。
铁衣远戍辛勤久，玉箸[⑬]应啼别离后。
少妇城南欲断肠，征人蓟北空回首。
边风飘飖那可度，绝域苍茫更何有。
杀气三时作阵云[⑭]，寒声一夜传刁斗[⑮]。
相看白刃血纷纷，死节从来岂顾勋[⑯]。
君不见沙场征战苦，至今犹忆李将军。

注释

① 燕歌行：乐府旧题。

② 汉家：唐人诗中经常借汉说唐。此指唐朝。

③ 烟尘：代指战争。

④ 非常赐颜色：超过平常的厚赐礼遇。

⑤ 旌旗：旌是竿头饰羽的旗。旗是末端状如燕尾的旗。这里都是泛指各种旗帜。

⑥ 羽书：插有鸟羽的紧急文书。

⑦ 瀚海：沙漠。

⑧ 猎火：打猎时点燃的火光。古代游牧民族出征前，常举行大规模校猎，作为军事性的演习。

⑨ 狼山：又称狼居胥山，在今内蒙古自治区克什克腾旗西北。一说狼山又名郎山，在今河北易县境内。此处“瀚海”“狼山”等地名，未必是实指。

⑩ 凭陵：仗势侵凌。

⑪ 杂风雨：喻敌骑进攻如狂风挟雨而至。

⑫ 腓（一作衰）：指枯萎。隋虞世基《陇头吟》：“穷求塞草腓，塞外胡尘飞”。

⑬ 玉箸：白色的筷子（玉筷），比喻思妇的泪水如注。

⑭ 阵云：战场上象征杀气的云，即战云。

⑮ 刁斗：军中夜里巡更敲击报时或煮饭时用的铜器。

⑯ 岂顾勋：难道还顾及自己的功勋。

译文

唐朝边境举烟火狼烟东北起尘土，唐朝将军辞家去欲破残忍之边贼。
战士们本来在战场上就所向无敌，皇帝又特别给予他们丰厚的赏赐。
锣声响彻重鼓槌声威齐出山海关，旌旗迎风又逶迤猎猎碣石之山间。
校尉紧急传羽书飞奔浩瀚之沙海，匈奴单于举猎火光已照到我狼山。
山河荒芜多萧条满目凄凉到边土，胡人骑兵仗威力兵器声里夹风雨。
战士拼斗军阵前半数死去半生还，美人却在营帐中还是歌来还是舞！
时值深秋大沙漠塞外百草尽凋枯，孤城一片映落日战卒越斗越稀少。
身受皇家深恩义常思报国轻寇敌，边塞之地尽力量尚未破除匈奴围。
身穿铁甲守边远疆场辛勤已长久，珠泪纷落挂双目丈夫远去独啼哭。
少妇孤单住城南泪下凄伤欲断肠，远征军人驻蓟北依空仰望频回头。
边境缥缈多遥远怎可轻易来奔赴，绝远之地尽苍茫更是人烟何所有。
杀气春夏秋三季腾起阵前似乌云，一夜寒风声声里如泣更声惊耳鼓。
互看白刃乱飞舞夹杂鲜血纷乱飞，从来死节为报国难道还求著功勋？
你没看见拼杀在沙场战斗多惨苦，现在还在思念有勇有谋的李将军。

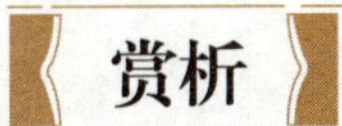

赏析

《燕歌行》是唐代诗人高适的作品。此诗主要是揭露主将骄逸轻敌，不恤士卒，致使战事失利。全篇大体可分四段：

首段八句写出师。其中前四句说战尘起于东北，将军奉命征讨，天子特赐光彩，已见得宠而骄，为后文轻敌伏笔；后四句接写出征阵容。旌旗如云，鼓角齐鸣，一路上浩浩荡荡，大模大样开赴战地，为失利时狼狈情景作反衬。

第二段八句写战斗经过。其中前四句写战初敌人来势凶猛，唐军伤亡惨重；后四句说至晚已兵少力竭，不得解围。

第三段八句写征人、思妇两地相望，重会无期。

末段四句，前两句写战士在生还无望的处境下，已决心以身殉国；后两句诗人感慨，对战士的悲惨命运深寄同情。全诗气势畅达，笔力矫健，气氛悲壮淋漓，主旨深刻含蓄。

知识链接

写作背景

诗前有作者原序："开元二十六年（《英华》作十六年），客有从御史大夫张公出塞而还者，作《燕歌行》以示适。感征戍之事，因而和焉。"张公，指幽州节度使张守珪，曾拜辅国大将军、右羽林大将军，兼御史大夫。一般以为本诗所讽刺的是开元二十六年，张守珪部将赵堪等矫命，逼平卢军使击契丹余部，先胜后败，守珪隐败状而妄奏功。

学思践悟

你对唐玄宗时期的政治事件了解多少？试着列举几件。

白雪歌送武判官[1]归京

［唐］岑参

北风卷地白草[2]折，胡天[3]八月即飞雪。
忽如一夜春风来，千树万树梨花[4]开。
散入珠帘湿罗幕[5]，狐裘[6]不暖锦衾薄[7]。
将军角弓不得控，都护铁衣冷难着[8]。
瀚海[9]阑干[10]百丈冰，愁云惨淡[11]万里凝。
中军[12]置酒饮归客，胡琴[13]琵琶与羌笛[14]。
纷纷暮雪下辕门[15]，风掣[16]红旗冻不翻[17]。
轮台[18]东门送君去，去时雪满天山路。
山回路转不见君，雪上空留马行处。

作者简介

岑参（约 715—770），唐诗人。原籍南阳（今属河南新野县），迁居江陵（今湖北荆州）。其与高适齐名，并称“高岑”。官至嘉州刺史，世称岑嘉州。岑诗的主要思想倾向是慷慨报国的英雄气概和不畏艰难的乐观精神；艺术上想象丰富、夸张大胆、色彩绚丽、造意新奇，擅长以七言歌行描绘边塞风光以抒发豪放奔腾的感情。有《岑嘉州诗集》。

注释

① 武判官：未详。判官，官职名。唐代节度使等朝廷派出的持节大使，可委任幕僚协助判处公事。

② 白草：西北的一种牧草，经霜后变白。

③ 胡天：这里指西域的天气。

④ 梨花：春天开放，花作白色。这里比喻雪花积在树枝上，像梨花开了一样。

⑤ 散入珠帘湿罗幕：是说雪花飞进珠帘，沾湿罗幕。珠帘：以珠子穿缀成的挂帘。罗幕：丝织帐幕。

⑥ 狐裘：狐皮袍子。

⑦ 锦衾薄：盖了华美的织锦被子还觉得薄。形容天气很冷。

⑧ 角弓：用兽角装饰的硬弓。不得控：天太冷而冻得拉不开弓。都护：镇守边镇的长官，此为泛指，与上文的“将军”是互文。

⑨ 瀚海：大沙漠。这句说大沙漠里到处都结着很厚的冰。

⑩ 阑干：纵横的样子。

⑪ 惨淡：昏暗无光。

⑫ 中军：古时分兵为中、左、右三军，中军为主帅所居。

⑬ 胡琴：当时西域地区兄弟民族的乐器。这句说在饮酒时奏起了乐曲。

⑭ 羌笛：羌族的管乐器。

⑮ 辕门：古代帝王巡狩、田猎的止宿处，以车为藩；出入之处，仰起两车，车辕相向以表示门，称辕门。

⑯ 风掣：红旗因雪而冻结，风都吹不动了。

⑰ 冻不翻：旗被风往一个方向吹，给人以冻住之感。

⑱ 轮台：唐轮台在今新疆维吾尔自治区米泉区，与汉轮台不是同一地方。

译文

北风席卷大地把百草吹折，胡地天气八月就纷扬落雪。
忽然间宛如一夜春风吹来，好像是千树万树梨花盛开。
雪花散入珠帘打湿了罗幕，狐裘穿不暖锦被也嫌太薄。
将军双手冻得拉不开角弓，都护的铁甲冰冷仍然穿着。
沙漠结冰百丈纵横有裂纹，万里长空凝聚着惨淡愁云。
主帅帐中摆酒为归客饯行，胡琴琵琶羌笛合奏来助兴。
傍晚辕门前大雪落个不停，红旗冻硬了风也无法牵引。
轮台东门外欢送你回京去，你去时大雪盖满了天山路。
山路迂回曲折已看不见你，雪上只留下一串马蹄印迹。

赏析

这是一首咏边地雪景、寄寓送别之情的诗作，全诗句句咏雪，绘出天山奇寒，将思乡之情与保卫祖国、以苦为乐的精神统一起来，基调是积极乐观、昂扬奋发的。

全诗以一天雪景的变化为线索，连用四个“雪”字，写出别前、饯别、临别、别后四个不同的雪景画面，记叙送别归京使臣的过程，文思开阔、结构缜密。共分三个部分。

前八句为第一部分，描写早晨起来看到的奇丽雪景和感受到的突如其来的奇寒。前面四句主要写景色的奇丽。“即”“忽如”等词形象、准确地表现了诗人早晨起来突然看到雪景时的惊异神情。经过一夜，大地银装素裹、焕然一新，此时的雪景分外迷人。接着四句写雪后严寒，诗人的视线从帐外逐渐转入帐内，选取居住、睡眠、穿衣、拉弓等日常活动来表现寒冷，但将士却毫无怨言。“不得控”“冷难着”，说明尽管铁甲冷得刺骨，将士们还是全副武装，时刻准备战斗。显然，这里表面写寒冷，实际是用冷来反衬将士内心的热和表现出将士们乐观的战斗情绪。

中间四句为第二部分，描绘白天雪景的雄伟壮阔和饯别宴会的盛况。“瀚海阑干百丈冰，愁云惨淡万里凝”，诗人用浪漫夸张、反衬的手法，写出下文的欢乐场面、人们的乐观精神。第一部分用“冷”来写“热”，这一部分则是用“愁”来写“欢”，表现手法一样。“中军置酒饮归客，胡琴琵琶与羌笛”，笔墨不多，却表现了送别的热烈隆重。第一部分内在的热情，在这里迸发倾泻出来，达到了欢乐的顶点。

最后六句为第三部分，写傍晚送别友人踏上归途。“纷纷暮雪下辕门，风掣红旗冻不翻”，归客在暮色中迎着纷飞的大雪步出帐幕，而将士们如同军旗一样矗立在大雪中。这一动一静、一白一红相互映衬，从色彩和状态角度刻画了冒着严寒毫不动摇、威武不屈的士兵群像。“山回路转不见君，雪上空留马行处”，平淡质朴的语言传递了将士们对战友的真挚情感。总之，第三部分既描写了对友人依依惜别的深情，也展现了边塞将士的豪迈英雄气概。

知识链接

《白雪歌送武判官归京》是岑参边塞诗的代表作，作于他第二次出塞阶段。此时，他很受安西节度使封常青的器重，他的大多数边塞诗成于这一时期。岑参在这首诗中表现的不仅是自己和朋友武判官的友情，而且还以诗人的敏锐观察力和浪漫奔放的笔调，描绘了祖国西北边塞的壮丽景色，以及边塞军营送别归京使臣的热烈场面，表现了诗人和边防将士的爱国热情，以及他们对战友的真挚感情。

学思践悟

你喜欢诗歌中的哪句？说说理由。

武威送刘判官赴碛西行军[①]

［唐］岑参

火山[②]五月行人少，看君马去疾如鸟。
都护行营[③]太白西，角[④]声一动胡天晓。

注释

① 武威：即凉州，今甘肃武威。判官：官职名，为地方长官的僚属。碛西：即沙漠之西，指安西。行军：指出征的军队。

② 火山：即火焰山，在今新疆吐鲁番盆地北部。气候炎热，山石呈红色，故称。

③ 都护行营：指安西节度使高仙芝的军营。行营：出征时的军营。太白：即金星。古时认为太白是西方之星，也是西方之神。

④ 角：军中乐器，亦用以报时，略似今日的军号。

译文

五月的火焰山行人稀少，看着您骑马迅疾如飞鸟。
都护军营在太白星西边，一声号角就把胡天惊晓。

赏析

《武威送刘判官赴碛西行军》是唐代诗人岑参为送别友人刘单而创作的送别诗，但不落一般送别诗之窠臼：它没有直接写惜别之情和直言对胜利的祝愿，而只就此地与彼地情景略加夸张与想象。

首句点明刘判官赴行军的季候（“五月”）和所向，还写出了火山赫赫炎威，这里未写成行时，先出其路难行之悬念。

接着便写刘判官过人之勇。“看君马去疾如鸟”，全句以一个“看”字领起，赞叹啧啧声不断，使读者如睹以下景象：在黄沙茫茫、烈日炎炎、断绝人烟的原野上，一匹飞马掠野而过，向火山扑去；以鸟形容马，不仅写出其疾如飞，又通过其小反衬出原野之壮阔，歌颂了刘判官一往无前的气概。

“都护行营太白西”初看第三句不过点明此行的目的地，用夸张手法说临时的行营远在太白星的西边，用“都护行营”和“太白”二词唤起庄严雄壮的感觉，这也与当前唐军高仙芝部的军事行动有关。

“角声一动胡天晓”可谓一篇之警策。表面上，这是作者遥想军营之晨的情景；实际上，在诗人心中，拂晓到来军营便吹号角却是一声将胡天惊晓（犹如号角能将兵士惊醒一样），显出唐军将士回旋天地的凌云壮志，也让诗歌升华到更高的思想境界。

知识链接

唐玄宗天宝十载（751）五月，西北边境石国太子引大食（古阿拉伯帝国）等部袭击唐境。当时的武威（今属甘肃）太守、安西节度使高仙芝将兵三十万出征抵抗。此诗是作者于武威送僚友刘判官（名单）赴军前之作，“碛西”即安西都护府。

学思践悟

你能想象出作者描写的两个行军镜头吗？

寄李儋元锡

[唐] 韦应物

去年花里逢君别，今日花开又一年。
世事茫茫难自料，春愁黯黯独成眠。
身多疾病思田里，邑[①]有流亡[②]愧俸钱。
闻道欲来相问讯，西楼望月几回圆。

作者简介

韦应物（约 737—约 791），唐诗人。京兆万年（今陕西西安）人。今传有十卷本《韦江州集》、两卷本《韦苏州诗集》、十卷本《韦苏州集》。散文仅存一篇。因出任过苏州刺史，世称“韦苏州”。诗风恬淡高远，以善于写景和描写隐逸生活著称。后世以其与柳宗元并称为韦柳。有《韦苏州集》。

注释

① 邑：指属境。

② 流亡：指灾民。

译文

去年花开时节，适逢与君分别；
今日春花又开，不觉已经一年。
人间世事茫茫，件件难以预料；
春愁昏昏暗暗，夜里独自成眠。
身体多病，越发思念乡田故里；
治邑还有灾民，我真愧领俸钱。
听说你想来此，探访我这孤老；
西楼望月圆了又圆，却还不见。

赏析

这也是一首投赠诗。开首二句即景生情，花开花落，引起对茫茫世事的感叹。接着直抒情怀，写因多病而想辞官归田，反映内心的矛盾。“邑有流亡愧俸钱”，不仅是仁人自叹未能尽责，也流露出进退两难的苦闷。结尾道出今日寄诗的用意，是急需友情的慰勉，因而望月相思，盼其来访，正合投赠诗的风韵。

这首诗的思想境界较高，“身多疾病思田里，邑有流亡愧俸钱”两句尤最，自宋以来，倍受颂扬，即使今日，依然闪烁光辉。

江城子·密州出猎

［北宋］苏轼

老夫[1]聊发少年狂，左牵黄，右擎苍[2]，锦帽貂裘[3]，千骑卷平冈[4]。为报倾城随太守[5]，亲射虎，看孙郎[6]。

酒酣胸胆尚开张[7]，鬓微霜，又何妨？持节[8]云中[9]，何日遣冯唐？会挽雕弓如满月，西北望，射天狼[10]。

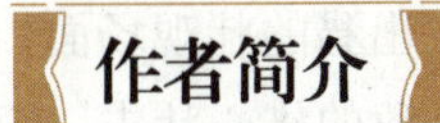

作者简介

苏轼（1037—1101），北宋文学家、书画家。字子瞻，号东坡居士，世称苏东坡，眉州眉山（今属四川省眉山市）人。苏轼是宋代文学最高成就的代表，在诗、词、散文、书画等方面取得了很高的成就。其诗题材广阔、清新豪健，善用夸张比喻，独具风格，与黄庭坚并称“苏黄”；其词开豪放一派，与辛弃疾同是豪放派代表，并称“苏辛”；其散文著述宏富，豪放自如，与欧阳修并称“欧苏”，为“唐宋八大家”之一；擅长行书、楷书，与蔡襄、黄庭坚、米芾并称“宋四家”，论画主张“神似”，认为“论画以形似，见与儿童邻”。

注释

① 老夫：作者自称，时年四十。

② 左牵黄，右擎苍：左手牵着黄狗，右臂擎着苍鹰，形容围猎时用以追捕猎物的架势。黄：黄犬。苍：苍鹰。

③ 锦帽：头戴着华美鲜艳的帽子。貂裘：身穿貂鼠皮衣。这是汉羽林军穿的服装。

④ 千骑卷平冈：形容马多尘土飞扬，像卷席子一般掠过山冈。

⑤ 太守：指作者自己。

⑥ 孙郎：孙权，这里作者自喻。《三国志·吴志·孙权传》载：“二十三年十月，权将如吴，亲乘马射虎于凌亭，马为虎伤。权投以双戟，虎却废。常从张世，击以戈、获之。”这里以孙权喻太守。

⑦ 酒酣胸胆尚开张：极兴畅饮，胸怀开阔，胆气横生。

⑧ 持节：奉有朝廷重大使命。

⑨ 云中：汉时郡名，今内蒙古自治区托克托县一带，包括山西省西北一部分地区。

⑩ 天狼：星名，一称犬星，旧说指侵掠，这里隐指西夏。《楚辞·九歌·东君》：“长矢兮射天狼。”

译文

我姑且施展一下少年时打猎的豪情壮志，左手牵着黄犬，右臂托起苍鹰。随从将士们戴着华美鲜艳的帽子，穿着貂皮做的衣服，带着上千骑的随从疾风般席卷平坦的山冈。为了报答满城的人跟随我出猎的盛情厚意，看我亲自射杀猛虎，犹如昔日的孙权那样威猛。

我虽沉醉但胸怀开阔胆略兴张，鬓边白发有如微霜，这又有何妨？什么时候皇帝会派人下来，就像汉文帝派遣冯唐去云中赦免魏尚的罪呢？我将使尽力气拉满雕弓就像满月一样，朝着弓矢西北瞄望，奋勇射杀西夏军队！

赏析

这首词作于神宗熙宁八年（1075），作者在密州（今山东诸城）任知州。这是宋人较早抒发爱国情怀的一首豪放词，在题材和意境方面都具有开拓意义。

这首词通过描写一次出猎的壮观场面，借历史典故抒发了作者为国杀敌的雄心壮志，表现了抗击侵略的豪情壮志，并委婉地表达了期盼得到朝廷重用的愿望。词的上阕叙事，下阕抒情，气势雄豪，淋漓酣畅，一洗绮罗香泽之态，读之令人耳目一新。首三句直出会猎题意，次写围猎时的装束和盛况，然后转写自己的感想：决心亲自射杀猛虎，答谢全城军民的深情厚谊。下片以后，叙述猎后开怀畅饮，并以魏尚自比，希望能够承担起卫国守边的重任。结尾直抒胸臆，抒发杀敌报国的豪情：总有一天，要把弓弦拉得像满月一样，射掉那贪残成性的“天狼星”，将西北边境上的敌人统统一扫而光。

学思践悟

1. 你能背出苏轼的其他词吗？
2. 你知道“唐宋八大家”都有谁吗？

竹枝歌七首（其六）

［南宋］杨万里

月子①弯弯照几州②，几家欢乐几家愁。
愁杀人来关月事，得休休处且休休。

作者简介

杨万里（1127—1206），南宋诗人。字廷秀，号诚斋，吉水（今江西省）人。绍兴进士。官至秘书监。一生力主抗金，收复失地。他以正直敢言，累遭贬抑，晚年闲居乡里长达十五年之久。与尤袤、范成大、陆游齐名，并称南宋“中兴四大家”或“南宋四家”。一生作诗二万多首，仅其部分留传下来。杨万里诗歌大多描写自然景物，且以此见长，也有不少篇章反映民间疾苦抒发爱国感情；语言浅近明白，清新自然，富有幽默情趣；时称“诚斋体”。有《诚斋集》。

注释

① 月子：指月亮。
② 几州：指中国。此处借指人间。

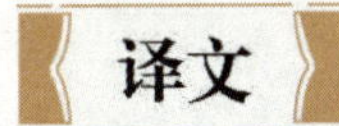

译文

一弯月牙照人间，多少人家欢乐，多少人家忧愁。但人间的忧伤和痛苦与月亮的阴晴圆缺有什么关系呢？该宽容的地方，姑且将气量放大些吧。

赏析

诗人从月照人间写起，月亮的阴晴圆缺好像是同人间的悲欢离合连在一起，因为将自然现象的变化同人事联系在一起，是古人的一种心理倾向。但是诗人否定了这种看法，认为人间的忧伤和痛苦是由人自己导致的，同月亮的变化没有任何干系，要想摆脱这些烦扰人心的事，还要善于宽容。诗人非常积极地看待人生的欢乐喜忧，认为只有把自己的心态放宽，才会有磊落豁达的人生境界。

病牛

[南宋] 李纲

耕犁千亩实千箱[①]，力尽筋疲谁复伤[②]？
但得[③]众生[④]皆得饱，不辞[⑤]羸病[⑥]卧残阳[⑦]。

作者简介

李纲（1083—1140），宋大臣。字伯纪，号梁溪先生，祖籍福建邵武，祖父一代迁居江苏无锡。李纲能诗文，写有不少爱国篇章。亦能词，其咏史之作，形象鲜明生动，风格沉雄劲健。著有《梁溪集》《靖康传信录》。

注释

① 实千箱：极言生产的粮食多。实：充实，满。箱：装粮的容器。一说同“厢”，指官府的仓房。

② 复：又，再。伤：哀怜，同情。

③ 但得：只要能让。

④ 众生：大众百姓。

⑤ 不辞：不推辞。

⑥ 羸病：瘦弱有病。

⑦ 残阳：夕阳，即快要下山的太阳。此处既烘托凄凉气氛，又喻指作者晚年。

译文

病牛耕耘千亩，换来了劳动果实装满千座粮仓的成果。它自身耗尽精力，却又有谁来怜惜它力耕负重的劳苦呢？

只要能让众生有饭吃，即使累瘦了身体、病卧在残阳之下，也在所不辞。

赏析

这首诗运用比喻和拟人手法，形象生动、立意高远，既是成功的咏物诗，更是杰出的言志诗，为后世传诵。

诗人吟咏病牛，笔墨重点不在绘其形，而在传其神。诗的前两句“耕犁千亩实千箱，力尽筋疲谁复伤”，从揭示病牛“耕犁千亩”与“实千箱”之间的因果关系上落笔，将病牛“力尽筋疲”与“谁复伤”加以对照，集中描写了病牛劳苦功高、筋疲力尽及其不为人所同情的境遇。

诗的后两句笔锋陡地一转，转为述其志：“但得众生皆得饱，不辞羸病卧残阳。”病牛劳苦功高，筋疲力尽，却无人怜惜，但它没有怨天尤人，更未消极沉沦。因为它具有心甘情愿为众生的温饱而“羸病卧残阳”之志。这两句诗将病牛与“众生”联系起来写，以“但得”与“不辞”对举，强烈地抒发了病牛不辞羸病，一心向着众生的志向。结句中的“残阳”是双关语，既指夕阳，又象征病牛的晚年，它与“卧”等词语相结合，有力地表现出老牛身体病弱却力耕负重、死而后已的精神。

此诗并非为咏牛而咏牛，而是“托物言志”。诗人借咏牛来言情述志。诗中的牛亦是诗人自喻。李纲官至宰相，他为官清正，反对媾和，力主抗金，并亲自率兵收复失地，但为投降派奸佞排挤，为相七十天即“谪居武昌”，次年又“移澧浦”，内心极为愤抑不平。因此，作《病牛》诗以自慰、自白。

秋夜将晓①出篱门②迎凉有感二首（其二）

［南宋］陆游

三万里③河东入海，五千仞④岳⑤上摩天⑥。
遗民⑦泪尽⑧胡尘⑨里，南望⑩王师⑪又一年！

作者简介

陆游（1125—1210），宋诗人、词人。字务观，号放翁，越州山阴（今浙江绍兴）人。少时受家庭爱国思想熏陶，高宗时应礼部试，为秦桧所黜。孝宗时赐进士出身。中年入蜀，投身军旅生活，官至宝章阁待制。晚年退居家乡，但收复中原的信念始终不渝。他具有多方面的文学才能，尤以诗的成就为最，在生前即有“小李白”之称，不仅成为南宋一代诗坛领袖，而且在中国文学史上享有崇高地位，存诗 9 300 多首，是文学史上存诗最多的诗人。有《剑南诗稿》《渭南文集》《南唐书》《老学庵笔记》《放翁词》

《渭南词》等数十个文集传世。

注释

① 将晓：天将要亮。

② 篱门：用竹片或竹竿编的门。

③ 三万里：极言黄河之长。

④ 五千仞：极言山岳之高。仞：古代计算长度的一种单位，八尺为一仞（一作七尺）。

⑤ 岳：指北方泰、恒、嵩、华诸山，一说指东岳泰山和西岳华山。

⑥ 摩天：碰到天。摩：摩擦、接触。

⑦ 遗民：指在金占领区生活却认同南宋王朝统治的人民。

⑧ 泪尽：眼泪流干了。形容十分悲惨、痛苦。

⑨ 胡尘：胡人骑兵的铁蹄践踏扬起的尘土，这里指金朝的暴政。胡：中国古代对北方少数民族的泛称。

⑩ 南望：远眺南方。

⑪ 王师：指宋朝的军队。

译文

三万里黄河东流入大海，
五千仞山岳高耸接青天。
铁蹄下遗民欲哭已无泪，
盼望官军收失地又一年。

赏析

陆游是南宋著名诗人，晚年退居山阴，而志气不衰，铁马冰河，时时入梦，“老骥伏枥，志在千里”，他将对中原沦丧的无限愤慨，对广大民众命运的无限关切，对南宋统治集团苟安误国的无限痛恨，在这首七绝中尽情地倾吐出来。

“河”，指黄河，哺育中华民族的母亲河；岳，指东岳泰山、中岳嵩山、西岳华山等立地擎天的峰柱。巍巍高山，上接青冥；滔滔大河，奔流入海。两句一横一纵，北方中原半个中国的形胜，鲜明突兀、苍莽无垠地展现在我们眼前。奇伟壮丽的山河，标志着祖国的可爱，象征着民众的坚强不屈，已给读者以丰富的联想。然而，如此的山河，如此的人民，却长期以来沦陷在金朝铁蹄蹂躏之下，下两句笔锋一转，顿觉风云突起，诗境向更深远的方向开拓。“泪尽”一词，千回百转，将中原广大人民受到的沉重压迫，经受折磨历程的长久，企望恢复信念的坚定不移与迫切，都充分表达出来了。他们年年岁岁盼望着南宋能够出师北伐，可是岁岁年年此愿落空。当然，他们还是不断地盼望下去。人民的爱国热忱如压在地下的跳荡火苗，历久愈炽；而南宋统治集团却醉生梦死于西子湖畔，把大好河山、国恨家仇丢在脑后，可谓心死久矣，又是多么可叹！后一层意思，在诗中虽未明言

点破，但强烈的批判精神跃然可见。

病起[①]书怀

［南宋］陆游

病骨支离纱帽宽[②]，孤臣万里客江干[③]。
位卑未敢忘忧[④]国，事定犹须待阖棺[⑤]。
天地神灵扶庙社[⑥]，京华父老望和銮[⑦]。
出师一表[⑧]通今古，夜半挑灯[⑨]更细看。

注释

① 病起：病愈。

② 病骨：指多病瘦损的身躯。支离：憔悴，衰疲。

③ 孤臣：孤立无助或不受重用的远臣。江干：江边，江岸。

④ 忘忧：忘却忧虑。

⑤ 阖棺：指死亡，诗中意指盖棺定论。

⑥ 庙社：宗庙和社稷，喻国家。

⑦ 京华：京城之美称。因京城是文化、人才汇集之地，故称。和銮：同“和鸾”，古代车上的铃铛。挂在车前横木上称“和”，挂在轭首或车架上称“銮”。诗中代指君主御驾亲征，收复祖国河山的美好景象。

⑧ 出师一表：指三国时期诸葛亮所作《出师表》。

⑨ 挑灯：拨动灯火，点灯。亦指在灯下。

译文

病体虚弱消瘦，以致头上的纱帽也显得宽大了，孤单一人客居在万里之外的成都江边。虽然职位低微却从未敢忘记忧虑国事，但若想实现统一理想，只有死后才能盖棺定论。希望天地神灵保佑国家社稷，北方百姓都在日夜企盼着君主御驾亲征收复失陷的河山。诸葛孔明的传世之作《出师表》忠义之气万古流芳，深夜难眠，还是挑灯细细品读吧。

赏析

《病起书怀》作于宋孝宗淳熙三年（1176）四月，陆游时年五十二岁。他被免官后病了二十多天，移居成都城西南的浣花村，病愈之后仍为国担忧，为了效法诸葛亮北伐、统一祖国的决心，挑灯夜读《出师表》，挥笔泼墨，写下此诗，“位卑”句成为后世许多忧国忧民的寒素之士用以自警自励的名言。

此诗贯穿了诗人忧国忧民的情怀，揭示了百姓与国家的血肉关系。“位卑未敢忘忧国”这一传世警句，是诗人爱国之心的真实写照，也是它能历尽沧桑、历久常新的原因所在。

诗人想到自己一生屡遭挫折、壮志难酬，而年已老大，自然有着深深的慨叹和感伤；但他在诗中说一个人盖棺方能定论，表明诗人对前途仍然充满着希望。

首联“病骨支离纱帽宽，孤臣万里客江干”，叙事、点题，是诗人自身的写照。“纱帽宽”，一语双关，既言其病后瘦弱，故感帽檐宽松；又暗含被贬官之意，纵使自己有满腔报国之志，也只能身处江湖之远，客居江边，无力回天，心中的痛苦与烦恼可见一斑。

颔联“位卑未敢忘忧国，事定犹须待阖棺”，为全篇的主旨所在，其中“位卑未敢忘忧国”同顾炎武的“天下兴亡，匹夫有责”意思相近，它的主旨就是热爱祖国。这两句使我们看到诗人高尚的人格和一颗忠心爱国的赤子之心。正因为诗人光明磊落、心地坦荡，所以他对暂时遭遇的挫折并不介意。他坚信历史是公正的，一定会对一个人做出恰如其分的评价。但是诗人并没有局限于抒写自己的情怀，而是以国家的大事为己任。

颈联“天地神灵扶庙社，京华父老望和銮”，宕开一笔，抒写了对国家政局的忧虑，同时呼吁朝廷北伐，重返故都，以慰京华父老之望。在这里，诗人寄托了殷切的期望：但愿天地神灵扶持国家，使广大民众脱离战火，安乐昌盛。

尾联“出师一表通今古，夜半挑灯更细看”，采用典故抒发了诗人的忧国忧民情怀，可诗人对于收复河山毫无办法，只能独自一人挑灯细看诸葛亮的传世之作，希望皇帝能早日悟出“出师一表通古今”的道理。

知识链接

《习近平用典》中的“位卑未敢忘忧国”，正是要求每个公民都为国家富强、民族复兴尽一份力。中南大学教授、著名学者杨雨在《侠骨柔情陆放翁》中评价此诗：“陆游的悲情人生，有多少未了的心愿和志向。偏安一隅的东南小朝廷，为了苟安，竟守着江南半壁，不去讨伐金国、收复故土，天天歌舞升平，不知祸患，只图安乐，岂能不亡！陆游用他传诵千古的‘位卑未敢忘忧国’，向我们袒露出一颗赤诚忠贞的心。”

夜游宫·记梦寄师伯浑

［南宋］陆游

雪晓[①]清笳[②]乱起，梦游处、不知何地。铁骑无声望似水[③]。想关河：雁门西，青海际[④]。

睡觉[⑤]寒灯里，漏[⑥]声断、月斜窗纸。自许封侯在万里[⑦]。有谁知，鬓虽残[⑧]，心未死。

注释

① 雪晓：下雪的早晨。

② 清笳：清凉的胡笳声。笳：古代军队中用的一种管乐器。

③ 无声：古代夜行军，令士卒口中衔枚，故无声。句意是说披着铁甲的骑兵，衔枚无声疾走，望去像一片流水。

④ 关河：关塞、河防。雁门：即雁门关，在今山西省代县西北雁门山上。青海：即青海湖，在今青海省。青海际：青海湖边。这两处都是古代边防重地。

⑤ 睡觉：睡醒。

⑥ 漏：滴漏，古代用铜壶盛水，壶底穿一孔，壶中水以漏渐减，所以计时。漏声断，滴漏声停止，则一夜将尽，天快亮了。

⑦ 自许封侯在万里：是说自信能在万里之外立功封侯。《后汉书·班超传》记载，班超少有大志，投笔从戎曰："大丈夫无他志略，犹当效傅介子、张骞立功异域，安能久事笔砚间乎？"后来他在西域建立大功，官至西域都护，封定远侯。这里表示要取法班超。

⑧ 鬓虽残：指头发衰落稀疏，喻衰老。

译文

雪天的早晨，清亮的角声此起彼落回应。梦里我不知来到哪里，竟有这等边关风情。骠勇的战马寂寂无声，像急流滚滚向前挺进。呵！我不由联想起那雄关大河的边地情景，想起金人占领着的雁门，还有那遥远的青海边境！

在寒灯晃动的残夜里睁开眼睛，漏声停，晓月斜映着窗纸，天色将明。万里外封王拜侯我还有自信。但现在谁能理解我的衷情？时间虽然无情地稀疏了我的双鬓，但决不会泯灭我那报国的雄心！

赏析

这首词是孝宗乾道九年（1173）陆游自汉中回成都后所作。师伯浑，师浑甫，字伯浑，四川眉山人。二人相识于眉山，后结为知己。陆游晚年隐居不仕，但人老而心不死，自己虽然离开南郑前线回到后方，可是始终不忘要继续参加抗金之事。此词就是陆游借跟知己写信来表达自己的这种心思。

上片写的是梦境。一开头就渲染了一幅有声有色的边塞风光：雪、笳、铁骑等都是特定的北方事物，放在秋声乱起和如水奔泻的动态中写，有力地把读者吸引到作者的词境里来，中间突出一句点明这是梦游所在。先说是迷离惝恍的梦，然后引出联想——梦中的联想：这样的关河，必然是雁门、青海一带了，这里是单举两个地方以代表广阔的西北领土。作者为何有这样的"梦游"呢？只因王师还未北定中原，收复故土。这成为作者的心病，迟迟未能消除。作者深切的忧国忧民情怀，凝聚在短短的九个字中，给人以非恢复河山不可的激励，从而过渡到下片。

下片写梦醒后的感想。首先描写了冷清孤寂的环境：漏尽更残，寒灯一点，西沉斜照的月色映在窗前。这样的环境，既和清笳乱起、铁骑似水的梦境相对照，又和作者从戎报国、封侯万里的雄心相映衬，使得全词增添了抑扬起伏的情致。梦境中，军旅戎马生涯逼真，而现实中理想抱负却是一场幻梦。梦境何等的雄拔，现实却是如此的凄凉。梦里梦外的这种反差和错位，令人顿生英雄陌路之慨。虚实对比，形成巨大反差，凸显了词人的失落情怀；"有谁知"三字，照应"寄师伯浑"的题目，婉转地表示了把对方视为知己挚友的意思。篇末直抒感慨，身虽老而雄心仍在，始终不忘要继续参加抗金事业，于苍凉悲愤之中更见豪壮之气，从而振起全篇，激扬着高亢的情调。

梦境和实感，上下片一气呵成，有机地融为一体，使五十七字中的笔调，具有了壮阔的境界。

学思践悟

1. 你了解班超"投笔从戎"的典故吗？
2. 你能背出陆游的《示儿》吗？

金错刀[①]行

[南宋] 陆游

黄金错刀白玉[②]装，夜穿窗扉出光芒。
丈夫五十功未立，提刀独立顾八荒。
京华[③]结交尽奇士，意气[④]相期[⑤]共生死。
千年史策[⑥]耻无名，一片丹心报天子。
尔来从军天汉滨[⑦]，南山[⑧]晓雪玉嶙峋[⑨]。
呜呼！楚虽三户能亡秦[⑩]，岂有堂堂中国空无人。

注释

① 金错刀：刀身嵌有黄金纹的刀。
② 白玉：白色的玉。亦指白璧。
③ 京华：指南宋京城临安（今杭州市）。
④ 意气：豪情气概。
⑤ 相期：期待，相约。这里指互相希望和勉励。
⑥ 史策：即史册。
⑦ 天汉滨：汉水边。这里指汉中一带。
⑧ 南山：终南山，一名秦岭，在陕西省南部。

⑨ 嶙峋：山石参差重叠的样子。

⑩ 楚虽三户能亡秦：战国时，秦攻楚，占领了楚国不少地方。楚人激愤，有楚南公云："楚虽三户，亡秦必楚。"意即楚国哪怕只剩下三户人家，最后也一定能报仇灭秦。三户，指屈、景、昭三家。

译文

用黄金镀饰、白玉镶嵌的宝刀，到夜间，它耀眼的光芒，穿透窗户，直冲云霄。大丈夫已到了五十岁，可建功立业的希望渺茫，只能独自提刀徘徊，环顾着四面八方，祈求能一展抱负。我在京城里结交的都是些豪杰义士，彼此意气相投，相约为国战斗，同生共死。不能在流传千年的史册上留名，我感到羞耻；但一颗赤胆忠心始终想消灭胡虏，报效天子。近来，我来到汉水边从军，每天早晨都对着参差耸立的终南山，遥望着布满晶莹似玉般积雪的峰峦。啊，楚国虽然被秦国蚕食，但即使剩下三户人家，也一定能消灭秦国，难道我堂堂大宋，竟会没有一个能人，把金虏赶出边关？

赏析

孝宗乾道八年（1172）正月，陆游应四川宣抚使王炎的聘请，从夔州（今四川奉节）赴南郑（今陕西汉中），担任宣抚使司干办公事兼检法官。这段从军生活留给陆游深刻难忘的印象。过了一年，即乾道九年（1173），那年陆游四十八岁，奉调摄知嘉州（今四川乐山）。十月，他根据这段在汉中的经历和感受，写下了这首《金错刀行》。这是一首托物寄兴之作，在结构上有由物及人、层层拓展的特点，共分三层意思：

第一层从开头到"提刀独立顾八荒"，从赋咏金错刀入手引出提刀人渴望杀敌立功的形象。第二层从"京华结交尽奇士"到"一片丹心报天子"，从提刀人推展到"奇士"群体形象以抒发共同的报国丹心。第三层从"尔来从军天汉滨"到结束，联系眼前从军经历，点明全诗题旨，表达了大宋必胜的豪情壮志。

诗人感叹"丈夫五十功未立"，这里的"丈夫"，是一个忧国忧民的形象。诗句中所说的"功"，不仅指陆游个人的功名，还指恢复祖国河山的抗金大业。"一片丹心报天子"一句似有忠君色彩，但在那时，"天子"与国家社稷难以分开，"报天子"即是报效国家。

诗人还指出，"京华结交尽奇士，意气相期共生死"。即胸怀报国丹心的并非只有自己，当时朝廷中已经形成一个爱国志士群体。隆兴初年，朝中抗战派势力抬头，老将张浚重被起用，准备北伐，陆游也受到张浚的推许。这些爱国志士义结生死、同仇敌忾，是抗金的中流砥柱。因此，诗人最后发出了"岂有堂堂中国空无人"的时代最强音，可谓振聋发聩。

知识链接

陆游生活在民族危机深重的时代。南宋国势衰微，恢复大业屡屡受挫，抗金志士切齿扼腕。陆游年轻时就立下了报国志向，但无由请缨。他在年将五十时获得供职抗金前线的机会，亲自投身火热的军旅生活，大大激发了心中蓄积已久的报国热忱。于是他借金错刀来述怀言志，抒发了誓死抗金、大宋必胜的豪壮情怀。这种光鉴日月的爱国主义精神，是我中华民族浩然正气的体现，永远具有鼓舞人心、催人奋起的巨大力量。

学思践悟

你知道跟陆游同时期的抒写忧国忧民情怀的诗人还有谁吗？代表作都有哪些？

诉衷情[①]·当年万里觅封侯[②]

［南宋］陆游

当年万里觅封侯，匹马戍梁州[③]。关河梦断何处[④]？尘暗旧貂裘[⑤]。

胡[⑥]未灭，鬓先秋[⑦]，泪空流。此生谁料，心在天山[⑧]，身老沧洲[⑨]。

注释

① 诉衷情：词牌名。选自《放翁词》。

② 万里觅封侯：奔赴万里外的疆场，寻找建功立业的机会。《后汉书·班超传》载，班超少有大志，尝曰："大丈夫应当立功异域，以取封侯，安能久事笔砚间乎？"

③ 戍：守边。梁州：《宋史·地理志》："兴元府，梁州汉中郡，山南西道节度。"治所在南郑。陆游著作中，称其参加四川宣抚使幕府所在地，常杂用以上地名。

④ 关河：关塞、河流。一说指潼关黄河之所在。此处泛指汉中前线险要的地方。梦断：梦醒。

⑤ 尘暗旧貂裘：貂皮裘上落满灰尘，颜色为之暗淡。这里借用苏秦典故，说自己不受重用，未能施展抱负。据《战国策·秦策》，苏秦游说秦王"书十上而不行，黑貂之裘敝，黄金百斤尽，资用乏绝，去秦而归"。

⑥ 胡：古泛称西北各族为胡，亦指来自彼方之物。南宋词中多指金人。此处指金入侵者。

⑦ 鬓：鬓发。秋：秋霜，比喻年老鬓白。

⑧ 天山：在中国西北部，是汉唐时的边疆。这里代指南宋与金国相持的西北前线。

⑨ 沧洲：靠近水的地方，古时常用来泛指隐士居住之地。谢朓《之宣城郡出新林浦向板桥》诗有"既欢怀禄情，复协沧洲趣"句。这里是指作者位于镜湖之滨的家乡，闲居之地。

译文

回忆当年为了寻找建功立业的机会，单枪匹马奔赴边境保卫梁州。如今防守边疆要塞的从军生活只能在梦中出现，梦一醒不知身在何处。灰尘已经盖满了旧时出征的貂裘。

胡人还未消灭，鬓边已呈秋霜，感伤的眼泪白白地淌流。这一生谁能预料，原想一心一意抗敌在天山，如今却一辈子老死于沧洲！

赏析

这首词是陆游晚年的作品，出自《放翁词》。此词描写了作者一生中最值得怀念的一段岁月，通过今昔对比，反映了一位爱国志士的坎坷经历和不幸遭遇，表达了作者壮志未

酬、报国无门的悲愤不平之情。

上片开头追忆作者昔日戎马疆场的意气风发，接写当年宏愿只能在梦中实现的失望。“当年万里觅封侯，匹马戍梁州”，开头两句再现了词人往日壮志凌云、奔赴前线的勃勃英姿；一个“觅”字显出词人当年的自许、自信的雄心和坚定执着的追求精神。“关河梦断何处，尘暗旧貂裘”，陆游因为被调离关塞河防，只能时时在梦中达成愿望，然而梦醒不知身在何处，只有旧时貂裘戎装且已尘封色暗。一个“暗”字将岁月的流逝、人事的消磨，化作灰尘堆积之暗淡画面，心情饱含惆怅。

下片抒写敌人尚未消灭而英雄却已迟暮的感叹。“胡未灭，鬓先秋，泪空流。”这三句步步紧逼，声调短促，说尽平生不得志。放眼西北，神州陆沉，残虏未扫；回首人生，流年暗度，两鬓已苍；沉思往事，雄心虽在，壮志难酬。“未”“先”“空”三字在承接比照中，流露出沉痛的感情，所以这忧国之泪只是“空”流。一个“空”字既写出了内心的失望和痛苦，也写出了对君臣尽醉的偏安东南一隅的小朝廷的不满和愤慨；“此生谁料，心在天山，身老沧洲！”最后三句总结一生，反省现实。“谁料”二字写出了往日的天真与此时的失望，“心在天山，身老沧洲”两句作结，将作者一生执着收复失地统一中原的志向和年老仍未实现却只能闲居的现实形成强烈的对比，对比中可看出词人年老还希望报效祖国却壮志未酬的痛苦煎熬的情感。

全词格调苍凉悲壮，用典自然，不着痕迹，如叹如诉，有较强的艺术感染力。

知识链接

这首词是作者晚年隐居山阴农村以后写的，淳熙十六年（1189），陆游被弹劾罢官后，退隐山阴故居长达十二年。这期间，他常常在风雪之夜、孤灯之下，回首往事，梦游梁州，并写下一系列忧国忧民的诗词，这首《诉衷情》便是其中的一篇。陆游的一生以抗金复国为己任，无奈请缨无路，屡遭贬黜，晚年退居山阴，有志难申。“壮士凄凉闲处老，名花零落雨中看。”历史的秋意，时代的风雨，英雄的本色，艰难的现实，共同酿成了这一首悲壮沉郁的《诉衷情》。

学思践悟

你知道“班超投笔从戎”“苏秦不受重用”的典故吗？

永遇乐·京口[①]北固亭怀古

[南宋] 辛弃疾

千古江山，英雄无觅，孙仲谋[②]处。舞榭歌台，风流总被，雨打风吹去。斜阳草树，寻常巷陌，人道寄奴[③]曾住。想当年，金戈铁马，气吞万里如虎[④]。

元嘉草草[⑤]，封狼居胥[⑥]，赢得仓皇北顾。四十三年[⑦]，望中犹记，烽火扬州路。可堪回首，佛狸祠[⑧]下，一片神鸦社鼓[⑨]。凭谁问，廉颇[⑩]老矣，尚能饭否？

作者简介

辛弃疾（1140—1207），南宋文学家，字幼安，号稼轩，历城（今山东济南）人。二十一岁参加抗金义军，不久归南宋，历任湖北、江西、湖南、福建、浙东安抚使等职。任职期间，采取积极措施，召集流亡，训练军队，奖励耕战，打击贪污豪强，注意安定民生。一生坚决主张抗金，以恢复中原。但他所提出的抗金建议均未被采纳，并遭到主和派的打击，曾长期落职闲居江西上饶、铅山一带。晚年韩侂胄当政，一度起用，不久病卒。作品集有《稼轩长短句》。

注释

① 京口：古城名，即今江苏镇江。因临京岘山、长江口而得名。

② 孙仲谋：三国时的吴王孙权（182—252），字仲谋，曾建都京口，东吴大帝，三国时期吴国的开国皇帝。吴郡富春县（今浙江富阳）人，长沙太守孙坚次子，幼年跟随兄长吴侯孙策平定江东。公元200年，孙策早逝，临死前对孙权说："内事不决问张昭，外事不决问周瑜。"孙权继位为江东之主。

③ 寄奴：南朝宋武帝刘裕小名。刘裕（363—422），字德舆，小名寄奴，先祖是彭城人（今江苏徐州市），后来迁居到京口（今江苏镇江市），南北朝时期宋朝的建立者，史称宋武帝。中国历史上杰出的政治家、卓越的军事家、统帅。

④ 想当年，金戈铁马，气吞万里如虎：刘裕曾两次领晋军北伐，收复洛阳、长安等地。

⑤ 元嘉：刘裕子刘义隆年号。草草：轻率。南朝宋刘义隆好大喜功，仓促北伐，却反而让北魏太武帝拓跋焘抓住机会，以骑兵集团南下，兵抵长江北岸而返，遭到对手的重创。

⑥ 封狼居胥：汉武帝元狩四年（前119）霍去病远征匈奴，歼敌七万余，封狼居胥山而还。狼居胥山，在今蒙古境内。词中用"元嘉北伐"失利事，以影射南宋"隆兴北伐"。

⑦ 四十三年：作者于宋高宗绍兴三十二年（1162）南归，到写该词时正好为四十三年。

⑧ 佛狸祠：北魏太武帝拓跋焘小名佛狸。公元450年，他曾反击刘宋，两个月的时间里，兵锋南下，五路远征军分道并进，从黄河北岸一路穿插到长江北岸，并在长江北岸瓜步山建立行宫，即后来的佛狸祠。

⑨ 神鸦：指在庙里吃祭品的乌鸦。社鼓：祭祀时的鼓声。整句话的意思是，到了南宋时期，当地老

百姓只把佛狸祠当作一位神祇来祭祀供奉，而不知道它过去曾是一个皇帝的行宫。

⑩ 廉颇：战国时赵国名将。《史记·廉颇蔺相如列传》记载，廉颇被免职后，跑到魏国，赵王想再用他，派人去看他的身体情况。廉颇之仇郭开贿赂使者。使者虽然看到廉颇一顿进食米饭一斗，肉十斤，并被甲上马，以示尚可用。但使者回来报告赵王说："廉颇将军虽老，尚善饭，然与臣坐，顷之三遗矢（通假字，即屎）矣。"赵王以为廉颇已老，遂不用。

译文

历经千古江山，再也难以找到像孙权那样的英雄。当年的舞榭歌台还在，英雄人物却随着岁月的流逝早已不复存在。斜阳照着长满草树的普通小巷，人们说那是当年刘裕曾经住过的地方。回想当年，他领军北伐、收复失地的时候是何等威猛！

然而刘裕的儿子刘义隆好大喜功，仓促北伐，却反而让北魏太武帝拓跋焘乘机挥师南下，兵抵长江北岸而返，遭到对手的重创。我回到南方已经有四十三年了，看着中原仍然记得扬州路上烽火连天的战乱场景。怎能回首啊，当年拓跋焘的行宫外竟有百姓在那里祭祀，乌鸦啄食祭品，人们过着社日，只把他当作一位神祇来供奉，而不知道这里曾是一个皇帝的行宫。还有谁会问，廉颇老了，饭量还好吗？

赏析

这首词由南宋著名文学家辛弃疾作于宋宁宗开禧元年（1205）。当时韩侂胄执政，正积极筹划北伐，闲置已久的辛弃疾于前一年被起用为浙东安抚使，这年春初，又受命担任镇江知府，戍守江防要地京口（今江苏镇江）。作者六十六岁任镇江知府时，登上京口北固亭写下这首感怀词。

这首词用典精当，有怀古、忧世、抒志的多重主题。江山千古，欲觅当年英雄而不得，起调不凡。开篇借景抒情，由眼前所见而联想到两位著名历史人物——孙权和刘裕，对他们的英雄业绩表示向往。接下来讽刺当朝用事者韩侂胄，又像刘义隆一样草率，欲挥师北伐，令人忧虑。思及自己老之将至而朝廷不会再重用，不禁仰天叹息。其中"佛狸祠下，一片神鸦社鼓"写北方已非宋朝国土的感慨，最为沉痛。

词的上片怀念孙权、刘裕。孙权坐镇东南，击退强敌；刘裕金戈铁马，战功赫赫，收复失地，气吞万里。对历史人物的赞扬，也就是对主战派的期望和对南宋朝廷苟安求和者的讽刺和谴责。

下片引用南朝刘义隆冒险北伐，招致大败的历史事实，忠告韩侂胄要吸取历史教训，不要草率从事；接着用四十三年来强调抗金形势的变化，表示词人收复中原的决心不变；

结尾三句，借廉颇自比，表示词人报效国家的强烈愿望和对宋室不能尽用人才的慨叹。

全词豪壮悲凉，义重情深。抒发感慨连连用典，中间稍加几句抒情性议论，不仅体现了辛弃疾词好用典的特点，也可窥见“词论”的风格。

学思践悟

你知道什么叫“典故”吗？能说出该词中典故的作用吗？

破阵子·为陈同甫赋壮词以寄之

［南宋］辛弃疾

醉里挑灯看剑①，梦回吹角连营②。八百里③分麾下④炙⑤，五十弦翻⑥塞外声⑦，沙场秋点兵。

马作的卢⑧飞快，弓如霹雳⑨弦惊。了却君王天下事，赢得生前身后名。可怜白发生！

注释

① 挑灯：点灯。看剑：是准备上战场杀敌的形象。说明作者即使在醉酒之际也不忘抗敌。

② 连营：连接一起驻扎的军营。

③ 八百里：牛名。《晋书·王济传》和《世说新语·汰侈》都记载八百里驳，亦兼指连营之广，语意双关。

④ 麾下：指部下。麾：军旗。

⑤ 炙：烤肉。

⑥ 翻：演奏。

⑦ 塞外声：以边塞作为题材的雄壮悲凉的军歌。

⑧ 的卢：一种性烈的快马。相传刘备在荆州遭遇危难，骑的卢马“一跃三丈”，脱离险境。

⑨ 霹雳：惊雷，比喻拉弓时弓弦响如惊雷。

译文

醉梦里挑亮油灯观看宝剑，梦里回到响彻号角声的军营。把八百里分给将士们烤肉，让乐器奏起雄壮的军乐鼓舞士气。这是秋天在战场上阅兵。

战马像的卢马一样跑得飞快，弓箭像惊雷一样，震耳离弦。（我）一心想完成替君主收复国家失地的大业，博得天下生前死后的美名。只可惜（现在）已白发丛生！

赏析

这首词是辛弃疾写给他的朋友陈同甫（陈亮）的。词中回顾了他当年在山东和耿京一起领导义军抗击金兵的情形，描绘了义军雄壮的军容和英勇战斗的场面，也表现了作者不能实现收复中原的理想的悲愤心情。

上片写军容的威武雄壮。开头两句写辛弃疾喝酒之后，拨亮灯火，拔出身上佩戴的宝剑，仔细地抚视着。当他一梦醒来的时候，还听到四面八方的军营里接连响起号角声。三、四、五句写许多义军都分到了烤熟的牛肉，乐队演奏起悲壮苍凉的边塞军歌，在秋天的战场上，检阅着全副武装、准备战斗的部队。

下片前两句写义军在作战时奔驰向前，英勇杀敌，弓弦发出霹雳般的响声。“作”，与下面的“如”字是一个意思。“马作的卢”，是说战士所骑的马，都像的卢马一样好。“了却君王天下事”，指完成恢复中原的大业；“赢得生前身后名”一句是说，我要博得为抗金复国、建立功业的生前和死后的英名；最后一句“可怜白发生”，意思是说，可惜功名未就，头发就白了，人也老了，反映了作者的理想与现实的矛盾。

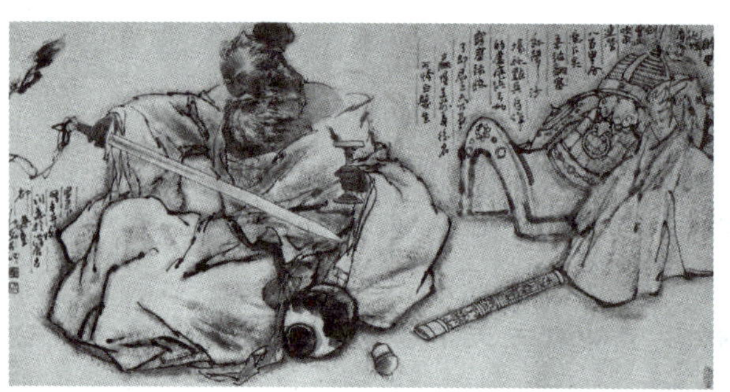

这首词气势磅礴，充满了鼓舞人心的壮志豪情，能够代表作者词作的豪放风格。

知识链接

“的卢”，古代一种烈性的快马。三国时代，有这样的故事：刘备带兵驻扎在樊城（今河北省襄樊市），刘表不信任他，曾请他赴宴，想在宴会上捉拿他。刘备发觉这个阴谋后，便从宴会上逃出。他所骑的马名字便叫“的卢”。在他骑马渡襄阳城西檀溪水时，的卢溺在水中，走不出来。刘备非常着急地说：“的卢，今天有生命危险，应当努力！”于是，的卢马一跃三丈，渡过溪水，使刘备转危为安。

学思践悟

1. 你了解“八百里”“五十弦”的意思吗？

2. 你能用自己的话将作者梦中所见的场面描述一下吗？并思考作者为何晚年还借助“梦”来抒发自己对战争的恋恋不舍之情？

水调歌头·舟次扬州和人韵

[南宋] 辛弃疾

落日塞尘起，胡骑猎清秋[①]。汉家组练十万，列舰耸层楼[②]。谁道投鞭飞渡[③]？忆昔鸣髇血污[④]，风雨佛狸愁[⑤]。季子正年少，匹马黑貂裘[⑥]。

今老矣，搔白首，过扬州[⑦]。倦游欲去江上，手种橘千头[⑧]。二客东南名胜，万卷诗书事业，尝试与君谋[⑨]。莫射南山虎，直觅富民侯[⑩]。

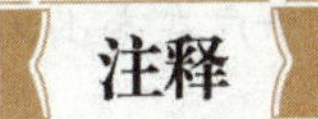

注释

① 落日塞尘起，胡骑猎清秋：言金人于清秋之际大举来犯。按：此即指绍兴三十一年（1161）金兵南侵事。猎：打猎，实指发动战争。古时北方游牧部族常趁秋天粮足马肥之际，借行猎为名南向骚扰。

② 汉家组练十万，列舰耸层楼：谓南宋雄兵十万，列舰江面，严阵以待。按：此即指虞允文采石矶抗金事。组练：指军队。耸层楼：形容战舰的高大雄壮。

③ 谁道投鞭飞渡：描叙当年金主完颜亮的南侵惨败及其死于非命。投鞭飞渡：用投鞭断流典故。前秦苻坚举兵南侵东晋，号称九十万大军，他曾自夸说："以吾之众旅，投鞭于江，足断其流。"（《晋书·苻坚载记》）结果淝水一战，大败而归，丧师北还。此喻完颜亮南侵时的嚣张气焰，并暗示其最终败绩。

④ 鸣髇血污：被响箭射死。鸣髇：即鸣镝，响箭。据《史记·匈奴传》，匈奴太子欲弑父夺位，作鸣镝。当其随父出猎时，率先射出鸣镝，部下随之，其父终于死于箭下。此喻完颜亮兵败后，被部属杀死。

⑤ 风雨佛狸愁：风雨凄愁，佛狸死于非命。佛狸：后魏太武帝拓跋焘的小字。他曾南侵刘宋王朝，受挫北撤后，死于宦官之手。稼轩用此事，意同上句。

⑥ 季子正年少，匹马黑貂裘：稼轩以苏秦自喻，言其当年英雄年少，黑裘匹马，驰骋疆场。季子：苏秦，字季子，战国时代著名纵横家，佩六国相印。当其未得志时，赵国李兑曾资助他黑貂裘，使其西去游说秦王。事见《战国策·赵策》。

⑦ 今老矣，搔白首，过扬州：今过扬州，人已中年，不堪回首当年。搔白首：暗用杜甫《梦李白》诗意："出门搔白首，若负平生志。"

⑧ 倦游欲去江上，手种橘千头：欲退隐江上，种橘消愁。橘千头：三国时丹阳太守李衡曾命人到武陵龙阳洲种橘千株。临终时对其儿说："我家有'千头木奴'，足够你岁岁使用。"（《襄阳耆旧传》）

⑨ 二客东南名胜，万卷诗书事业，尝试与君谋：称颂友人学富志高，愿为之谋划。二客：指杨济翁和周显先。名胜：名流。万卷诗书事业：化用杜甫诗意："读书破万卷，下笔如有神。……致君尧舜上，再使风俗淳。"（《奉赠韦左丞丈》）

⑩ 莫射南山虎，直觅富平侯：劝友人宁当太平侯相，不作战时李广。此牢骚语，讽嘲朝廷轻视战备，不思北伐。射南山虎：指汉将李广。李广闲居蓝田南山时，曾射猎猛虎。（《史记·李将军列传》）富民侯：《汉书·食货志》："武帝末年，悔征伐之事，乃封丞相为富民侯。"

译文

落日雄浑，边境上战争的烟尘涌起，秋高气爽，金兵大举进犯。看我雄壮的十万大军奋勇迎敌，江面上排列的战舰如高楼耸立。谁说苻坚的士兵投鞭就能截断江流？想当年昌顿谋杀生父，响箭上染满血迹，佛狸南侵在风雨中节节败退，最终也死在他自己的亲信手里。年轻时的我像苏秦一样英姿飒爽，跨着战马、身披貂裘，为国奔走效力。

如今我一事无成，人已渐老，搔着白发又经过扬州旧地。我已经厌倦了官宦生涯，真想到江湖间种橘游憩。你们二位都是东南的

名流，胸藏万卷诗书，前程无量。让我尝试着为你们出谋划策：不要学李广在南山闲居射虎，去当个“富民侯”才最为相宜。

赏析

此词是词人乘船赴湖北任所途中泊驻扬州时所作。

上片是回忆，气势沉雄豪放，表现了词人少年时期抗敌报国、建立功业的英雄气概。先写高宗绍兴三十一年（1161），完颜亮大举南侵；再写南宋军队在采石水陆并进，击退敌人。江上楼船来回游弋，防卫十分严密。然后写残酷贪婪的完颜亮，妄想一举灭宋，“立马吴山第一峰”。遭到阻击后，他在进退维谷的情势下被杀。那时，辛弃疾刚到南方，年少气盛，看见这种胜利的场面，认为收复失地有望，因而十分兴奋。

下片是“追昔”，抒发了词人理想不能实现的悲愤，貌似旷达，实则感慨极深，失路英雄的忧愤与失望情绪跃然纸上。作者的抗金生涯开始于金主完颜亮发动南侵时期，词亦从此时写起。“胡骑猎清秋”即指完颜亮 1161 年率军南侵事（“猎”，借指发动战争）。前一句“落日塞尘起”是先造气氛。从意象看，战尘遮天，本来无光的落日，便更显其惨淡，准确渲染出敌寇甚嚣尘上的气焰。紧接二句则写宋方抗金部队坚守大江。以“汉家”与“胡骑”对举，自然造成两军对峙、一触即发的战争气氛。写对方行动以“起”“猎”等字，是属于动态的，写宋方部署以“列”“耸”等字，偏于静态。相形之下，益见前者嚣张，后者镇定。“组练（组甲练袍，指军队）十万”“列舰”“层楼”，均极说明宋军阵容严整盛大，有一种必胜的信心与气势。前四句对比有力，烘托出两军对垒的紧张气氛，同时也使人感觉正义战争前途光明；后三句进一步回忆当年完颜亮南进溃败被杀事。完颜亮南侵期间，金统治集团内部分裂，军事上屡受挫折，士气动摇、军心离散。当完颜亮迫令金军三日内渡江南下时，他被部下所杀，这场战争就此结束。

知识链接

词作于淳熙五年（1178）。是年夏秋之交，稼轩在临安大理寺少卿任上不足半年，又调任为湖北转运副使，这是词人赴湖北任所途中泊驻扬州时所作。词人与友人杨济翁（炎正）、周显先有词作往来唱和。扬州为当时长江北岸军事重镇。词人在南归之前，在山东、河北等地区从事抗金活动，到过扬州，又读到友人伤时的辞章，心潮澎湃，遂写下这首抚今追昔的和韵词作。

南乡子·登京口北固亭有怀[①]

［南宋］辛弃疾

何处望神州[②]？满眼风光北固楼。千古兴亡[③]多少事？悠悠[④]。不尽长江滚滚流！

年少万兜鍪[⑤]，坐断东南战未休[⑥]。天下英雄谁敌手[⑦]？曹刘[⑧]。生子当如孙仲谋。

注释

① 南乡子：词牌名。京口：今江苏镇江市。北固亭：在镇江北固山上，下临长江，三面环水。

② 望：眺望。神州：这里指中原地区。

③ 兴亡：指国家兴衰，朝代更替。

④ 悠悠：连绵不尽的样子。

⑤ 万兜鍪：指千军万马。兜鍪：头盔，这里代指士兵。

⑥ 坐断：占据，割据。休：停止。

⑦ 敌手：能力相当的对手。

⑧ 曹刘：指曹操、刘备。

译文

什么地方可以看见中原呢？在北固楼上，满眼都是美好的风光。从古到今，有多少国家兴亡大事呢？不知道，年代太久了。看着永远奔腾不息的长江水滚滚东流。

想着当年孙权在青年时代，已带领了千军万马，他能占据东南，坚持抗战，没有向敌人低头和屈服过。天下英雄谁是孙权的敌手呢？只有曹操和刘备而已。难怪曹操会说："生子当如孙仲谋。"

赏析

词作通篇三问三答、互相呼应，歌颂古代英雄人物，表达了作者渴望像古代英雄人物那样金戈铁马，收拾旧山河，为国效力的壮烈情怀，讽刺南宋统治者在金兵的侵略面前不敢抵抗、昏庸无能和对苟且偷安、毫无振作的南宋朝廷的愤慨之情。全诗饱含着浓浓的爱国情怀，也流露出作者报国无门的无限感慨。

"何处望神州？满眼风光北固楼。"极目远眺，此时南宋与金以淮河分界，辛弃疾站在长江之滨的北固楼上，翘首遥望江北金兵占领区，其弦外之音是中原已非我有了，自然引出下文千古兴亡之感。这吁天一问，直可惊天地，泣鬼神。

词人接下来再问一句："千古兴亡多少事？"世人可知，千年来在这块土地上经历了多少朝代的兴亡更替？这句问语纵观千古成败，意味深长，回味无穷。"悠悠，不尽长江滚滚流！""悠悠"者，兼指时间之漫长和词人思绪之无穷。

三国时代的孙权"年少万兜鍪，坐断东南战未休"，年纪轻轻就统率千军万马，雄踞东南一隅。作者在这里一是突出了孙权的年少有为、非凡的胆识和气魄；二是突出了孙权的盖世武功。

接下来，辛弃疾第三次为了渲染孙权的英姿，不惜以夸张之笔发问："天下英雄谁敌手？"作者自问又自答曰："曹刘！"作者在这里极力赞颂孙权的原因是孙权坚持抗战才"坐断东南"，其英雄形象反衬出庸碌无能、懦怯苟安的南宋当权文武之辈。

知识链接

生子当如孙仲谋：引用《三国志·吴主（孙权）传》，曹操尝试与孙权对垒，见舟船、器仗、队伍整肃，叹曰："生子当如孙仲谋，刘景升（即刘表，字景升）儿子若豚犬（猪狗）耳。"暗讽南宋朝廷不如能与曹操刘备抗衡的东吴，南宋皇帝也不如孙权。

学思践悟

本词中作者盛赞孙权是为了表达自己什么样的情感？

渡易水[①]

［明］陈子龙

并刀[②]昨夜匣中鸣[③]，燕赵[④]悲歌最不平。
易水潺湲[⑤]云草碧，可怜无处送荆卿[⑥]。

作者简介

陈子龙（1608—1647），明末官员。初名介，后改名子龙。崇祯十年（1637）进士，清兵陷南京，他和太湖民众武装组织联络，开展抗清活动，事败后被捕，永历元年（1647）投水殉国。

注释

① 易水：源出河北易县西。古时是燕国南部的一条大河。

② 并刀：并州（今山西省太原市一带）产的刀，以锋利著名，后常用以指快刀。

③ 匣中鸣：古人形容壮士复仇心切，常说刀剑在匣子里发出声音。

④ 燕赵：战国时的两个诸侯国，分别在今河北省和山西省。古时燕赵出过不少侠客义士，干出了很多悲壮的事情。

⑤ 潺湲：河水缓缓流动的样子。

⑥ 荆卿：即荆轲，战国时卫国人。他为了燕太子丹去秦国行刺秦王，行刺未成被杀。详见《史记·刺客列传》。

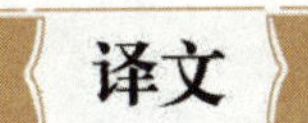

译文

昨天夜里，并刀在匣子里发出愤懑、郁结的声音，燕赵这一带自古多义士，慷慨悲歌，意气难平。易水缓缓地流着，天青草绿，山河依旧，可惜到哪里再去找荆轲那样的壮士，并为他送行呢？

赏析

言志二句：“并刀昨夜匣中鸣，燕赵悲歌最不平。”志由物显，报国的急切愿望由并刀夜鸣来展现，虽壮怀激烈，但不是架空高论，粗犷叫嚣。

“燕赵”是春秋时期的两个诸侯国，包括河北、山西一带。唐大文学家韩愈说：“燕赵古称多感慨悲歌之地”，这里藏龙卧虎，曾出现过荆轲、高渐离这些英雄豪侠！诗人说“悲歌最不平”，意思是，他们热血刚强，疾恶如仇，面对强敌，敢于拔剑而起，还不是因为心头块垒难平？

抒情二句：“易水潺湲云草碧，可怜无处送荆卿。”情因景生，忧世忧时之情由所见易水景象引出。诗人借易水兴感，显然是为了说明那些统治者醉生梦死、意志消沉，一味安享宴乐，早就置国家安危于不顾。“可怜”一词，仿佛是为荆卿惋惜，其实，不正是为了抒发那种知音难觅、报国无门的愤懑吗？在荆轲活着的年代，对强敌的怒火，可以“指冠”，可以“瞋目”；诗人陈子龙却只能用“可怜”来表达英雄失路的悲哀，这，不正是一个时代的悲哀么？

昏庸腐朽的明王朝的覆灭，是历史发展的必然，根本不值得为它唱挽歌；可是，诗人为之倡导的，大敌当前敢于英勇赴死的荆轲式英雄主义精神非常值得后来者珍视。

知识链接

并州即今山西太原，战刀以锋利著称于世，人们称为“并刀”。它真的于“昨夜”铿然有声作“匣中鸣”么？诗人一开章暗用了一个典故：相传楚国剑工铸成的干将、莫邪雌雄双剑，将要杀敌饮血时常作匣中鸣；《刀剑录》也说，乌孤宝刀“有敌至，必鸣”。

立春日感怀

[明] 于谦

年去年来白发新，匆匆马上[①]又逢春。
关河[②]底事空留客？岁月无情不贷人。
一寸丹心图报国，两行清泪为思亲。
孤怀激烈难消遣，漫把金盘簇五辛[③]。

作者简介

于谦（1398—1457），明代名臣。字廷益，号节庵，官至少保，世称于少保。永乐十九年（1421）进士。天顺元年（1457）谦以“谋逆”罪被冤杀。弘治谥肃愍，万历改谥忠肃。于谦与岳飞、张煌言并称“西湖三杰”。有《于忠肃集》。

注释

① 马上：指在征途或在军队里。

② 关河：关山河川，这里指边塞上。

③ 蔟：攒聚的意思。五辛：指五种辛味的菜。《本草纲目》：“元旦、立春，以葱、蒜、韭、蓼蒿、芥辛嫩之叶杂和食之，取迎新之意，谓之五辛盘。”

译文

一年年过去，白头发不断添新，
戎马匆匆里，又一个春天来临。
为了什么事长久留我在边塞？
岁月太无情，年纪从来不饶人。
念念不忘是一片忠心报祖国，
想起尊亲来便不禁眼泪直流。
孤独的情怀激动得难以排遣，
就凑个五辛盘，聊应新春节景。

赏析

这首诗是作者在击退了瓦剌入侵后第二年的一个立春日在前线所写。遇此佳节，引起了作者思亲之念，但是为了国事，又不得不羁留在边地。诗中表达了作者这种矛盾痛苦的心情。

诗中“漫把金盘簇五辛”一句极为巧妙，运用了比喻、双关的手法。诗人表面写在新春到来之际，按照传统习俗凑个“五辛盘”，取迎新之意，聊应新春节景；实际写诗人军务繁忙，有家难回的孤寂无奈。立春之日，诗人内心五味杂陈，孤独的情怀难以排遣，种种情感交织，内心矛盾重重，其状正如盘中五辛。

这首诗通俗易懂，写出了诗人心怀报国之志又思念家乡亲人的内心纠结，淋漓尽致地表达了新春到来时内心的孤寂和矛盾，语言平实但情感真挚。

望阙台[①]

［明］戚继光

十年[②]驱驰海色寒，孤臣[③]于此望宸銮[④]。
繁霜尽是心头血，洒向千峰秋叶丹。

作者简介

戚继光（1528—1588），明代著名抗倭将领、军事家。字元敬，号南塘，晚号孟诸，卒谥武毅。登州（今山东蓬莱）人。官至左都督、太子太保加少保。其诗作描写军旅生活，抒写报国情怀，苍劲豪壮，慷慨激昂。

注释

① 望阙台：在今福建省福清市，是戚继光自己命名的一个高台。阙：宫闱，指皇帝居处。

② 十年：指作者调往浙江，再到福建抗倭这一段时间。从嘉靖三十四年（1555）调浙江任参将，到嘉靖四十二年（1563）援福建，前后约十年。

③ 孤臣：远离京师、孤立无援的臣子，此处是自指。

④ 宸銮：皇帝的住处。

译文

在大海的寒波中，我同倭寇周旋已有十年之久；我站在这里，遥望着京城宫阙。我的心血如同洒在千山万岭上的浓霜，把满山的秋叶都染红了。

赏析

明嘉靖年间，戚继光抗击倭寇，打击海盗，转战于闽、浙、粤之间，十年间屡立战功，基本扫清倭夷。他先后调任浙江参军、福建总督，这首诗就是诗人任福建总督时所作，抒发了自己的丹心热血。

首句“十年驱驰海色寒，孤臣于此望宸銮。”此诗虽为登临之作，却不像一般登临诗那样开篇就写景，而是总括作者在苍茫海域内东征西讨的卓绝战斗生活。“寒”，既指苍茫清寒的海色，同时也暗示旷日持久的抗倭斗争是多么艰难困苦，与“孤臣”有着呼应关系。第二句写登临，又不是写一般的登临。“望宸銮”，交代出登临望阙台的动机。“孤臣”，不是在写登临人的身份，主要是写他当时的处境和登阙台时复杂的心情。战斗艰苦卓绝，而远离京城的将士却得不到来自朝廷的足够支持，诗人心中充满矛盾。得不到朝廷支持，对此诗人不无抱怨；可是他又离不开朝廷这个靠山，对朝廷仍寄予厚望。所以，他渴望表白自己的赤诚，希望得到朝廷的支持。正是这矛盾的心情，促使诗人来到山前，于是望阙台上出现了英雄伫望京师的孤独身影。

“繁霜尽是心头血，洒向千峰秋叶丹。”这一联是借景抒情。诗人登上望阙台，赫然发现：千峰万壑，秋叶流丹。这一片如霞似火的生命之色，使诗人激情满怀，鼓荡起想象的风帆。这两句诗形象地揭示出封建社会中的爱国将领忠君爱国的典型精神境界。在长达十来年的抗倭战争中，诗人所以能在艰苦条件下，不停歇地与倭寇展开殊死较量，正是出于爱国和忠君的赤诚。由于诗人有着崇高的思想境界和高尚的爱国情怀，尽管是失意之作，也使这首诗具有高雅的格调和感人至深的艺术魅力。

这首诗用拟物法，以繁霜比喻自己的鲜血，形象生动，在艺术表现上极富感染力，读其诗，如闻其声，如见其人，不愧为千古传颂的名作。

赴戍登程口占示家人二首（其二）

［清］林则徐

力微任重久神疲，再竭衰庸[①]定不支。
苟利国家生死以，岂因祸福避趋之[②]！
谪居正是君恩厚[③]，养拙[④]刚[⑤]于戍卒宜[⑥]。
戏与山妻谈故事，试吟断送老头皮。

作者简介

林则徐（1785—1850），清朝后期政治家、思想家和诗人。福建侯官人（今福建省福州市），字元抚，又字少穆、石麟。其主要功绩是虎门销烟。官至一品，曾任江苏巡抚、两广总督、湖广总督、陕甘总督和云贵总督，两次受命为钦差大臣。晚清思想家魏源将林则徐及其幕僚翻译的文书合编为《海国图志》，此书对晚清的洋务运动乃至日本的明治维新都具有启发作用。1850 年 11 月 22 日，林则徐在普宁老县城病逝。

注释

① 衰庸：意近“衰朽”，衰老而无能，自谦之词。

② 苟利国家生死以，岂因祸福避趋之：郑国大夫子产改革军赋，受到时人的诽谤，子产曰：“何害！苟利社稷，死生以之。”（见《左传·昭公四年》）诗语本此。以：用，去做。

③ 谪居正是君恩厚：自我宽慰语。谪居：因有罪被遣戍远方。

④ 养拙：犹言藏拙，有守本分、不显露自己的意思。

⑤ 刚：正好。

⑥ 戍卒宜：做一名戍卒较适当。这句诗谦恭中含有愤激与不平。

译文

我能力低微而肩负重任，早已感到筋疲力尽。一再担当重任，以我衰老之躯、平庸之才，是定然不能支撑了。如果对国家有利，我将不顾生死。难道能因为有祸就躲避、有福就上前迎受吗？我被流放伊犁，正是君恩高厚。但我还是退隐不仕，当一名戍卒较适宜。我开着玩笑，同老妻谈起《东坡志林》所记宋真宗召对杨朴和苏东坡赴诏狱的故事，让她不妨吟诵“这回断送老头皮”那首诗来为我送行。

赏析

《赴戍登程口占示家人》作于清道光二十二年（1842），共两首，其二最为著名。林则徐因主张禁烟而受到谪贬伊犁充军的处分，被迫在西安与家人分别时为抒发自己的爱国情感及性情人格而作。表达了他愿为国献身，不计个人得失的崇高精神。诗作淳厚雍容、平和大度，颇合大臣之体。

首联是说：我以微薄的力量为国担当重任，早已感到疲惫。如果继续下去，再而衰，三而竭，无论自己衰弱的体质还是平庸的才干必定无法支持。这与孟浩然的“不才明主弃”、杜牧的“清时有味是无能”等诗句同一机杼，都是正话反说、反言见意之辞。

颔联若用现代语言表达，即“只要有利于国家，哪怕是死，我也要去做；哪能因为害怕灾祸而逃避呢？”此联已成为百余年来广为传颂的名句，也是全诗的思想精华之所在，它表现了林则徐刚正不阿的高尚品德和忠诚无私的爱国情操。“生死以”，语出《左传·昭公四年》，郑国大夫子产因改革军赋制度受到别人毁谤，他说：“苟利社稷，死生以之。”

颈联从字面上看，诗人似乎心平气和、逆来顺受，其实心底却埋藏着巨痛，细细咀嚼，似有万丈波澜。“谪居”，意为罢官回乡或流放边远地区。按封建社会的惯例，大臣无论受到什么处分，只要未曾杀头，都得叩谢皇恩浩荡。这就像普希金笔下那个忠心耿耿而无端受责的俄国老奴对暴戾的主子说的话一样：“让我去放猪，那也是您的恩典。”接下来是说：“到边疆做一个多干体力活、少动脑子的戍卒，对我正好是养拙之道。”“刚”，即“刚好”“正好”。也就是说：“您这样处理一个罪臣再合适不过了。”

尾联从赵令《侯鲭录》中的一个故事生发而来：宋真宗时，访天下隐者，杞人杨朴奉召廷对，自言临行时其妻送诗一首云：“更休落魄贪杯酒，亦莫猖狂爱咏诗。今日捉将官里去，这回断送老头皮。”杨朴借这首打油诗对宋真宗表示不愿入朝为官。林则徐巧用此典幽默地说：“我跟老伴开玩笑，这一回我也变成杨朴了，弄不好会送掉老命的。”言外之意，等于含蓄地对道光帝表示：“我也伺候够您了，还是让我安安生生当老百姓吧。”封建社会中的一位大忠臣，能说出这样的牢骚话来，也就达到极限了。认真体味这首七律，当能感觉出它和屈原的《离骚》一脉相通的心声。

赠梁任父[1]同年[2]

[清] 黄遵宪

寸寸山河寸寸金，侉离[3]分裂力谁任。
杜鹃再拜忧天泪，精卫无穷填海心。

作者简介

黄遵宪（1848—1905），晚清诗人、外交家、教育家。字公度，别号人境庐主人，广东梅州人，光绪二年（1876）举人。历任师日参赞、旧金山总领事、驻英参赞等职。有“诗界革新导师”之称，有《人境庐诗草》《日本国志》等著作存世。

注释

① 父：通“甫”，中国古代对男子的美称。梁任父即梁启超，梁启超号任公。

② 同年：旧时科举制度中，同榜录取的人互称同年。

③ 侉离：即分裂之意。

译文

祖国每一寸山河皆美好贵重，
列强瓜分之时谁能力任担当。
我如杜鹃敬拜祖国空洒忧天之泪，
复兴中国自有精卫填海的恒心。

赏析

诗只有四句，却饱含爱国深情。

“寸寸河山寸寸金”起笔盛赞祖国河山，深含珍爱之情。联系晚清背景，国土一再割让，几乎被西方列强瓜分，诗人心中唯有悲愤之情。次句联系时代背景，祖国风雨飘摇、山河破碎，谁能担当救国于危难之中的重任。

第三句写到“杜鹃”，相传古蜀国望帝传位丛帝，丛帝却不思治国，陷百姓于水火。望帝和民众百劝，丛帝也不回头，还紧闭城门，不让望帝进城。望帝化为杜鹃终于飞入城中，对着丛帝苦苦哀鸣，直到啼血而死。此处杜鹃是诗人自比，抒发心中悲愤，呼唤治国栋梁。“再拜”，即拜两次，在古代礼节中，两拜表示隆重。

第四句化用“精卫填海”的故事，在勉力梁任公的同时，表达自己为挽救祖国于危难不惜献出生命的决心，还表达对民族力量的坚信。

后世评价此诗“字字含情，句句含泪，报国之情，跃然纸上”，诗歌后两句“杜鹃再拜忧天泪，精卫无穷填海心”成为勉力后世的名句。

知识链接

1896年，黄遵宪盛邀梁启超到上海办《时务报》，于时以这首七言绝句赠梁启超，表达为国献身、变法图强的决心和对梁启超的热切希望。

诗人面对清政府的腐败无能，面对一而再再而三的割地赔款，再加上1894年甲午海战输给日本，《马关条约》签订后再次割地等国家屈辱，诗人心痛无比、悲愤无比，满腹忧国，却无力回天。但他依然相信中华民族拥有巨大的力量，精卫填海的恒心古今传承，收复国土的一天终将到来。

出塞

［清］徐锡麟

军歌应唱大刀环[①]，誓灭胡奴出玉关[②]。
只解沙场[③]为国死，何须马革裹尸还[④]。

作者简介

徐锡麟（1873—1907），中国近代民主革命烈士。字伯荪，浙江绍兴人。1904年到上海访问蔡元培加入光复会，以后成为该会的领导人之一。1906年，他捐资为道员，打进清政府内部，在安徽任巡警处会办兼巡警学堂监督，进行秘密的革命活动。1907年，他和秋瑾约定7月8日在安徽、浙江两地同时起义，后因风声日紧，恐怕事情泄露，准备7月6日在安庆枪杀巡抚恩铭，率众起义，不幸失败被捕，壮烈牺牲。

注释

① 环：与“还”同音，古人常用作还乡的隐语。

② 胡奴：指清王朝封建统治者。玉关：即甘肃玉门关，汉时为出塞要道。

③ 沙场：本指平沙旷野，后多指战场。古人有诗云：“沙场烽火连胡月。”

④ 马革裹尸：英勇作战，战死于战场。《后汉书·马援传》：“方今匈奴、乌桓，尚在北边，欲自请击之。男儿要当死边野，以马革裹尸还葬耳。”

译文

出征的战士应当高唱军歌胜利归来。
决心把压迫人民的清政府和列强赶出山海关。
战士只想到在战场上为国捐躯。
何须考虑把尸体运回家乡。

赏析

这是一首边塞诗，写于 1906 年，是近代资产阶级革命家、诗人徐锡麟创作的一首七言绝句。作品在艺术上继承了唐代边塞诗的风格，具有豪迈雄浑的特色。这首诗通过拟写出征者的豪壮心情，表达了作者坚强的战斗决心和为国捐躯、视死如归的革命精神。

首两句就写得颇具气势，“军歌应唱大刀环，誓灭胡奴出玉关。”出征的战士应高唱着战歌，挥举大刀，要一直把清朝统治者杀到关外。玉关，本指玉门关，这里代指山海关。清政府是在关外发迹的，因此要杀到关外，把他们彻底消灭。这里用一个“环”字，预示着反清斗争一定会取得胜利，战士们会踏着歌声凯旋。后两句写得极其悲壮，抒发了作者的情感，“只解沙场为国死，何须马革裹尸还。”作为一名战士，想到的只是为国捐躯，根本不去考虑身后事，为国捐躯，死得其所，又何必“马革裹尸还”呢？

知识链接

这首诗抒发了作者义无反顾的革命激情和牺牲精神，充满了英雄主义气概，把一腔报效祖国、战死疆场的热忱发挥得淋漓尽致。写下这首诗一年之后，作者在安庆起义，失败被捕，清政府要他写口供，他挥笔直书：“尔等杀我好了，将我心剖了，两手两足断了，全身碎了，均可，不可冤杀学生。”尔后，慷慨就义。他用生命实现了自己的理想。这首诗感情豪放激扬，语气慷慨悲壮，英气逼人。

学思践悟

你知道“马革裹尸”的典故吗？

黄海舟中日人索句并见日俄战争地图

秋瑾

万里乘云去复来[①]，只身东海[②]挟春雷[③]。
忍看图画移颜色[④]，肯使江山付劫灰[⑤]。
浊酒不销忧国泪[⑥]，救时应仗出群才[⑦]。
拼将十万头颅血，须把乾坤[⑧]力挽回。

作者简介

秋瑾（1875—1907），女，中国近代民主革命志士，女权和女学思想的倡导者。原名秋闺瑾，字璇卿，后改名瑾，别号竞雄，别署“鉴湖女侠”。祖籍浙江山阴（今绍兴），生于福建闽县（今福建省福州市）。曾自费东渡日本留学，积极投身革命，先后参加过三合会、光复会、同盟会等革命组织，联络会党计划响应萍浏醴起义未果。清光绪三十三年（1907）与徐锡麟相约在浙江、安徽同时起义，事泄被捕殉难。善诗歌，有《秋瑾集》。

注释

① 去复来：秋瑾光绪三十年（1904）仲夏东渡，翌年春回国；是年六月再次赴日，同年十二月返国。

② 只身东海：指单身乘船渡海。

③ 挟春雷：喻为使祖国获得新生而奔走。

④ 忍看：反诘之词，意为“哪忍看”。图画：指地图。移颜色：指中国的领土被日俄帝国主义侵吞。

⑤ 肯使江山付劫灰：岂能让祖国河山被日俄帝国主义的侵略炮火化为灰烬！劫灰：劫火之灰，佛家语。这里指被战火毁坏。

⑥ 浊酒不销忧国泪：言其忧国忧民的愁苦之深。

⑦ 救时：挽救国家危亡的局势。仗：依靠。出群才：指杰出的人才，出类拔萃的人物。

⑧ 乾坤：天地，此指中国危亡的局势。

译文

千万里的远途我好像腾云驾雾一样去了又回来，

我独自一人伴随着滚滚春雷穿越东海往返。

哪里忍心看到祖国大地变成别国的领土，

岂能让锦绣江山变成万劫不复的飞灰！

那浑浊的劣酒啊，难以排解我忧心国事所抛洒的热泪，

国家的救亡图存要靠大家群策群力。

就算是拼得十万将士抛头颅洒热血，

也要将这颠倒的乾坤大地拼力挽救回到正轨。

赏析

这首诗约作于光绪三十一年（1905）六月，秋瑾第二次去日本的船上，是写给日本银澜使者的。作者于光绪三十年（1904）夏天东渡日本，同年冬（一说次年春）因事返国；次年六月再去日本，十二月返回。她在船上见到了《日俄战争地图》不禁感慨万分，又值日本人向她要诗，于是她便写下了这首悲壮的诗。光绪二十年（1894），日本发动对中国

的侵略战争，迫使清政府签订了《马关条约》，从而霸占了台湾省及其附属岛屿和澎湖列岛。光绪二十七年（1901）日本又发动了日俄战争，夺取了库页岛南部，取得了中国辽东半岛的租借权和南满铁路的权益。中国的领土在一天天被割占。作者看到中国的领土被划入日本帝国主义的版图，心中的怒火难以按捺。她想到自己此行的目的，正是为了推翻清政府，挽救祖国危亡，于是慨然提笔写下此诗。

此诗因事而发，感情激越奔放，语言雄健明快，抒发对日俄帝国在中国领土上进行争夺战争的气愤和誓死投入革命、拯救民族危亡的决心及奋斗终生、甘洒热血、力挽乾坤的革命豪情。首联大气磅礴，展现出意气风发的诗人主体形象；颔联点出观图之事，从而引发对日俄横行东北的极大愤恨；后四句由忧国而思济世，表达愿为祖国抛头颅洒热血的崇高志向。

全诗语言浅显明快，风格刚健豪放。情愫真率，披襟见怀；字重千钧，力能扛鼎。一腔豪气喷薄而出，丝毫不见女儿情态。

知识链接

革命家陈天华在日本留学时，听到沙俄军队侵占祖国，腐败无能的清政府又要同沙俄私订丧权辱国条约的消息后，他悲愤欲绝，立即在留学生中召开拒俄大会，组织拒俄义勇军，准备回国参战。他回到宿舍后，咬破自己的手指，以血指书写救国血书，在血书里陈述亡国的悲惨，以及当亡国奴的辛酸，鼓舞同胞起来战斗……他一连写了几十张，终因流血过多而晕倒，可嘴里还在不停地喊：“救国！救国！”别人把他救醒后，他坚持把血书一份一份装入信封，从万里迢迢的日本寄回国内。读到的人无不感动。

学思践悟

你了解“秋瑾”的人生经历和跟她同时代的其他民主革命志士吗？

元旦口占[①]用柳亚子怀人韵

董必武

共庆新年笑语哗，红岩士女赠梅花[②]。
举杯互敬屠苏酒[③]，散席分尝胜利茶[④]。
只有精忠能报国，更无乐土可为家。
陪都[⑤]歌舞迎佳节，遥祝延安景物华[⑥]。

作者简介

董必武（1886—1975），湖北黄安（今红安）人，中国共产党的创始人之一，伟大的马克思主义者，杰出的无产阶级革命家，中华人民共和国开国元勋，党和国家的卓越领导人，中国社会主义法制的奠基者。他为中国人民的解放事业和社会主义建设事业做出了卓越的贡献，建立了不朽的功勋。

注释

① 口占：随口吟出，不打草稿。

② 红岩：指八路军驻重庆办事处红岩村。士女：青年男女。

③ 屠苏酒：酒名。此指宴会上所饮之酒。

④ 胜利茶：当时重庆市商店出售纸包茶，名“胜利茶”，表示预祝抗日战争胜利的意思。

⑤ 陪都：指重庆。国民党政府的首都本来在南京，因陷落，临时迁至重庆，故称陪都。

⑥ 景物华：景物有光彩。此为祝颂延安繁荣。

译文

大家聚集在一起共同庆祝新年的到来，笑语喧哗，十分热闹。红岩村的年轻同志送来梅花，更增添了节日气氛。

大家在一起举杯互相敬酒，表达着新年的祝愿。散席后众人意犹未尽，又一起品尝胜利茶，谈论当今时事。

只有精忠才能报答祖国，如今祖国正遭外侮，烽烟遍地，没有地方去寻求一家安乐。

我们在陪都重庆载歌载舞地欢庆新年，但不要忘了延安，让我们遥祝延安解放区繁荣昌盛。

赏析

《元旦口占用柳亚子怀人韵》是董必武在重庆八路军办事处庆祝 1942 年元旦时，用柳亚子怀人诗的原韵，即兴口占的一首七律。该诗体现了诗人伟大的革命豪情和抗战必胜的坚定信念，表达了诗人精忠报国的爱国情怀及怀念革命圣地延安的深厚感情。

这首诗从红岩村八路军办事处的同志围坐一起共度元旦的盛况写起。

颈联“只有精忠能报国”使语调由欢快转入低沉。一想起大敌当前，蒋介石不守信用，致使抗战大计不谐，诗人内心隐隐作痛，坐卧不宁，从而影响了宴会上的欢快心情。“精忠报国”来自岳飞之事，讲述岳飞的爱国精神。诗人借以表达自己献身民族大业，赴汤蹈火，在所不惜的愿望，同时这也是中国共产党抗战到底决心的写照；“更无乐土可为家”指出国家沦于敌手，山河破碎，生灵涂炭，哪有可存身立命的乐土？董必武慨天下为己任，昼夜奔波于救国救民之大计。这句诗正抒发了诗人不求一己的苟安偷生，而要解民于倒悬的豪迈胸怀。

尾联两句由重庆的载歌载舞引出对延安的祝福和思念。在这欢庆佳节之际，诗人想到远方的战友，相隔千山万水，只有遥祝延安日新月异了。这里寄托着中华民族的希望。通过对延安的思念，诗人一扫情绪的压抑，重又明亮起来，使全诗在节奏明快中结束。全诗基本采用铺叙手法，写得明白如话。

知识链接

1941 年，蒋介石掀起第二次反共高潮，制造了“皖南事变”惨案；日寇则一边威逼利诱蒋介石，迫其投降，一边掉转枪口，指向中国共产党领导的抗日根据地。日寇集中了 60%的兵力挺进抗日根据地，在根据地大肆烧杀抢掠，企图一举扑灭抗日火焰，而且汪蒋暗中勾结。在这种铁壁合围的严峻形势下，延安和其他根据地都遇到空前危机，面积、人口和军队都大幅度减少，抗战暂时落入低潮。但共产党人并没有为困难所吓倒，而是极力克服困难，坚持抗战。董必武和办事处的其他同志，依然对革命前途充满信心。因此虽逢抗战低谷，大家仍然济济一堂欢度新年，董必武即席赋诗以志庆贺。

理想励志篇

龟虽寿[①]

［东汉］曹操

神龟虽寿，犹有竟时[②]。
腾蛇乘雾，终为土灰[③]。
老骥[④]伏枥，志在千里。
烈士暮年[⑤]，壮心不已。
盈缩[⑥]之期，不但在天；
养怡[⑦]之福，可得永年。
幸甚至哉，歌以咏志[⑧]。

注释

① 选自《先秦汉魏晋南北朝诗》（中华书局 1983 年版）。这首诗是曹操所作乐府组诗《步出夏门行》中的第四章。

② 神龟虽寿，犹有竟时：神龟虽能长寿，但也有死亡的时候。神龟：传说中的通灵之龟，能活几千岁。寿：长寿。竟：终结，这里指死亡。

③ 腾蛇乘雾，终为土灰：腾蛇即使能乘雾升天，最终也得死亡，变成灰土。腾蛇：传说中与龙同类的神物，能乘云雾升天。

④ 骥：良马，千里马。

⑤ 烈士：有远大抱负的人。暮年：晚年。

⑥ 盈缩：指人的寿命长短。盈：满，引申为长。缩：亏，引申为短。

⑦ 养怡：指调养身心，保持身心健康。怡：愉快、和乐。

⑧ 幸甚至哉，歌以咏志：两句是附文，跟正文没关系，只是抒发作者感情，是乐府诗的一种形式性结尾。

译文

神龟的寿命即使十分长久，但也还有生命终结的时候。
腾蛇尽管能乘雾飞行，终究也会死亡化为土灰。
年老的千里马躺在马棚里，它的雄心壮志仍然是能够驰骋千里。
有远大抱负的人士到了晚年，奋发思进的雄心不会止息。
人的寿命长短，不只是由上天所决定。
只要自己调养好身心，也可以益寿延年。
我非常庆幸，就用这首诗歌来表达自己内心的志向。

赏析

这是一首富于哲理的诗，是曹操晚年写成的，阐述了诗人的人生态度。诗中的哲理来自诗人对生活的真切体验，因而写得畅快淋漓，有着一种真挚而浓烈的感情力量。

全诗的韵调跌宕起伏，开头四句娓娓说理，“犹有”“终为”两个词组下得沉着。而“老骥”以下四句，语气转为激昂，笔挟风雷，使这位“时露霸气”的盖世英豪的形象跃然纸上。而最后数句则表现出一种深沉委婉的风情，给人以亲切温馨之感。

诗中“老骥伏枥”四句是千古传诵的名句，笔力遒劲、韵律沉雄，蕴含着一股自强不息的豪迈气概，深刻地表达了曹操老当益壮、锐意进取的精神面貌。人寿命的长短不完全决定于天，只要保持身心健康就能延年益寿，这里可见诗人对天命持否定态度，对事在人为抱着有信心的乐观主义精神，抒发了诗人不甘衰老、不信天命、奋斗不息、对伟大理想的追求永不停止的壮志豪情。

知识链接

曹操精兵法，善诗歌，常抒发自己的政治抱负，并反映汉末人民的苦难生活，气魄雄伟、慷慨悲凉；散文亦清峻整洁，开启并繁荣了建安文学，给后人留下了宝贵的精神财富，史称建安风骨，鲁迅评价其为“改造文章的祖师”。

学思践悟

一个人的理想与他的价值观紧密相关，读曹操其他的诗歌，你觉得曹操的价值观是什么？你的价值观又是怎样的？

上李邕[①]

［唐］李白

大鹏一日同风起，扶摇[②]直上九万里。
假令风歇时下来，犹能簸却[③]沧溟[④]水。
世人见我恒殊调[⑤]，闻余大言[⑥]皆冷笑。
宣父[⑦]犹能畏后生，丈夫[⑧]未可轻年少。

注释

① 李邕（678—747）：字泰和，广陵江都（今江苏省扬州市）人，唐代书法家。

② 摇：由下而上的大旋风。

③ 簸却：激起。

④ 沧溟：大海。

⑤ 殊调：不同流俗的言行。

⑥ 大言：言谈自命不凡。

⑦ 宣父：即孔子，唐太宗贞观年间诏尊孔子为宣父。

⑧ 丈夫：古代男子的通称，此指李邕。

译文

大鹏总有一天会和风飞起，凭借风力直上九天云外。如果风停了，大鹏飞下来，还能扬起江海里的水。世间人们见我老是唱高调，听到我的豪言壮语都冷笑。孔子还说过“后生可畏也，焉知来之不如今也”，大丈夫不可轻视少年人。

赏析

这首诗是李白青年时代的作品。李邕在开元七年至九年（719—721）前后，曾任渝州（今重庆市）刺史。李白游渝州谒见李邕时，不拘俗礼，且谈论间放言高论，纵谈王霸，使李邕很不悦。史称李邕“颇自矜”（《旧唐书·李邕传》），为人自负好名，对年轻后进态度颇为矜持。李白对此不满，在临别时写了这首态度颇不客气的《上李邕》一诗，以示回敬。

前四句中李白以大鹏自比。大鹏是《庄子·逍遥游》中的神鸟，传说这只神鸟其大“不知其几千里也”，“其翼若垂天之云”，翅膀一拍就是三千里，扶摇直上，可高达九万里。大鹏鸟是庄子哲学中自由的象征，理想的图腾。李白年轻时胸怀大志，非常自负，又深受道家哲学的影响，心中充满了浪漫的幻想和宏伟的抱负。这只大鹏即使不借助风的力量，以它的翅膀一扇，也能将沧溟之水一簸而干，这里极力夸张大鹏的神力。在这前四句诗中，诗人寥寥数笔，就勾画出一个力簸沧海的大鹏形象——也是年轻诗人自己的形象。

诗的后四句，是对李邕怠慢态度的回答：“世人”指当时的凡夫俗子，显然也包括李邕在内，因为此诗是直接给李邕的，所以措辞较为婉转，表面上只是指斥“世人”。“殊调”指不同凡响的言论。李白的宏大抱负，常常不被世人所理解，被当作“大言”来耻笑。李白显然没有料到，李邕这样的名人竟与凡夫俗子一般见识，于是，就抬出圣人识拔后生的故事反唇相讥。宣父，指孔子，唐太宗贞观十一年（637），“诏尊孔子为宣父”（《新唐书·礼乐志》）。《论语·子罕》中说，子曰：“后生可畏。焉知来者之不如今也？”这两句意为孔老夫子尚且觉得后生可畏，你李邕难道比圣人还要高明？男子汉大丈夫千万不可轻视年轻人呀！后两句对李邕既是揄揶，又是讽刺，也是对李邕轻慢态度的回敬，态度相当桀骜，显示出少年锐气。

知识链接

大鹏是李白诗赋中常常借以自况的意象，它既是自由的象征，又是惊世骇俗的理想和志趣的象征。开元十三年（725），青年李白出蜀漫游，在江陵遇见名道士司马承祯，司马称李白“有仙风道骨焉，可与神游八极之表”，李白当即作《大鹏遇希有鸟赋并序》（后改为《大鹏赋》），自比为庄子《逍遥游》中的大鹏鸟。

宣州谢朓楼饯别校书叔云[①]

［唐］李白

弃我去者，昨日之日不可留。
乱我心者，今日之日多烦忧。
长风万里送秋雁，对此可以酣高楼[②]。
蓬莱[③]文章建安骨[④]，中间小谢[⑤]又清发[⑥]。
俱怀逸兴壮思飞[⑦]，欲上青天揽明月[⑧]。
抽刀断水水更流，举杯消愁愁更愁。
人生在世不称意[⑨]，明朝[⑩]散发[⑪]弄扁舟[⑫]。

注释

① 此选自《李太白全集》（中华书局 1977 年版）。饯别：以酒食送行。校书：官名，即校书郎，掌管朝廷的图书整理工作。叔云：李白的叔叔李云。

② 酣高楼：畅饮于高楼。

③ 蓬莱：此指东汉时藏书之东观。

④ 建安骨：建安风骨，指建安时期以曹操父子和“建安七子”的诗文创作风格为代表的文学风格。建安，为汉献帝（196—220）的年号。

⑤ 小谢：指谢朓（464—499），字玄晖，南朝齐诗人。后人将他和谢灵运并举，称为“大谢”“小谢”。这里用以自喻。

⑥ 清发：指清新秀发的诗风。发：秀发，诗文俊逸。

⑦ 逸兴：飘逸豪放的兴致，多指山水游兴。壮思：雄心壮志。

⑧ 揽：摘取。是明月或是日月有争议。

⑨ 称意：称心如意。

⑩ 明朝：第二天早晨。

⑪ 散发：不束冠，意谓不做官。这里是形容狂放不羁。

⑫ 弄扁舟：指隐逸于江湖之中。扁舟：小船。春秋末年，范蠡辞别越王勾践，“乘扁舟浮于江湖”。

译文

弃我而去的昨天已不可挽留，扰乱我心绪的今天使我极为烦忧。万里长风吹送南归的鸿雁，面对此景，正可以登上高楼开怀畅饮。你的文章就像汉代文学作品一般刚健清新。而我的诗风，也像谢朓那样清新秀丽。我们都满怀豪情逸兴，飞跃的神思像要腾空而上高高的青天，去摘取那皎洁的明月。好像抽出宝刀去砍流水一样，水不但没有被斩断，反而

流得更湍急了。我举起酒杯痛饮，本想借酒消去烦忧，结果反倒愁上加愁。啊！人生在世竟然如此不称心如意，还不如明天就披散了头发，乘一只小舟在江湖之上自在地漂流（退隐江湖）。

赏析

这首诗是在李云行至宣城与李白相遇并同登谢朓楼时，李白为之饯行而作。全诗词语慷慨豪放，抒发了诗人怀才不遇的激烈愤懑，表达了对黑暗社会的强烈不满和对光明世界的执着追求。

诗的开头显得很突兀，因为李白当时很苦闷，所以一见到可以倾诉衷肠的族叔李云，就把满腹牢骚宣泄出来。李白于天宝初供奉翰林，但在政治上不受重视，又受权贵谗毁，时间不长便弃官而去，过着飘荡四方的游荡生活。十年来的人间辛酸，作客他乡的抑郁和感伤，积聚在心头，今天终于可以一吐为快了。

“长风”两句借景抒情，在秋高气爽之日，目睹风送秋雁之境，精神为之一振，烦恼为之一扫，心境舒畅，酣饮高楼的豪情油然而生。“蓬莱”两句承高楼饯别分写主客双方。以“建安骨”赞美李云的文章风格刚健。“中间”是指南朝；“小谢”是指谢朓，因为他在谢灵运（大谢）之后，所以称小谢。这里李白是自比小谢，流露出对自己才能的自信。“俱怀逸兴壮思飞，欲上青天揽明月”一句抒发了作者远大的抱负。“揽”字富有表现力，用了夸张的手法，抒发了作者的远大抱负。“抽刀”一句用来比喻内心的苦闷无法排解，显得奇特而富有创造性。“举杯”一句道出了他不能解脱，只能愁上加愁的不得志的苦闷心情，同时也抒发了离别的悲伤。

最后两句是诗人对现实不满的激愤之词。李白长期处于不称意的苦闷之中，不得不寻求另一种超脱，即“散发弄扁舟”。逃避现实虽不是他的本意，但当时的历史条件和他不愿同流合污的清高放纵的性格，都使他不可能找到更好的出路。这首诗运用了起伏跌宕的笔法，一开始直抒胸中忧愁，表达对现实的强烈不满。既而又转向万里长空，精神一振，谈古论今，以小谢自比，表露出自己“欲上青天揽明月”的远大抱负。接着诗人又从美丽的理想境界回到了苦闷的现实当中，只得无奈地选择逃避现实。全诗大起大落、一波三折，通篇在悲愤之中又贯穿着一种慷慨豪迈的激情，显现诗人雄壮豪放的气概。

知识链接

唐天宝年间，汪伦听说大诗人李白旅居叔父李冰阳家，便写信邀请李白到家中做客。信上说：“先生好游乎？此处有十里桃花。先生好饮乎？此处有万家酒店。”李白素好饮酒，又闻有如此美景，欣然应邀而至，却未见信中所言盛景。汪伦盛情款待，搬出用桃花潭水酿成的美酒与李白同饮，并笑着告诉李白："桃花者，十里外潭水名也，并无十里桃花。万家者，开酒店的主人姓万，并非有万家酒店。"李白听后大笑不止，并不以为被愚弄，反而被汪伦的盛情所感动，适逢春风桃李花开日，群山无处不飞红，加之潭水深碧，清澈晶莹，翠峦倒映，汪伦留李白连住数日，每日以美酒相待，别时送名马八匹、官锦十端。李白在东园古渡乘舟欲往万村，登旱路去庐山，汪伦在古岸阁上设宴为李白饯行，并拍手踏脚，歌唱民间的《踏歌》相送。李白深深感激汪伦的盛意，作《赠汪伦》诗一首：李白乘舟将欲行，忽闻岸上踏歌声。桃花潭水深千尺，不及汪伦送我情。

行路难[①]三首（其一）

［唐］李白

金樽[②]清酒[③]斗十千[④]，玉盘[⑤]珍羞[⑥]直[⑦]万钱。
停杯投箸[⑧]不能食[⑨]，拔剑四顾心茫然[⑩]。
欲渡黄河冰塞川，将登太行[⑪]雪满山。
闲来垂钓碧溪上，忽复[⑫]乘舟梦日边。
行路难！行路难！多歧路，今安在[⑬]？
长风破浪会[⑭]有时，直挂云帆[⑮]济[⑯]沧海！

注释

① 行路难：选自《李白集校注》，乐府旧题。

② 金樽：古代盛酒的器具，以金为饰。

③ 清酒：清醇的美酒。

④ 斗十千：一斗值十千钱（即万钱），形容酒美价高。

⑤ 玉盘：精美的食具。

⑥ 珍羞：珍贵的菜肴。羞：同"馐"，美味的食物。

⑦ 直：通"值"，价值。

⑧ 投箸：丢下筷子。箸：筷子。

⑨ 不能食：咽不下。

⑩ 茫然：无所适从。

⑪ 太行：太行山。

⑫ 忽复：忽然又。

⑬ 多歧路，今安在：岔道这么多，如今身在何处？歧：岔路。安：哪里。

⑭ 长风破浪：比喻实现政治理想。据《宋书·宗悫传》，宗悫少年时，叔父宗炳问他的志向，他说："愿乘长风破万里浪。"会：当。

⑮ 云帆：高高的船帆。船在海里航行，因天水相连，船帆好像出没在云雾之中。

⑯ 济：渡。

译文

金杯里装的名酒，每斗要价十千；玉盘中盛的精美菜肴，收费万钱。
胸中郁闷啊，我停杯投箸吃不下；拔剑环顾四周，我心里委实茫然。
想渡黄河，冰雪堵塞了这条大川；要登太行，莽莽的风雪早已封山。
像吕尚垂钓溪旁，闲待东山再起；又像伊尹做梦，他乘船经过日边。
世上行路呵多么艰难，多么艰难！眼前歧路这么多，我该向北向南？
相信总有一天，能乘长风破万里浪；高高挂起云帆，在沧海中勇往直前！

赏析

前四句写朋友对李白的深厚友情。朋友出于对这样一位天才被弃置的惋惜，不惜金钱，设下盛宴为之饯行。“嗜酒见天真”的李白，要是在平时，因为这美酒佳肴，再加上朋友的一片盛情，肯定是会“一饮三百杯”的。然而这一次，他端起酒杯，却又把酒杯推开了；拿起筷子，却又把筷子撂下了。他离开座席，拔出宝剑，举目四顾，心绪茫然。“停”“投”“拔”“顾”四个连续的动作，形象地显示了他内心的苦闷抑郁和感情的激荡变化。

接着两句紧承“心茫然”，正面写“行路难”。诗人用“冰塞川”“雪满山”象征人生道路上的艰难险阻，具有比兴的意味。一个怀有伟大政治抱负的人物，在受诏入京、有幸接近皇帝的时候，皇帝却不能任用，被“赐金还山”，变相撵出了长安，这正像是遇到了冰塞黄河、雪拥太行的灾难。但是，李白并不是那种软弱的性格，从“拔剑四顾”开始，就表示不甘消沉，而要继续追求。“闲来垂钓碧溪上，忽复乘舟梦日边。”诗人在心境茫然之中，忽然想到两位开始在政治上并不顺利，而最后终于大有作为的人物：一位是吕尚，九十岁在磻溪钓鱼，得遇文王；一位是伊尹，在受商汤聘前曾梦见自己乘舟绕日而过。想到这两位历史人物的经历，诗人又增强了信心。

“行路难！行路难！多歧路，今安在？”吕尚、伊尹的际遇，固然增强了他对未来的信心，但当他的思路回到眼前现实中时，再一次感到人生道路的艰难。瞻望前程，只觉前路歧途甚多，不知道自己要走的路，究竟在哪里。但是倔强而又自信的李白，决不愿在离筵上表现自己的气馁。他那种积极用世的强烈要求，终于再次摆脱了歧路彷徨的苦闷，唱出了充满信心与展望的强音：“长风破浪会有时，直挂云帆济沧海！”他相信，尽管前路障碍重重，仍将会有一天乘长风破万里浪，挂上云帆，横渡沧海，到达理想的彼岸。

这首诗通过这样层层叠叠的感情起伏变化，既充分显示了黑暗污浊的政治现实对诗人的宏大理想抱负的阻遏，反映了由此而引起的诗人内心的强烈苦闷、愤郁和不平，同时又突出表现了诗人的倔强、自信和他对理想的执着追求，展示了诗人力图从苦闷中挣脱出来的强大的精神力量，以及作者对人生前途充满乐观的豪迈气概。

知识链接

“闲来垂钓碧溪上，忽复乘舟梦日边”这两句暗用两个典故：姜太公吕尚曾在渭水的磻溪上钓鱼，得遇周文王，助周灭商；伊尹曾梦见自己乘船从太阳旁边经过，后被商汤聘请，助商灭夏。这两句表示诗人对从政仍有所期待。

学思践悟

根据诗歌内容与表现的感情，是什么事件促使李白写下了此诗？评价一下该事件。你遇到该事件会怎样处理？

蜀相[①]

［唐］杜甫

丞相祠堂[②]何处寻，锦官城[③]外柏森森[④]。
映阶碧草自春色，隔叶黄鹂空好音[⑤]。
三顾频烦天下计[⑥]，两朝开济[⑦]老臣心。
出师未捷身先死，长使英雄泪满襟[⑧]。

注释

① 蜀相：三国蜀汉丞相，指诸葛亮（孔明）。诗题下原有注：诸葛亮祠在昭烈庙西。

② 丞相祠堂：即诸葛武侯祠，现在成都，晋李雄初建。

③ 锦官城：成都的别名。

④ 柏森森：柏树茂盛繁密的样子。

⑤ 映阶碧草自春色，隔叶黄鹂空好音：这两句写祠内景物。杜甫极推重诸葛亮，他此来并非为了赏玩美景。“自”“空”二字含情，是说碧草映阶，不过自为春色；黄鹂隔叶，亦不过空作好音，他并无心赏玩、倾听。因为他所景仰的人物已不可得见。空：白白的。

⑥ 三顾频烦天下计：意思是刘备为统一天下而三顾茅庐，问计于诸葛亮。这是在赞美他在对策中所表现的天才预见。频烦：犹“频繁”，多次。

⑦ 两朝开济：指诸葛亮辅助刘备开创帝业，后又辅佐刘禅。两朝：刘备、刘禅父子两朝。开：开创。济：扶助。

⑧ 出师未捷身先死，长使英雄泪满襟：出师还没有取得最后的胜利就先去世了，永远让后世的英雄对此泪满衣襟。指诸葛亮多次出师伐魏，未能取胜，至蜀建兴十二年（234）卒于五丈原（今陕西岐山东南）军中。出师：出兵。

译文

何处去寻找武侯诸葛亮的祠堂？在成都城外那柏树茂密的地方。

碧草照映台阶自当显露春色，树上的黄鹂隔枝空对婉转鸣唱。

定夺天下先主曾三顾茅庐拜访，辅佐两朝开国与继业忠诚满腔。

可惜出师伐魏未捷而病亡军中，长使历代英雄们对此涕泪满裳！

赏析

这首诗分两部分，前四句凭吊丞相祠堂，从景物描写中感怀现实，透露出诗人忧国忧民之心；后四句咏叹丞相才德，从历史追忆中缅怀先贤，又蕴含着诗人对祖国命运的许多期盼与憧憬。

这首诗的首联以问答起句。“丞相祠堂何处寻？锦官城外柏森森。”一问一答，一开始就形成浓重的感情氛围，笼罩全篇。上句“丞相祠堂”直切题意，语意亲切而又饱含崇敬。“何处寻”，不疑而问，加强语势，并非到哪里去寻找的意思。诸葛亮在历史上颇受人民爱戴，尤其在四川成都，祭祀他的庙宇很容易找到。“寻”字之妙，在于它刻画出诗人那追慕先贤的执着感情和虔诚造谒的悠悠我思。下句“锦官城外柏森森”，指出诗人凭吊的是成都郊外的武侯祠。这里柏树成荫，高大茂密，呈现出一派静谧肃穆的气氛。柏树生命长久、常年不凋、高大挺拔，有象征意义，常被用作祠庙中的观赏树木。作者抓住武侯祠的这一景物，展现出柏树那伟岸、葱郁、苍劲、朴质的形象特征，使人联想到诸葛亮的精神，不禁肃然起敬。接着展现在读者面前的是茵茵春草，铺展到石阶之下，映现出一片绿色；只只黄莺，在林叶之间穿行，发出宛转清脆的叫声。

第二联“映阶碧草自春色，隔叶黄鹂空好音”所描绘的这些景物，色彩鲜明、音韵响亮、静动相衬、恬淡自然，无限美妙地表现出武侯祠内那春意盎然的景象。然而，自然界的春天来了，朝廷中兴的希望却非常渺茫。想到这里，诗人不免又产生了一种哀愁惆怅的感觉，因此说是“自春色”“空好音”。“自”和“空”互文，刻画出一种静态和静境。诗人将自己的主观情感渗进了客观景物之中，使景中生意，把自己内心的忧伤从景物描写中传达出来，反映出诗人忧国忧民的精神。透过这种精神的折射，诗人眼中的诸葛亮形象就更加光彩照人。

“三顾频烦天下计，两朝开济老臣心。”第三联浓墨重彩地高度概括了诸葛亮的一生。上句写出山之前，刘备三顾茅庐，诸葛亮隆中对策，指出诸葛亮在当时就能预见魏蜀吴鼎足三分的政治形势，并为刘备制定了一整套统一国家之策，足见其济世雄才。下句写出山之后，诸葛亮辅助刘备开创蜀汉、匡扶刘禅，颂扬他为国呕心沥血的耿耿忠心。两句十四个字，将人们带到战乱不已的三国时代，在广阔的历史背景下，刻画出一位忠君爱国、济世扶危的贤相形象。怀古为了伤今。此时，安史之乱尚未平定，国家分崩离析，人民流离失所，使诗人忧心如焚。他渴望能有忠臣贤相匡扶社稷，整顿乾坤，恢复国家的和平统一。正是这种忧国思想凝聚成诗人对诸葛亮的敬慕之情；在这一历史人物身上，诗人寄托了自己对国家命运的美好憧憬。

诗的最后一联“出师未捷身先死，长使英雄泪满襟”，咏叹了诸葛亮病死军中功业未成的历史不幸。诸葛亮赍志以殁的悲剧性结局无疑又是一曲生命的赞歌，他以行动实践了“鞠躬尽瘁，死而后已”的誓言，如此，这位古代杰出政治家的精神境界得到了进一步的升华，产生使人奋发兴起的力量。

知识链接

《蜀相》是杜甫定居成都草堂后，翌年游览武侯祠时创作的一首咏史怀古诗。此诗借游览古迹，表达了诗人对蜀汉丞相诸葛亮雄才大略、辅佐两朝、忠心报国的称颂，以及对他出师未捷而身死的惋惜之情。诗中既有尊蜀正统的观念，又有才困时艰的感慨，字里行间寄寓感物思人的情怀。这首七律章法曲折宛转，自然紧凑。前两联记行写景，洒洒脱脱；后两联议事论人，忽变沉郁。全篇由景到人，由寻找瞻仰到追述回顾，由感叹缅怀到泪流满襟，顿挫豪迈，几度层折。全诗所怀者大，所感者深，雄浑悲壮，沉郁顿挫，具有震撼人心的巨大力量。

学思践悟

杜甫对诸葛亮一生的赞叹体现出杜甫怎样的家国情怀？你认为是什么原因使得杜甫有这样的家国情怀？

望岳

［唐］杜甫

岱宗夫如何[①]？齐鲁青未了[②]。
造化钟神秀[③]，阴阳割昏晓[④]。
荡胸生层云[⑤]，决眦入归鸟[⑥]。
会当凌绝顶[⑦]，一览众山小[⑧]。

注释

① 岱宗：泰山亦名岱山或岱岳，五岳之首，在今山东省泰安市城北。古代以泰山为五岳之首，诸山所宗，故又称“岱宗”。历代帝王凡举行封禅大典，皆在此山，这里指对泰山的尊称。夫：句首发语词，无实在意义，强调疑问语气。如何：怎么样。

② 齐鲁：古代齐鲁两国以泰山为界，齐国在泰山北，鲁国在泰山南。原是春秋战国时代的两个国名，

在今山东境内，后用齐鲁代指山东地区。青未了：指郁郁苍苍的山色无边无际、浩瀚苍茫、难以尽言。青：指苍翠、翠绿的美好山色。未了：不尽，不断。

③ 造化：大自然。钟：聚集。神秀：天地之灵气，神奇秀美。

④ 阴阳：阴，指山的北面，阳，指山的南面。这里指泰山的南北。割：分。夸张的说法。此句是说泰山很高，在同一时间，山南山北判若早晨和晚上。昏晓：黄昏和早晨。极言泰山之高，山南山北因之判若清晓与黄昏，明暗迥然不同。

⑤ 荡胸：心胸摇荡。层：重叠。

⑥ 决眦：眼角（几乎）要裂开。这是由于极力张大眼睛远望归鸟入山所致。决：裂开。眦：眼角。入：收入眼底，即看到。

⑦ 会当：终当，定要。凌绝顶，即登上最高峰。凌：登上。

⑧ 小：形容词的意动用法，意思为“以……为小，认为……小”。

译文

泰山呵，你究竟有多么宏伟壮丽？你既挺拔苍翠，又横跨齐鲁两地。造物者给你集中了瑰丽和神奇，你高峻的山峰，把南北分成晨夕。望层层云气升腾，令人胸怀荡涤；看归鸟回旋入山，使人眼眶欲碎。有朝一日，我总要登上你的绝顶，把周围矮小的群山，一览无遗！

赏析

这首诗是杜甫青年时代的作品，充满了诗人青年时代的浪漫与激情。全诗没有一个“望”字，却紧紧围绕诗题“望岳”的“望”字着笔，由远望到近望，再到凝望，最后是俯望。诗人描写了泰山雄伟磅礴的气象，抒发了自己勇于攀登、傲视一切的雄心壮志，洋溢着蓬勃向上的朝气。

首句“岱宗夫如何？”写乍一望见泰山时，高兴得不知怎样形容才好的那种揣摩劲和惊叹仰慕之情，非常传神。接下来“齐鲁青未了”一句，没有从海拔角度单纯形容泰山之高，而是别出心裁地写出自己的体验——在古代齐鲁两大国的国境外还能望见远远横亘在那里的泰山，以距离之远来烘托泰山之高。

“造化钟神秀，阴阳割昏晓”两句，写近望中所见泰山的神奇秀丽和巍峨高大的形象。一个“钟”字把天地万物一下写活了，整个大自然如此有情致，把神奇和秀美都给了泰山。一个“割”字，则写出了泰山以其高度将山南山北的阳光割断，形成不同的景观，突出泰山遮天蔽日的形象。“荡胸生层云，决眦入归鸟”两句，是写细望。见山中云气层出不穷，故心胸亦为之荡漾。“决眦”二字尤为传神，生动地体现了诗人在这神奇缥缈的景观面前像着了迷似的，想把这一切看个够，因而使劲地睁大眼睛张望，故感到眼眶似决裂般。“归鸟”可知时已薄暮，诗人还在望。其中蕴藏着诗人对祖国河山的热爱和赞美之情。

末句的“会当凌绝顶，一览众山小”两句，写诗人从望岳产生了登岳的想法，再一次突出了泰山的高峻，写出了它傲视一切的雄姿和气势，也表现出诗人的心胸和气魄。众山的小和泰山的高大进行对比，表现出诗人不怕困难、敢于攀登绝顶、俯视一切的雄心和气概。

知识链接

杜甫的《望岳》共有三首，分咏东岳（泰山）、南岳（衡山）、西岳（华山）。这一首是咏东岳泰山。开元二十四年（736），诗人开始过一种“裘马清狂”的漫游生活。此诗即写于他北游齐、赵（今河南、河北、山东等地）时，是现存杜诗中年代最早的一首。诗中通过描绘泰山雄伟磅礴的气象，热情赞美了泰山高大巍峨的气势和神奇秀丽的景色，流露出了诗人对祖国山河的热爱之情，以及卓然独立、兼济天下的豪情壮志。

学思践悟

末句的“会当凌绝顶，一览众山小”两句，从诗句来看，值得注意者有二：一是勇于攀登、势要登顶的豪迈气概值得后人学习，所谓“求其上得其中，求其中得其下，求其下无所得”，人立志当存高远；二是要克服人生局限，不要被当前现象所迷惑，登高回首，才会视野开阔。

上堂开示颂

［唐］黄檗禅师

尘劳迥脱事非常[①]，紧把[②]绳头做一场。
不经一番寒彻骨，那得梅花扑鼻香。

作者简介

黄檗禅师（？—850）即黄檗，福建人，幼于黄檗山出家，因人启发，参谒百丈禅师而悟道。此后住洪州（今江西南昌）大安寺，参者云集。有《传心法要》《宛陵录》等传世，堪为一代宗门大匠。

注释

① 尘劳：尘念劳心。迥脱：远离，指超脱。

② 紧把：紧紧握住。

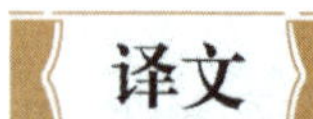

译文

摆脱尘劳事不寻常，须下力气大干一场。

不经过彻骨寒冷，哪有梅花扑鼻芳香。

赏析

这是借梅花傲雪迎霜、凌寒独放的性格，勉励人克服困难、立志成就事业的格言诗。

梅是一种品质高尚的植物，作者用梅花来象征一种精神，这象征本身已包含某种哲理。倘再就其经受的“彻骨寒”与最终获得的“扑鼻香”予以因果上的提示，则作为喻体的“梅花”，更寄寓着另一层深刻的道理。作者是佛门禅宗的一代高僧，他借此诗偈，表达对坚志修行得成果的决心，说出了人对待一切困难所应采取的正确态度。这也是这两句诗极为有名，屡屡被人引用，从禅宗诗偈成为世俗名言的主要原因。

知识链接

黄檗在洪州高安县鹫峰山建寺弘法，并改其名为黄檗山，往来学众云集，会昌二年（842）裴休在钟陵（今江西）迎请黄檗禅师上山，安置在龙兴寺，旦夕问道，并随录日常对话成集，为《钟陵绿》。大中二年（848）裴休移镇宛陵（今安徽宣城市），又请黄檗至开元寺，随时间道，并记录为《宛陵绿》，即是现行的《传心法要》。大中四年（850）圆寂于宛陵开元寺，赐谥号“断际禅师”，塔号“广业”。

学思践悟

事情的成功既需要智慧，也需要力行的勇气，结合本诗，你觉得应该如何力行？

小松

［唐］杜荀鹤

自小刺头[1]深草里，而今渐觉出蓬蒿[2]。
时人不识凌云木，直待[3]凌云[4]始道[5]高。

作者简介

杜荀鹤（846—904），晚唐现实主义诗人。字彦之，号九华山人，池州石埭（今安徽石台）人。杜荀鹤出身寒微，虽然年轻时就才华毕露，但屡试不中，报国无门，一生潦倒。

杜荀鹤提倡诗歌要继承风雅传统，反对浮华，其诗语言通俗、风格清新，后人称之为“杜荀鹤体”。

注释

① 刺头：指长满松针的小松树。

② 蓬蒿：两种野草，即蓬草、蒿草。

③ 直待：直等到。

④ 凌云：高耸入云。

⑤ 始道：才说。

译文

松树小的时候长在很深很深的草中，埋没看不出来，到现在才发现已经比那些野草（蓬蒿）高出了许多。那些人当时不识得可以高耸入云的树木，直到它高耸入云，人们才说它高。

赏析

《小松》借松写人，托物讽喻，寓意深长。松，树木中的英雄、勇士。数九寒天，百草枯萎，万木凋零，而它却苍翠凌云，顶风抗雪，泰然自若。然而凌云巨松是由刚出土的小松成长起来的。

小松虽小，即已显露出必将“凌云”的苗头。《小松》前两句，生动地刻画出这一特点。“自小刺头深草里”——小松刚出土，的确小得可怜，路边野草都比它高，以至被掩没在“深草里”。但它虽小却并不弱，在“深草”的包围中，它不低头，而是“刺头”——那长满松针的头，又直又硬，一个劲地向上冲刺，锐不可当。“而今渐觉出蓬蒿。”蓬蒿，即蓬草、蒿草，草类中长得较高者。小松原先被百草踩在脚底下，可它现在已超出蓬蒿的高度；其他的草当然更不在话下。这个“出”字用得精当，不仅显示了小松由小转大、发展变化的情景，而且在结构上也起了承前启后的作用：“出”是“刺”的必然结果，也是未来“凌云”的先兆。事物发展总是循序渐进的，不可能一步登天，故小松从“刺头深草里”到“出蓬蒿”，只能“渐觉”。“渐觉”说得既有分寸，又很含蓄。

是谁“渐觉”的呢？只有关心、爱护小松的人，时时观察、比较，才能“渐觉”；至于那些不关心小松成长的人，往往视而不见，哪能谈得上“渐觉”呢？故作者笔锋一转，发出深深的慨叹：“时人不识凌云木，直待凌云始道高。”这里连说两个“凌云”，前一个指小松，后一个指大松。大松“凌云”，已成事实，称赞它高，并不说明有眼力，也无多大意义。小松尚幼小，和小草一样貌不惊人，如能识别出它就是“凌云木”，而加以爱护、培养，那才是有识见，才有意义。然而时人所缺少的正是这个“识”字，故诗人感叹道：眼光短浅的“时人”，是不会把小松看成栋梁之材的，有多少小松，由于“时人不识”，而

被摧残、被砍杀啊！这些小松，和韩愈笔下“骈死于槽枥之间”的千里马，不是遭到同样悲惨的命运吗？

知识链接

唐末诗歌，大致有三大流派：一是以艳丽著称的温李派，以韩愈为代表；二是以寒瘦苦吟为主的贾岛派，以李洞等为代表；三是着重反映社会现实、民生疾苦，继承元白新乐府衣钵的，以皮日休等为代表。自称江湖苦吟士、天地最穷人（《郊居即事投李给事》）的杜荀鹤，诗集中保存的五律诗几近130首，其中表现山林生活、寂静境界的作品，基本上属于贾岛一派。

学思践悟

古语有言，圣贤庸行，大人小心。是说圣贤在外表上与常人并没有不同。那你认为他们与常人的不同之处到底在什么地方呢？

酬乐天扬州初逢席上见赠[①]

［唐］刘禹锡

巴山楚水[②]凄凉地，二十三[③]年弃置身。
怀旧空吟闻笛赋[④]，到乡翻似[⑤]烂柯人[⑥]。
沉舟侧畔[⑦]千帆过，病树前头万木春。
今日听君歌一曲[⑧]，暂凭杯酒长精神[⑨]。

作者简介

刘禹锡（772—842），字梦得，洛阳（今属河南）人。白居易赞其“彭城刘梦得，诗豪者也”，故刘禹锡又有中唐“诗豪”之称，是中唐杰出的政治家、哲学家、诗人和散文家。刘禹锡与白居易并称“刘白”，与柳宗元并称“刘柳”。刘禹锡的最后一任官职是太子宾客，故后世题他的诗文集为《刘宾客集》。

注释

① 酬：答谢，这里是以诗相答的意思。乐天：指白居易，字乐天。见赠：送给（我）。

② 巴山楚水：古时四川东部属于巴国，湖南北部和湖北等地属于楚国。刘禹锡曾被贬到这些地方做官，所以用巴山楚水指诗人被贬之地。

③ 二十三年：诗人遭贬的时间。

④ 怀旧：怀念故友。吟：吟唱。闻笛赋：指西晋向秀的《思旧赋》。三国曹魏末年，向秀的朋友嵇康、吕安因不满司马氏篡权而被杀害。后来，向秀经过嵇康、吕安的旧居，听到邻人吹笛，勾起了对故

人的怀念。《思旧赋》序文中说自己经过嵇康旧居，因写此赋追念他。刘禹锡借用这个典故怀念已死去的王叔文、柳宗元等人。

⑤ 翻似：倒好像。翻：副词，反而。

⑥ 烂柯人：指晋人王质。相传晋人王质上山砍柴，看见一童一叟下棋，就停下观看。等棋局终了，手中的斧柄（柯）已经朽烂。回到村里，才知道已过了一百年。同代人都已经亡故。刘禹锡借这个故事表达自己遭贬二十三年，世事沧桑、人事全非，暮年返乡恍如隔世的心情。

⑦ 侧畔：旁边。

⑧ 歌一曲：指白居易的《醉赠刘二十八使君》。

⑨ 长精神：振作精神。长：增长，振作。

译文

在巴山楚水这些凄凉的地方，度过了二十三年沦落的光阴。怀念故友徒然吟诵闻笛小赋，久谪归来感到已非旧时光景。沉船的旁边正有千帆驶过，病树的前头却是万木争春。今天听了你为我吟诵的诗篇，暂且借这一杯美酒振奋精神。

赏析

"乐天"，白居易的表字。"见赠"指白居易赠给作者的诗。刘禹锡这首酬答诗，接过白诗的话头，着重抒写这特定环境中自己的感情。

"巴山楚水凄凉地，二十三年弃置身。"自己谪居在巴山楚水这荒凉的地区，算来已经二十三年了。一来一往，显出朋友之间推心置腹的亲切关系。

接着，诗人很自然地发出感慨："怀旧空吟闻笛赋，到乡翻似烂柯人。"自己遭贬在外二十三年，如今回来，许多老朋友都已去世，只能徒然地吟诵"闻笛赋"表示悼念而已。此番回来恍如隔世，觉得人事全非，不再是旧日的光景了。后一句用王质烂柯的典故，既暗示了自己贬谪时间之长，又表现了世态的变迁，以及回归之后生疏而怅惘，物是人非的心情，含义十分丰富。

"沉舟侧畔千帆过，病树前头万木春。"刘禹锡以"沉舟""病树"自比，以"千帆"和"万木"比喻在他贬谪之后那些仕途得意的新贵。在满心惆怅的同时也表达出了对世事的洞彻和达观。既劝慰自己，也劝慰朋友，不必为自己的寂寞、蹉跎而忧伤，面对世事变迁，宦海沉浮，应有豁达胸襟。

正因为"沉舟"这一联诗突然振起，一变前面伤感低沉的情调，尾联便顺势而下，写道："今日听君歌一曲，暂凭杯酒长精神。"点明酬答白居易的题意。意思是说，今天听了你的诗歌不胜感慨，暂且借酒来振奋精神吧！刘禹锡在朋友的热情关怀下，表示要振作起来，重新投入生活，表现出坚忍不拔的意志。诗情起伏跌宕，沉郁中见豪放，是酬赠诗中优秀之作。

知识链接

唱和诗是古代诗人相互间应答酬谢所作的诗词。和诗分为：依韵，用韵，步韵，以及和诗四种形式。其中，依韵又叫同韵，步韵又叫次韵，只作诗酬并不用被和诗原韵叫和诗。

学思践悟

诗歌颈联“沉舟侧畔千帆过，病树前头万木春”已经成为流传千古的佳句，它提示人们：不要为一时的困难险阻和挫折所吓倒，要看到“沉舟”旁的“千帆过”，“病树”前头的“万木春”，损失是常有的，旧的不去，新的不来，新事物必将取代旧事物，胜利总是会和勇敢者在一起。

从军行[①]七首（其四）

［唐］王昌龄

青海[②]长云[③]暗雪山[④]，孤城[⑤]遥望玉门关。
黄沙百战穿[⑥]金甲[⑦]，不破楼兰[⑧]终不还。

注释

① 从军行：乐府《相和歌辞平调曲》，多写军队征战的事。王昌龄《从军行》共七首，这是第四首。
② 青海：今青海湖。
③ 长云：多云。
④ 雪山：终年积雪的山，指祁连山。
⑤ 孤城：玉门关，因为地广人稀，给人以孤城的感觉。
⑥ 穿：磨破。
⑦ 金甲：战衣，即金属制成的盔甲。
⑧ 破楼兰：彻底消灭敌人。楼兰是当时对西域的称呼，这首诗中泛指当时侵扰西北边区的敌人。

赏析

唐代西方的劲敌主要是吐蕃和突厥。青海湖畔是唐王朝政府军与吐蕃贵族军队多次交战、激烈争夺的边防前线；而玉门关一带西临突厥，这一带也是烽烟不绝、激战连年。

“青海长云暗雪山，孤城遥望玉门关”意思是说：从边塞孤城上远远望去，从青海湖经祁连山到玉门关这一道边境防线上空，密布阴云、烽烟滚滚，银光皑皑的雪山顿显暗淡无光。这既描绘出边塞防线的景色，

也渲染了战争将至的紧张气氛，饱含着苍凉悲壮的情调。

三、四两句由情景交融的环境描写转为直接抒情，对戍边将士的战斗生活与胸怀襟抱作了集中概括的表现和抒写。“黄沙百战穿金甲”就是对这种战斗生活的强有力的概括。戍边时间之漫长、战事之频繁、战斗之艰苦、敌军之强悍、边地之荒凉，都于此七字中概括无遗，也说明将士为保家卫国曾付出了多么惨重的代价，乃至牺牲。但是，金甲易损，生命可抛，戍边壮士报国的意志却不会减。“不破楼兰终不还”就是他们内心激情的直接表白，成功地塑造了一批不畏艰苦、不怕牺牲、心灵壮美的英雄群像，使人倍感诗境阔大，感情悲壮。

这首诗的基调是悲壮苍凉的，这与诗中色彩的巧妙运用大有关系。诗人准确把握戍边将士跃动的心律，又赋之以恰当的色彩和光线，使诗歌气象恢宏开阔，情调悲凉壮美，意境深邃高远，鲜明地体现出生活在盛唐时代的人们所共有的精神特征。

知识链接

《从军行七首》是唐代诗人王昌龄的组诗作品。第一首诗刻画了边疆戍卒怀乡思亲的情景；第二首诗描写了征戍者在军中听乐观舞所引起的边愁；第三首诗描写了古战场的荒凉景象，写将军上表请求归葬战死将士骸骨，表现将帅对士卒的爱护之情；第四首诗表现了战士们为保卫祖国矢志不渝的崇高精神；第五首诗描写了奔赴前线的戍边将士听到前方部队首战告捷消息时的欣喜心情，反映了唐军强大的战斗力；第六首诗描写将军欲奔赴边关杀敌立功的急切心情；第七首诗主要描写重峦叠嶂、烽火遍布的边塞景观。全组诗意境苍凉、慷慨激昂，充分显示出盛唐气象。

学思践悟

将士用自己的生命与鲜血保卫疆土，作为平凡人的我们应该怎样报效祖国呢？

南园十三首（其五）

［唐］李贺

男儿何不带吴钩[①]，收取关山五十州。
请君暂上凌烟阁[②]，若个书生万户侯？

作者简介

李贺（约 791—约 817），字长吉，唐代河南福昌（今河南洛阳宜阳县）人。中唐浪漫主义诗人，与李白、李商隐称为唐代“三李”。李贺的诗作想象极为丰富，经常应用神话传说来托古寓今，所以后人常称他为“鬼才”“诗鬼”，二十七岁英年早逝。李贺是继屈原、李白之后，中国文学史上又一位颇享盛誉的浪漫主义诗人。

注释

① 吴钩：吴地出产的弯形的刀，此处指宝刀。

② 凌烟阁：唐太宗为表彰功臣而建的殿阁，上有秦琼等二十四人的像。

译文

男子汉大丈夫为什么不腰佩武器去收取关山五十州呢？请你且登上那画有开国功臣的凌烟阁去看看，有哪一个书生曾被封为食邑万户的列侯？

赏析

这首诗由两个设问句组成，顿挫激越，而又直抒胸臆，把家国之痛和身世之悲都酣畅淋漓地表达出来了。

第一个设问是泛问，也是自问，含有“国家兴亡，匹夫有责”的豪情。“何不”二字极富表现力，它不只构成了特定句式（疑问），而且强调了反诘的语气，增强了诗句传情达意的力量。诗人面对烽火连天、战乱不已的局面，焦急万分，恨不得立即身佩宝刀，奔赴沙场，保卫家邦。“何不”一词，反躬自问，有势在必行之意，又暗示出危急的军情和诗人焦虑不安的心境。此外，它还使人感受到诗人那郁积已久的愤懑情怀。

“请君暂上凌烟阁，若个书生万户侯？”诗人问道：封侯拜相，绘像凌烟阁的，哪有一个是书生出身？这里诗人不用陈述句而用设问句，牢骚的意味显得更加浓郁。看起来，诗人是从反面衬托投笔从戎的必要性，实际上是进一步抒发了怀才不遇的愤激情怀。由昂扬激越转入沉郁哀怨，既见反衬的笔法，又现起伏的节奏，峻急中作回荡之姿。就这样，诗人把自己复杂的思想感情表现在诗歌的节奏里，使读者从节奏的感染中加深对主题的理解、感受。

知识链接

吴钩是春秋时期流行的一种弯刀，它以青铜铸成，是冷兵器里的典范，充满传奇色彩，后又被历代文人写入诗篇，成为驰骋疆场、励志报国的精神象征。在众多文学作品中，吴国的利器已经超越刀剑本身，上升为一种骁勇善战、刚毅顽强的精神符号。

学思践悟

你觉得诗歌最后两句是诗人对读书人的贬低吗？你对读书人的态度是怎样的？你觉得读书人对国家可以做出什么样的贡献？

夏日绝句

［南宋］李清照

生当作人杰[①]，死亦为鬼雄[②]。

至今思项羽[③]，不肯过江东[④]。

作者简介

李清照（1084—1155），号易安居士，山东省济南章丘人。宋代（南北宋之交）女词人，婉约词派代表，有“千古第一才女”之称。李清照出身于书香门第，早期生活优裕，其父李格非藏书甚富，她小时候就在良好的家庭环境中打下文学基础。出嫁后与夫赵明诚共同致力于书画金石的搜集整理。金兵入据中原时，流寓南方，境遇孤苦。

注释

① 人杰：人中的豪杰。汉高祖曾称赞开国功臣张良、萧何、韩信是“人杰”。

② 鬼雄：鬼中的英雄。屈原《国殇》：“身既死兮神以灵，子魂魄兮为鬼雄。”

③ 项羽：秦末时自立为西楚霸王，与刘邦争夺天下，在垓下之战中，兵败自杀。

④ 江东：项羽当初随叔父项梁起兵的地方。

译文

生时应当做人中豪杰，死后也要做鬼中英雄。到今天人们还在怀念项羽，因为他不肯苟且偷生，退回江东。

赏析

李清照这首诗，手起笔落处，端正凝重，力透人胸臆，直指人脊骨。“生当作人杰，死亦为鬼雄”这不只是几个字的精致组合，不只是几个词的巧妙润色；更是一种精髓的凝练，是一种气魄的承载，是一种所向无惧的人生姿态。那种凛然风骨、浩然正气，充斥天地之间，直令鬼神徒然变色。“至今思项羽，不肯过江东。”女诗人追思那个叫项羽的楚霸枭雄，追随项羽的精神和气节，痛恨宋朝当权者苟且偷安的时政。都说退一步海阔天空，仅一河之遥，却是生死之界；仅一念之间，却是存亡之抉。一个“不肯”笔来神韵，强过鬼斧神工，高过天地造化。一种“士可杀不可辱”“死不惧而辱不受”的英雄豪气，漫染纸面，力透纸背，令人叫绝称奇！

这首诗起调高亢，鲜明地提出了人生的价值取向：人活着就要做人中的豪杰，为国家建功立业；死也要为国捐躯，成为鬼中的英雄。爱国激情，溢于言表，在当时确有振聋发聩的作用。南宋统治者不管百姓死活，只顾自己逃命；抛弃中原河山，苟且偷生。因此，诗人想起了项羽。诗人借此鞭挞南宋当权派的无耻行径，借古讽今，正气凛然。全诗仅二十个字，连用了三个典故，但无堆砌之弊，因为这都是诗人的心声。如此慷慨雄健、掷地有声的诗篇，出自女性之手，实在是压倒须眉了。

知识链接

项羽不肯过江东：项羽突围到乌江边，乌江亭长劝他急速渡江，回到江东，重整旗鼓。项羽自己觉得无脸见江东父老，为了无愧于英雄名节，无愧于七尺男儿之身，无愧于江东父老所托，以死相报。便回身苦战，杀死敌兵数百，然后自刎。

学思践悟

诗歌表现了一种英雄主义的精神，你认为项羽是一个英雄吗？为什么？你心目中的英雄是谁？他有什么样的品格？

寒菊

[南宋] 郑思肖

花开不并[①]百花丛，独立疏篱[②]趣未穷[③]。
宁可枝头抱香死[④]，何曾[⑤]吹落北风[⑥]中。

作者简介

郑思肖（1241—1318），宋末诗人、画家，连江（今属福建）人。原名不详，宋亡后改名思肖。字忆翁，表示不忘故国；号所南，日常坐卧，要向南背北。亦自称菊山后人、景定诗人、三外野人、三外老夫等。

注释

① 不并：不合、不靠在一起。并：一起。

② 疏篱：稀疏的篱笆。

③ 未穷：未尽，无穷无尽。

④ 抱香死：菊花凋谢后不落，仍在枝头而枯萎，所以说抱香死。

⑤ 何曾：哪曾、不曾。

⑥ 北风：寒风，此处语意双关，亦指元朝的残暴势力。

译文

你在秋天盛开，从不与百花为伍。独立在稀疏的篱笆旁边，你的情操意趣并未衰减。宁可在枝头上怀抱着清香而死，绝不会吹落于凛冽的北风之中！

赏析

郑思肖的这首画菊诗，与一般赞颂菊花不俗不艳不媚不屈的诗歌不同，托物言志，深深隐含了诗人的人生遭际和理想追求，是一首有特定生活内涵的菊花诗。

“花开不并百花丛，独立疏篱趣未穷”这两句咏菊诗，显示了人们对菊花的共识。菊花不与百花同时开放，它是不随俗不媚时的高士。“宁可枝头抱香死，何曾吹落北风中。”这两句进一步写菊花宁愿枯死枝头，也决不被北风吹落的高洁之志，既描绘了傲骨凌霜、孤傲绝俗的菊花，又表示自己坚守高尚节操，宁死不向元朝投降的决心。这是郑思肖独特的感悟，是他不屈不移、忠于故国的誓言。

元兵南下，郑思肖忧国忧民，上疏直陈抗敌之策，被拒不纳。他痛心疾首，孤身隐居苏州，终身未娶。宋亡后，他改字忆翁，号所南，以示不忘故国。郑思肖自励节操，忧愤坚贞，令人泪下！他颂菊以自喻，这首《画菊》倾注了他的血泪和生命！

学思践悟

古代的读书人为什么愿意放弃自己的生命而成就自己的信念呢？他们内心是受什么思想的影响呢？你觉得这种思想的魅力体现在什么地方呢？

书愤[①]二首

[南宋] 陆游

其一

白发萧萧[②]卧泽中，只凭天地鉴孤忠[③]。
厄穷苏武餐毡久[④]，忧愤张巡[⑤]嚼齿空。
细雨春芜上林苑[⑥]，颓垣[⑦]夜月洛阳宫。
壮心未与年俱老，死去犹能作鬼雄[⑧]。

其二

镜里流年两鬓残，寸心[⑨]自许尚如丹。
衰迟罢试戎衣窄[⑩]，悲愤犹争宝剑寒。
远戍十年临的博[⑪]，壮图万里战皋兰[⑫]。
关河[⑬]自古无穷事，谁料如今袖手看[⑭]。

注释

① 书愤：书写自己的愤恨之情。书：写。

② 萧萧：头发花白稀疏的样子。

③ 鉴：照。孤忠：忠心耿耿而得不到支持。

④ 厄穷：即穷厄、困顿。苏武（？—前 60），字子卿，西汉杜陵（今陕西西安东南）人。天汉元年（前 100）奉命出使匈奴，被扣留十九年，受尽苦难，始元六年（前 81）才被遣回朝。餐毡：指身居异地，茹苦含辛，而心向朝廷。

⑤ 张巡（709—757）：唐邓州南阳（今属河南）人。安史之乱时，与许远共守睢阳（今河南商丘），内无粮草，外无援兵，坚守数月，城破被害。

⑥ 春芜：春草。上林苑：秦时宫苑名，在陕西省。泛指皇家园林。当时在沦陷区。

⑦ 颓垣：断墙残壁。

⑧ 鬼雄：鬼中豪杰。《九歌·国殇》："身既死兮神以灵，魂魄毅兮为鬼雄。"

⑨ 寸心：微小的心意。

⑩ 衰迟：衰老。戎衣：军衣。

⑪ 的博：又作"滴博"，山岭名，在四川理番县东南。这里泛指川陕。

⑫ 壮图：宏伟的意图。皋兰：山名，在今甘肃省兰州市南。

⑬ 关河：关山河川。

⑭ 袖手看：袖手旁观。

译文

我这白发稀疏的老头幽住在镜湖旁，只有公正的天地能洞察我报国无门的忠肝义肠。遭难的苏武熬住了十数年吞毡咽雪的风霜，忧愤的张巡面对叛贼恨得把牙齿咬碎嚼光。丝丝的春雨飘洒在上林苑的乱草上，清冷的夜月照见了洛阳宫的断砖破墙。我的壮心并没有同年岁一起衰老消亡，纵然死了我也能做鬼中雄杰英明流芳！

岁月流逝，挡不住镜里会照出两鬓秃残的模样，我的报国红心却依然忠贞刚强！年老了就该不穿紧身的军装，但悲愤常在，还要让寒光闪闪的宝剑刺向敌人的心脏！曾经近十年驻守在遥远的的博岭的前哨，还要到万里皋兰跃马横枪实现我宏伟的理想！古往今来，征战的事无休无止地发生在边远地方，谁能料到我现在却在这里袖手观望！

赏析

陆游曾说："盖人之情，悲愤积于中而无言，始发为。不然，无诗矣。"正是在这种思想的支配下，陆游经常在作品中抒发浓勃深沉的积愤。

其一抒发作者的满怀壮志和一片忠心不被人理解的愤懑。其时，陆游的年迈力衰，远离朝廷。他想到，光阴既不待我，衷肠亦无处可诉，只好凭天地来鉴察自己的一片孤忠。诗人抚今追昔，想起了古人。苏武困厄于匈奴，餐毡吞雪而忠心不泯。安史之乱中，张巡死守睢阳数月，被俘后仍骂敌不止，最后竟嚼齿吞牙，不屈而死。作者的耿耿孤忠，不减他们二人，有天地可鉴。

其二首联是说对镜照容，已是两鬓苍苍，年华虽逝，但自己的壮心依然炽热，不减当年。那时，他一腔热血，满怀激情，为了收回失地，远戍的博，鏖战皋兰。然而，时光流逝，那自古以来的关河无穷之事，在作者身上终于无法实现。当年是壮志凌云，岂料今日成了一个袖手旁观之人。其心情之悲痛苍凉，溢于字里行间。

这两首《书愤》诗，笔力雄健，气壮山河，充分地显示了陆游诗歌风格特征的一个主要方面。特别是其中表现出来的对国家、民族的每饭不忘、终生难释的深厚情意，更是其诗歌创作中的精华所在。

知识链接

这组诗作于宋宁宗庆元三年（1197）春天，此时陆游七十三岁，在山阴三山别业。诗人在故乡领取祠禄，已进入第八个年头，杀敌报国的情思不时涌动心间。此年开春以后，一连写下《北望》《长歌行》《书志》《残梦》等诗篇，这两首诗也是作者因悲愤难抑而创作的作品。

满江红·写怀

［南宋］岳飞

怒发冲冠[①]，凭栏处、潇潇[②]雨歇。抬望眼，仰天长啸[③]，壮怀激烈。三十功名尘与土[④]，八千里路云和月[⑤]。莫等闲[⑥]、白了少年头，空悲切！

靖康耻[⑦]，犹未雪。臣子恨，何时灭！驾长车，踏破贺兰山[⑧]缺。壮志饥餐

胡虏肉，笑谈渴饮匈奴血。待从头、收拾旧山河，朝天阙[⑨]。

作者简介

岳飞（1103—1142），字鹏举，宋相州汤阴县（今河南汤阴县）人，抗金名将，中国历史上著名的军事家、战略家。岳飞于北宋末年投军，从1128年遇宗泽起到1141年为止，他率领岳家军同金军进行了大小数百次战斗，所向披靡，“位至将相”。在宋金议和过程中，岳飞遭受秦桧、张俊等人的诬陷，被捕入狱。1142年1月，岳飞以“莫须有”的“谋反”罪名，与长子岳云和部将张宪一同被杀害。宋孝宗时，岳飞冤狱被平反，改葬于西湖畔栖霞岭。追谥武穆，后又追谥忠武，封鄂王。

注释

① 怒发冲冠：气得头发竖起，以至于将帽子顶起，形容愤怒至极。冠是指帽子而不是头发竖起。

② 潇潇：形容雨势急骤。

③ 长啸：感情激动时撮口发出清而长的声音，为古人的一种抒情举动。

④ 三十功名尘与土：年已三十，建立了一些功名，不过很微不足道。

⑤ 八千里路云和月：形容南征北战、路途遥远、披星戴月。

⑥ 等闲：轻易，随便。

⑦ 靖康耻：宋钦宗靖康二年（1127），金兵攻陷汴京，掳走徽、钦二帝。

⑧ 贺兰山：贺兰山脉位于宁夏回族自治区与内蒙古自治区交界处。

⑨ 朝天阙：朝见皇帝。天阙：本指宫殿前的楼观，此指皇帝生活的地方。

译文

我愤怒得头发竖了起来，帽子被顶飞了。独自登高凭栏远眺，骤急的风雨刚刚停歇。抬头远望天空，禁不住一声长啸，报国之心充满心怀。三十多年来虽已建立一些功名，但如同尘土微不足道，南北转战八千里，经过多少风云人生。好男儿，要抓紧时间为国建功立业，不要白白将青春消磨，等年老时徒自悲切。

靖康之变的耻辱，至今仍然没有被雪洗。作为国家臣子的愤恨，何时才能泯灭！我要驾着战车向贺兰山进攻，连贺兰山也要被踏为平地。我满怀壮志，打仗饿了就吃敌人的肉，谈笑渴了就喝敌人的鲜血。待我重新收复旧日山河，再带着捷报向国家报告胜利的消息！

赏析

岳飞此词激励着中华民族的爱国心。抗战期间，这首词曲以其低沉却雄壮的旋律，感染了无数中华儿女。

前四字，即司马迁写蔺相如“怒发上冲冠”的妙用，表明这是不共戴天的深仇大恨。此仇此恨，因何愈思愈不可忍？正缘独上高楼，自倚栏杆，纵目乾坤，俯仰六合，不禁热血满怀心绪沸腾激昂。

接下来，“三十功名尘与土，八千里路云和月”十四字，微微唱叹，如见岳飞将军抚膺自理半生悲绪、九曲刚肠。英雄正是多情人物，可为见证。功名是我所期，岂与尘土同轻；驰驱何足言苦，堪随云月共赏。这是何等胸襟，何等识见！功名已委于尘土，三十已去。至此，“莫等闲、白了少年头，空悲切”之痛语，字字掷地有声！

下阙，一片壮怀，喷薄倾吐。靖康之耻，指徽、钦两帝被掳，犹不得还，臣子因而抱恨无穷，此恨何解？以下出奇语，寄壮怀，英雄忠愤气概，凛凛犹若神明。自将军而言，“匈奴”实不难灭。踏破“贺兰”，直捣黄龙，并非夸饰自欺之言。

“待从头、收拾旧山河，朝天阙！”满腔悲愤，丹心碧血，倾出肺腑。即以文学家眼光论之，收拾全篇，神完气足，无复毫发遗憾，诵之令人神往，令人起舞！然而岳飞发未及白，金兵自陷困境，由于奸人谗害，宋皇朝自弃战败。“莫须有”千古奇冤，闻者发指，岂复可望眼见他率领十万将士，与中原父老齐来朝拜天阙哉？悲夫。

知识链接

岳飞品行高洁、文武双全，其言行足以让古往今来许多官吏羞惭。岳飞首先提出“武将不怕死，文官不爱钱”，堪称封建社会官吏的行为典范。他廉洁避功、直言不讳、不纵女色、文采风流、治军严明、战功卓著……中国人的优秀品格和才华在他身上得到了集中体现。

学思践悟

你知道岳飞“精忠报国”的故事吗？你觉得爱国的内容是什么？你觉得爱国应该从什么地方做起？

咏煤炭

[明] 于谦

凿开混沌[①]得乌金[②]，藏蓄阳和意最深[③]。
爝火燃回春浩浩[④]，洪炉照破夜沉沉。
鼎彝[⑤]元[⑥]赖[⑦]生成力[⑧]，铁石犹存死后心[⑨]。
但愿苍生俱饱暖，不辞辛苦出山林。

注释

① 混沌：古代指世界未开辟前的原始状态。《三五历记》："未有天地之时，混沌如鸡子，盘古生其中，万八千岁，天地开辟，阳清为天，阴浊为地。"这里指未开发的煤矿。

② 乌金：指煤炭，因黑而有光泽，故名。

③ 阳和：原指阳光和暖。《史记·秦始皇本纪》："时在中春，阳和方起。"这里借指煤炭蓄藏的热力。意最深：有深层的情意。

④ 爝火：小火，火把。《庄子·逍遥游》："日月出矣，而爝火不熄。其于光也，不亦难乎？"浩浩：广大无际。

⑤ 鼎彝：原是古代的饮食用具，后专指帝王宗庙祭器，引申为国家、朝廷。这里兼含两义。鼎：炊具；彝：酒器。

⑥ 元：通"原"，本来。

⑦ 赖：依靠。

⑧ 生成力：煤炭燃烧生成的力量。

⑨ 铁石犹存死后心：意谓当铁石被消融而化为煤炭的时候，它仍有为人造福之本心。古人误认为煤炭是铁石久埋地下变成的。

译文

凿开混沌之地层，获得乌金是煤炭。蕴藏无尽之热力，心藏情义最深沉。
融融燃起之炬火，浩浩犹如是春风。熊熊洪炉之烈焰，照破沉灰色的天。
钟鼎彝器之制作，全赖生成是原力。铁石虽然已死去，仍然保留最忠心。
只是希望天下人，都是又饱又暖和。不辞辛劳不辞苦，走出荒僻山和林。

赏析

这首咏物诗描写了煤炭的开掘过程及其蕴藏热力的本性，歌颂了它的巨大功用和崇高品格，表达了诗人为民族和人民的利益甘愿赴汤蹈火的自我牺牲精神。

首联开篇点题，概括了煤炭开采的过程，气势非凡。开凿出来的煤炭蕴藏着巨大的热力，犹如春天般的暖气。这里用"混沌"比喻未开发的煤矿，用"乌金"比喻开发出来的煤炭。"阳和"二字用得最为贴切形象，指煤炭蕴蓄的巨大能量。

颔联细致描摹煤炭，状其功用。燃烧煤炭可以给人带来春回大地般的温暖，炉火中的火焰也使深沉的夜空变得很明亮。"回""破"对举，生动地写出了煤炭的功用，将煤炭燃烧换来的温暖、春意、光明做了极其形象、富有诗意的概括。

颈联继续阐发煤炭的作用和倾情奉献的素质，高度评价煤炭的巨大贡献。若把"鼎彝"二字引申为"国本"

之意，对这一联的理解，就超出了煤炭是百姓做饭的能源的范畴，而是说国家的根本和命脉要倚仗那些把握苍生国运的臣子的赤胆忠心来维护。

尾联将煤炭彻底人格化并赋予它“鞠躬尽瘁，死而后已”的精神，诗人只希望能让普天下的老百姓都能得到温饱，为此，自己决心不顾千辛万苦走出深山老林。这最后两句诗可以概括作者心忧苍生、情寄社稷、公而忘私、无怨无悔、奉献牺牲的伟大一生。于谦把自己的感情和心愿完完全全融进了煤炭，给了煤炭以生命和心志。

这首诗语言质朴明畅，平平道来，略无藻饰，而意象明晰，寄托深远，是诗人自我人格和理想的真实写照。全诗紧紧扣住煤炭的特性落笔，运用比喻拟人的修辞手法，句句写煤炭，寄托诗人为祖国、为人民不辞辛苦的情怀，表现了诗人关心百姓疾苦并甘愿为之献身的高尚情操。

石灰吟

［明］于谦

千锤万凿[1]出深山，烈火焚烧若等闲[2]。
粉身碎骨[3]全不怕，要留清白[4]在人间。

注释

① 千锤万凿：形容石灰石经过千锤万凿才开采出来。
② 等闲：平常。
③ 粉身碎骨：石灰石烧成石灰，比喻牺牲自己。
④ 清白：指石灰的色泽，喻指诗人自己的思想和品德。

赏析

这首诗是于谦十七岁时写的，通过对石灰制作过程的拟人化描绘，表达了他不怕艰险、勇于牺牲的大无畏精神和为人清白正直的崇高志向。

“千锤万凿出深山，烈火焚烧若等闲。”第一句写石灰岩的开采，要经过石工们千锤万击，将整块整块的岩石凿开击碎，然后将它们运出云封雾锁、险峻陡峭的深山。而“出深山”仅仅是开始，接着石灰岩被投入石灰窑中烧，而且要用高达九百多度的“烈火”才能烧成坚硬的生石灰。“只等闲”三字以拟人化的笔法，写出了石灰岩面临一切严酷考验时镇定自若的神态，无论千锤万凿也好，烈火焚烧也好，它都觉得根本算不得什么，可见其坚强的品格！

石灰岩经过了火的洗礼，还得经过水的考验。生石灰被投入水中，坚硬的生石灰经过一阵暴烈，逐渐解体，最终溶化成粉末状的熟石灰，供人们粉刷墙壁，于是在人间出现了粉妆玉琢的白色宫殿。“粉身碎骨全不怕，要留清白在人间。”石灰仿佛在说：“将我粉身碎骨，最后化成石灰浆水，我也全然不怕，我的心愿就是要把清白的本色长留人间呀！”

诗人借石灰之口，表达自己不怕牺牲的精神和执着热烈的追求。

这首诗通篇运用借喻的手法，借物喻人、咏物言志。表面上是写石灰，实际上是写人、写自己，勉励自己要以石灰为榜样，要经得起任何严酷的考验，表明了自己做人的志向：宁肯粉身碎骨，也要保持崇高的节操。

知识链接

于谦从小学习刻苦，志向远大。相传有一天，他信步走到一座石灰窑前，观看师傅们煅烧生石灰。只见一堆堆青黑色的山石，经过熊熊的烈火焚烧之后，都变成了白色的生石灰。他深有感触，略加思索之后便吟出了《石灰吟》这首脍炙人口的诗篇。

学思践悟

你觉得人的节操从何而来？你认为节操对一个人有什么样的作用？

竹石

［清］郑燮

咬定①青山不放松，
立根②原在破岩中。
千磨万击③还坚劲④，
任⑤尔⑥东西南北风。

作者简介

郑燮（1693—1765），字克柔，号板桥，又号理庵，人称板桥先生，江苏兴化人，祖籍苏州。康熙秀才，雍正十年（1732）举人，乾隆元年（1736）进士。官山东范县、潍县县令，政绩显著，后客居扬州，以卖画为生，为“扬州八怪”重要代表人物。郑板桥一生只画兰、竹、石，自称“四时不谢之兰，百节长青之竹，万古不败之石，千秋不变之人”。

注释

① 咬定：咬紧。

② 立根：扎根。破岩：裂开的山岩，即岩石的缝隙。

③ 千磨万击：指无数的磨难和打击。

④ 坚劲：坚强有力。

⑤ 任：任凭，无论，不管。

⑥ 尔：你。

译文

竹子抓住青山一点也不放松，它的根牢牢地扎在岩石缝中。经历成千上万次的折磨和打击，它依然那么坚强，不管是酷暑的东南风，还是严冬的西北风，它都能经受得住，还会依然坚忍挺拔。

赏析

这是一首借物喻人、托物言志的诗，也是一首咏物诗。诗中着力表现了竹子那顽强而又执着的品质，托岩竹的坚忍顽强，言自己刚正不阿、正直不屈、铁骨铮铮的骨气。这首诗也是一首题画诗，题于作者自己所作的《竹石图》上。这首诗在赞美岩竹的坚忍顽强时，隐喻了作者藐视俗见的刚劲风骨。

诗的第一句："咬定青山不放松"，首先把一个挺立峭拔的、牢牢把握着青山岩缝的翠竹形象展现在读者面前。一个"咬"字使竹人格化。"咬"是一个主动的，需要付出力量的动作。它不仅写出了翠竹紧紧附着青山的情景，更表现出了竹子那种不畏艰辛，与大自然抗争，顽强生存的精神。紧承上句，第二句"立根原在破岩中"道出了翠竹能傲然挺立于青山之上的基础是它深深扎根在破裂的岩石之中。在这首诗里，竹石形成了一个浑然的整体，无石竹不挺，无竹石不青。这两句诗也说明了一个简单而深刻的哲理：根基深力量才强。

"千磨万击还坚劲，任尔东西南北风。"这两句诗里，竹有个特点，它不是孤立的竹，也不是静止的竹，而是岩竹，是风竹。由于它深深扎根于岩石之中，因而岿然不动、坚韧刚劲，什么样的风都对它无可奈何。诗人用"千""万"两字写出了竹子那种坚忍无畏、从容自信的神态，可以说全诗的意境至此顿然而出。

知识链接

有一年，郑板桥到莱州云峰山观摩郑公碑，夜晚借宿在山下一老儒家中。这位老人自称为糊涂老人，他谈吐高雅、举止不凡，与人交谈起来十分融洽。

老人的家中有一块特大的砚台，这砚台石质细腻、镂刻精美，实为世间极品。老人请郑板桥留下墨宝，以便请人刻于砚台的背面。于是郑板桥依"糊涂"为引，题写了"难得糊涂"四字，同时还盖上了自己的名章"康熙秀才，雍正举人，乾隆进士"。

这砚台有方桌一般大小，郑板桥写过之后，还留有很大的一块空地，于是他请老人题写一段跋语。老人没加任何推辞，提笔写道："得美石难，得顽石尤难，由美石转入顽石更难。美于中，顽于外，藏野人之庐，不入富贵之门也。"写罢也盖了方印，印文是："院试第一，乡试第二，殿试第三。"

郑板桥看后，知道是遇到了一位情操高洁的雅士，顿感自身的浅薄，其敬仰之心油然而生，见砚台上还有空隙，便提笔补写道：“聪明难，糊涂尤难，由聪明而转入糊涂更难。放一着，退一步，当下安心，非图后来报也。”

后世的人们感慨这“难得糊涂”四字中富含的哲理，便以横联的形式挂与家中，作为处世的警言。

论诗

[清] 赵翼

李杜[①]诗篇万口传，至今已觉不新鲜。
江山代有才人出[②]，各领风骚[③]数百年。

作者简介

赵翼（1727—1814），清文学家、史学家。字云崧，一字耘崧，号瓯北，又号裘萼，晚号三半老人，江苏阳湖（今江苏省常州市）人，乾隆二十六年（1761）进士。

注释

① 李杜：指李白、杜甫。

② 江山代有才人出：国家代代都有很多有才情的人。

③ 风骚：指《诗经》中的“国风”和屈原的《离骚》。后来把关于诗文写作的诗叫作“风骚”。这里指在文学上有成就的“才人”的崇高地位和深远影响。

译文

李白和杜甫的诗篇曾经被成千上万的人传颂，
现在读起来感觉已经没有什么新意了。
我们的大好河山每代都有才华横溢的人出现，
他们的诗篇文章及人气都会流传数百年。

赏析

此诗反映了作者诗歌创作贵在创新的主张。他认为诗歌随时代不断发展，诗人在创作的时候也应求新求变，并非只有古人的作品才是最好的，每个时代都有属于自己的风格的诗人。本诗虽语言直白，但寓意深刻。

第一、二句，作者以诗仙李白、诗圣杜甫为例，评价了他们在诗歌创作上的伟大成就。同时，诗人也指出，即使是李白、杜甫这样伟大的诗人，他们的诗篇也有历史局限性。接着笔锋一转，第三、四句“江山代有才人出，各领风骚数百年”一句，发表了自己对诗歌创作的卓越见解：随着时代发展，诗歌创作也要推陈出新，不能停滞不前。每个朝代都会有新人涌现，发展、创作是作者论诗的核心与灵魂。诗人呼唤创新意识，希望诗歌写作要有时代精神和个性特点，大胆创新，反对沿袭守旧。世人常常用这句诗来赞美人才辈出，或表示一代新人替换旧人，或新一代的崛起。

知识链接

赵翼长于史学，考据精赅。论诗主“独创”，反模拟。五、七言古诗中，有些作品嘲讽理学，隐喻对时政的不满。他与袁枚、张问陶并称清代“性灵派三大家”。所著《廿二史札记》与王鸣盛《十七史商榷》、钱大昕《二十二史考异》合称清代三大史学名著。

沁园春[①]·长沙

毛泽东

独立寒秋[②]，湘江北去，橘子洲[③]头。
看万山红遍，层林尽染；漫江碧透，百舸争流。
鹰击长空，鱼翔浅底，万类[④]霜天[⑤]竞自由。
怅寥廓[⑥]，问苍茫大地，谁主沉浮？
携来百侣[⑦]曾游，忆往昔峥嵘岁月稠。
恰同学少年，风华正茂；书生意气，挥斥方遒[⑧]。
指点江山，激扬文字，粪土当年万户侯。
曾记否，到中流[⑨]击水，浪遏飞舟？

注释

① 沁园春：词牌名，“沁园”为东汉明帝为女儿沁水公主修建的皇家园林，据《后汉书 窦宪传》，沁水公主的舅舅窦宪倚仗其妹贵为皇后，竟强夺公主园林，后人感叹其事，多在诗中咏之，渐成“沁园春”这一词牌。

② 寒秋：就是深秋、晚秋。秋深已有寒意，所以说是寒秋。

③ 橘子洲：地名，又名水陆洲，是长沙城西湘江中一个狭长小岛，西面靠近岳麓山。南北长约十一里，东西最宽处约一里。毛泽东七律《答友人》中所谓长岛即指此。自唐代以来，此处就是游览胜地。

④ 万类：指一切生物。

⑤ 霜天：指深秋。

⑥ 怅寥廓：面对广阔的宇宙惆怅感慨。怅：原意是失意，这里用来表达由深思而引发激昂慷慨的心绪。

⑦ 百侣：很多的伴侣。侣：这里指同学（也指战友）。

⑧ 挥斥方遒：热情奔放，劲头正足。挥斥：奔放。《庄子·田子方》：“挥斥八极。”郭象注：“挥斥，犹纵放也。”方：正。遒：强劲有力。

⑨ 中流：江心水深流急的地方。

译文

在深秋一个秋高气爽的日子里，我独自伫立在橘子洲头，眺望着湘江碧水缓缓北流。看万千山峰全都变成了红色，一层层树林好像染过颜色一样，江水清澈澄碧，一艘艘大船乘风破浪，争先恐后。广阔的天空里，鹰在矫健有力地飞，鱼在清澈的水里轻快地游，万物都在秋光中争着过自由自在的生活。面对着无边无际的宇宙（千万种思绪一齐涌上心头），我要问：这苍茫大地的盛衰兴废，由谁主宰呢？

回想过去，我和我的同学经常携手结伴来到这里游玩。在一起商讨国家大事，那无数不平凡的岁月至今还萦绕在我的心头。同学们正值青春年少、风华正茂，大家踌躇满志、意气奔放，正强劲有力。评论国家大事，写出这些激浊扬清的文章，把当时那些军阀官僚看得如同粪土一样。可曾记得，当年我们在那浪花大得可以阻止飞奔而来的船舟的激流中一起游泳？

赏析

在中国的诗歌史上，第一个大量描绘自然美，并把对自然美的描绘与对国家和人民的命运的关切结合起来的诗人是屈原。这是中国古典诗歌的一个优良传统。毛泽东的诗词继承了这个优良传统。他善于把自然美与社会美融为一体，通过栩栩如生、呼之欲出的自然美的艺术形象，表现出社会美的内容。这首词通过对长沙秋景的描绘和对青年时代革命斗争生活的回忆，提出了“谁主沉浮”的问题，抒发了对中华民族前途的乐观主义精神和以天下事为己任的豪情壮志。

特别是本词的最后三句，以设问结尾，巧妙回答了“谁主沉浮”的问题。正像当年中流击水那样，勇敢地投身到革命的风浪中，激流勇进。

知识链接

毛泽东在 1925 年秋写的《沁园春·长沙》，其时正值青年朋友意气风发，是毛泽东离开湖南前往当时革命活动的中心广州时所写的。毛泽东从 1911 年到 1925 年，曾数度在长沙学习、工作和从事革命活动。在这峥嵘岁月里，作者和他的同学蔡和森、何叔衡等立志救国的知识青年，正值青春年少、神采飞扬、才华横溢、意气风发、热情奔放，面对万山红遍的美景，他们既赞叹锦绣河山的壮美，又悲愤大好河山的沉沦。于是，发表激浊扬清的文章，抨击黑暗、宣扬真理，视当时的“万户侯”——军阀如粪土，这一段描写形象地概括了青年时期的毛泽东和其战友雄姿英发的战斗风貌和豪迈气概。

哲理理趣篇

在中华文化的历史画卷中，诗词歌赋，别具一格。而诗歌的类别更是多种多样、异彩纷呈，其中有一部分是以“理趣”见长。“理趣”一词源自佛典，正式被用于诗歌评论则在宋代，但富有理趣的诗则早已有之。清代沈德潜在《说诗·语》里说：“杜诗‘江山如有待，花柳自无私’，‘水深鱼极乐，林茂鸟知归’，俱入理趣。”可见，所谓理趣，既要包含某种哲理，让人从中受到有益的启示，又要具有诗味，涉笔成趣。简而言之，既要有理，又要有趣。在这一部分诗歌里，诗人或借景抒情，寓世明理；或慨叹人生，抒发感悟。比如，苏轼的七绝《题西林壁》“横看成岭侧成峰，远近高低各不同。不识庐山真面目，只缘身在此山中。”苏轼以身处庐山为喻，阐明了一个极其深刻而又易被忽视的哲理：一个人如果陷在某个具体的环境或事件之中，不能跳将出来、以窥全貌，那就无法全面、准确、客观地认识这个环境和事件，进而往往可能产生某种片面性或主观性的观点。简单几句话，理却说得十分生动、有趣，蕴含了深刻的哲理情思。

其实，这类诗作还有很多。一些理趣诗因富含深刻的哲理而流传千古，“少壮不努力，老大徒伤悲”“野火烧不尽，春风吹又生”等诗句人们早已耳熟能详。也有许多诗歌，在写作之初并非为了说理，但所写之景，所叙之事，所咏之物，所抒之情，所刻画之环境，所叙写之历史、人物，往往能使读者从中悟到某种哲理，这些哲理是读者的再创造，从而使这些诗歌的思想内容更丰富、深刻而得以升华。

这类诗歌，读来令人耳目一新，若细细品味，又发人深思。毫不夸张地说，不管经历了怎样的时空变换，它们依旧散发着迷人的魅力及永恒的定力，为后人的前行之路指点迷津。

赠从弟

[东汉] 刘桢

亭亭[①]山上松，瑟瑟[②]谷中风。
风声一何[③]盛，松枝一何劲！
冰霜正惨凄[④]，终岁常端正。
岂不罹凝寒？松柏有本性！[⑤]

作者简介

刘桢（186—217），汉魏间文学家。字公干，东平（今属山东）人，与孔融、陈琳、王粲、徐干、阮瑀、应玚合称“建安七子”。他以诗歌见长，其五言诗颇负盛名，后人将他与曹植并称“曹刘”，为“建安七子”中的佼佼者。

注释

① 亭亭：耸立的样子。

② 瑟瑟：寒风声。

③ 一何：多么。

④ 惨凄：凛冽、严酷。

⑤ 岂不罹凝寒，松柏有本性：二句是说，难道松柏没有遭到严寒的侵凌吗？但是它依然青翠如故，这是它的本性决定的。

译文

高山上挺拔耸立的松树，顶着山谷间瑟瑟呼啸的狂风。风声是如此的猛烈，
而松枝是如此的刚劲！任它满天冰霜凄凄惨惨，松树的腰杆终年端端正正。
难道是松树没有遭遇严寒的侵袭？不，是松柏天生有着耐寒的本性！

赏析

这是一首托物言志诗，也是诗人的自我写照。

“亭亭山上松，瑟瑟谷中风。”开篇写出松树的整体形象：高耸挺拔，立于高山之巅，迎着瑟瑟寒风，不向寒风低头，不在恶势力面前弯腰，高俊雄伟、傲骨铮铮。

“风声一何盛，松枝一何劲。”这句描写松树与寒风对立的情状，突出了松树的可贵品格。

“冰霜正惨凄，终岁常端正。”这句用冰霜的残酷再一次反衬出松树不畏严寒的高洁傲骨。这两句是诗人勉励他的堂弟要学习松柏，越是风声凄惨，越要挺立风中。

“岂不罹凝寒，松柏有本性。”难道松柏就不怕遭受严寒吗？是的，松柏天生就有着耐寒的本性。这两句直接写松树品格，点明主题。在这里，诗人以松柏为喻，勉励他的堂弟，同时也是自勉：不要因外力压迫而改变本性。

这首诗名为“赠从弟”，但无一语道及兄弟情谊，我们读来却颇觉情深谊长，而且能同诗人心心相印。这是因为诗人运用了象征手法，用松树象征自己的志趣、情操和希望。诗人如果直接抒写内心情感，很易直露，因此借松树的高洁来暗示情怀，以此自勉，也借以勉励从弟。全诗对于兄弟情谊虽不着一字，但言外之旨却更耐人寻味。

知识链接

“比德”说。所谓“比德”，就是用自然界的事物来比喻人的道德境界，从而进一步唤起人们的人格境界的自我提升。中国古代的士大夫喜欢用松、竹、梅、菊来比喻人格。

饮酒[1]二十首（其五）

［东晋］陶渊明

结庐在人境[2]，而无车马喧。
问君何能尔[3]，心远地自偏。
采菊东篱下，悠然见南山。
山气日夕佳，飞鸟相与还。
此中[4]有真意[5]，欲辨已忘言[6]。

作者简介

陶渊明（352 或 365—427），东晋末至南朝宋初期伟大的诗人、辞赋家。字元亮，又名潜，私谥“靖节”，世称靖节先生，浔阳柴桑（今江西省九江市）人。曾任江州祭酒、建威参军、镇军参军、彭泽县令等职，最末一次出仕为彭泽县令，八十多天便弃职而去，从此归隐田园。他是中国第一位田园诗人，被称为“古今隐逸诗人之宗”，有《陶渊明集》。

注释

① 饮酒：《饮酒》是一组五言古诗，共二十首，写于作者辞官归隐以后。

② 结庐：构筑屋子。人境：人间，人类居住的地方。

③ 君：作者自谓。尔：如此、这样。这句和下句设为问答之辞，说明心远离尘世，虽处喧嚣之境也如同居住在偏僻之地。

④ 此中：即此时此地的情和境，也即隐居生活。

⑤ 真意：人生的真正意义，即“迷途知返”。这句和下句是说此中含有人生的真义，想辨别出来，却忘了如何用语言表达。意思是既已领会到此中的真意，不屑于说，也不必说。

⑥ 欲辨已忘言：想要辨识却不知怎么表达。辨：辨识。

译文

我的屋子建在人群聚居的繁华道路，然而并不烦神去应酬车马的喧闹。
要问我怎能如此超凡洒脱，心灵避离尘俗自然幽静远邈。
东篱下采撷清菊心情徜徉，无意中见到南山胜景绝妙。
暮色中缕缕彩雾萦绕升腾，结队的鸟儿回归远山的怀抱。
南山令人仰止啊，这里有人生的真义，已经无须多言。

赏析

“结庐在人境”是陶渊明创作的组诗《饮酒二十首》中的第五首。这首诗大约作于诗人归隐后的第十二年，即 417 年，正值东晋灭亡前夕。作者感慨甚多，借饮酒来抒情写志。

这首诗主要表现隐居生活的情趣，写诗人于劳动之余，饮酒至醉之后，在晚霞的辉映之下，在山岚的笼罩之中，采菊东篱，遥望南山。全诗情味深永，感觉和情理浑然一体，不可分割。这首诗的意境可分为两层，前四句为一层，写诗人摆脱世俗烦恼后的感受。后六句为一层，写南山的美好晚景和诗人从中获得的无限乐趣。表现了诗人热爱田园生活的真情和高洁人格。

这首诗是陶诗艺术风格的一个典范代表。它除了具有陶诗的一般特色之外，更富于哲理之趣。

知识链接

1. 谥号是古人死后依其生前行迹而为之所立的称号，分为官谥和私谥两大类。帝王的谥号一般由礼官议上；臣下的谥号由朝廷赐予。一般文人学士或隐士的谥号，则由其亲友、门生或故吏所加，称为私谥，与朝廷颁赐的不同。如陶渊明的谥号“靖节”则是私谥。

2. 不为五斗米折腰

陶渊明为了养家糊口，来到离家乡不远的彭泽当县令。在那年冬天，郡的太守派出一名督邮，到彭泽县来督察。督邮品位很低，却有些权势。这次派来的督邮，是个粗俗而又傲慢的人，他一到彭泽的旅舍，就差县吏去叫县令来见他。陶渊明平时蔑视功名富贵，不肯趋炎附势，对这种假借上司名义发号施令的人很瞧不起，但也不得不去见一见，于是他马上动身。不料县吏拦住陶渊明说：“大人，参见督邮要穿官服，并且束上大带，不然有失体统，督邮要乘机大做文章，会对大人不利的！”这一下，陶渊明再也忍受不下去了。他长叹一声，道：“我不能为五斗米向乡里小人折腰！”说罢，索性取出官印，把它封好，并且马上写了一封辞职信，随即离开只当了八十多天县令的彭泽。

蝉

[唐] 虞世南

垂绥[1]饮清露[2]，流响[3]出疏桐。
居高[4]声自远，非是藉[5]秋风。

作者简介

虞世南（558—638），初唐书法家、文学家、诗人、政治家。字伯施，越州余姚（今慈溪市观海卫镇鸣鹤场）人。善书法，与欧阳询、褚遂良、薛稷合称“初唐四大家”。

注释

① 緌：古人结在颔下的帽带下垂部分。蝉的头部伸出的触须，形状与其相似。

② 饮清露：古人认为蝉生性高洁，栖高饮露，其实是刺吸植物的汁液。清露：清纯的露水。

③ 流响：指蝉长鸣不已，声音传得很远。流：发出。

④ 居高：指栖息在高处，语意双关。

⑤ 藉：同“借”。

译文

蝉垂下像帽缨一样的触角吸吮着清澈甘甜的露水，声音从挺拔疏朗的梧桐树枝间传出。蝉声远传的原因是因为蝉居在高树上，而不是依靠秋风。

赏析

这首咏物诗，咏物中尤多寄托，具有浓郁的象征性。古人以蝉居高饮露象征品格高洁，作者以比兴和寄托的手法，表达自己的情操。

垂緌，是古代官帽打结下垂的带子，也指蝉的下巴上与帽带相似的细嘴。蝉用细嘴吮吸清露，语义双关，暗指冠缨高官要戒绝腐败、追求清廉。蝉居住在挺拔疏朗的梧桐树上，与那些在腐草烂泥中打滚的虫类自然不同，因此它的声音能够流丽响亮。

此诗句句写的是蝉的形体、习性和声音，而句句又暗示着诗人高洁清远的品行志趣，物我互释，咏物的深层意义是咏人。这些诗句的弦外之音无非是说，做官做人应该立身高处、德行高洁，才能说话响亮、声名远播。这种居高致远完全来自高尚人格的力量，绝非依凭见风使舵，或者什么权势、关节和捧场所能得到的。

知识链接

蝉是世界上寿命最长的昆虫，可是它们一生的大多数时间是在地下度过的。每一只蝉至少需要七到十五年，甚至二十年的幼虫时间，才会从土壤中爬出地面羽化成蝉。雄蝉以叫声吸引雌蝉进行交配后，不久就死去，就算不交配的雄蝉，展翅翱翔、高声鸣叫的日子也只有短短的两周左右。

学思践悟

蝉的一生几乎全部在黑暗中度过，在阳光下歌唱着自己的余生，对此你有何人生感悟呢？

终南别业

［唐］王维

中岁[①]颇好道[②]，晚家[③]南山[④]陲[⑤]。
兴来每独往，胜事[⑥]空自知。
行到水穷处，坐看云起时。
偶然值[⑦]林叟，谈笑无还期[⑧]。

注释

① 中岁：中年。
② 道：这里指佛理。
③ 家：安家。
④ 南山：即终南山。
⑤ 南山陲：指辋川别墅所在地。陲：边缘，旁边，边境。
⑥ 胜事：美好的事。
⑦ 值：遇见。
⑧ 无还期：没有回还的准确时间。

译文

中年以后存有较浓的好道之心，直到晚年才安家于终南山边陲。
兴趣浓时常常独来独往去游玩，有快乐的事自我欣赏自我陶醉。
或走到水的尽头去寻求源流，或坐看上升的云雾千变万化。
偶然在林间遇见个把乡村父老，与他谈笑聊天每每忘了回家的时间。

赏析

这首诗没有描绘具体的山川景物，只重在表现诗人隐居山间时悠闲自得的心境。诗的前六句自然娴静，诗人的形象如同一位不食人间烟火的世外高人，他不问世事，视山间为乐土。不刻意探幽寻胜，而能随时随处领略到大自然的美好。

开头两句“中岁颇好道，晚家南山陲”，叙述诗人中年以后即厌倦尘俗，而信奉佛教。王维晚年得到辋川别墅后，完全陶醉在那秀丽、寂静的田园山水中了。这段描述可以说明诗中第二联“兴来每独往，胜事空自知”中透露出来的闲情逸致。

第三联“行到水穷处，坐看云起时”，是说诗人随意而行，走到哪里算哪里，然而不知不觉，竟来到流水的尽头，看来是无路可走了，于是索性就地坐了下来。通过这一“行”、一“到”、一“坐”、一“看”的描写，诗人此时心境的闲适也就明白地揭示出来了。

最后一联“偶然值林叟，谈笑无还期”，突出了“偶然”二字。其实不止遇见林叟是出于偶然，本来出游便是乘兴而去，带有偶然性。“行到水穷处”又是偶然。“偶然”二字贯穿上下，成为此次出游的一个特色。它写出了诗人那种天性淡逸、超然物外的风采，对于读者了解王维的思想是有认识意义的。

知识链接

王维是盛唐诗人的代表，他长年在京师做官，又多与亲王贵胄交接往来，文名盛极一时，被公认为开元、天宝时期的文宗。他擅长五言诗，又因精通音乐，故其所作五言诗容易合乐，传播既广，声名亦高。中国古代文学史上称他与孟浩然同为“隐逸诗派”的代表人物。唐代宗对王维的诗给予了很高的评价。到了唐朝末年，梨园弟子仍相沿唱王维的绝句，足见其影响之深。

学思践悟

在生命过程中，不论经营爱情、事业、学问等，勇往直前，后来竟发现是一条没法走的绝路，山穷水尽的悲哀失落难免出现。此时不妨往旁边或回头看，也许有别的路通往别处；即使根本没路可走，往天空看吧！虽然身体在绝境中，但是心灵还可以畅游太空，自在、愉快地欣赏大自然。体会到宽广深远的人生境界，便不觉得自己穷途末路了。

滁州西涧①

［唐］韦应物

独怜幽草涧边生②，上有黄鹂深树鸣③。
春潮带雨晚来急④，野渡无人舟自横⑤。

注释

① 滁州：在今安徽滁州以西。西涧：在滁州城西，俗称“上马河”。

② 独怜：唯独喜欢。幽草：幽谷里的小草。幽：一作“芳”。生：一作“行”。

③ 深树：枝叶茂密的树。深：《才调集》作“远”。树：《全唐诗》注“有本作‘处’”。

④ 春潮：春天的潮汐。

⑤ 野渡：郊野的渡口。横：指随意飘浮。

译文

我独爱生长在涧边的幽草，树荫深处传来黄鹂诱人的叫声。春潮伴着夜雨急急地涌来，郊野的渡口空无一人，只有那空空的渡船自在地漂浮着。

赏析

这是一首写景的小诗，描写诗人春游滁州西涧赏景和晚潮带雨的野渡所见。首二句写春景、爱幽草而轻黄鹂，以喻乐守节而嫉高媚；后二句写带雨春潮之急和水急舟横的景象，蕴含一种不在其位、不得其用的无可奈何之忧伤。全诗表露了恬淡的胸襟和忧伤之情怀。

诗的前二句“独怜幽草涧边生，上有黄鹂深树鸣”是说：诗人独喜爱涧边生长的幽草，上有黄莺在树荫深处啼鸣。这是清丽的色彩与动听的音乐交织成的幽雅景致。“独怜”是偏爱的意思，偏爱幽草，流露着诗人恬淡的胸怀。

后二句“春潮带雨晚来急，野渡无人舟自横”是说：傍晚下雨，潮水涨得更急，郊野的渡口没有行人，一只渡船横泊河里。这雨中渡口扁舟闲横的画面，蕴含着诗人对自己无所作为的忧伤，引人思索。末两句以飞转流动之势，衬托闲淡宁静之景，可谓诗中有画，景中寓情。诗人通过描写自然景物的变化，表现了自己希望在急剧变化的社会潮流中寻找一点自由和宁静。

知识链接

一般认为《滁州西涧》这首诗是韦应物于唐德宗建中二年（781）任滁州刺史时所作。韦应物生性高洁，爱幽静，好诗文，笃信佛教，鲜食寡欲，所居每日必焚香扫地而坐。他时常独步郊外，最喜爱欣赏西涧清幽的景色。一天，他行至滁州西涧（在滁州城西郊野），写下了这首诗情浓郁的小诗，后来成为他的代表作之一。

学思践悟

这首诗中有无寄托，所托何意，历来争论不休。有人认为它通篇比兴，是刺“君子在下，小人在上”，蕴含一种不在其位、不得其用的无可奈何之忧伤。有人认为“此偶赋西涧之景，不必有所托意”。实则诗中流露的情绪若隐若现，开篇幽草、黄莺并提时，诗人用“独怜”的字眼，寓意显然，表露出诗人安贫守节，不高居媚时的胸襟，后两句在水急舟横的悠闲景象中，蕴含着一种不在位、不得其用的无奈、忧虑、悲伤的情怀。

菊花

［唐］元稹

秋丛[①]绕舍[②]似陶家[③]，遍绕[④]篱[⑤]边日渐斜[⑥]。

不是花中偏爱菊，此花开尽更⑦无花。

作者简介

元稹（779—831），唐诗人。字微之，河南（今河南洛阳）人。幼孤，母郑贤而文，亲授书传。举明经书判入等，补校书郎。年五十三卒，赠尚书右仆射。自少与白居易唱和，当时言诗者称“元白”，号为“元白体”。有《元氏长庆集》。

注释

① 秋丛：指丛丛秋菊。

② 舍：居住的房子。

③ 陶家：陶渊明的家。陶：指东晋诗人陶渊明。

④ 遍绕：环绕一遍。

⑤ 篱：篱笆。

⑥ 日渐斜：太阳渐渐落山。斜：倾斜。因古诗需与上一句押韵，所以应读 xiá。

⑦ 更：再。

译文

丛丛秋菊围绕房舍，好似到了陶潜的故居。围绕篱笆观赏菊花，不知不觉太阳已经西斜。并非我偏爱菊花，只是因为秋菊谢后，再也无花可赏。

赏析

历代文人墨客爱菊者不乏其人，其中咏菊者也时有佳作。这首《菊花》便是其中较有情韵的一首。

“秋丛绕舍似陶家”中的“绕”字写屋外所种菊花之多，给人以环境幽雅，如至陶渊明家之感。诗人将种菊的地方比作陶家，可见秋菊之多、花开之盛。这么多美丽的菊花，让人心情愉悦。

“遍绕篱边日渐斜”，表现了诗人专注看花的情形。这句中的“绕”字写赏菊兴致之浓，不是到东篱便驻足，而是“遍绕篱边”，直至不知日之将夕，表现了诗人赏菊时悠闲的情态。诗人被菊花深深吸引住了。“遍绕”“日渐斜”，把诗人赏菊入迷、流连忘返的情状和诗人对菊花的由衷喜爱真切地表现了出来，字里行间充满了喜悦的心情。

诗人为什么如此着迷于菊花呢？下面的诗句做出了解答：菊花在百花之中是最后凋谢的，一旦菊花谢尽，今年便无花可赏，人们爱花之情自然都集中到菊花上来。因此，作为后凋者，它得天独厚地受人珍爱。诗人从菊花在百花中谢得最晚这一自然现象，引出深微的道理，表达了对菊花历尽风霜而后凋的坚贞品格的赞美。

这首七言绝句虽然写的是咏菊这个寻常的题材，但用笔巧妙，别具一格，诗人独特的爱菊花理由新颖自然、不落俗套、发人深省。

知识链接

"元白"莫逆交

元稹与白居易是齐名的唐代大诗人，他们的诗歌理论观点相近，共同提倡新乐府，结成了莫逆之交，世人将他们并称为"元白"。两人之间经常有诗歌唱和，即使分处异地，也经常有书信往来，并发明了"邮筒传诗"。一次，元稹出使东川，白居易与好友李建同游慈恩寺，席间想念元稹，就写下了《同李十一醉忆元九》："花时同醉破春愁，醉折花枝作酒筹。忽忆故人天际去，计程今日到梁州。"而此时正在梁州的元稹也在思念白居易，他在同一天晚上写了一首《梁州梦》："梦君同绕曲江头，也向慈恩院院游。亭吏呼人排去马，忽惊身在古梁州。"后来两人先后遭贬，分别被放置外地做官。于是他们经常联络，互相鼓励和慰藉。正如白居易所说的那样，两人终其一生都是友情极其深厚的"文友诗敌"。

学思践悟

你喜欢菊吗？说说你喜欢的理由。

放言五首（其三）

[唐] 白居易

赠君[①]一法决狐疑[②]，不用钻龟与祝蓍[③]。
试玉要烧三日满[④]，辨材须待七年期[⑤]。
周公恐惧流言日，王莽[⑥]谦恭未篡时。
向使[⑦]当初身便死，一生真伪复[⑧]谁知？

注释

① 君：指元稹。

② 狐疑：狐性多疑，故称遇事犹豫不定为狐疑。屈原《离骚》："心犹豫而狐疑。"

③ 钻龟与祝蓍：古代迷信活动，钻龟壳后，看其裂纹以卜吉凶；或拿蓍草的茎占卜。

④ 试玉要烧三日满：言坚贞之士必能经受长期磨炼。作者自注："真玉烧三日不热。"《淮南子·俶真训》："钟山之玉，炊以炉炭，三日三夜而色泽不变。"

⑤ 辨材须待七年期：栋梁之材不是短时间就能看出来的。作者自注："豫章木，生七年而后知。"豫章：枕木和樟木。《史记·司马相如列传》："其北则有阴林巨树楩楠豫章。"《正义》："豫：今之枕木也；樟，今之樟木也。二木生至七年，枕樟乃可分别。"

⑥ 王莽：王莽在未篡汉以前曾伪装谦恭下士，后独揽朝政，杀平帝，篡位自立。

⑦ 向使：假如。

⑧ 复：又（有）。

译文

送你一种解疑的办法，不用龟卜和拜蓍。试玉还得烧满三天，辨别樟木还得七年以后。周公害怕流言蜚语，王莽篡位之前毕恭毕敬。假使这人早早就死去了，一生的真假又有谁知道呢？

赏析

这是一首富有理趣的好诗，告诫我们，看待事物不要过早下结论，否则容易被假象迷惑而不能分清是非。

“赠君一法决狐疑”，诗一开头就说要告诉人一个“决狐疑”的方法，而且很郑重，用了一个“赠”字，强调这个方法的宝贵，说明是经验之谈。这就增强了诗歌的吸引力。因在生活中不能做出判断的事是很多的，大家当然希望知道是怎样的一种方法。这个方法“不用钻龟与祝蓍”，先说不是什么；但“是什么”，却不径直说出。这就使诗歌更曲折、更有波澜，产生了如设置悬念的效果。

诗的第三、四句才把这个方法委婉地介绍出来：“试玉要烧三日满，辨材须待七年期。”要知道事物的真伪优劣只有让时间去考验。经过一段时间的观察比较，事物的本来面目终会呈现出来。这是从正面说明这个方法的正确性，然后掉转笔锋，再从反面来说：“周公恐惧流言日，王莽谦恭未篡时。”如果不用这种方法去识别事物，往往就不能做出准确的判断。对周公和王莽的评价，就是例子。周公在辅佐成王的时期，某些人曾经怀疑他有篡权的野心，但历史证明他对成王一片赤诚，忠心耿耿是真，说他篡权则是假。王莽在未代汉时，假装谦恭，曾经迷惑了一些人。但历史证明他的“谦恭”是伪，代汉自立才是他的真面目。

“向使当初身便死，一生真伪复谁知？”是整篇的关键句。“决狐疑”的目的是分辨真伪。真伪分清了，狐疑自然就没有了。如果过早地下结论，不用时间来考验，就容易为一时表面现象所蒙蔽，不辨真伪，冤屈好人。诗的意思极为明确，出语却纡徐委婉。从正面、反面叙说“决狐疑”之“法”，都没有径直点破。前者举出“试玉”“辨材”两个例子，后者举出周公、王莽两个例子，让读者思而得之。这些例子，既是论点，又是论据，寓哲理于形象之中，以具体事物表现普遍规律，小中见大、耐人寻思。

知识链接

曾国藩一生致力结交、网罗、培育、推荐和使用人才，可以说深得白居易这首诗之精髓。他的幕府是中国历史上规模和作用最大的幕府，几乎聚集了全国人才的精华，在历史上独树一帜。曾国藩究竟是怎样识人、用人的呢？

曾国藩在使用人才之前，必对人才进行长期考察，了解人才的优点与短板。如他初见江忠源时，谈话后认为“此人必立名天下，然当以节烈死”。后来，江忠源在与太平军的战斗中名动全国，但最终在合肥兵败投水自杀，印证了曾国藩的评语。曾国藩评价左宗棠“取势甚远，审机甚微，才可独当一面”；评价李鸿章“才大心细，劲气内敛”；评价沈葆桢“器识才略，实堪大用”。历史事实一一验证了这些评价。

白云泉[1]

[唐] 白居易

天平山[2]上白云泉，云自无心[3]水自闲[4]。
何必[5]奔[6]冲山下去，更添波浪[7]向人间。

注释

① 白云泉：天平山山腰的清泉。
② 天平山：在今江苏省苏州市西。
③ 无心：舒卷自如。
④ 闲：从容自得。
⑤ 何必：为何。
⑥ 奔：奔跑。
⑦ 波浪：水中浪花，这里喻指令人困扰的事情。

译文

天平山上的白云泉清澈可人，白云自在舒卷，泉水从容奔流。白云泉啊，你又何必冲下山去，给原本多事的人间再添波澜。

赏析

这首诗明快简洁。诗人并不浓墨重彩地描绘天平山上的风光，而是着意摹画白云与泉水的神态，将它们人格化，使它们充满生机、活力，点染着诗人闲逸的感情，给人一种饶有风趣的清新感。

“天平山上白云泉”，起句即点出吴中的奇山丽水、风景形胜的精华所在。天平山在苏州市西二十里。此山在吴中最为高耸，群峰拱揖、岩石峻峭。山上青松郁郁葱葱，山腰依崖建有亭，亭侧有白云泉，号称“吴中第一水”，泉水清冽而晶莹。

这一名山胜水的优美景色在诗人眼中呈现出“云自无心水自闲”的情态。白云随风飘荡，舒卷自如，无牵无挂；泉水淙淙潺流，自由奔泻，从容自得。诗人无意描绘天平山的

魏峨高耸和吴中第一水的清澄透澈，却着意描写“云无心以出岫”的境界，表现白云坦荡淡泊的胸怀和泉水娴静雅致的神态。句中连用两个“自”字，特别强调云水的自由自在、自得自乐，逍遥而惬意。这里移情注景，景中寓情，“云自无心水自闲”恰好是诗人思想感情的自我写照。

唐敬宗宝历元年至二年（825—826），白居易任苏州刺史，政务十分繁忙冗杂，觉得很不自由。面对闲适的白云与泉水，对照自己“心为形役”的情状，不禁产生羡慕的心情，一种清静无为、与世无争的思想便油然而起：“何必奔冲山下去，更添波浪向人间！”问清清的白云泉水，何必向山下奔腾飞泻而去，给纷扰多事的人世推波助澜！结尾两句流露出诗人随遇而安、出世归隐的思想，表现了诗人后期人生观的一个侧面。

诗人采取象征手法，写景寓志，以云水的逍遥自由比喻恬淡的胸怀与闲适的心情；用泉水激起的自然波浪象征社会风浪，寄托深厚，理趣盎然。

知识链接

天平山群峰峻峭，怪石林立。《吴郡图经续记》中说它：“魏然特出，群峰拱揖。”因山势高峻，峭拔入云，故又称白云山。上山的路也分成三段，称为三白二云。穿过御碑亭周围的大片枫树林，登上数十级山径，便到达下白云，也就是白云泉所在之处。石壁上刻有白居易手书的“白云泉”三字，旁有云泉精舍。由白居易的题字和《白云泉》一诗，可以想见此泉在唐代已相当有名。

学思践悟

如何理解诗人随遇而安、出世归隐的思想？谈谈你的看法。

晚春

［唐］韩愈

草树知春不久归[①]，百般红紫斗芳菲。
杨花[②]榆荚[③]无才思[④]，惟解漫天作雪飞。

作者简介

韩愈（768—824），字退之，号昌黎，故世称韩昌黎，谥号文公，故世称韩文公，唐朝河南河阳（今河南孟州）人，是“唐宋八大家”之一。韩愈世居昌黎，故又称韩昌黎。

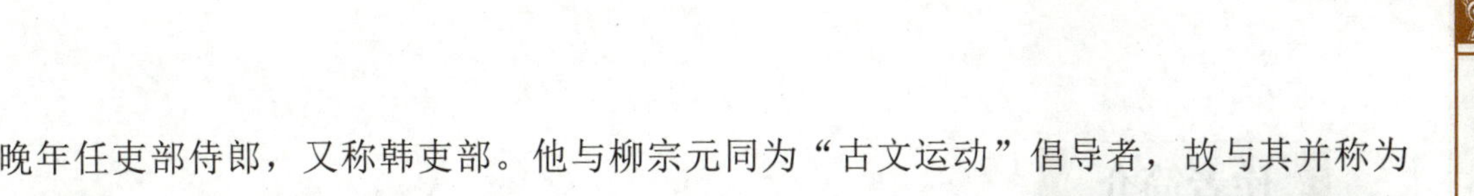

晚年任吏部侍郎，又称韩吏部。他与柳宗元同为“古文运动”倡导者，故与其并称为“韩柳”。

注释

① 不久归：将结束。

② 杨花：指柳絮。

③ 榆荚：亦称榆钱。榆未生叶时，先在枝间生荚，荚小，形如钱；荚老呈白色，随风飘落。

④ 才思：才华和能力。

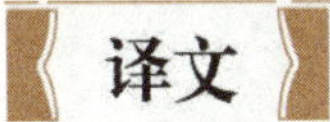

译文

花草树木知道春天即将归去，都想留住春天的脚步，竞相争妍斗艳。

就连那没有美丽颜色的杨花和榆钱也不甘寂寞，随风起舞，化作漫天飞雪。

赏析

此乃韩愈的《游城南十六首》之一，作于元和年间，此时诗人已年近半百。这首诗描绘了暮春的景色。诗人不写百花在暮春凋落，却写草木留春而呈万紫千红的动人情景：花草树木探得春将归去的消息，便各自施展出浑身解数，吐艳争芳、色彩缤纷、繁花似锦，就连那本来乏色少香的杨花、榆荚也不甘示弱，化作雪花随风飞舞，加入了留春的行列。

诗人体物入微，发前人未得之秘，反一般诗人晚春迟暮之感，摹花草灿烂之情状，展晚春满目之风采。寥寥几笔，便给人以满眼风光、耳目一新的印象。

这首诗似乎只是用拟人的手法描绘了晚春的繁丽景色，其实，它还寄寓着人们应该乘时而进，抓紧时机去创造有价值的东西这一层意思。这里值得一提的是，杨花、榆荚虽缺乏草木的“才思”，但它们并不因此藏拙，反而为晚春增添一景，虽然没有繁花之美，但尽了自己的努力，这种精神是值得赞扬的。这就给人以启示：一个人“无才思”并不可怕，要紧的是珍惜光阴、不失时机，“春光”是不负“杨花”“榆荚”这样的有心人的。

早梅

［唐］张谓

一树寒梅①白玉条，迥临村路傍②溪桥。

不知③近水花先发④，疑是经冬⑤雪未销⑥。

作者简介

张谓，生卒年不详，唐代诗人。字正言，河内（今河南沁阳市）人。天宝二年（743）登进士第，乾元中为尚书郎，大历中任潭州刺史，后官至礼部侍郎。

注释

① 寒梅：梅花。因其凌寒开放，故称。宋柳永《瑞鹧鸪》词：“天将奇艳与寒梅。乍惊繁杏腊前开。”

② 迥：远。村路：乡间小路。唐李群玉《寄友》诗：“野水晴山雪后时，独行村路更相思。”傍：靠近。

③ 不知：一作“应缘”。应缘：犹言大概是。

④ 发：花开放。

⑤ 经冬：经过冬天。一作“经春”。

⑥ 销：通“消”，融化。这里指冰雪融化。

译文

有一树梅花凌寒早开，枝条洁白如玉条。它远离人来车往的村路，临近溪水桥边。人们不知道寒梅靠近溪水而提早开放，以为那是经过冬天而尚未消融的白雪。

赏析

这首诗立意咏赞早梅的高洁，但诗人并没有发一句议论和赞语，却将早梅的高洁品格和诗人的赞美之情清晰地刻画出来。

“一树寒梅白玉条”描写早梅花开的娇美姿色。“一树”意为满树，形容花开之密集而缤纷；“寒梅”指花开之早，还在冬末春初的寒冷季节，紧扣“早”字；“白玉条”生动地写出梅花洁白娇美的姿态，像一块块白玉似的晶莹醒目。这是对梅花外形的描写，有形有神，令人陶醉。

“迥临村路傍溪桥”，花草本无知，不会选择生长环境，但诗人在真实的景物中，融入人的思想意念，仿佛寒梅是有意远离村路，而到偏僻的傍溪近水的小桥边，独自悄悄地开放。这就赋予早梅以不竞逐尘世、无哗众取宠之心的高尚品格。“不知近水花先发”是承上两句对早梅的铺写之后的转折，用惊叹的口吻表达了诗人对近水梅花早开的惊喜之情。“疑是经冬雪未销”写出“不知”的缘由，用一“疑”字，更为传神，它将诗人的惊喜之情渲染得淋漓尽致，似乎诗人并不敢相信自己的眼睛所看到的是梅花，而怀疑是未融化的冬雪重压枝头。这就与首句的“白玉条”紧密呼应，比喻出梅花的洁白和凛然不屈的形象与品格，从而含蓄婉转地把

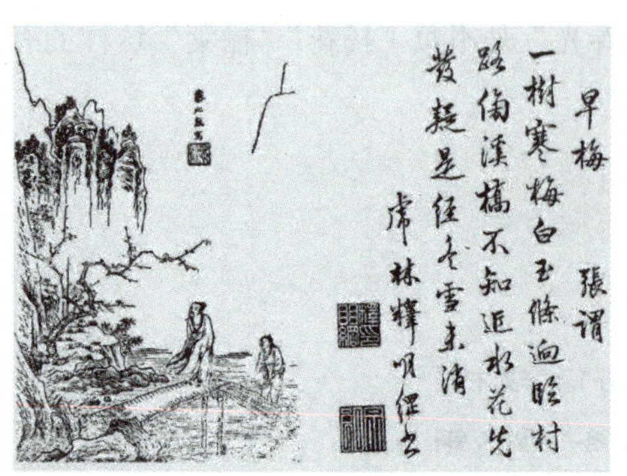

诗意落到实处，使诗的主题得到进一步深化，加强了人们对早梅的倾慕之情。

宋代王安石有诗云：“遥知不是雪，为有暗香来”（《梅花》），也是先疑为雪，只因暗香袭来，才知是梅而非雪，和这首《早梅》的意境可谓异曲同工。

早梅

［唐］柳宗元

早梅发高树，迥映楚①天碧。
朔吹②飘夜香，繁霜滋③晓白。
欲为万里赠④，杳杳⑤山水隔。
寒英⑥坐⑦销落⑧，何用慰远客？

作者简介

柳宗元（773—819），字子厚，河东（现山西运城永济一带）人。唐代文学家、哲学家、散文家和思想家，“唐宋八大家”之一。世称“柳河东”“河东先生”，因官终柳州刺史，又称“柳柳州”。柳宗元与韩愈并称为“韩柳”，与刘禹锡并称“刘柳”，与王维、孟浩然、韦应物并称“王孟韦柳”。 柳宗元一生留诗文作品达六百余篇，其文的成就大于诗。骈文有近百篇，散文论说性强，笔锋犀利，讽刺辛辣。游记写景状物，多所寄托，有《河东先生集》，诗歌代表作有《溪居》《江雪》《渔翁》。

注释

① 迥：远。楚：宗元所在永州，古属楚地。

② 朔吹：北风吹。

③ 滋：增加。

④ 万里赠：指捎一枝梅花赠给远方的友人。南朝宋陆凯自江南寄梅花一枝，诣长安给予范晔，并赠诗曰：“江南无所有，聊赠一枝春。”

⑤ 杳杳：遥远。

⑥ 寒英：指梅花。

⑦ 坐：徒然。

⑧ 销落：凋谢，散落。

译文

早梅在高高的枝头绽放，远远映照着湛蓝的楚天。夜晚北风吹来阵阵暗香，清晨浓霜

增添洁白一片。想折一枝梅花寄赠万里之外，无奈山重水复阻隔遥远。眼看寒梅即将零落凋谢，用什么安慰远方的友人？

赏析

在“永贞革新”失败后，柳宗元被贬谪至偏远落后的永州，但是他并未因为政治上遭受打击而意志消沉，相反，在与下层人民的接触中，他更深刻地认识到官场的黑暗腐败，更深切地了解到人民的痛苦与希望，因而更加坚定了他对理想的追求。这首《早梅》诗就是在这种思想状况下写成的。

第一、二两句是描写梅花的外在之形，“早梅发高树”，起句直写梅花，笔姿飞扬，醒人耳目。一个“发”字极富神韵，不仅写出梅花绽开的形象，而且予人一种“能开天地春”的生机蓬勃的感受，把早梅昂首怒放、生机盎然的形象逼真地展现在读者的眼前。其背景高远广阔的碧空，不仅映衬着梅花的色泽，更突出了它的雅洁和不同凡俗。高树，既是实写，又是诗人心中意象的再现，自喻行高于时人，并与下句“迥映楚天碧”紧相粘连，构成情景融和的意境。这两句诗言辞简洁而情波荡漾，深寓着诗人对早梅的赞叹。

“朔吹飘夜香，繁霜滋晓白。”两句进一层刻画早梅内在的气质。尽管北风吹打、严霜相逼，梅花仍然在寒风中散发着缕缕芬芳，为浓霜增添洁白的光泽。这两句诗一写“香”，一写“色”，集中地写出早梅傲视风霜、力斡春回的风格。

下面四句由咏物而转入抒怀，进而推出新意。当诗人看到早梅绽放的时候，不禁怀念起远方的友人来，于是借物抒怀：“欲为万里赠，杳杳山水隔。寒英坐销落，何用慰远客？”往事如潮，涌上心头。他极想折一枝寒梅赠予友人，聊以表达慰勉的情意。可是转念一想，万里迢迢、山水阻隔，这是无法如愿的。柳宗元被贬永州后，“罪谤交织，群疑当道”，“故旧大臣”已不敢和他通音讯，在寂寞和孤独中艰难度日的柳宗元是多么思念亲友们啊！于是想到折梅相送，可亲友们远在万里之外，是根本无法送到的。这里除了地理上的原因外，还有政治上的原因，他作为一个“羁囚”不能连累了亲友。透过字里行间，人们不难体会到诗人那种怅惘不平之情。

“寒英坐销落，何用慰远客？”这两句诗紧承上两句而发，含有更深一层的意义。诗人意识到，由于关山阻隔、时日过久，梅花势将枯萎凋零，于是喟叹“我将用什么去慰问远方的友人呢？”柳宗元从梅的早开早落联想到自己的身世和境遇，不禁忧从中来。柳宗元忧梅之早开早落，实为自我勉励、自我鞭策。

这首《早梅》语言平实质直、不事藻饰，意脉若隐若现，艺术美和人格美融和合一，形式质朴、感情淳朴，流露出诗人高洁、孤傲的情志。

知识链接

柳宗元认为，育人和种树的道理是一样的，育人同样要顺应人的发展规律，而不能凭着主观愿望和情感恣意干预和灌输。他提出“交以为师”的主张，即师生之间应与朋友之

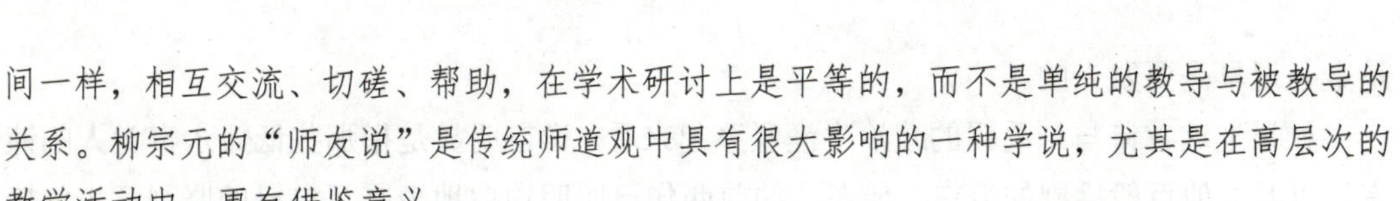

间一样，相互交流、切磋、帮助，在学术研讨上是平等的，而不是单纯的教导与被教导的关系。柳宗元的“师友说”是传统师道观中具有很大影响的一种学说，尤其是在高层次的教学活动中，更有借鉴意义。

浪淘沙[①]九首（其八）

［唐］刘禹锡

莫道谗言[②]如浪深，莫言迁客[③]似沙沉。
千淘万漉虽辛苦，吹尽狂沙始到金[④]。

注释

① 浪淘沙：唐代教坊曲名，创自刘禹锡。后也用为词牌名。

② 谗言：毁谤的话。

③ 迁客：指被贬职调往边远地区的官。

④ 千淘万漉虽辛苦，吹尽狂沙始到金：比喻清白正直的人虽然一时被小人陷害，历尽辛苦之后，他的价值还是会被发现的。淘、漉：过滤。

译文

不要说流言蜚语如同凶恶的浪涛一样令人恐惧，也不要说被贬低的人好像泥沙一样永远沉没。淘金要经过千遍万遍的过滤，要历尽千辛万苦，最终才能淘尽泥沙，得到闪闪发光的黄金。

赏析

诗人屡遭贬谪，坎坷备历，但斗志不衰，精神乐观，胸怀旷达，气概豪迈，在边远的贬地虽然经历了千辛万苦，到最后终能显示出自己不是废沙，而是光亮的黄金。诗句通过具体的形象，概括了从自我经历获得的深刻感受，予人以哲理的启示。

“莫道谗言如浪深，莫言迁客似沙沉。”诗人在这两句诗中以坚定的语气表明“谗言如浪深”、“迁客似沙沉”的现象未必是必然发生的。或者说，即使谗言如“浪深”，迁客却也未必就“沙沉”。遭受不公正待遇的人也不都会如泥沙一样沉入江底，也有人努力奋争、搏击不已。

“千淘万漉虽辛苦，吹尽狂沙始到金。”这两句诗的字面意思看起来是在写淘金的人要经过“千淘万漉”，滤尽泥沙，最后才能得到金子，写的是淘金人的艰辛。但是在这首诗中，诗人是在借以表明自己的心志，尽管谗言诽谤，小人诬陷，以至于使那些清白正直的忠贞之士蒙受不白之冤，被罢官降职，逐出朝廷，贬谪他乡，但是他们并不会因此而沉沦于现实的泥沙之中，也不会改变自己的初衷，历经艰辛和磨难之后，终究还是要洗清冤屈，还以清白，就像淘金一样，尽管“千淘万漉”，历尽辛苦，但是终究总会“吹尽狂沙”，

是金子迟早是要发光的。

如果把这首诗与刘禹锡的政治生涯联系起来看，谗言明显是指那些诋毁永贞党人的谏言，以及对他百般挑剔的流言。他在诗的前两句已明明白白地表露了自己的坚强意志，接着又以“沙里淘金”这一具体事理联系到正义之身，历尽千辛万苦终归会经受住磨难而显出英雄本色，为天下人认可。这种正义必定战胜邪恶的坚定信念是刘禹锡思想品格的真实反映。作品通过具体的形象，概括诗人的深刻感受，也给后人以哲理的启示。

次北固山下[①]

［唐］王湾

客路青山外[②]，行舟绿水前。
潮平两岸阔[③]，风正一帆悬[④]。
海日生残夜[⑤]，江春入[⑥]旧年。
乡书[⑦]何处达？归雁[⑧]洛阳边。

作者简介

王湾，生卒年不详，唐诗人。洛阳（今属河南）人。官洛阳尉。曾往来于吴、楚间。多有著述。《全唐诗》存其诗十首。

注释

① 次：旅途中暂时停宿，这里是停泊的意思。北固山：在今江苏镇江北，三面临水，倚长江而立。
② 客路：行客前进的路。青山：指北固山。
③ 潮平两岸阔：潮水涨满时，两岸之间水面宽阔。
④ 风正一帆悬：顺风行船，风帆垂直悬挂。风正：风顺。悬：挂。
⑤ 海日：海上的旭日。生：升起。残夜：夜将尽之时。
⑥ 入：到。
⑦ 乡书：家信。
⑧ 归雁：北归的大雁。大雁每年秋天飞往南方，春天飞往北方。古代有用大雁传递书信的传说。

译文

客行在碧色苍翠的青山前，泛舟于微波荡漾的绿水间。湖水上涨，两岸更显开阔；风势正顺，白帆高高扬起。残夜将去，旭日初升海上；一年未尽，江南已初入春。身在旅途，家信何处传？还是托付北归的大雁，让它捎到远方的洛阳。

赏析

王湾作为开元初年的北方诗人，往来于吴楚间，为江南清丽山水所倾倒，这是诗人在一年冬末春初时，由楚入吴，在沿江东行途中泊舟于江苏镇江北固山下时有感而作的。

“客路”，指作者要去的路。“青山”点题中“北固山”。作者乘舟，正朝着展现在眼前的“绿水”前进，驶向“青山”，驶向“青山”之外遥远的“客路”。这一联先写“客路”而后写“行舟”，表现其人在江南、神驰故里的漂泊羁旅之情。

次联的“潮平两岸阔”，“阔”是表现“潮平”的结果。春潮涌涨，江水浩渺，放眼望去，江面似乎与岸齐平了，船上人的视野也因之开阔。风虽顺，却很猛，那帆就鼓成弧形了。只有既是顺风，又是和风，帆才能够“悬”。

“海日生残夜，江春入旧年。”这一联历来脍炙人口。当残夜还未消退之时，一轮红日已从海上升起；当旧年尚未逝去，江上已露春意。“生”字“入”字用拟人化的手法，赋予“海日”“江春”以人的意志和情思。海日生于残夜，将驱尽黑暗；江春，那江上景物所表现的“春意”，闯入旧年，将赶走严冬。全诗阐述了具有普遍意义的生活真理，给人以乐观、积极、向上的艺术鼓舞力量。

海日东升，春意萌动，诗人放舟于绿水之上，继续向青山之外的客路驶去。这时候，一群北归的大雁正掠过晴空。雁儿是正要经过洛阳的啊！诗人想起了“雁足传书”的故事，还是托雁儿捎个信吧。这两句紧承三联而来，遥应首联，全篇又笼罩着一层淡淡的乡思愁绪。

知识链接

北固山，镇江“三山”名胜之一。远眺北固，横枕大江，石壁嵯峨，山势险固，因此得名北固山。三国时“甘露寺刘备招亲”的故事就发生在北固山。山上亭台楼阁、山石涧道，无不与三国时期孙刘联姻等历史传说有关，成为游人寻访三国遗迹的向往之地。甘露寺高踞峰巅，形成“寺冠山”的特色。相传始建于三国东吴甘露元年（265），后屡废屡建，寺内包括大殿、老君殿、观音殿、江声阁等，规模虽不大，名气却不小。古往今来，来镇江的游客，都喜欢到此一游，寻访当年刘备招亲的遗迹。

学思践悟

“海日生残夜，江春入旧年。”写出了旧事物中蕴含新事物的哲理，也写出了生命新旧更替的哲理。

春日偶成[1]

[北宋] 程颢

云淡风轻近午天[2]，傍花随柳[3]过前川。

时人[④]不识余心[⑤]乐，将谓[⑥]偷闲[⑦]学少年。

作者简介

程颢（1032—1085），字伯淳，学者称明道先生。北宋哲学家、教育家、诗人，理学的奠基者。

注释

① 偶成：偶然写成。

② 云淡：云层淡薄，指晴朗的天气。午天：指中午。

③ 傍花随柳：傍随于花柳之间。傍：靠近，依靠。随：沿着。

④ 时人：一作“旁人”。

⑤ 余心：我的心。余：一作“予”，我。

⑥ 将谓：就以为。将：乃，于是，就。

⑦ 偷闲：忙中抽出空闲的时间。

译文

云儿淡，风儿轻，时近春日中午，傍着花，随着柳，我向河岸漫步。这惬意的春游呀，人们并不了解，将会说我忙里偷闲，强学少年郎。

赏析

这是一首即景诗，描写诗人春天郊游的心情及春天的景象，也是一首写理趣的诗。诗人用朴素的手法把柔和明丽的春光同自得其乐的心情融为一体。

诗的前两句“云淡风轻近午天，傍花随柳过前川”，写自己春游所见、所感。云淡风轻，傍花随柳，寥寥数笔，不仅出色地勾画出了春景，而且强调了和煦的春风吹拂大地的动感，自己信步漫游，到处是艳美的鲜花，到处是袅娜的绿柳，可谓“人在图画中”。所谓“近午天”，并不是说自己时至中午才出来游春，而是用“近”来强调自己只顾春游忘了时间，用自己的突然发现来表现沉醉于大自然的心情。同样，“过前川”也并不仅仅是简单地描写自己向河岸漫步的情况，而是用“过”来强调自己在春花绿柳的伴随下“过”了前面的河流才发现自己只顾游春，不知不觉已经走了很远很远。

在云淡风轻的大好春色中漫游，在花红柳绿的簇拥中陶冶自己的性情，这应该是十分自然的事。但是，在封建时代，踏春这样的事情似乎只应该有些“狂”劲儿的少年人才能干，而须眉长者只应该端然危坐，摆出一副冷冰冰的面孔才行。然而，尽管程颢是一位著名的理学家，尽管他写这首诗时很可能已经是一位蔼然长者，可他仍然无法抗拒大自然的吸引，做出一些为“时人”所不能理解的举动。这其中既包括了他对自然真性的追求，又包括了他对一般“时人”的嘲笑与讽刺；既表现了他对人生价值的另一种认识，也表现出了他乐在其中、孤芳自赏的高雅。

浣溪沙[1]

[北宋] 晏殊

一曲新词酒一杯[2]，去年天气旧亭台[3]。夕阳西下几时回[4]？
无可奈何[5]花落去，似曾相识燕归来[6]。小园香径[7]独徘徊。

作者简介

晏殊（991—1055），北宋著名文学家、政治家。字同叔，临川（今江西抚州）人。十四岁以神童入试，赐同进士出身。晏殊以词著于文坛，尤擅小令，风格含蓄婉丽，与其子晏几道并称为“大晏”和“小晏”，又与欧阳修并称“晏欧”。存世有《珠玉词》等。

注释

① 浣溪沙：唐玄宗时教坊曲名，后用为词调。沙：一作“纱”。

② 一曲新词酒一杯：此句化用白居易《长安道》诗意：“花枝缺入青楼开，艳歌一曲酒一杯。”一曲：一首。因为词是配合音乐唱的，故称“曲”。新词：刚填好的词，意指新歌。酒一杯：一杯酒。

③ 去年天气旧亭台：天气、亭台都和去年一样。此句化用唐末郑谷《和知己秋日伤怀》诗：“流水歌声共不回，去年天气旧亭台。”晏词“亭台”一本作“池台”。去年天气：跟去年此日相同的天气。旧亭台：曾经到过的或熟悉的亭台楼阁。旧：旧时。

④ 夕阳：落日。西下：向西方地平线落下。几时回：什么时候回来。

⑤ 无可奈何：不得已，没有办法。

⑥ 似曾相识：好像曾经认识。形容见过的事物再度出现。燕归来：燕子从南方飞回来。

⑦ 小园香径：花草芳香的小径，或指落花散香的小径。

译文

填一曲新词品尝一杯美酒，时令、气候、亭台、池榭依旧。西下的夕阳几时才能回转？无可奈何中百花再残落，似曾相识的春燕又归来。独自在花香小径里徘徊。

赏析

这是晏殊词中最为脍炙人口的一篇。全词抒发了悼惜残春之情，表达了时光易逝、难以追挽的伤感。

起句“一曲新词酒一杯，去年天气旧亭台”，写对酒听歌的现境。词人面对现境时，却又不期然地触发对“去年”类似情境的追忆：也是和今年一样的暮春天气，面对的也是和眼前一样的楼台亭阁、一样的清歌美酒。然而，似乎一切依旧的表象下又分明感觉到有的东西已经起了难以逆转的变化。此句中正包蕴着一种景物依旧而人事全非的怀旧之感。

于是词人从心底涌出这样的喟叹：“夕阳西下几时回？”夕阳西下，是眼前景。但词人由此触发的，却是对美好情境的流连，对时光流逝的怅惘，以及对美好事物重现的微茫的希望。夕阳西下，是无法阻止的，只能寄希望于旭日的东升再现，而时光的流逝、人事的变更，却再也无法重复。细味“几时回”三字，其所折射出的似乎是一种企盼其返、却又情知难返的复杂心态。

下片仍以融情于景的笔法申发前意。“无可奈何花落去，似曾相识燕归来。”这两句都是描写春天。花的凋落、春的消逝、时光的流逝，都是不可抗拒的自然规律，虽然惋惜、流连但也无济于事，所以说“无可奈何”。然而在这暮春天气中，词人所感受到的并不只是无可奈何的美好事物的消逝，而是还有令人欣慰的重现，那翩翩归来的燕子就像是去年曾在此处安巢的旧时相识。惋惜与欣慰的交织中，蕴含着某种生活哲理：人们无法阻止一切必然要消逝的美好事物的消逝，但美好事物消逝的同时仍然有美好事物的再现，生活不会因消逝而变得一片虚无。只不过这种重现毕竟不等于美好事物的原封不动地重现，它只是“似曾相识”罢了。渗透在句中的是一种混杂着眷恋和惆怅，既似冲澹又似深婉的人生感触。

此词之所以脍炙人口、广为传诵，其根本的原因在于情中有思。词中似乎于无意间描写司空见惯的现象，却有哲理的意味，启迪人们从更高层次思索宇宙人生问题。词中涉及时间永恒而人生有限这样深广的意念，却表现得十分含蓄。

梅花

［北宋］王安石

墙角数枝梅，凌寒独自开①。
遥知②不是雪，为③有暗香④来。

作者简介

王安石（1021—1086），北宋著名思想家、政治家、文学家、改革家。字介甫，号半山，临川（今江西省抚州市临川区）人。王安石在文学中具有突出成就，名列“唐宋八大家”。有《王临川集》《临川集拾遗》等存世。

注释

① 凌寒：冒着严寒。
② 遥：远远地。知：知道。
③ 为：因为。
④ 暗香：指梅花的幽香。

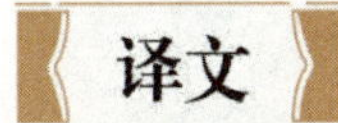

译文

那墙角的几枝梅花，冒着严寒独自盛开。为什么远远望去就知道洁白的梅花不是雪呢？因为梅花隐隐传来阵阵的香气。

赏析

王安石变法的新主张被推翻，两次辞相两次再任，只得放弃了改革。这首诗是王安石罢相之后退居钟山后所作。

首联“墙角数枝梅”中“墙角”不引人注目，不易为人所知，更未被人赏识，它却毫不在乎。“墙角”这个环境突出了数枝梅身居简陋、孤芳自开的形态。体现出诗人所处环境恶劣，却依旧坚持自己的主张的态度。

颔联“凌寒独自开”中“独自”，语意刚强，喻其无惧旁人的眼光，在恶劣的环境中，依旧独立怒放。体现出诗人坚持自我的信念。

颈联“遥知不是雪”中“遥知”说明香从远处飘来，淡淡的、不明显。但诗人嗅觉灵敏，独具慧眼，善于发现。“不是雪”，不说梅花，而梅花的洁白可见。意谓远远望去十分纯净洁白，但知道不是雪而是梅花。诗意曲折含蓄，耐人寻味。

尾联“为有暗香来”中“暗香”指的是梅花的香气，以梅拟人，凌寒独开，喻品格高贵；暗香沁人，象征其才气横溢。首二句写墙角梅花不惧严寒，傲然独放，末二句写梅花洁白纯净，香气远布，赞颂了梅花的风度和品格，这正是诗人幽冷倔强性格的写照。

诗人通过对梅花不畏严寒的高洁品性的赞赏，用雪喻梅的冰清玉洁，又用“暗香”点出梅胜于雪，说明坚强高洁的人格所具有的伟大的魅力。

知识链接

王安石身为“唐宋八大家”之一，照理说应该特别富有文人情趣。事实上，虽然他也很有“闲情逸致”，但他的“闲情逸致”却常常让人大跌眼镜。王安石爱下棋，不过他的棋艺实在让人不敢恭维，因为他从不思考，总是随手而应，落子极快，发现要输了，便痛快地推枰认输。有人劝他，每走一步棋都须深思熟虑，起码要想出后几步棋的应对之策……他听得不耐烦，回答说：“下棋本来就是图放松，既然要劳神费力，不如算了。”说完起身就走了。

学思践悟

诗人笔下的梅花，香色俱佳，独步早春，凌寒绽放，我们应该像梅花一样，具有不畏严寒的坚强性格和不甘落后的进取精神。

江上

[北宋] 王安石

江北秋阴一半开，晚云[①]含雨却低徊[②]。
青山缭绕[③]疑无路，忽见千帆隐映[④]来。

注释

① 晚云：一作“晓云”。

② 低徊：本指人的徘徊沉思，这里指浓厚的乌云缓慢移动。徊：一作“回”。

③ 缭绕：回环旋转。

④ 隐映：隐隐地显现出来。

译文

大江北面，秋天浓重的云幕一半已被秋风撕开；傍晚雨后的乌云，沉重地、缓慢地在斜阳中徘徊。远处，重重叠叠的青山似乎阻住了江水的去路，船转了个弯，眼前又见到无尽的江水，江上成片的白帆正渐渐逼近。

赏析

诗中的景物写了秋阴，写了云、雨，写了青山和远处影影绰绰的风帆，都是很开阔、很宏大的物象，然而整首诗营造的艺术境界却不是雄健豪迈，而是空明幽淡，其关键便在一个“远”字。诗人摄取了各种远景来构成他的画面，“江北秋阴一半开”一句，写雨过天晴、阴云半开，一抹蓝天已带上了晚霞的光辉，给人以悠远的感受。“晚云含雨却低徊”一句，将黄昏时的云霞写活了。“低徊”本来指人的徘徊沉思，这里却用来表现含雨的暮云低垂而缓慢地移动，情趣横生，静中有动。诗人用这两句勾勒了一幅秋江暮云图。幽远、淡雅是这幅画面的基调。

三、四两句从云转到江边的青山，山是纠结盘曲的，像是要挡住诗人前行的去路，然而远处忽隐忽现的点点帆影，正告诉诗人，前途遥远、道路无穷。这两句写江行的特殊感受，不仅有景，而且景中有人、景中有意，寓深邃的哲理于寻常景物之中，启人遐思、耐人寻味。后来陆游的“山重水复疑无路，柳暗花明又一村”，正是由此生发出来的名句。诗中青山的回环曲折、帆影的时隐时现，都构成了淡远的画面，与上面两句浑然一体，融汇无间。

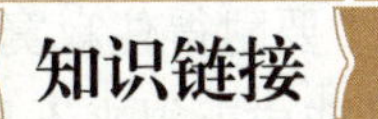

知识链接

相传，有人曾请王安石改诗稿，诗文中有两句是："明月当空叫，黄龙卧花蕊。"王安石看后笑了起来，心想：月亮怎会叫？花蕊怎能卧黄龙？于是，他不分青红皂白，把诗中的"叫"和"蕊"分别改为"照"和"荫"。其实，这诗中的"明月"是一种鸟，"黄龙"是一种小虫。王安石不作调查，凭想当然改诗，出了笑话。

"蝉噪林逾静，鸟鸣山更幽。"是唐人的名句。诗人以"噪"衬"静"，益显其静；用"鸣"托"幽"，逾显其幽，这两句诗把静景写活了。但王安石看后，却不以为然，大笔一挥，改为"一蝉不噪林逾静，一鸟不鸣山更幽。"王安石用孤立的、静止的观点去看待客观事物，把诗句改得韵味全无，无怪乎黄庭坚嘲笑他"点金成铁"。

题张司业①诗

［北宋］王安石

苏州司业②诗名老③，乐府④皆言妙入神。
看似寻常最奇崛⑤，成如容易却艰辛。

注释

① 张司业：即张籍（约766—约830），唐代诗人。字文昌。历任水部员外郎、国子司业等职，故世称张水部或张司业。工乐府，颇多反映当时社会现实之作，和王建齐名，并称"张王乐府"。

② 苏州司业：张籍原籍苏州（吴郡），故称。

③ 老：历时长久。

④ 乐府：本指汉代音乐机关乐府官署所采集、创作的乐歌，也用以称魏晋至唐代可以入乐的诗歌和后人仿效乐府古题的作品。这里指张籍所作的新乐府诗。

⑤ 奇崛：奇异特别。

译文

苏州张司业诗名老道，写出的乐府大家都说妙如神。看起来很平常其实很险奇特别，写成好像很容易实则很辛苦。

赏析

这首诗是对唐代诗人张籍的评价。张籍与白居易相友善，文学观念也很接近。其诗取材广泛，多揭露社会黑暗、针砭时弊之作。张籍的乐府诗多用口语，语言自然精警，风格通俗明快，看似平常，但仔细品味，却于平淡中见奇特。他的诗歌成就的取得，看似容易，却是用辛勤的汗水换来的，"容易"中蕴含着"艰辛"。"成如容易却艰辛"，总结了获得成功的普遍规律。不仅写诗如此，做其他任何事情都是这样。

“看似寻常最奇崛，成如容易最艰辛”，这与现代人们常说的“要耐得住寂寞，守得住诱惑”有异曲同工之妙。这句常被用来形容和赞美一个人的作品或成就得来不易。“成功”的背后总是包含着无尽的辛酸。

知识链接

后唐冯贽《云仙散录》中记载，晚唐诗人张籍曾因为迷恋杜甫诗歌，把写有杜甫名诗的纸一张张地烧掉，烧完的纸灰拌上蜂蜜，一天早上吃三匙。一天，张籍的朋友来拜访他，看到张籍正在拌纸灰，很是不解，就问：“张籍，你为什么把杜甫的诗烧掉，又拌上蜂蜜吃了呢？”张籍说：“吃了杜甫的诗，我便能写出和杜甫一样的好诗了！”好友听了哈哈大笑。

孤桐

[北宋] 王安石

天质[①]自森森[②]，孤高几百寻[③]。
陵霄[④]不屈己，得地本虚心。
岁老根弥壮，阳骄叶更阴。
明时思解愠[⑤]，愿斫五弦琴[⑥]。

注释

① 天质：天生的性质。

② 森森：形容树木茂盛繁密。

③ 寻：古代度量单位，八尺为一寻。

④ 陵霄：形容泡桐树长得高，接近了云霄。

⑤ 明时：政治清明的时代。解愠：指感知老百姓的疾苦。

⑥ 五弦琴：桐木是造琴的上好材料。《孔子家语》记载，帝舜曾一面弹着五弦琴，一面唱“南风之熏兮，可以解吾民之愠兮”。

译文

泡桐树天生就能长得茂盛繁密，巍然屹立，拔地高达几百寻。穿越了云霄，也不屈服，这是由于它深深扎根大地。岁月越久根越壮实，太阳越炽烈叶子越浓密。政治清明时，时时想着解决民间疾苦（像帝舜抚琴唱的那样），愿被砍伐制作成五弦琴。

赏析

这是一首借物言志的诗，是诗人表明改革决心的宣言书。以形象的孤桐自喻，却给人以坚定亲近之感，令人赞佩，崇敬之心油然而生。

诗的前三联描写孤桐的形象特征：第一联写孤桐靠环境和自己的努力，长得高大挺拔；第二联写孤桐正直伟岸又虚心；第三联写孤桐在阳光照射下，更加茂盛强壮，树荫更浓；第四联则是写孤桐的理想和抱负，在清明盛世，也想着解决民间疾苦，像帝舜抚琴唱的那样，愿被砍伐制作成五弦琴。

诗人以孤桐自况，明咏物，暗抒情。“孤高”——写心志；“陵霄”——述追求；“岁老”——歌老当益壮情；“解愠”——咏宽容豁达怀。“愿斫五弦琴”一句，更将诗情推向了极致：“孤桐”，高而且大，壮而且强，但却甘愿被砍斫为一把五弦琴，颂奏清明之乐音，把王安石坚强不屈、老而弥坚、甘于奉献之情之心之意，抒发得淋漓酣畅！

王安石在这首诗中借“孤桐”以言志，孤桐即为他的人格写照：尽管在变法中，他受到种种打击，但他志存高远、正直不屈；经历的磨难越多，斗志越坚；为了天下苍生，不惜粉身碎骨。拔地几百寻的孤桐，之所以岿然屹立，直冲云霄，是因为它“得地本虚心”，善于从大地汲取养分和力量。如果离开大地，它一刻也活不下去，更别想“孤高几百寻”了。由此我们想到，任何英雄豪杰都是从群众中产生的，他的力量来自群众。离开了群众（大地），再伟大的英雄也将一事无成。

知识链接

孤桐的意象

“孤桐”原本特指“峄山孤桐”，这与峄山的历史地位、地貌特点及峄山梧桐的树木属性等密切相关。历代文人赋予“孤桐”琴声意蕴和人格内涵两方面的意象，使之成为泛指。“孤桐”的琴声意蕴包括知音意识及表现为清和安乐与清高孤苦双重性质的乐声特质。唐朝时期，张九龄、王昌龄等人发现了孤桐树干之“直”、树心之“虚”，白居易在此基础上明确赋予了孤桐“孤直”的人格内涵；宋朝时期，王安石更进一层，赋予孤桐“刚直”的象征意义。

琴诗

［北宋］苏轼

若[1]言琴上有琴声，放在匣中何不鸣？

若言声在指头上，何[2]不于君指上听？

注释

① 若：如果。

② 何：为什么。

译文

如果说琴声发自琴，那把它放进盒子里为什么不响呢？如果说琴声发自手指，为何不在你的手指上听呢？

赏析

这首诗讲了一个弹琴的道理：一支乐曲的产生单靠琴不行，单靠指头也不行，还要靠人的思想感情和技术的熟练。琴不难掌握，指头人人有，但由于人的思想感情和弹琴技术的差异很大，演奏出来的乐曲可就大不一样了。

苏轼在这首诗中思考的是：琴是如何发出声音的？根据科学依据可知，琴能演奏出优美的音乐，不光要靠琴，还要靠人的指头弹动、敲击钢丝，产生振动发声，人的手指和琴同时存在是发出琴音的物质基础，只有两者相辅相成，才能奏出优美的音乐。

用诗歌来讲道理，所选取的意象大多简单明了，却能触及幽微难言的哲理，引人深思。苏轼此诗的意蕴与写法，可能受到佛经与韦诗的启发，诗人采用佛谒形式，两句都是一假设一反问，寓答于问，说明要奏出悦耳动听的曲调，仅有琴或妙指即高明的弹奏技巧是不够的，这就启迪人们：任何事业的成功，都是客观条件和主观能动性结合的结果。此诗表现出诗人探究事物真谛的浓厚兴趣，也显示出诗人朴素的辩证思想，写得天真活泼、妙趣横生。

知识链接

唐朝的韦应物写了一首《听嘉陵江水声寄深上人》：“凿崖泄奔湍，称古神禹迹。夜喧山门店，独宿不安席。水性自云静，石中本无声。如何两相激，雷转空山惊？贻之道门旧，了此物我情。”他对水石之间关系的疑惑与领悟，亦同于苏轼之于琴指。这其实是个高深的哲学问题，因为在佛教看来，一切都是因缘和合而成，事物与事物之间只是由于发生了联系，才得以存在。有一段论述说得更为明确：“譬如琴瑟、箜篌、琵琶，虽有妙音，若无妙指，终不能发。”——苏轼的诗简直就是这段话的形象化。

学思践悟

一支乐曲的产生单靠琴不行，单靠指头也不行，还要靠人的思想感情和技术的熟练。琴不难掌握，指头人人有，但由于人的思想感情和弹琴技术的差异很大，演奏出来的乐曲是否悦耳可就大不一样了。从这个弹琴的道理中，你体会到了什么？

和子由渑池怀旧[1]

［北宋］苏轼

人生到处知何似[2]，应似飞鸿踏雪泥。
泥上偶然留指爪，鸿飞那复计东西。
老僧[3]已死成新塔，坏壁[4]无由见旧题。
往日崎岖还记否，路长人困蹇驴[5]嘶。

注释

① 此诗作于苏轼经渑池（今属河南）忆及苏辙曾有《怀渑池寄子瞻兄》一诗，从而和之。子由：苏轼弟苏辙，字子由。渑池：今河南渑池县。这首诗是和苏辙《怀渑池寄子瞻兄》而作。

② 人生到处知何似：此是和作，苏轼依苏辙原作中提到的雪泥引出人生之感。查慎行、冯应榴以为用禅语，王文诰已驳其非，实为精警的譬喻，故钱钟书《宋诗选注》指出："雪泥鸿爪"，"后来变为成语"。

③ 老僧：即指奉闲。苏辙原唱"旧宿僧房壁共题"自注："昔与子瞻应举，过宿县中寺舍，题其老僧奉闲之壁。"古代僧人死后，以塔葬其骨灰。

④ 坏壁：指奉闲僧舍。嘉祐三年（1056），苏轼与苏辙赴京应举途中曾寄宿奉贤僧舍并题诗僧壁。

⑤ 蹇驴：腿脚不灵便的驴子。蹇：跛脚。苏轼自注："往岁，马死于二陵（按即崤山，在渑池西），骑驴至渑池。"

译文

人生在世，到这里、又到那里，偶然留下一些痕迹，你觉得像是什么？我看真像随处乱飞的鸿鹄，偶然在某处的雪地上落一落脚一样。它在这块雪地上留下一些爪印，正是偶然的事，因为鸿鹄的飞东飞西根本就没有定数。老和尚奉闲已经去世，他留下的只有一座藏骨灰的新塔，我们也没有机会再到那儿去看看当年题过字的破壁了。你还记得当时前往渑池的崎岖旅程吗？路又远，人又疲劳，驴子也累得直叫唤。

赏析

诗歌前四句一气贯串，自由舒卷，超逸绝伦，散中有整，行文自然。首联两句，以雪

泥鸿爪比喻人生。一开始就发出感喟，有发人深思、引人入胜的作用，并挑起下联的议论。次联两句又以“泥”“鸿”领起，用顶针格就“飞鸿踏雪泥”发挥。鸿爪留印属偶然，鸿飞东西乃自然。偶然故无常，人生如此，世事亦如此。他用巧妙的比喻，把人生看作漫长的征途，所到之处，诸如曾在渑池住宿、题壁之类，就像万里飞鸿偶然在雪泥上留下爪痕，接着就又飞走了。人生的遭遇既为偶然，则当以顺适自然的态度去对待人生。果能如此，怀旧便可少些感伤，处世亦可少些烦恼。苏轼的人生观如此，其劝勉爱弟的深意亦如此。此种亦庄亦禅的人生哲学，符合古代士大夫的普遍命运，亦能宽解古代士大夫的共同烦恼，所以流布广泛而久远。

后四句照应“怀旧”诗题，以叙事之笔，深化雪泥鸿爪的感触。五、六句言僧死壁坏，故人不可见，旧题无处觅，见出人事无常，是“雪泥”“鸿爪”感慨的具体化。尾联是针对苏辙原诗“遥想独游佳味少，无言骓马但鸣嘶”而引发的往事追溯。回忆当年旅途艰辛，有珍惜现在、勉励未来之意，因为人生的无常，更显人生的可贵。艰难的往昔，化为温情的回忆，而如今兄弟俩都中了进士，前途光明，更要珍重如今的每一时每一事了。

全诗悲凉中有达观，低沉中有昂扬，读完并不觉得人生空幻，反有一种眷恋之情荡漾心中，犹如冬夜微火。于“怀旧”中展望未来，意境阔远。诗中既有对人生来去无定的怅惘，又有对前尘往事的深情眷念，从中可以看出诗人先前的积极人生态度，以及后来在颠沛之中的乐观精神的底蕴。

知识链接

苏辙的《怀渑池寄子瞻兄》写道：同行兄弟在郑原野上话别，共同担心前路艰难。骑马回头还在大梁田间巡行，想来远行家兄已经翻过崤西古道。曾经做过渑池主簿，百姓知否？还和父兄歇宿僧房共题壁诗。遥想兄台独行一定旅途寂寞，前路迷茫只能听到骓马嘶鸣。

苏辙这首诗的主题是怀旧，又是回忆，又是惜别。回忆当年“曾为县吏”，回忆“共题僧房”，数年光景恍如昨日，不免令人感叹，又惜别兄长“独游”，想必这趟旅程是“佳味少”了，不过有什么办法呢？一踏入仕途，就像棋盘上的棋子，只能任人摆往各个位置，实在身不由己，骓马走累了可以“鸣嘶”，人却不能摆脱命运的安排。所以，这首诗真正体现的还是人生感叹！

学思践悟

古来兄弟相亲相爱相知相念之乐，未见有过“二苏”者。苏轼兄弟二人从小在一起读书，苏辙小时候就向其兄苏轼学习，未曾有一日相离。子由在写作上也尽量学习其兄，文风亦颇见相似之处。苏轼与苏辙是同科进士，同年步入仕途。“乌台诗案”期间，苏轼罹祸，苏辙欲学汉代淳于缇萦救父的典故，愿免一身官职，为兄赎罪，最后同遭惩治，被贬为监筠州盐酒税务。苏轼出狱以后，苏辙前去接狱，特捂其嘴，以示三缄其口。元祐年间，子由升为尚书右丞；子瞻又遭人排挤，乞求外任。子由连上四札，亦乞外任。苏轼与苏辙兄弟情谊之深厚，世所罕见。他们是兄弟，是师生，是诗词唱和的良友，是政治上荣辱与共的伙伴，是精神上相互勉励安慰的知己，他们很好地诠释了中国古代孝悌文化中的“悌”字。

戏答元珍[①]

[北宋] 欧阳修

春风疑不到天涯[②]，二月山城[③]未见花。
残雪压枝犹有橘，冻雷惊笋欲抽芽[④]。
夜闻归雁生乡思，病入新年感物华[⑤]。
曾是洛阳花下客[⑥]，野芳虽晚不须嗟。

作者简介

欧阳修（1007—1072），字永叔，号醉翁，晚年又号六一居士，吉水（今属江西）人，幼贫而好学。天圣八年（1030）进士。曾任枢密副使、参知政事。因议新法与王安石不合，退居颍州。谥号文忠。他提倡古文，为北宋古文运动领袖，“唐宋八大家”之一。曾与宋祁合修《新唐书》，并独撰《新五代史》。有《欧阳文忠公集》《六一词》等。

注释

① 元珍：丁宝臣，字元珍，常州晋陵（今江苏常州市）人，时为峡州（治所在今湖北宜昌）军事判官。

② 天涯：极边远的地方。诗人贬官夷陵（今湖北宜昌市），距京城已远，故云。

③ 山城：指欧阳修当时任县令的峡州夷陵县（今湖北宜昌）。夷陵面江背山，故称山城。

④ 残雪压枝犹有橘，冻雷惊笋欲抽芽：诗人在《夷陵县四喜堂记》中说，夷陵“又有橘柚茶笋四时之味”。残雪：初春时雪还未完全融化。冻雷：初春时节的雷，因仍有雪，故称。

⑤ 夜闻归雁生乡思，病入新年感物华：一作“鸟声渐变知芳节，人意无聊感物华”。归雁：春季雁向北飞，秋天南归，故云。又传说它能为人传信，古时常用作思乡怀归的象征物。隋薛道衡《人日思归》：“人归落雁后，思发在花前。”感物华：感叹事物的美好。物华：美好的景物。

⑥ 曾是洛阳花下客：宋仁宗天圣八年（1030）至景祐元年（1034），欧阳修曾任西京（洛阳）留守推官，领略了当地牡丹盛况，写过《洛阳牡丹记》。洛阳以牡丹花著称，《洛阳牡丹记 风俗记》：“洛阳之俗，大抵好花。春时，城中无贵贱，皆插花，虽负担者亦然。花开时，士庶竞为游遨。”

译文

我真怀疑春风吹不到这边远的山城，已是二月，居然还见不到一朵花。有的是未融尽

的积雪压弯了树枝，枝上还挂着去年的橘子；寒冷的天气，春雷震动，似乎在催促竹笋赶快抽芽。夜间难以入睡，阵阵北归的雁鸣惹起我无穷的乡思；病久了又逢新春，眼前所有景色，都触动我思绪如麻。我曾在洛阳见够了千姿百态的牡丹花，这里的野花开得虽晚，又有什么可以感伤，需要嗟讶？

赏析

宋仁宗景祐三年（1037），欧阳修降职为峡州夷陵县令，次年，朋友丁宝臣（元珍）写了一首题为《花时久雨》的诗给他，欧阳修便写了这首诗作答。题首冠以“戏”字，是声明自己写的不过是游戏文字，其实正是他受贬后政治上失意的掩饰之辞。

诗的首联“春风疑不到天涯，二月山城未见花”，破“早春”之题：夷陵小城，地处偏远，山重水满，虽然已是二月，却依然春风难到，百花未开。既叙写了作诗的时间、地点和山城早春的气象，又抒发了自己山居寂寞的情怀。

次联承首联“早春”之意，选择了山城二月最典型、最奇特的景物铺开描写。夷陵是著名橘乡，橘枝上犹有冬天的积雪。残雪之下，去年采摘剩下的橘果星星点点地显露出来，这是“残雪压枝犹有橘”的景象。夷陵又是著名的竹乡，那似乎还带着冰冻之声的第一响春雷，将地下冬眠的竹笋惊醒，准备破土抽芽了。同时用一“欲”字，写出竹笋在地下正要抽芽的情态，将一般人未察觉到的早春景象生动形象地描绘了出来。

诗的第三联由写景转为写感慨：“夜闻归雁生乡思，病入新年感物华。”诗人远谪山乡，心情苦闷，夜不能寐，卧听北归春雁的声声鸣叫，勾起了无尽的乡思。

诗末两句诗人虽然是自我安慰，但却透露出极为矛盾的心情，表面上说他曾在洛阳做过留守推官，见过盛盖天下的洛阳名花名园，见不到此地晚开的野花也不须嗟叹了，但实际上却充满着一种无奈和凄凉，“不须嗟”实际上是大可嗟，故才有了这首借“未见花”的日常小事生发出人生乃至于政治上的感慨。

这首诗是诗人遭贬谪后所作，表现出谪居山乡的寂寞心情和自解宽慰之意。欧阳修对政治上遭受的打击心潮难平，故在诗中流露出迷惘寂寞的情怀，但他并未因此而丧失自信或者失望，而是更多地表现了对前途的信心。

知识链接

欧阳修的母亲郑氏出身于一个贫苦的家庭，只读过几天书，但却是一位有毅力、有见识、又肯吃苦的母亲。欧阳修大些以后，郑氏想方设法教他认字、写字。可是家里穷，买不起纸笔。有一次她看到屋前的池塘边长着荻草，突发奇想，用这些荻草秆在地上写字不是也很好吗？她就用荻草秆当笔，铺沙当纸，开始教欧阳修练字。欧阳修听从母亲的教导，在地上一笔一画地练习写字，反反复复地练，错了再写，直到写对写工整为止，一丝不苟。这就是后人传为佳话的“画荻教子”。

学思践悟

诗末两句，直抒惯见世态炎凉，不为远离京都而憾，甘与野芳为伴，不为人生失意而屈服的乐观、豁达心情。我们也一样，不管遇到了什么样的困难挫折，都应该时刻保持乐观向上的态度。

城南二首（其一）

［北宋］曾巩

雨过横塘[①]水满堤，乱山高下[②]路东西[③]。

一番桃李花开尽，惟有青青草色齐。

作者简介

曾巩（1019—1083），北宋政治家，文学家，散文家，“唐宋八大家”之一。字子固，建昌军南丰（今属江西抚州）人。著作今传《元丰类稿》五十卷。

注释

① 横塘：古塘名，在今南京秦淮河南岸。

② 乱山高下：群山高低起伏。

③ 路东西：分东西两路奔流而去。

译文

春雨迅猛，池塘水满，遥望群山，高低不齐，东边西侧，山路崎岖。热热闹闹地开了一阵的桃花和李花，此刻已开过时了，只见眼前春草萋萋，碧绿一片。

赏析

诗人在春末夏初、大雨之后，看到城南一幅特有景象：水塘由干枯变得丰满，由死寂变得活跃，平时不怎么引人注意的峰峦忽然错乱纷出，扑面而来，争高竞秀，生机蓬勃，而那些小草，更是不甘寂寞，挺身而出，抖擞振作，秀色惊人，只有桃李之花经不住急雨的袭击，香消玉殒，狼藉满地，不免可惜。

诗人通过桃花、李花容易凋谢与小草青色长久相对比，暗示了这样的一个哲理：桃花、李花虽然美丽，生命力却弱小；青草虽然朴素无华，生命力却很强大。全诗描写了暮春时节大雨过后的山野景象，笔调流畅优美，读来琅琅上口，令人赏心悦目。特别是“惟有青

青草色齐”这一句，沁着水珠的草地鲜亮碧绿，表明雨后的大自然充满生机，这是诗人的神来之笔。寓情于景，情景交融，格调超逸，清新隽永。

知识链接

“唐宋八大家”，又称唐宋古文八大家，是唐代韩愈、柳宗元和宋代欧阳修、苏洵、苏轼、苏辙、王安石、曾巩八位散文家的合称。其中韩愈、柳宗元是唐代古文运动的领袖，欧阳修、“三苏”等四人是宋代古文运动的核心人物，王安石、曾巩是临川文学的代表人物。他们先后掀起的古文革新浪潮，使诗文发展的陈旧面貌焕然一新。

学思践悟

诗的最后两句将暴雨过后零落殆尽的桃李与翠绿整齐的青草做了鲜明的对比，暗示了桃李虽艳丽而生命力却很弱，青草虽很朴素而生命力甚强的哲理。人生也是这样，只有经受得住挫折磨难，才会更加强壮。

绝句四首（其四）

［北宋］陈师道

书当快意①读易尽，客有可人②期③不来。
世事相违每如此，好怀④百岁几回开？

作者简介

陈师道（1053—1102），北宋官员、诗人。字履常，一字无己，号后山居士，彭城（今江苏徐州）人。一生安贫乐道，闭门苦吟，有“闭门觅句陈无己”之誉。陈师道为“苏门六君子”之一，江西诗派重要作家。亦能词，其词风格与诗相近，以拗峭惊警见长。但其诗、词存在着内容狭窄、词意艰涩之病。著有《后山先生集》，词有《后山词》。

注释

① 快意：称心满意。

② 可人：合心意的朋友，品行可取的人。

③ 期：等待。

④ 好怀：好兴致。

译文

读到一本好书，心中十分高兴，可惜没多久就读完了；与知己朋友亲切交谈，兴致十分高涨，可惜朋友不会因我想要他来就来。世界上的很多事往往与人的意愿相反，人生百年，能够开怀一笑的时候又有多少呢？

赏析

陈师道诗初学曾巩，后学黄庭坚，受黄庭坚的影响更深。作诗既追求凝练，曾有“闭门觅句陈无己”（黄庭坚语）之誉，同时又主张“宁拙无巧，宁朴无华”。此首绝句正可体现他的这种诗学主张。

“书当快意读易尽”，选择的是中国传统士大夫最有兴味也最可体味的人生快事。碰上一本好书，嗜书如命的读书人会挑灯夜读一睹为快，心情自然愉悦十分；而在天清气爽心情也无限轻快之时，读书又当是一件赏心悦目的事。“读易尽”，反映出快意的读书和读书后的快意所获得的最佳阅读效果和审美体验。

“客有可人期不来”，选择的是中国传统士大夫最需要也最能获得精神慰藉的生活方式——交友。孔子说：“三人行，必有我师焉”，交友也是交师，古人游学主要就是交友。“君子之交淡如水”，古人的交友并不看重物质，而多看重精神，故所期待的客人是“可人”。可人，即可意之人，是与俗人相对的高人，也就是能谈得来的知己。可意的客人也是可遇不可求的，能在家接待知己朋友也不失为人生一大快事。

“世事相违每如此，好怀百岁几回开？”诗人道出的是人生的一种普遍感受，人生之事不如意者十之九，哪能做到事事都与自己的意愿相合呢？而“好怀百岁几回开？”又带有洞穿世事人生、万事均无挂碍的禅理，可视作对人的劝导，也可视为对自己的安慰。

知识链接

陈师道的文学成就主要在诗歌创作上。他自己说：“于诗初无诗法”，后见黄庭坚诗，爱不释手，把自己过去的诗稿一起烧掉，从黄学习，两人互相推重。江西诗派把黄庭坚、陈师道、陈与义列为“三宗”，其实陈师道只是在一段时期内学习过黄庭坚的诗风，其后就发现黄庭坚“过于出奇，不如杜之遇物而奇也”（《后山诗话》），因而致力于学杜。对于他学杜甫所达到的境界，黄庭坚也表示钦佩，曾对王云说，陈师道“其作文深知古人之关键，其作诗深得老杜之句法，今之诗人不能当也”（王云《题后山集》）。

题花山寺[①]壁

［北宋］苏舜钦

寺里山因花得名，繁英[②]不见草纵横[③]。
栽培剪伐[④]须勤力[⑤]，花易凋零[⑥]草易生。

作者简介

苏舜钦（1008—1049），字子美，梓州铜山（今四川中江县）人，生于开封。诗歌奔放豪迈，气势非凡。与梅尧臣齐名，时称“苏梅”。

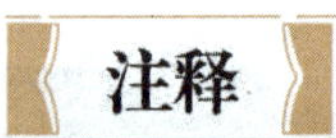

注释

① 花山寺：地址不详。《镇江府志》载有沈括诗《游花山寺》一首，据此，花山寺可能在镇江。

② 繁英：繁花。

③ 草纵横：野草丛生。

④ 剪伐：指斩去枯枝败叶。剪：斩断。

⑤ 勤力：勤奋努力。

⑥ 凋零：凋落衰败。

译文

花山寺因鲜花繁多、美丽而得名，可来到这里才发现，不见鲜花，只见杂草丛生。鲜花栽种的培养和修枝很重要，要勤奋努力，因为花是很容易凋零的，而杂草却很容易就蔓延生长。

赏析

庆历四年（1044），诗人被贬苏州之后，赋闲在家，一日外出游玩，来到花山寺，只见野草丛生，不见百花开放，觉得“花山寺”名不符实，于是有感而发，写下了这首诗。

“寺里”一联，两句各写一种景观。寺里和山中本来是确实有花的，之所以“繁英不见草纵横”，是有主、客观两方面的原因。从主观上说，是“栽培剪伐”不“勤力”，助长了草势的疯狂，而且从诗人对这两句次序的安排上看，显然特别强调人的主观原因。草本无罪，剪伐不力则是无可推卸的责任。从客观上说，“花易凋零草易生”，这是自然界的客观规律，所谓“野火烧不尽，春风吹又生”，正是有感于它的旺盛的生命力。俗语说：“有心栽花花不发”，也正是对种花不易的真实感叹。

尽管也可以把诗中的“花”理解为贤臣，“草”理解为奸佞，因而说诗的题旨是对革

新除弊的企望。因此，从这方面来看，这首诗不是一般的政治诗，而是对生活中某一方面的经验进行了深刻总结的具有相当哲理的醒世诗。

知识链接

苏舜钦为人豪放不受约束，喜欢饮酒。他住在岳父杜祁公的家里时，每天黄昏的时候读书，而且边读边饮酒，动辄一斗。岳父对此深感疑惑，就派人去偷偷观察他。当时他在读《汉书·张良传》，当他读到张良与刺客行刺秦始皇抛出的大铁椎只砸在秦始皇的随从车上时，他拍案叹息道："真可惜呀！没有打中。"于是满满喝了一大杯酒。又读到张良说："自从我在下邳起义后，与皇上在陈留相遇，这是天意让我遇见陛下呀。"他又拍案叹道："君臣相遇，如此艰难！"又喝下一大杯酒。杜祁公听说后，大笑说："有这样的下酒物，一斗不算多啊。"

学思践悟

诗人观其景而发感，"花木"需要精心修剪护养，而"野草"应勤除，同时也寄托了作者对革新除弊的企望。

夜坐

[北宋] 张耒

庭户无人秋月明，夜霜欲落气[①]先清[②]。
梧桐真不甘[③]衰谢，数叶迎风尚有声！

作者简介

张耒（1054—1114），北宋诗人。字文潜，世称宛丘先生。他官至起居舍人，故后世又称张右史。新旧党争中，他受到蔡京等的迫害，一再被贬黜，晚年居陈州。早年以文章受苏辙赏识，因得从学于苏轼，与黄庭坚、秦观、晁补之同为"苏门四学士"。

注释

① 气：气氛。
② 清：冷清。
③ 甘：甘心。

译文

寂静的前庭空无一人，只有秋月仍旧明亮。夜里的清霜将要落下，空气中也充满了清朗的气息。梧桐树矗立在庭前，也不甘就此衰谢。树上的梧桐叶迎风摇摆，发出了些许声音。

赏析

张耒一生，官场颇不顺意。被指为元祐党人，数遭贬谪，频受打击。晚居陈州，长期赋闲，贫病交加。尽管政治环境恶劣，生活困窘，诗人始终没有向蔡京集团屈服。以闻道苏轼自负，终生恪守不移，即使遭受打击也不后悔，且引为人生最大的乐趣。

这首秋夜即景诗，上联写景，突出了清幽寂静之意；下联景中寓情，使用了托物言志的手法，写梧桐不甘凋谢，在秋风中振作精神，用残叶迎风尚有声响来抒发“烈士暮年，壮心不已”的胸怀与抱负，表达了作者面对秋天不伤感，自勉自励的情怀。诗写得苍凉悲壮，雄劲有气势。此诗写秋风残叶，却不写其衰败，反而突出其不惧风寒的神韵。

知识链接

《夜坐》（南宋　文天祥）：“淡烟枫叶路，细雨蓼花时。宿雁半江画，寒蛩四壁诗。少年成老大，吾道付逶迤。终有剑心在，闻鸡坐欲驰。”

宋恭帝即位后，国家艰危，各地将官大都观望，只有文天祥和张世杰两人召集兵马、起兵勤王。诗人夜坐见到的是一幅肃杀凄凉的景象：烟笼枫叶，雨打蓼花，成群的大雁寄宿于江边，凄切的蝉鸣回响在四壁。烘托了作者沉郁悲壮的感情。尾联借“闻鸡起舞”的典故，抒发了诗人在国家危亡之际，要力挽狂澜、忠君报国的情感。当国家处在危亡之际，诗人感慨自己年华不再、前途渺茫，其内心是沉重悲凉的，但尾联又能让读者感受到这位爱国诗人矢志报国、壮心不已的情怀，升华了全诗情感。

游山西村

［南宋］陆游

莫笑农家腊酒①浑，丰年留客足鸡豚②。
山重水复③疑无路，柳暗花明④又一村。
箫鼓⑤追随春社⑥近，衣冠简朴古风存⑦。
从今若许⑧闲乘月⑨，拄杖无时⑩夜叩门。

注释

① 腊酒：腊月里酿造的酒。

② 足鸡豚：意思是准备了丰盛的菜肴。足：足够，丰盛。豚：小猪，诗中代指猪肉。

③ 山重水复：一座座山、一道道水重重叠叠。

④ 柳暗花明：柳色深绿，花色红艳。

⑤ 箫鼓：吹箫打鼓。

⑥ 春社：古代把立春后第五个戊日作为春社日，拜祭社公（土地神）和五谷神，祈求丰收。

⑦ 古风存：保留着淳朴古代风俗。古风：有古人之风度。《唐书·王仲舒传》："穆宗常言仲舒之文有古风。"杜甫《吾宗》诗："吾宗老孙子，质朴古人风。"

⑧ 若许：如果这样。

⑨ 闲乘月：有空闲时趁着月光前来。

⑩ 无时：没有固定的时间，即随时。

译文

不要笑农家腊月里酿的酒浑浊，在丰收年景里待客的菜肴非常丰富。山峦重叠水流曲折正担心无路可走，柳绿花艳眼前忽然又出现一个山村。吹着箫打起鼓，春社的日子已经接近，村民们衣冠简朴古代风气仍然保存。今后如果还能乘大好月色出外闲游，我一定拄着拐杖随时来敲你的家门。

赏析

这是一首纪游抒情诗，是陆游的名篇之一。首联渲染出丰收之年农村一片宁静、欢悦的气象。说农家酒味虽薄，待客情意却十分深厚。一个"足"字，表达了农家款客尽其所有的盛情。"莫笑"二字，道出诗人对农村淳朴民风的赞赏。

次联写山间水畔的景色，写景中寓含哲理，千百年来被人广泛引用。"山重水复疑无路，柳暗花明又一村"，仿佛可以看到诗人在青翠可掬的山峦间漫步，清碧的山泉在曲折溪流中汩汩穿行，草木愈见浓茂，蜿蜒的山径也愈益依稀难认。正在迷惘之际，突然看见前面花明柳暗，几间农家茅舍，隐现于花木扶疏之间，诗人顿觉豁然开朗。下一联则由自然入人事，描摹了南宋初年的农村风俗画卷。"社"为土地神。春社，在立春后第五个戊日。农家祭社祈年，满怀对丰收的期待。陆游在这里更以"衣冠简朴古风存"，赞美这个古老的乡土风俗，显示出他对吾土吾民之爱。

前三联写了外界情景，并和自己的情感相融。然而诗人似乎意犹未尽，故而笔锋一转："从今若许闲乘月，拄杖无时夜叩门。"诗人已"游"了一整天，此时明月高悬，整个大地笼罩在一片淡淡的清光中，给春社过后的村庄也染上了一层静谧的色彩，别有一番情趣。于是这两句从胸中自然流出：但愿从今而后，能不时拄杖乘月，轻叩柴扉，与老农亲切絮语，此情此景，不亦乐乎。一个热爱家乡、与农民亲密无间的诗人形象跃然纸上。

知识链接

人们在探讨学问、研究问题时，往往会有这样的情况：山回路转、扑朔迷离、出路难

寻，于是顿生茫然之感。但是，如果锲而不舍，继续前行，眼前忽然间出现一线亮光，再往前行，便豁然开朗，发现一个前所未见的新天地。这就是“山重水复疑无路，柳暗花明又一村”给人们的启发，也是宋诗特有的理趣。

学思践悟

“山重水复疑无路，柳暗花明又一村。”不论前路多么难行难辨，只要坚定信念、勇于开拓，人生就能绝处逢生，出现一个充满光明与希望的新境界。你在学习、生活中有这样的体会吗？

卜算子·咏梅[①]

[南宋] 陆游

驿外[②]断桥[③]边，寂寞[④]开无主[⑤]。已是黄昏独自愁，更[⑥]著[⑦]风和雨。
无意苦[⑧]争春，一任[⑨]群芳[⑩]妒。零落成泥碾作尘，只有香如故。

注释

① 选自吴氏双照楼影宋本《渭南词》卷二。“卜算子”是词牌名。

② 驿外：指荒僻、冷清之地。驿：驿站，供驿马或官吏中途休息的专用建筑。

③ 断桥：残破的桥。一说“断”通“簖”，簖桥是古时在为拦河捕鱼蟹而设簖之处所建之桥。

④ 寂寞：孤单冷清。

⑤ 无主：自生自灭，无人照管和玩赏。

⑥ 更：副词，又，再。

⑦ 更著：又遭到。著：同“着”，遭受，承受。

⑧ 苦：尽力，竭力。

⑨ 一任：全任，完全听凭。一：副词，全，完全，没有例外。任：动词，任凭。

⑩ 群芳：群花、百花。这里借指诗人的政敌——苟且偷安的主和派。

译文

驿站之外的断桥边，梅花孤单寂寞地绽放，无人过问。暮色降临，梅花无依无靠，已经够愁苦了，却又遭到了风雨的摧残。

梅花并不想费尽心思去争艳斗宠，对百花的妒忌与排斥毫不在乎。即使凋零了，被碾作泥土，又化作尘土了，梅花依然和往常一样散发出缕缕清香。

赏析

这是陆游一首咏梅的词，其实也是陆游自己的咏怀之作。陆游一生酷爱梅花，写有大量歌咏梅花的篇章，歌颂梅花傲霜雪，凌寒风，不畏强暴，不羡富贵的高贵品格。这首《卜算子》，也是明写梅花，暗写抱负。其特点是着重写梅花的精神，而不从外表形态上去描写。

上片首二句说梅花开在驿外野地，不在金屋玉堂，不属达官贵人所有。后二句说梅花的遭遇：在凄风苦雨的摧残中开放。它植根的地方，是荒凉的驿亭外面，断桥旁边。驿亭是古代传递公文的人和行旅中途歇息的处所。加上黄昏时候的风风雨雨，这环境被渲染得多么冷落凄凉！写梅花的遭遇，也是作者自写被排挤的政治遭遇。

下片写梅花的品格：说它不与群芳争春，任群芳猜忌、百花嫉妒，它却无意与它们争春斗艳。即使凋零飘落，成泥成尘，它依旧保持着清香。可以结合诗人一生累遭投降派的打击而报国之志不衰的情形来体会。

此词以梅花自况，咏梅的凄苦以泄胸中抑郁，感叹人生的失意坎坷；赞梅的精神又表达了青春无悔的信念及对自己爱国情操与高洁人格的自许。

寄兴[①]（二首）

［南宋］戴复古

长愿人人意，一生无别离。
妾当年少日，花似半开时。

黄金无足色[②]，白璧有微瑕。
求[③]人不求备[④]，妾[⑤]愿老君家。

作者简介

戴复古（1167—？），南宋江湖派诗人。字式之，常居南塘石屏山，故自号石屏、石屏樵隐。台州黄岩（今浙江台州市黄岩区）人。一生不仕，浪游江湖，后归家隐居，卒年八十余。

注释

① 寄：寄托。兴：兴致。指作品中寄托了作者的兴致与情怀。出自晋王羲之《兰亭集序》：“或情寄所托，放浪形骸之外。”

② 足色：纯色。

③ 求：要求，寻找。

④ 备：完备，完美。

⑤ 妾：女性的自称。

译文

人们都希望一生再也没有分离。我正当年少，风华正茂。没有十足的赤金，没有完全无瑕疵的白玉。能对人不求全责备，我愿意在君家老去。

赏析

“寄兴”为题，以一个女子的口吻叙事，用平淡、质朴、浅显的话语，道出了生活的真谛：金无足赤，人无完人。“求人不求备，妾愿老君家”，说这句之前先用“黄金无足色，白璧有微瑕”来打比方，说明“人无完人”的道理。“求人不求备”，人非圣贤，孰能无过？用人倘若求全责备，那就没有好人可用。用人如用器，用其所长而已。只要有长处而用之，无须专注其短。最后表达自己的想法，对丈夫的小缺点不介意，愿意同丈夫相携相伴、白头偕老。全诗浅白易懂，直抒了女主人公微妙的情感，读来饶有趣味。

学思践悟

金无足赤，人无完人，每个人都有优点和缺点，要学会放大别人的优点，不要过分追究别人的缺点。

春日①

［南宋］朱熹

胜日②寻芳③泗水④滨⑤，无边光景⑥一时新。
等闲识得⑦东风⑧面，万紫千红总是春。

作者简介

朱熹（1130—1200），字元晦，又字仲晦，号晦庵，晚称晦翁，谥文，世称朱文公。宋朝著名的理学家、思想家、哲学家、教育家、诗人，闽学派的代表人物，儒学集大成者，世尊称为朱子。朱熹著述甚多，有《四书章句集注》《太极图说解》《通书解说》《周易本义》《楚辞集注》，后人辑有《朱子大全》《朱子集语象》等。其中《四书章句集注》成为钦定的教科书和科举考试的标准。

注释

① 春日：春天。

② 胜日：天气晴朗的好日子，也可看出人的好心情。

③ 寻芳：游春，踏青。

④ 泗水：河名，在山东省。

⑤ 滨：水边，河边。

⑥ 光景：风光风景。

⑦ 等闲识得：容易识别。等闲：平常、轻易。

⑧ 东风：春风。

译文

风和日丽游春在泗水之滨，无边无际的风光焕然一新。谁都可以看出春天的面貌，春风吹得百花开放、万紫千红，到处都是春天的景致。

赏析

人们一般都认为这是一首咏春诗。首句“胜日寻芳泗水滨”，“胜日”指晴日，点明天气。“泗水滨”，点明地点。“寻芳”，即是寻觅美好的春景，点明了主题。

下面三句都是写“寻芳”所见所得。次句“无边光景一时新”，写观赏春景中获得的初步印象。用“无边”形容视线所及的全部风光景物。“一时新”，既描绘出春回大地、自然景物焕然一新，也写出了作者郊游时耳目一新的欣喜感觉。

第三句“等闲识得东风面”，句中的“识”字承首句中的“寻”字。“等闲识得”是说春天的面容与特征是很容易辨认的。“东风面”，借指春天。

第四句“万紫千红总是春”，是说这万紫千红的景象全是由春光点染而成的，人们从这万紫千红中认识了春天，感受到了春天的美。这就具体解答了为什么能“等闲识得东风面”。而此句的“万紫千红”又照应了第二句中的“光景一时新”。第三、四句是用形象的语言具体写出光景之新，寻芳所得。

从字面上看，这首诗好像是写游春观感，但细究寻芳的地点是泗水之滨，而此地在宋南渡时早被金人侵占。朱熹未曾北上，当然不可能在泗水之滨游春吟赏。其实，诗中的“泗水”暗指孔门，因为春秋时孔子曾在洙、泗之间弦歌讲学，教授弟子。因此，所谓“寻芳”即是指求圣人之道。“万紫千红”喻孔学的丰富多彩。诗人将圣人之道比作催发生机、点燃万物的春风。这其实是一首寓理趣于形象之中的哲理诗。

知识链接

朱熹是中国历史上著名的思想家，又是一位著名的教育家。他一生热心于教育事业，孜孜不倦地授徒讲学，无论在教育思想或教育实践上，都取得了重大的成就。朱熹在世之时，曾经整顿了一些县学、州学，又亲手创办了同安县学、武夷精舍、考亭书院，重建了

白鹿洞书院和岳麓书院，并且亲自制定了学规，编撰了“小学”和“大学”的教材，为国家培养了一大批知识分子，其中包括不少著名的学者，形成了自己的学派。

观书有感二首（其一）

［南宋］朱熹

半亩方塘①一鉴②开，天光云影共徘徊③。
问渠④那得⑤清如⑥许，为⑦有源头活水⑧来。

注释

① 方塘：又称半亩塘，在福建尤溪城南郑义斋馆舍（后为南溪书院）内。朱熹父亲朱松与郑交好，尝有《蝶恋花·醉宿郑氏别墅》词云：“清晓方塘开一境。落絮如飞，肯向春风定。”

② 鉴：一说为古代用来盛水或冰的青铜大盆。也有学者认为是镜子，指像鉴（镜子）一样可以照人。

③ 天光：天空中的光和云的影子反映在塘水之中，不停地变动，犹如人在来回移动。徘徊：来回移动。

④ 渠：它，第三人称代词，这里指方塘之水。

⑤ 那得：怎么会。

⑥ 如：如此，这样。

⑦ 为：因为。

⑧ 源头活水：比喻知识是不断更新和发展的，从而需要不断积累。人只有在学习中不断地学习、运用和探索，才能使自己保持先进和活力，就像水的源头一样。

译文

半亩大的方形池塘如同打开一面镜子，水面上荡漾着天空的光彩和浮云的影子。这池塘的水为何这样清澈呢？那是因为有活水不断从源头流来啊。

赏析

这是首抒发读书体会的哲理诗，“半亩方塘一鉴开，天光云影共徘徊”，只有半亩地的一个方方的池塘不算大，但它像一面镜子那样澄澈明净，“天光云影”都被它反映出来了。这两句展现的形象十分生动给人以美感，使人心情澄净、心胸开阔。

“问渠那得清如许，为有源头活水来。”“问渠”的“渠”，相当于“它”，这里是指方塘。“问渠”就是“问它”。诗人进一步提出了一个问题。那口方塘“那得清如许”？因为那永不枯竭的“源头”，源源不断地给它输送了“活水”，所以它永不枯竭、永不陈腐、永不污浊、永远“深”而且“清”。这两句暗喻人要心灵澄明，就得认真读书，时时补充新知识。因此人们常常用这两句诗来比喻只有不断学习新知识，才能达到新境界。

知识链接

庆元二年（1196），为避权臣韩侂胄之祸，朱熹与门人黄干、蔡沈、黄钟来到新城福山（今黎川县社苹乡竹山村）双林寺侧的武夷堂讲学。在此期间，他应南城县上塘蛤蟆窝村吴伦、吴常兄弟之邀，到该村讲学，为吴氏厅堂书写“荣木轩”，为读书亭书写“书楼”。还在该村写下了“问渠那得清如许，为有源头活水来”的著名诗句。朱熹离村后，村民便将蛤蟆窝村改为源头村。民国时曾设活水乡（今属上塘镇）以纪念朱熹。

小池

[南宋] 杨万里

泉眼[①]无声惜[②]细流，树阴照水爱晴柔[③]。
小荷[④]才露尖尖角[⑤]，早有蜻蜓立上头。

注释

① 泉眼：泉水的出口。

② 惜：爱惜。

③ 晴柔：晴天里柔和的风光。

④ 小荷：指刚刚长出水面的嫩荷叶。

⑤ 尖尖角：还没有展开的嫩荷叶的尖端。

译文

泉眼悄然无声是因舍不得细细的水流，树荫倒映水面是喜爱晴天和风的轻柔。娇嫩的小荷叶刚从水面露出尖尖的角，早有一只调皮的小蜻蜓立在它的上头。

赏析

此诗是一首清新的小品。这首诗由一个泉眼、一道细流、一片树荫、几支小小的荷叶、一只小小的蜻蜓，构成一幅生动的小池风物图，表现了大自然中万物之间亲密和谐的关系。开头“泉眼无声惜细流，树荫照水爱晴柔”两句，把读者带入了一个小巧精致、柔和宜人的境界之中。一道细流缓缓从泉眼中

流出，没有一点声音；池畔的绿树在斜阳的照射下，将树荫投入水中，明暗斑驳，清晰可见。

一个“惜”字，化无情为有情，仿佛泉眼是因为爱惜涓滴，才让它无声地缓缓流淌；一个“爱”字，给绿树以生命，似乎它是喜欢这晴柔的风光，才以水为镜，展现自己的绰约风姿。三、四两句，诗人好像一位高明的摄影师，用快镜拍摄了一个妙趣横生的镜头：“小荷才露尖尖角，早有蜻蜓立上头。”时序还未到盛夏，荷叶刚刚从水面露出一个尖尖角，一只小小的蜻蜓立在它的上头。一个“才露”，一个“早立”，前后照应，逼真地描绘出蜻蜓与荷叶相依相偎的情景。

这首诗通过对小池中的泉水、树荫、小荷、蜻蜓的描写，给我们描绘出一幅具有无限生命力的朴素、自然，而又充满生活情趣的生动画面。

知识链接

杨万里外出游玩，累了想休息，于是找到一家旅馆。他在那里吃完了饭刚要躺下休息，突然听见一个小孩在外面说：“马上就抓到你了，小蝴蝶。”杨万里便出去看个究竟。他循声来到菜园，看到了一个小孩正在追一只黄蝶。可是黄蝶飞进了菜花里，小孩跑进菜花丛里找了找，没发现，结果自己把裤子给弄脏了。杨万里目睹这个有趣的情景，回去就开始写诗了。诗的内容是：“篱落疏疏一径深，树头花落未成阴。儿童急走追黄蝶，飞入菜花无处寻。”杨万里善于捕捉稍纵即逝的情趣，用幽默诙谐、平易浅近的语言表达出来。

过松源晨炊漆公店六首（其五）

［南宋］杨万里

莫言[①]下岭便无难，赚得[②]行人错喜欢[③]。
正入万山圈子里，一山放过一山拦。

注释

① 莫言：不要说。

② 赚得：骗得。

③ 错喜欢：空欢喜。

译文

不要说从岭上下来就不难，行人常被骗得空欢喜一场。走入崇山峻岭之中，你才从一重山里出来，可是又被另一重山拦住了。

赏析

本诗朴实平易，生动形象，表现力强，一个“错”字突出表现了“行人”被骗后的失落神态。“放”“拦”等词语的运用，赋予“万山”人的思想、人的性格，使万山活了起来。

第一句当头喝起，“莫言下岭便无难”，这个句子包含了下岭前艰难攀登的整个上山过程，以及对所经历困难的种种感受。正因为上山艰难，人们往往把下山看得容易和轻松。“莫言”二字，像是自诫，又像是提醒别人，耐人寻味。

第二句补足首句，“赚得行人错喜欢”，“赚”字富于幽默风趣。行人心目中下岭的容易，与它实际上的艰难形成鲜明对比，因此说“赚”——行人是被自己对下岭的主观想象骗了。诗人在这里点出而不说破，给读者留下悬念，使下两句的出现更引人注目。

三、四两句承接“错喜欢”，对第二句留下的悬念进行解释。本来，上山过程中要攀登多少道山岭，下山过程中也会相应遇到多少道山岭。山本无知，“一山放过一山拦”的形容却把山变成了有生命、有灵性的东西。它仿佛给行人布置了一个迷魂阵，设置了层层叠叠的圈套。而行人的种种心情——意外、惊诧、厌烦，直至恍然大悟，也都在这一“拦”一“放”的重复中体现出来了。

此诗明写登山感受，实谈人生哲理。人们总说上山难下山易，却不知下山途中还要翻过无数座山。诗人借助景物描写和生动形象的比喻，通过写山区行路的感受，说明一个具有普遍意义的深刻道理：人们无论做什么事，都要对前进道路上的困难做好充分的估计，不要被一时的成功所迷惑。

过沙头三首（其二）

［南宋］杨万里

过了沙头渐有村，地平江阔气清温。
暗潮已到无人会，只有篙师[①]识水痕。

注释

① 篙师：经验丰富的撑船人。

译文

过了沙头渐渐看到了村庄，这里地势低平、江水广阔、气候凉爽。然而，一股暗潮已然到来，一般人却无从发觉，只有经验丰富的篙师能通过水流动的波痕看出暗潮的到来。

赏析

诗歌首句点明乘船经过的地点，次句“地平江阔气清温”再现了沙头的景象，地势平坦，江面开阔，气温凉爽，和谐、宁静，为下文“暗流已到”做铺垫。“暗潮已到无人会”，生活中危机四伏，有时表面上的平静很可能是危机孕育的时刻，而缺乏经验者则往往不以为然，也不能够有力地化解危机，只有同“暗流”长期打交道并掌握其规律的“篙师”才能识破并化解危机。

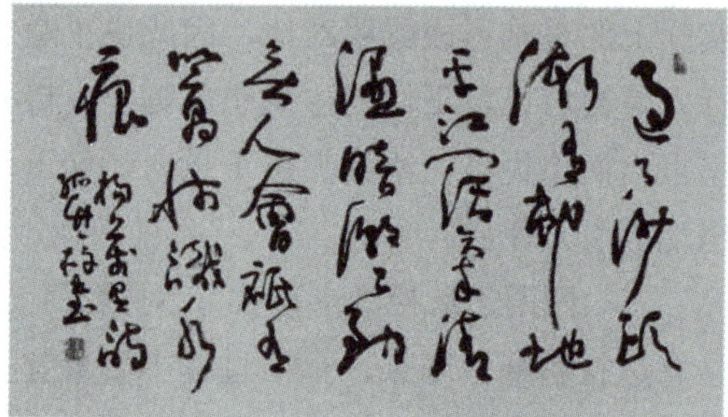

这首诗明白晓畅而富有深意。暗潮已然来到，而常人却不知道，因为他们没有水上的生活经验，对潮水涨落的规律不知晓；而篙师长年累月在江上撑船，水的深浅、流速的快慢等，都一清二楚，些微变化他们都能察觉。这就揭示了一个深刻而具有普遍意义的哲理——实践出真知。

知识链接

“入山问樵，入水问渔。”此句成语出自明代庄元臣撰写的《叔苴子内篇》。庄元臣是明朝的一个文人，他在这本书的卷一里写了句流传很广的话：“入山问樵，入水问渔”，就是说，入山的话得问问樵夫，砍柴人熟悉山里情况；下水的话就得问问渔民，捕鱼人了解水的习性，量体裁衣，因人而异，如是而已。

这句话是朴素的生产、生活经验的概括，类似于“到什么山唱什么歌”，谈不上典故和故事。类似的还有“瓜田不纳履，李下不整冠”，也是对生活经验的总结，后人提炼为“瓜田李下”的成语。

野菊

［南宋］杨万里

未与骚人当糗粮[①]，况随流俗作重阳。
政缘[②]在野有幽色，肯为[③]无人减妙香？
已晚相逢半山碧，便忙也折一枝黄[④]。
花应冷笑东篱族[⑤]，犹向陶翁觅宠光。

注释

① 骚人：屈原作《离骚》，因称屈原为骚人。后用“骚人墨客”称那些风雅文人。糗粮：干粮。指被文人赏识。糗：炒熟的米、麦等谷物。

② 政缘：正因为。政：即“正”。

③ 肯为：怎肯因为，难道因为。

④ 黄：指黄菊。

⑤ 东篱族：篱边人种的菊花。陶渊明《饮酒》中诗句“采菊东篱下”。

译文

不给文人骚客做干粮，更不肯随流俗在重阳节被俗人欣赏。正因为在野外更有清幽淡色，哪肯因为无人，减掉自己的幽香。已是傍晚时分，在绿色的半山腰中与野菊相逢，即使再匆忙也要折一枝淡黄的野菊。野菊花也许会冷笑那些家养的菊花，因为家菊们竟然向陶渊明寻求恩宠。

赏析

野菊花是似菊而小的黄色小花，与菊花相比，它并不太引人注目。但诗人却给了它诗情画意，让它在诗坛上占一席之位。

诗的首联用先抑后扬的笔法写。“未与骚人当糗粮，况随流俗作重阳”，重阳有赏菊的习俗，而野菊默默无闻，既未被文人欣赏，更未受世俗钟爱。“况”字使次句的语气紧连首句，有更进一层的意思。

颔联“政缘在野有幽色，肯为无人减妙香”两句，对野菊的姿态、芳香和品性做了生动的描绘。“在野”与“在庭”相对。因不为人赏识，便在野自生自灭，不似庭院之菊有人着意栽培。这也许是野菊的憾事，但诗人却把这看成快事，因为它可以避免栽培人的束缚剪裁与观菊者的诸多采摘，即不受人们的干扰，因而显得幽娴自若，别有风采。

颈联“已晚相逢半山碧，便忙也折一枝黄。”“半山碧”写出野菊生长、繁衍的旺盛，也表现野菊的生活环境是在野外山上。“已晚”写时间，“便忙”写情状。诗人旅途之中到了傍晚，本该忙于归宿，但山中野菊的丰姿与妙香，逗得诗人即使在匆忙之中也要去折取一枝来加以观赏，诗写至此，已流露出对野菊的浓厚兴趣。

陶渊明酷爱菊花，于宅边东篱下种菊颇多，还有“采菊东篱下，悠然见南山”的诗句。“花应冷笑东篱族，犹向陶翁觅宠光”，这两句是说，野菊花一定冷笑那些篱边的黄菊——它们正向陶渊明一类的诗人邀宠，以取得诗人吟赏的荣光。言下之意，诗人们的眼光只向着庭菊，并不转向野菊；而野菊自有不邀宠争光的品行，对那些邀宠争光的庭菊不屑一顾，唯以冷笑置之。

在无人看重的情况下，幽娴自若，不减妙香，不慕赏识，诗人对野菊倾注了关切赞美之情。这也许另有所指。诗写得脱俗、婉转、流畅，给人很深的印象。在大量的咏菊诗中，这首诗颇有独创性。

雪梅

[南宋] 卢梅坡

梅雪争春未肯降[①]，骚人[②]阁[③]笔费评章[④]。
梅须[⑤]逊[⑥]雪三分白，雪却输[⑦]梅一段香[⑧]。

作者简介

卢梅坡，宋朝末年人，具体生卒年、生平事迹不详。“梅坡”不是他的名字，是其自号。存世诗作不多，但以两首雪梅诗留名千古。

注释

① 降：服输。

② 骚人：诗人。

③ 阁：同“搁”，放置。

④ 费评章：费心思评判。评章：评论，评判，这里指评议梅与雪的高下。

⑤ 须：虽，虽然。

⑥ 逊：差，不如。

⑦ 输：此处有“少”的意思。

⑧ 一段香：一片香。

译文

梅花和雪花都认为各自占尽了春色，谁也不肯相让。难坏了诗人，难写评判文章。梅花虽然没有雪花那样晶莹洁白，但是雪花却少了梅花的一片幽香。

赏析

这是宋代诗人卢梅坡咏物言志的一首七言绝句。诗人通过对“梅”“雪”的评论，在比较中巧妙地写出各自的特色，并寓理于其中。

“梅雪争春未肯降”，这句是写梅雪在“争春”上互不相让。因为梅花在冬末春初开放，香气飘散，给人以一种春天不久要来临的感觉；而白雪几经降落，也意味着春天不远了。“未肯降”，即不肯认输。“骚人阁笔费评章”，指诗人要评价梅、雪谁是报春使者，也需要放下手中笔，好好地权衡一番。

“梅须逊雪三分白”，作者从颜色角度来写，梅不如雪那样洁白。“三分”以实写虚，是“少许”的意思。这是梅的短处，恰是雪的长处。“雪却输梅一段香”，作者从气味角度来写，雪当然不具备梅花的香味。这是雪的短处，但恰是梅的长处。

一“色”一“香”，一“长”一“短”，堪称神思巧运。“骚人阁笔费评章”的难题，作者轻轻巧巧一笔即“盖棺”——其实是既“盖”又未“盖”，因为“色”与“香”是两个不同的角度。

读了这首诗，我们可以悟出这样一个哲理：一个人不仅应看到自己的长处，也要看到别人的长处，更要看到自己不如别人的地方。

学思践悟

这首诗借雪、梅的争春，告诫我们：人各有所长，也各有所短，要有自知之明。取人之长，补己之短，才是正理。

墨梅[①]

［元］王冕

吾家[②]洗砚池[③]头树，朵朵花开淡墨[④]痕。

不要人夸颜色好，只留清气[⑤]满乾坤[⑥]。

作者简介

王冕（1287—1359），元代诗人、文学家、书法家、画家。字元章，号煮石山农，绍兴诸暨人。著有《竹斋集》《墨梅图题诗》等。

注释

① 墨梅：用水墨画的梅花。也有解作“淡墨色的梅，是梅花中的珍品”。

② 吾家：我家。因王羲之与王冕同姓，所以王冕便认为王姓自是一家。

③ 洗砚池：写字、画画后洗笔洗砚台的池子。一说是三国时期钟瑶年轻的时候练字，经常用家旁边的池子洗毛笔，以致整个池子最后都是墨色了。一说东晋王羲之“临池学书，池水尽黑”，这里是化用典故自诩热爱书画艺术。

④ 淡墨：水墨画中将墨色分为四种，如清墨、淡墨、浓墨、焦墨。这里是说那朵朵盛开的梅花，是用淡淡的墨迹点化成的。

⑤ 清气：所谓的清气，于梅花来说自然是清香之气，但此处也暗喻人之清高自爱的精神，所谓清气就是雅意，就是正见，就是和合之气。

⑥ 满乾坤：弥漫在天地间。满：弥漫。乾坤：指人间、天地间。

译文

这画仿佛是从我的洗砚池边生长的一棵梅树，朵朵梅花都似乎是洗笔后淡墨留下的痕迹。因为它并不需要别人去夸赞它的颜色，在意的只是要把清淡的香气充满天地之间。

赏析

这是一首题画诗。诗人赞美墨梅不求人夸，只愿给人间留下清香的美德，实际上是借梅自喻，表达自己对人生的态度及不向世俗献媚的高尚情操。

开头两句“吾家洗砚池头树，朵朵花开淡墨痕”，直接描写墨梅。画中小池边的梅树，花朵盛开，朵朵梅花都是用淡淡的墨水点染而成的。“洗砚池”化用王羲之“临池学书，池水尽黑”的典故。

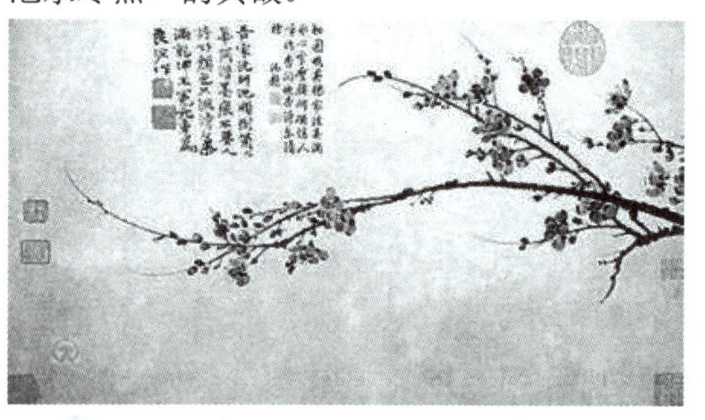

三、四两句盛赞墨梅的高风亮节。它由淡墨画成，外表虽然并不娇艳，但具有神清骨秀、高洁端庄、幽独超逸的内在气质；它不想用鲜艳的色彩去吸引人、讨好人，求得人们的夸奖，只愿散发一股清香，让它留在天地之间。这两句正是诗人的自我写照。王冕自幼家贫，白天放牛，晚上到佛寺长明灯下苦读，终于学得满腹经纶，而且能诗善画，多才多艺。但他屡试不第，又不愿巴结权贵，于是绝意功名利禄，归隐浙东九里山，作画易米为生。“不要人夸颜色好，只留清气满乾坤”两句，表现了诗人鄙薄流俗，独善其身，不求功名的品格。

知识链接

王冕题咏自己所画梅花。“吾家洗砚池头树，朵朵花开淡墨痕。不要人夸颜色好，只留清气满乾坤。王冕元章为良佐作。”钤“元章”“文王子孙”。另有清乾隆皇帝御题诗及鉴藏印。画面中一枝梅花横出，枝干秀挺，花朵疏朗。以淡墨点染花瓣，再以浓墨勾点萼蕊，墨色清润，高情逸趣溢于笔端。

五月十九日大雨

［元］刘基

风驱①急雨②洒高城，云③压轻雷殷④地声。
雨过不知龙去处，一池草色万蛙鸣。

作者简介

刘基（1311—1375），元末明初的军事家、政治家、文学家，明朝开国元勋。字伯温，青田县南田乡（今属浙江省文成县）人，故称刘青田。中国民间广泛流传着“三分天下诸葛亮，一统江山刘伯温。前朝军师诸葛亮，后朝军师刘伯温”的说法。他以神机妙算、运筹帷幄著称于世。

注释

① 驱：驱使。

② 急雨：骤雨。

③ 云：这里指乌云。

④ 殷：震动。

译文

疾风驱使着骤雨倾倒在高城，乌云密布，雷声隆隆。一会儿，那兴云作雨的龙挟着雷电乌云离去，眼前出现的是池塘水溢、青草滴翠、万蛙齐鸣。

赏析

夏日突发雷阵雨之时，乌云密布、暴雨倾盆。诗人抓住了夏天雷阵雨的特点，并由自然界的风雨想到了人生的哲理，创作了这首诗。

前两句已把大雨写得十分畅满，极力描述了大雨的气势。黑云压城，风急雨骤，电闪雷鸣，大雨倾盆。“急”“驱”“洒”三字形象地表现出夏雨的骤猛。云是“压”的，雷是“殷”的，又说明黑云、雷电的迅疾。后两句描述雨过天晴的景象：雷雨过后，草色更青，池塘水涨，蛙声一片。诗人匠心独运，在震耳欲聋的雷声雨声后，仍写蛙鸣声，而两种声音，收到的是一闹一静的不同效果。雨后恬静平和的景象与前两句磅礴威猛的雨景形成鲜明的对照。

此诗写的是雨来到和雨止的景象。诗的前半句写出雷雨交作、气势雄峻；后半句写雨过天晴，平淡恬静。前雷声，后蛙鸣，两两对照，逸趣横生。诗人通过写大自然的景况，告诉读者大风大雨虽然猛烈，但时间不会长久，当人遇到困难时，要坚持、要勇敢顽强，与之斗争，难关是会过去的。

临江仙

[明] 杨慎

滚滚长江东逝水[①]，浪花淘尽[②]英雄。是非成败[③]转头空。青山[④]依旧在，几度[⑤]夕阳红。

白发渔樵[⑥]江渚[⑦]上，惯看秋月春风[⑧]。一壶浊酒[⑨]喜相逢。古今[⑩]多少事，都付笑谈中[⑪]。

作者简介

杨慎（1488—1559），明代文学家，明代“三大才子”之首。字用修，号升庵，新都

（今四川新都）人。正德六年（1551）进士，授翰林院修撰。后因流放滇南，故自称博南山人、金马碧鸡老兵。他的诗富于才情，有拟古倾向，言近旨远。著作达百余种，后人辑为《升庵集》。

注释

① 东逝水：指江水向东流逝而去，这里将时光比喻为江水。

② 淘尽：荡涤一空。

③ 成败：成功与失败。《战国策·秦策三》："良医知病人之死生，圣主明于成败之事。"

④ 青山：青葱的山岭。《管子·地员》："青山十六施，百一十二尺而至于泉。"

⑤ 几度：虚指，几次、好几次之意。

⑥ 渔樵：此处并非指渔翁、樵夫，联系前后文的语境，应为动词"隐居"。在此处用作名词，指隐居不问世事的人。

⑦ 渚：原意为水中的小块陆地，此处意为江岸边。

⑧ 秋月春风：指良辰美景。也指美好的岁月。白居易《琵琶行》："今年欢笑复明年，秋月春风等闲度。"

⑨ 浊酒：用糯米、黄米等酿制的酒，较混浊。浊：不清澈；不干净。与"清"相对。

⑩ 古今：古代和现今。《史记·太史公自序》："故礼因人质为之节文，略协古今之变。"

⑪ 都付笑谈中：在一些古典文学及音乐作品中，也有作"尽付笑谈中"。

译文

滚滚长江之水向东流，不再回头，多少英雄像翻飞的浪花般消逝。是与非、成功与失败，都是短暂不长久。只有青山依然存在，依然日升日落。江上白发渔翁，早已习惯于四时的变化。和朋友欣喜相见，痛快地畅饮一壶酒，古往今来的纷纷扰扰，都成为下酒闲谈的材料。

赏析

杨慎1524年因得罪世宗被发配到云南充军。他戴着枷锁，被军士押解到湖北江陵时，正好见到一个渔夫和一个樵夫在江边煮鱼喝酒、谈笑风生。杨慎突然很感慨，于是请军士找来纸笔，写下了这首《临江仙》。

这首词借叙述历史兴亡抒发人生感慨，豪放中有含蓄，高亢中有深沉。

从全词看，基调慷慨悲壮、意味无穷，读来令人荡气回肠，不由得在心头平添万千感慨。在让读者感受苍凉悲壮的同时，这首词又营造出一种淡泊宁静的气氛，并且折射出高远的意境和深邃的人生哲理。在这凝固的历史画面上，白发的渔夫、悠然的樵汉，意趣盎然于秋月春风。江渚就是江湾，是风平浪静的休闲之所。一个"惯"字让人感到莫名的孤独与苍凉。幸亏有朋自远方来的喜悦，酒逢知己，使这份孤独与苍凉有了一份慰藉。"浊酒"似乎显现出主人与来客友谊的高淡平和，其意本不在酒。

大江裹挟着浪花奔腾而去，英雄人物随着流逝的江水消失得不见踪影。“是非成败转头空”，豪迈、悲壮，既有英雄功成名就后的失落、孤独感，又暗含着高山隐士对名利的淡泊。面对似血的残阳，历史仿佛也凝固了。“青山依旧在”是不变，“几度夕阳红”是变，“古今多少事”没有一件不在变与不变的相对运动中流逝。

既然“是非成败”都如同过眼烟云，就不必耿耿于怀、斤斤计较；不如寄情山水，托趣渔樵，与秋月春风为伴，自在自得。作者平生抱负未展，横遭政治打击。他看透了朝廷的腐败，不愿屈从、阿附权贵，宁肯终老边荒而保持自己的节操。因此他以与知己相逢为乐事，把历代兴亡作为谈资笑料以助酒兴，表现出鄙夷世俗、淡泊洒脱的情怀。

青山不老，看尽炎凉世态；佐酒笑语，释去心头重负。任凭江水淘尽世间事，化作滔滔一片潮流，但总会在奔腾中沉淀下些许的永恒。与人生短暂虚幻相对的，是超然世外的旷达和自然宇宙的永恒存在。宇宙永恒，人生有限，江水不息，青山常在。

知识链接

这首《临江仙》原是杨慎晚年所著历史通俗说唱之作《廿一史弹词》（原名《历代史略十段锦词话》）中第三段《说秦汉》的开场词，后来被清初的毛宗冈移植到《三国演义》的卷首，结果名扬四海。

学思践悟

历史固然是一面镜子，倘若没有丰富的，甚至是痛苦的、残酷的人生体验，那面镜子便只是形同虚设，最多也只是热闹好看而已。正因为杨慎的人生感受太多太深，他才能看穿世事，把这番人生哲理娓娓道来，令无数读者产生心有戚戚的感觉。

苔

［清］袁枚

白日[①]不到处，青春恰自来。

苔花如米小，也学牡丹开。

作者简介

袁枚（1716—1797），字子才，号简斋，钱塘（今浙江杭州）人，因居南京小仓山随园，世称随园先生，自号仓山叟、随园老人等。著作有《小仓山房文集》《随园诗话》等。

注释

① 白日：指阳光。

译文

春天明亮的阳光照不到的背阴处，生命照常在萌动，照常在蓬勃生长。即使那如米粒一般微小的苔花，也一点不自暴自弃，一点不自惭形秽，依然像那美丽高贵的牡丹一样，自豪地盛开。

赏析

这是一首励志的小诗。苔虽然在阳光不能照到的地方，又那么渺小。到了春天，它一样拥有绿色，拥有生命。花开微小似米，但却一定要像牡丹一样尽情绽开。因为在苔的心中，自己和牡丹拥有同样的大地，也同样头顶广阔的天空。无名的花，悄然地开着，不引人注目，更无人喝彩。就算这样，它仍然那么执着地开放，认真地、毫无保留地绽放。这也是我们生活中最可取的一种佳境。

“白日不到处”，如此一个不宜生命成长的地方，可是苔藓却长出绿意来，展现出自己的青春。这青春从何而来？是生命力旺盛的苔藓自己创造出来的！它就是凭着坚强的活力，突破环境的重重滞碍，焕发青春的光彩。

苔也会开花，花如米粒般细小，但难道小的就不是花吗？只要能够开放，结出种子，繁衍后代，便是生命的胜利。所以，“也学牡丹开”，既是谦虚，也是骄傲！苔花如此细小低微，自不能跟国色天香的牡丹相比，可是牡丹是受人玩赏而被悉心栽培的，苔花却是靠自己生命的力量自强，争得和牡丹一样开放的权利。

知识链接

袁枚是清代中叶最负盛名、最有影响的诗人，居“乾隆三大家”（赵翼，蒋士铨）之首，执诗坛牛耳近五十年。他在考据成风的乾嘉时期，在重经学、重学问的诗坛上，以充满创造精神、洋溢着天才之气的诗作，独树一帜，非同凡响。

学思践悟

请你说说，应如何学习苔的精神？

题画竹诗

［清］郑燮

秋风昨夜渡潇湘[①]，触石穿林惯作狂[②]。
惟有竹枝浑不怕[③]，挺然[④]相斗一千场。

注释

① 潇湘：指潇水和湘江汇合之处，在湖南省境内，这里泛指潇湘流域一带地区。

② 惯作狂：习惯性地发作其狂暴威势。作：发作。狂：狂暴。

③ 浑不怕：全然不惧怕。浑：全，都。

④ 挺然：勇敢挺立的样子。

译文

吹落树叶的秋风昨夜刮过潇湘地区，它触击岩石，穿越森林，习惯性地发作起它那狂暴的威势。只有竹枝全然不惧怕它，勇敢地挺立着和恶风斗争一千场。

赏析

郑燮是清代著名的书画家、文学家，为人正直，气节刚劲，同情人民疾苦，常借竹石来抒写自己的情怀。

这是一首题画诗，诗中赞颂了竹子在恶势力面前，不畏强暴、挺然相斗的精神，也可以看作他本人性格的写照。

郑燮还写过许多其他歌颂竹子的诗，他的名诗《竹石》："咬定青山不放松，立根原在破岩中。千磨万击还坚劲，任尔东西南北风。"这首诗也是借赞美竹子的斗争精神来表明自己不向恶势力低头的坚强性格。

知识链接

据说，郑板桥早年学书相当刻苦，写众家字体均能神似，但终觉不足。有一次，他竟在妻子的背上划来划去，揣摩字的笔画和结构。妻子不耐烦了，说："你有你的体，我有我的体，你老在人家的体上划什么？"这无意间说出的一语双关的话，使郑板桥恍然大悟：不能老在别人的体格上"规规效法"，只有在个人感悟的基础上，另辟蹊径，才能独领风骚。于是，他取黄庭坚之长笔划入八分，夸张其摆宕，单字略扁，左低右高，姿致如画。又以画兰竹之笔入书，求书法的画意，形成了独特的"板桥体"。

节日文化篇

迢迢牵牛星

［汉］佚名

迢迢牵牛星[①]，皎皎河汉女[②]。
纤纤擢[③]素[④]手，札札弄机杼[⑤]。
终日不成章[⑥]，泣涕[⑦]零[⑧]如雨。
河汉清且浅，相去复几许[⑨]？
盈盈[⑩]一水间，脉脉[⑪]不得语。

作者简介

《迢迢牵牛星》选自南朝梁萧统编《文选》中所收录的《古诗十九首》，本诗是其中的第十首，作者无从考证。

注释

① 迢迢：遥远。牵牛星：隔银河和织女星相对，俗称“牛郎星”，是天鹰星座的主星，在银河南。

② 皎皎：明亮。河汉：即银河。河汉女，指织女星，是天琴星座的主星，在银河北。织女星与牵牛星隔河相对。

③ 擢：伸出，拔出，抽出。这句是说，伸出细长而白皙的手。

④ 素：白皙。

⑤ 札札弄机杼：正摆弄着织机（织着布），发出札札的织布声。弄：摆弄。杼：织机的梭子。

⑥ 终日不成章：是用《诗经·大东》语意，说织女终日也织不成布。《诗经》原意是织女徒有虚名，不会织布；这里则是说织女因害相思而无心织布。章：指布帛上的经纬纹理，这里指布帛。

⑦ 涕：眼泪。

⑧ 零：落。

⑨ 几许：多少。

⑩ 盈盈：清澈、晶莹的样子。

⑪ 脉脉：默默地用眼神或行动表达情意。

译文

看那遥远的牵牛星，明亮的织女星。（织女）伸出细长而白皙的手，摆弄着织机（织着布），发出札札的织布声，但是，一整天也没织成一段布，哭泣的眼泪如同雨点般洒落。这银河看起来又清又浅，两岸相隔又有多远呢？虽然只隔一条清浅的河流，但他们只能含情凝视，却无法用语言交谈。

赏析

这首诗借神话传说中牛郎、织女被银河相隔而不得相见的故事，抒发了因爱情遭受挫折而痛苦忧伤的心情。

此诗描写天上的牵牛和织女，视点却在地上，是以第三者的角度观察他们夫妇的离别之苦。开头两句分别从两处落笔，言牵牛曰“迢迢”，状织女曰“皎皎”。迢迢、皎皎互文见义，不可执着。牵牛也皎皎，织女也迢迢。他们都是那样的遥远，又是那样的明亮。但以“迢迢”属之牵牛，则很容易让人联想到远在他乡的游子；而以“皎皎”属之织女，则很容易让人联想到女性的美。如此说来，似乎又不能互换了。诗歌语言的微妙于此可见一斑。称织女为“河汉女”是为了凑成三个音节，而又避免用“织女星”这三字。上句已用了“牵牛星”，下句再说“织女星”，既不押韵，又显得单调。“河汉女”就活脱多了。“河汉女”的意思是银河边上的那个女子，这说法更容易让人联想到一个真实的女人。

以下四句专就织女这一方面来写。织女虽然整天在织，却织不成匹，因为她心里悲伤不已。“纤纤擢素手”意谓擢纤纤之素手，为了和下句“札札弄机杼”对仗，而改变了句子的结构。诗人在这里用了一个“弄”字。《诗经・小雅・斯干》：“乃生女子，载弄之瓦。”这“弄”字是“玩、戏”的意思。织女虽然伸出素手，但无心于织布，只是抚弄着机杼，泣涕如雨水一样滴下来。“终日不成章”化用《诗经・小雅・大东》语意：“彼织女，终日七襄。虽则七襄，不成报章。”

最后四句是诗人的慨叹，那阻隔了牵牛和织女的银河既清且浅，牵牛与织女相去也并不远，虽只一水之隔却相视而不得语也。“盈盈”或解释为形容水之清浅，或者不是形容水，而是和下句的“脉脉”形容织女。

知识链接

牵牛和织女本是两个星宿的名称。牵牛星即“河鼓二”，在银河东。织女星又称“天孙”，在银河西，与牵牛相对。在中国，关于牵牛和织女的民间故事起源很早。《诗经・小雅・大东》已经写到了牵牛和织女，但还只是作为两颗星来写的。《春秋元命苞》和《淮南子・俶真》开始说织女是神女。而在曹丕的《燕歌行》，曹植的《洛神赋》和《九咏》里，牵牛和织女已成为夫妇了。曹植《九咏》曰：“牵牛为夫，织女为妇。织女牵牛之星各处河鼓之旁，七月七日乃得一会。”这是当时关于牵牛和织女故事最明确的记载。

田家元日[①]

［唐］孟浩然

昨夜斗[②]回北[③]，今朝岁起[④]东[⑤]。

我年已强仕[⑥]，无禄[⑦]尚[⑧]忧农。
桑野[⑨]就[⑩]耕父[⑪]，荷[⑫]锄随牧童。
田家占气候[⑬]，共说此年丰。

作者简介

孟浩然（689—740），名浩，字浩然，号孟山人，襄州襄阳（现湖北襄阳）人，世称孟襄阳。因他未曾入仕，被又称为孟山人，是唐代著名的山水田园派诗人。后人把孟浩然与王维并称为“王孟”，有《孟浩然集》三卷传世。

注释

① 元日：农历正月初一。

② 斗：指北斗星。

③ 回北：指北斗星的斗柄从指向北方转而指向东方。古人认为北斗星斗柄指东，天下皆春；指南，天下皆夏；指西，天下皆秋；指北，天下皆冬。

④ 起：开始。

⑤ 东：北斗星斗柄朝东。

⑥ 强仕：强仕之年，即四十岁。

⑦ 无禄：没有官职。禄：官吏的薪俸。

⑧ 尚：还。

⑨ 桑野：种满桑树的田野。

⑩ 就：靠近。

⑪ 耕父：农人。

⑫ 荷：扛，担。

⑬ 占气候：根据自然气候推测一年收成的好坏。占：推测。

译文

昨天夜里北斗星的斗柄转向东方，今天早晨一年又开始了。我已经四十岁了，虽然没有官职但仍担心农事。靠近在种满桑树的田野里耕作的农夫，扛着锄头和牧童一起劳作。农家人推测今年的收成，都说这一年是丰收年。

赏析

前两联，诗人对自己年过四十却没能为官表示哀伤，后两联和农夫一起推测天气，表现出自适之情。诗人借诗抒情，隐隐透露了不甘隐居躬耕的心情。

诗的首联写斗转星移、岁月不居。昨晚除夕还是寒冷的隆冬，今朝大年初一起来就已经是和煦的春天。这两句通过斗柄指北向东转动的快速过程显示时间的推移、节序的更替，暗点了题中的“元日”。

颔联写诗人已进入四十岁的壮年时期，本应出仕，大有作为，但未曾得到一官半职，虽然如此，他对农事还是非常重视、非常关心。这一联概述了诗人仕途的遭际，表露了他的农本思想，体现了他不以物喜、不以己悲的可贵品质。诗人既初隐于鹿门，不仅结交了大批淳朴善良的农夫野老；同时又直接参与了田事劳作。自然有了对农村的深厚的感情，忧喜以共、苦乐同心。但另一方面，作为一个有理想的知识分子，不能叫他完全没有奋飞冲天的幻想，正是这样，在诗句里才有“我年已强仕，无禄尚忧农”的叹息。时代的隐者都有远大的志趣。所以无论诗人的出山或其后的再次归田，都深刻地表现了他对农村乡土真挚的爱恋。

颈联展示的是一幅典型的田园牧歌图。白天，在田间，诗人和农夫一起扶犁耕作；傍晚，在路上，诗人荷锄伴牧童一道回归村庄。由此，人们仿佛可以看到诗人与农夫并肩劳动、促膝休息，“但道桑麻长”的情景；仿佛可以听到诗人与“短笛无腔信口吹”的牧童应和的笛音歌声，从而深深地体味到田园风光的美好和田园生活的快乐。

尾联扣题，明确点题，写田家元日之际凭借占卜纷纷预言今年是一个丰收年。显然，这首诗没有状写辞旧迎新的热闹，没有抒发节日思亲的情感，而是将诗人自身恬淡、惬意的情趣水乳般交融于节日气氛之中，读来令人感觉一种和谐自然之美。

知识链接

孟浩然四十岁时进京考试，与一批诗人赋诗作会。他以“微云淡河汉，疏雨滴梧桐”两句诗令满座倾倒，一时诗名远播。当时的丞相张九龄和王维等爱诗的京官都来和他交朋友。郡守韩朝宗先向其他高官宣扬他的才华，再和他约好日子带他去向那些人推荐。到了约定的日子，孟浩然和一批朋友喝酒谈诗，很是融洽。有人提醒他说，你与韩公有约在先，不赴约而怠慢了人家怕不行吧？他不高兴地说，我已喝了酒了，身心快乐，哪管其他事情。

十五夜望月寄杜郎中

[唐] 王建

中庭[①]地白[②]树栖[③]鸦，冷露无声湿桂花。

今夜月明人尽望，不知秋思[④]落谁家？

作者简介

王建（768—835），唐诗人。字仲初，颍川（今河南许昌）人，出身寒微，一生潦倒。曾一度从军，约四十六岁始入仕，后出为陕州司马，世称王司马。今存有《王建诗集》《王

建诗》《王司马集》等。

注释

① 中庭：即庭中，庭院中。

② 地白：指月光照在庭院的地上，像铺了一层霜一样。

③ 栖：休息。

④ 秋思：秋天的情思，这里指怀念人的思绪。

译文

月光照射在庭院中，地上好像铺了一层霜；萧森的树荫里，鸦雀先后进入了梦乡。由于夜深，秋露打湿了庭中桂花。今天晚上，人们都在仰望皎洁的月亮，却不知道秋天的情思落在了谁家？

赏析

题中的“十五夜”，指中秋之夜。杜郎中，名不详。在唐代咏中秋的篇什中，这是较为著名的一首。

“中庭地白树栖鸦”，月光照射在庭院中，地上好像铺了一层霜。萧森的树荫里，鸦雀的聒噪声逐渐消停下来，它们终于适应了皎月的刺眼惊扰，先后进入了梦乡。“树栖鸦”的情景应该是诗人听出来的，而不是看到的。因为即使在明月之夜，人们也不大可能看到鸦雀的栖宿；而鸦雀在月光树荫中从开始的惊惶喧闹到最后的安定入睡，却完全可能凭听觉感受出来。“树栖鸦”这三个字，既写了鸦雀栖树的情状，又烘托了月夜的寂静。

“冷露无声湿桂花”，这句诗让人联想到桂花冷象怡人的情景。由于夜深，秋露打湿了庭中桂花。如果进一步揣摩，更会联想到这桂花可能是指月中的桂树。这是暗写诗人望月，正是全篇点题之笔。诗人在万籁俱寂的深夜，仰望明月，凝想入神，丝丝寒意，轻轻袭来，不觉浮想联翩：那广寒宫中，清冷的露珠一定也沾湿了桂花树吧？诗句带给读者的是十分丰富的美的联想。

“今夜月明人尽望，不知秋思落谁家？”普天之下又有多少人在望月思亲？诗人没有正面写自己的思亲之愁，而是用一种疑问式的委婉语气问，那绵绵的思念会落在谁家？前两句写景，不带一个“月”字；第三句才点明望月，而且推己及人，扩大了望月者的范围。但是，同是望月，那感秋之意、怀人之情，却是各不同的。诗人怅然于家人离散，因而由月宫的凄清，引出了入骨的相思。他的“秋思”必然是最浓挚的。然而，在表现的时候，诗人却用了一种委婉的疑问语气：不知那茫茫的秋思会落在谁的一边（“谁家”，就是“谁”，“家”是语尾助词，无实义）。明明是自己在怀人，偏偏说“秋思在谁家”，这就将诗人对月怀远的情思，表现得蕴藉深沉。

知识链接

“月望”即望月，满月。月满之时，通常在月半，故亦用以指旧历每月十五日。

九月九日忆山东兄弟①

［唐］王维

独在异乡②为异客③，每逢佳节④倍思亲。
遥知兄弟登高⑤处，遍插茱萸⑥少一人。

注释

① 九月九日：即重阳节。古以九为阳数，故曰重阳。忆：想念。山东：王维迁居于蒲县（今山西永济市），在函谷关与华山以东，所以称山东。

② 异乡：他乡、外乡。

③ 为异客：作客他乡。

④ 佳节：美好的节日。

⑤ 登高：古有重阳节登高的风俗。

⑥ 茱萸：一种香草，即草决明。古时人们认为重阳节插戴茱萸可以避灾克邪。

译文

独自远离家乡难免总有一点凄凉，每到重阳佳节倍加思念远方的亲人。远远想到兄弟们身佩茱萸登上高处，也会因为少我一人而生遗憾之情。

赏析

王维是一位早熟的作家，少年时期就创作了不少优秀的诗篇。这首诗就是他十七岁时的作品。

这首诗因重阳节思念家乡的亲人而作。王维家居蒲州，在华山之东，所以题称“忆山东兄弟”。写这首诗时他大概正在长安谋取功名。繁华的帝都对当时热衷仕进的年轻士子虽有很大吸引力，但对于一个少年游子来说，毕竟是举目无亲的“异乡”；而且越是繁华热闹，在茫茫人海中的游子就越显得孤孑无亲。第一句用了一个“独”字，两个“异”字，分量下得很足。对亲人的思念、对自己孤孑处境的感受，都凝聚在这个“独”字里面。“异乡为异

节日文化篇

客”，不过说他乡作客，但两个“异”字所造成的艺术效果，却比一般地叙说他乡作客要强烈得多。

作客他乡者的思乡怀亲之情，在平日自然也是存在的，不过有时不一定是显露的，但一旦遇到某种触媒——最常见的是“佳节”——就很容易爆发出来，甚至一发而不可遏止。这就是所谓“每逢佳节倍思亲”。这种体验，可以说人人都有，但在王维之前，却没有任何诗人用这样朴素无华而又高度概括的诗句成功地表达过。而一经诗人道出，它就成了最能表现客中思乡感情的格言式的佳句。

重阳节有登高的风俗，登高时佩戴茱萸囊，据说可以避灾。三四两句如果只是一般化地遥想兄弟如何在重阳日登高，佩戴茱萸，而自己独在异乡，不能参与，虽然写出了佳节思亲之情，但会显得平直，缺乏新意与深情。诗人遥想的却是：“遍插茱萸少一人。”意思是说，远在故乡的兄弟们今天登高时身上都佩戴了茱萸，却发现少了一位兄弟——自己。好像遗憾的不是自己未能和故乡的兄弟共度佳节，反倒是兄弟们佳节未能完全团聚；似乎自己独在异乡为异客的处境并不值得诉说，反倒是兄弟们心中的缺憾更须体贴。这就曲折有致，出乎常情。杜甫的《月夜》：“遥怜小儿女，未解忆长安”，和这两句异曲同工，而王诗似乎更不着力。

知识链接

王维的大多数诗都是山水田园之作，在描绘自然美景的同时，流露出闲居生活中闲逸萧散的情趣。王维的写景诗篇，常用五律和五绝的形式，篇幅短小、语言精美，音节较为舒缓，用以表现幽静的山水和诗人恬适的心情，尤为相宜。王维从中年以后日益消沉，在佛理和山水中寻求寄托。

望月怀远①

［唐］张九龄

海上生明月，天涯共此时②。
情人③怨遥夜④，竟夕⑤起相思。
灭烛怜光满⑥，披衣觉露滋⑦。
不堪盈手赠，还寝梦佳期⑧。

作者简介

张九龄（678—740），唐开元尚书丞相，诗人。字子寿，一名博物，韶州曲江（今广东韶关市）人。他是一位有胆识、有远见的著名政治家、文学家、诗人，一代名相。他忠心耿耿，尽责尽职，直言敢谏，选贤任能，不徇私枉法，不趋炎附势，敢于与恶势力做斗争，为“开元之治”做出了积极贡献，被誉为“岭南第一人”。

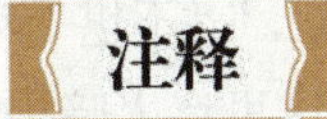

注释

① 怀远：怀念远方的亲人。

② 海上生明月，天涯共此时：辽阔无边的大海上升起一轮明月，使人想起了远在天涯海角的亲友，此时此刻也该是望着同一轮明月。谢庄《月赋》：“隔千里兮共明月。”

③ 情人：多情的人，指作者自己；一说指亲人。

④ 怨遥夜：因离别而幽怨失眠，以至抱怨夜长。遥夜：长夜。

⑤ 竟夕：终宵，即一整夜。

⑥ 怜光满：爱惜满屋的月光。怜：爱。

⑦ 滋：湿润。

⑧ 不堪盈手赠，还寝梦佳期：月华虽好但是不能相赠，不如回入梦乡觅取佳期。陆机《拟明月何皎皎》：“照之有余辉，揽之不盈手。”盈手：双手捧满之意。盈：满（指那种满当当的充盈的状态）。

译文

茫茫的海上升起一轮明月，此时你我都在天涯共相望。有情之人都怨恨月夜漫长，整夜里不眠而把亲人怀想。熄灭蜡烛怜爱这满屋月光，我披衣徘徊深感夜露寒凉。不能把美好的月色捧给你，只望能够与你相见在梦乡。

赏析

《望月怀远》是作者在离乡时，望月而思念远方亲人而写的。起句“海上生明月”意境雄浑阔大，是千古佳句。第二句“天涯共此时”，即由景入情，转入“怀远”。这两句把诗题的情景全部收摄，却又毫不费力，仍是张九龄作诗浑成自然的风格。

从月出东升直到月落乌啼，是一段很长的时间，诗中说是“竟夕”，亦即通宵。这通宵的月色对一般人来说，可以说是很平常的，而远隔天涯的一对情人，因为对月相思而久不能寐，只觉得长夜漫漫，故而落出一个“怨”字。三四两句，就以怨字为中心，以“情人”与“相思”呼应，以“遥夜”与“竟夕”呼应，上承起首两句，一气呵成。这两句采用流水对，自然流畅，具有古诗气韵。

竟夕相思不能入睡，或许是由于屋里烛光太耀眼。诗人于是灭烛，披衣步出门庭，光线还是那么明亮。夜已深，更凉一些了，露水也沾湿了身上的衣裳。这里的“滋”字不仅是润湿，而且含滋生不已的意思。“露滋”二字写尽了“遥夜”“竟夕”的精神。“灭烛怜光满，披衣觉露滋”，两句细致地写出了深夜对月不眠的实情实景。

相思不眠之际，没有什么可以相赠，只有满手的月光。诗人说：“这月光饱含我满腔

的心意，可是又怎么赠送给你呢？还是睡吧！睡了也许能在梦中与你欢聚。”“不堪”两句，构思奇妙，意境幽清，没有深挚情感和切身体会，恐怕是写不出来的。这里诗人暗用陆机“照之有余辉，揽之不盈手”两句诗意，翻古为新，悠悠托出不尽情思。诗至此戛然而止，只觉余韵袅袅，令人回味不已。

知识链接

“海上生明月，天涯共此时”二句寄景抒情，出句写景，对句由景入情。诗人用朴实而自然的语言描绘出一幅画面：一轮皎月从东海冉冉升起，展现出一派无限广阔壮丽的动人景象。正因明月深奥莫窥，遥远难测，就自然而然地勾起了诗中人的不尽思念。他设想，遥隔天涯的远人此时可能也在对月相思吧。诗中人不说自己望月思念对方，而是设想对方在望月思念自己。构思奇巧，含蕴有致，生动地反衬出诗寄托的深远。

竹枝词[①]二首（其一）

［唐］刘禹锡

杨柳青青江水平，闻郎江上踏歌声。
东边日出西边雨，道是无晴[②]却有晴。

注释

① 竹枝词：乐府近代曲名。又名《竹枝》。原为四川东部一带民歌，唐诗人刘禹锡根据民歌创作新词，多写男女爱情和三峡的风情，流传甚广。后代诗人多以“竹枝词”为题写爱情和乡土风俗。其形式为七言绝句。

② 晴：与“情”谐音。《全唐诗》也写作“情”。

译文

杨柳青青江水宽又平，听见情郎江上踏歌声。
东边日出西边下起雨，说是无晴但是还有晴。

赏析

《竹枝词》是古代四川东部的一种民歌，人们边舞边唱，用鼓和短笛伴奏。赛歌时，谁唱得最多，谁就是优胜者。刘禹锡任夔州刺史时，非常喜爱这种民歌，他学习屈原作《九歌》的精神，采用了当地民歌的曲谱，制成新的《竹枝词》，描写当地山水风俗和男女爱情，富于生活气息。

首句“杨柳青青江水平”，描写少女

眼前所见景物，用的是起兴手法，描写的春江杨柳，最容易引起人的情思，于是很自然地引出了第二句：“闻郎江上踏歌声”。这一句是叙事，写这位少女在听到情郎的歌声时起伏难平的心潮。最后两句“东边日出西边雨，道是无晴却有晴”，是两个巧妙的隐喻，用的是语意双关的手法。“东边日出”是“有晴”，“西边雨”是“无晴”。“晴”和“情”谐音，“有晴”“无晴”是“有情”“无情”的隐语。“东边日出西边雨”，表面是“有晴”“无晴”的说明，实际上却是“有情”“无情”的比喻。语意双关的手法，既描写了江上阵雨天气，又把这个少女迷惑、眷恋和希望等一系列的心理活动巧妙地描绘出来。

此诗以多变的春日天气来造成双关，以“晴”寓“情”，具有含蓄的美，对于表现女子那种含而不露的内在感情，十分贴切自然。最后两句一直成为后世人们所喜爱和引用的佳句。

知识链接

在大自然中，为什么会出现“东边日出西边雨”这充满诗情画意的景观呢？原来，这种现象在气象上称为降水量水平分布的不连续性。特别在夏季尤为突出。夏季降水水平分布的这种差异，主要与产生降水的云体特点及下垫面（指地形、地貌等因素）性质有关。在夏季，产生降水的云多为雷雨云，这是一种垂直发展十分旺盛，而水平范围发展较小的云。由于云体较小，在它移动和产生降水时，只能形成一片狭小的雨区。而雷雨云含水量大，降水率又较高，因此容易造成雨区内外雨量分布的显著差异。所以，人们有时会发现，此时此处有雨，不远的彼处此时却是晴天。

秋夕[①]

[唐] 杜牧

银烛[②]秋光冷画屏[③]，轻罗小扇[④]扑流萤[⑤]。
天阶[⑥]夜色凉如水，坐看[⑦]牵牛织女星[⑧]。

作者简介

杜牧（803—853），唐诗人。字牧之，号樊川居士，京兆万年（今陕西西安）人，人称“小杜”，以别于杜甫。与李商隐并称“小李杜”。因晚年居长安南樊川别墅，故后世称“杜樊川”，著有《樊川文集》。

注释

① 秋夕：秋天的夜晚。
② 银烛：银色而精美的蜡烛。银，一作“红”。
③ 画屏：画有图案的屏风。
④ 轻罗小扇：轻巧的丝质团扇。

⑤ 流萤：飞动的萤火虫。

⑥ 天阶：露天的石阶。天，一作“瑶”。

⑦ 坐看：坐着朝天看。坐，一作“卧”。

⑧ 牵牛织女星：两个星座的名字，指牵牛星、织女星。亦指古代神话中的人物牵牛和织女。

译文

秋夜里，烛光映照着画屏，手拿着小罗扇扑打萤火虫。夜色里的石阶清凉如水，宫女静坐着仰视牛郎织女星。

赏析

此诗写失意宫女孤独的生活和凄凉的心境。前两句已经描绘出一幅深宫生活的图景。在一个秋天的晚上，银白色的蜡烛发出微弱的光，给屏风上的图画添了几分暗淡而幽冷的色调。这时，一个孤单的宫女正用小扇扑打着飞来飞去的萤火虫。“轻罗小扇扑流萤”，这一句有三层意思：第一，古人说腐草化萤，虽然是不科学的，但萤总是生在草丛冢间那些荒凉的地方。如今，在宫女居住的庭院里竟然有流萤飞动，宫女生活的凄凉也就可想而知了。第二，从宫女扑萤的动作可以想见她的寂寞与无聊。她无事可做，只好以扑萤来消遣她那孤独的岁月。第三，宫女手中拿的轻罗小扇具有象征意义，扇子本是夏天用来挥风取凉的，秋天就没用了，所以古诗里常以“秋扇”比喻“弃妇”。

第三句，“天阶夜色凉如水”。“天阶”指皇宫中的石阶。“夜色凉如水”暗示夜已深沉，寒意袭人，该进屋去睡了。可是宫女依旧坐在石阶上，仰视着天河两旁的牵牛星和织女星。宫女久久地眺望着牵牛织女星，夜深了还不想睡，这是因为牵牛织女的故事触动了她的心，使她想起自己不幸的身世，也使她产生了对于真挚爱情的向往。可以说，满怀心事都在这举首仰望之中了。

一、三句写景，把深宫秋夜的景物十分逼真地呈现在读者眼前。“冷”字，形容词当动词用，有气氛。“凉如水”的比喻不仅有色感，而且有温度感。二、四两句写宫女，含蓄蕴藉，耐人寻味。诗中虽没有一句抒情的话，但宫女那种哀怨与期望相交织的复杂感情见于言外，从一个侧面反映了封建时代妇女的悲惨命运。

知识链接

杜牧的文学创作有多方面的成就，诗、赋、古文都身趁名家。他主张凡为文以义为主，以气为辅，以辞采章句为之兵卫，对作品内容与形式的关系有比较正确的理解。并能吸收、融化前人的长处，以形成自己特殊的风格。在诗歌创作上，杜牧与晚唐另一位杰出的诗人李商隐齐名，并称“小李杜”。他的古体诗受杜甫、韩愈的影响，题材广阔、笔力峭健。他的近体诗则以文辞清丽、情韵跌宕见长。

清明[1]

[唐] 杜牧

清明时节雨纷纷[2]，路上行人欲断魂[3]。
借问[4]酒家何处有？牧童遥指杏花村[5]。

注释

① 清明：二十四节气之一，在阳历四月五日前后。旧俗当天有扫墓、踏青、插柳等活动。宫中以当天为秋千节，坤宁宫及各后宫都安置秋千，嫔妃做秋千之戏。

② 纷纷：形容多。

③ 欲断魂：形容伤感极深，好像灵魂要与身体分开一样。断魂：神情凄迷，烦闷不乐。这两句是说，清明时候，阴雨连绵，飘飘洒洒下个不停；如此天气，如此节日，路上行人情绪低落、神魂散乱。

④ 借问：请问。

⑤ 杏花村：杏花深处的村庄。今在安徽贵池秀山门外。受此影响，后人多用“杏花村”作酒店名。

译文

江南清明时节细雨纷纷飘洒，路上羁旅行人个个落魄断魂。
借问当地之人何处买酒浇愁？牧童笑而不答遥指杏花山村。

赏析

这一天正是清明佳节。诗人在行路中间，可巧遇上了雨。诗人用“纷纷”两个字来形容那天的“泼火雨”，那种叫人感到“纷纷”的，绝不是大雨，而是细雨。这细雨，也正是春雨的特色。“纷纷”一词一方面形容春雨的意境；另一方面，形容那位雨中行路者的心情。

“路上行人欲断魂”。“行人”，是出门在外的行旅之人，“行人”不等于“游人”，不是那些游春逛景的人。在诗歌里，“魂”指的多半是精神、情绪方面的事情。“断魂”，是极力形容那种十分强烈、可是又并非明白表现在外的感情，比方相爱相思、惆怅失意、暗愁深恨等。当诗人有这类情绪的时候，就常常爱用“断魂”这一词语来表达他的心境。本来，清明时节，行路之人已

经有不少心事，再加上雨丝纷纷洒洒，行人冒雨趱行，心境更是加倍地凄迷纷乱了。所以说，“纷纷”是形容春雨，也可形容情绪；甚至不妨说，形容春雨，也就是为了形容情绪。

前二句交代了情景，问题也出现了。怎么办呢？须得寻求一个解决的途径。行人在这时不禁想道：往哪里找个小酒店才好？于是，向人问路了。是向谁问路的呢？诗人在第三句里并没有告诉我们，妙莫妙于第四句：“牧童遥指杏花村”。在语法上讲，“牧童”是这一句的主语，可它实在又是上句“借问”的宾词——它补足了上句宾主问答的双方。牧童答话了吗？我们不得而知，但是以“行动”为答复，比答话还要鲜明有力。

这首小诗，一个难字也没有，一个典故也不用，整篇是十分通俗的语言，写得自如之极，毫无经营造作之痕。音节十分和谐圆满，景象非常清新生动，境界则优美而兴味盎然。

知识链接

清明节又叫踏青节，在仲春与暮春之交，也就是冬至后的第一百〇八天，是中国传统节日，也是最重要的祭祀节日之一，是祭祖和扫墓的日子。中华民族传统的清明节大约始于周代，距今已有二千五百多年的历史。清明最早只是一种节气的名称，其变成纪念祖先的节日与寒食节有关。晋文公把寒食节的后一天定为清明节。在山西大部分地区是在清明节前一天过寒食节；榆社县等地是在清明节前两天过寒食节；垣曲县还讲究清明节前一天为寒食节，前二天为小寒食。清明节是中国重要的“时年八节”之一，一般是在公历4月5日前后，节期很长，有10日前8日后及10日前10日后两种说法，这近二十天内均属清明节。

乞巧[1]

［唐］林杰

七夕今宵看碧霄[2]，牵牛织女渡河桥。
家家乞巧望秋月，穿尽红丝几万条[3]。

作者简介

林杰（831—847），唐诗人。字智周，福建人。小时候非常聪明，六岁就能赋诗，下笔即成文章，又精书法棋艺。《全唐诗》存其诗两首。

注释

① 乞巧：古代节日，在农历七月初七日，又名“七夕”“女儿节”“少女节”。是传说中隔着“天河”的牛郎和织女在鹊桥上相会的日子。七夕的民间活动主要是乞巧，就是向织女乞求一双巧手的意思。

② 碧霄：指浩瀚无际的青天。

③ 几万条：比喻红线之多。

译文

七夕晚上，望着碧蓝的天空，就好像看见隔着“天河”的牛郎织女在鹊桥上相会。家家户户都在一边观赏秋月，一边乞巧（对月穿针），穿过的红线都有几万条了。

赏析

幼年时的林杰对乞巧这样的美妙传说很感兴趣，和母亲或者其他女性一样，仰头观看那深远的夜空里灿烂的天河，观看那天河两旁耀眼的两颗星，期待看到这两颗星的相聚，于是写下了《乞巧》这首诗。

“七夕今宵看碧霄，牵牛织女渡河桥。”一年一度的七夕又来到了，家家户户的人们纷纷情不自禁地抬头仰望浩瀚的天空，这是因为牛郎织女这一美丽的传说牵动了一颗颗善良美好的心灵，唤起人们美好的愿望和丰富的想象。

“家家乞巧望秋月，穿尽红丝几万条。”这两句将乞巧的事交代得一清二楚、简明扼要、形象生动。诗人在诗中并没有具体写出各种不同的心愿，而是留下了想象的空间，愈加体现了人们过节时的喜悦之情。

知识链接

乞巧，中国古代风俗。农历七月七日夜（或七月六日夜），穿着新衣的少女们在庭院向织女星乞求智巧，称为“乞巧”。乞巧的方式大多是姑娘们穿针引线，做些小物品赛巧，摆上些瓜果乞巧。各地传统民间的乞巧方式不尽相同，各有趣味。近代的穿针引线、蒸巧馍馍、烙巧果子、生巧芽，以及用面塑、剪纸、彩绣等形式做成的装饰品等亦是乞巧风俗的延伸。

寒食

［唐］韩翃

春城[①]无处不飞花，寒食[②]东风御柳[③]斜。
日暮汉宫[④]传蜡烛[⑤]，轻烟散入五侯[⑥]家。

作者简介

韩翃，生卒年不详，唐诗人。字君平，南阳（今河南南阳）人，“大历十才子”之一。天宝十三年（754）考中进士，闲居长安十年。建中年间，因作《寒食》诗被唐德宗所赏识，因而被提拔为中书舍人。韩翃诗笔法轻巧，写景别致，在当时传诵很广。

注释

① 春城：暮春时的长安城。

② 寒食：古代在清明节前两天的节日，禁火三天，只吃冷食，所以称寒食。

③ 御柳：御苑之柳，皇城中的柳树。

④ 汉宫：这里指唐朝皇宫。

⑤ 传蜡烛：寒食节普天下禁火，但权贵宠臣可得到皇帝恩赐燃烛。《唐辇下岁时记》："清明日取榆柳之火以赐近臣。"

⑥ 五侯：汉成帝时封王皇后的五个兄弟王谭、王商、王立、王根、王逢时皆为侯，受到特别的恩宠。这里泛指天子近幸之臣。

译文

暮春时节，长安城处处柳絮飞舞、落红无数，寒食节的东风吹拂着皇家花园的柳枝。夜色降临，宫里忙着传蜡烛，袅袅炊烟散入王侯贵戚的家里。

赏析

开头一句"春城无处不飞花"，点明了暮春季节。"无处不"，用双重否定构成肯定，进而写出整个长安柳絮飞舞、落红无数的迷人春景。第二句"寒食东风御柳斜"是写皇宫园林中的风光。"御柳"是指御苑里的柳树。当时风俗，寒食日折柳插门，清明这天皇帝还要降旨取榆柳之火赏赐近臣，以示恩宠。所以人们在无限的春光中特地剪取随东风飘拂的"御柳"。

诗的前两句写的是白昼，后两句则是写夜晚："日暮汉宫传蜡烛，轻烟散入五侯家。""汉宫"是借古讽今，实指唐朝的皇宫。"五侯"一般指东汉时同日封侯的王皇后的五个兄弟。这里借汉喻唐，暗指中唐以来受皇帝宠幸、专权跋扈的宦官。这两句是说寒食节这天家家都不能生火点灯，但皇宫却例外，天还没黑，宫里就忙着分送蜡烛。除了皇宫，皇帝的宠臣也可得到这份恩典。诗中用"传"与"散"生动地描画出了一幅夜晚走马传烛图，使人如见蜡烛之光，如闻轻烟之味。寒食禁火，是我国沿袭已久的习俗，但权贵大臣们却可以破例地点蜡烛。诗人对这种腐败的政治现象做出委婉的讽刺。

知识链接

寒食节亦称"禁烟节""冷节""百五节"，在夏历冬至后一百〇五日，清明节前一二日。是日初为节时，禁烟火，只吃冷食。并在后世的发展中逐渐增加了祭扫、踏青、秋千、蹴鞠、牵勾、斗卵等风俗。寒食节绵延两千余年，曾被称为民间第一大祭日。

寒食节来自"介之推绵山焚身"的故事，是为了纪念春秋时晋国介之推。当时介之推与晋文公重耳流亡列国，割股肉供文公充饥。文公复国后，之推不求利禄，与母归隐绵山。文公焚山以求之，之推坚决不出山，抱树而死。文公葬其尸于绵山，修祠立庙，并下令于之推焚死之日禁火寒食，以寄哀思，后相沿成俗。

生查子·元夕

[北宋] 欧阳修

去年元夜[①]时，花市[②]灯如昼[③]。月上[④]柳梢头，人约黄昏后。

今年元夜时，月与灯依旧。不见[⑤]去年人，泪湿[⑥]春衫[⑦]袖。

注释

① 元夜：元宵之夜。农历正月十五为元宵节。自唐朝起有观灯闹夜的民间风俗。北宋时从正月十四到正月十六共三天，开宵禁，游灯街花市，通宵歌舞，盛况空前，也是年轻人秘约幽会、谈情说爱的好机会。

② 花市：民俗每年春时举行的卖花、赏花的集市。

③ 灯如昼：灯火像白天一样。宋代孟元老《东京梦华录》卷六《元宵》载："正月十五日元宵，……灯山上彩，金碧相射，锦绣交辉。"由此可见当时元宵节的繁华景象。

④ 月上：一作"月到"。

⑤ 见：看见。

⑥ 泪湿：一作"泪满"。

⑦ 春衫：年少时穿的衣服，也指代年轻时的自己。

译文

去年正月十五元宵节的夜晚，花市灯光像白天一样明亮。月儿升起在柳树梢头，我们相约在黄昏以后相聚。今年正月十五元宵夜，月光与灯光同去年一样。但再也看不到去年的情人，泪珠儿不觉打湿了衣袖。

赏析

这是首相思词，写去年元宵与情人相会的甜蜜与今日不见情人的痛苦，明白如话，饶有韵味。

上片追忆去年元夜欢会的往事。"花市灯如昼"极写元宵之夜的灯火辉煌。那次约会，两情相悦。周围的环境，如花市、彩灯，明亮如同白天；明月、柳梢，都是二人相爱的见证。后两句情景交融，写出了恋人月光柳影下两情依依、情话绵绵的景象，制造出朦胧清幽、婉约柔美的意境。

下片写今年元夜重临故地，想念伊人的伤感。"今年元夜时"写出主人公情思幽幽，喟然而叹。"月与灯依旧"做了明确的对比，今天所见，依然如故，引出"泪湿春衫袖"这一旧情难续的沉重哀伤，表达出词人对昔日恋人一往情深，却已物是人非的愁绪。

此词既写出了一对情人当日相恋时的温馨甜蜜，又写出了今日伊人不见的怅惘和忧

伤。写法上，它采用了去年与今年的对比手法，使得今昔情景之间迥异的哀乐非常鲜明，从而有效地表达了词人所欲吐露的爱情上遭遇的伤感、苦痛体验。这种文义并列的分片结构，形成回旋咏叹的重叠，读来一咏三叹，令人感慨。

知识链接

欧阳修陵园位于河南省新郑市区西辛店镇欧阳寺村。该园环境优美、景色壮观，故有“欧坟烟雨”的美称，为新郑古代八景之一。墓冢高约 5 米，周长约 15 米，并排右侧有薛夫人墓。陵园坐北向南，在南北中轴线上建有外照壁、大门、内照壁、东西两庑、大殿、墓冢，四周建有围墙，外照壁高约 5 米，长 6 米，厚 0.7 米。大门 3 间，门前左右修有台阶，阶旁各有一衔环石狮。内照壁与垣墙同高，将庭院分为前后两部分。左右两侧各有一个便门，庭院中间修有南北甬道，直达大殿，甬道两旁立有石猪、石羊等石雕，对称排列，间距 3 米，石雕高约 1 米，甬道两侧各建有厢房 3 间。

元日[①]

［北宋］王安石

爆竹声中一岁除[②]，春风送暖入屠苏[③]。
千门万户[④]曈曈[⑤]日，总把新桃[⑥]换旧符。

注释

① 元日：农历正月初一，即春节。

② 爆竹：古人烧竹子时竹子爆裂发出响声，用来驱鬼辟邪，后来演变成放鞭炮。一岁除：一年已尽。除，逝去。

③ 屠苏：指屠苏酒。饮屠苏酒也是古代过年时的一种习俗，大年初一，全家合饮这种用屠苏草浸泡的酒，以驱邪避瘟疫，求得长寿。

④ 千门万户：形容门户众多、人口稠密。

⑤ 曈曈：日出时光亮而温暖的样子。

⑥ 桃：桃符。古代一种风俗，农历正月初一时，人们在桃木板上写上神荼、郁垒两位神灵的名字，悬挂在门旁，用来压邪。也作春联。

译文

阵阵轰鸣的爆竹声中，旧的一年已经过去；和暖的春风吹来了新年，人们欢乐地畅饮着新酿的屠苏酒。初升的太阳照耀着千家万户，他们都忙着把旧的桃符取下，换上新的桃符。

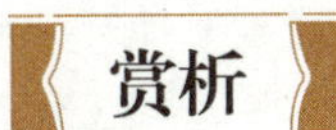

赏析

这是一首写古代迎接新年的即景之作，取材于民间习俗，敏感地摄取老百姓过春节时的典型素材，抓住有代表性的生活细节：燃放爆竹、饮屠苏酒、换新桃符，充分表现出过年的欢乐气氛，富有浓厚的生活气息。

“爆竹声中一岁除，春风送暖入屠苏。”逢年遇节燃放爆竹，这种习俗古已有之，一直延续至今。古代风俗，每年正月初一，全家老小喝屠苏酒，然后用红布把渣滓包起来，挂在门框上，用来“驱邪”和躲避瘟疫。

第三句“千门万户曈曈日”，承接前面诗意，是说家家户户都沐浴在初春朝阳的光照之中。结尾一句转为议论。挂桃符，这也是古代民间的一种习俗。“总把新桃换旧符”，是个压缩省略的句式，“新桃”省略了“符”字，“旧符”省略了“桃”字，交替运用，这是因为七绝每句限制字数。

诗是人们的心声。这首诗表现的意境和现实，自有它的比喻象征意义。王安石这首诗充满欢快及积极向上的奋发精神，是因为他当时正出任宰相，推行新法。王安石在任期间，除旧革新，正如眼前人们把新的桃符代替旧的一样。王安石对新政充满信心，所以其情绪反映到诗中就分外开朗。这首诗赞美新事物的诞生如同“春风送暖”那样充满生机；“曈曈日”照着“千门万户”，这不是平常的太阳，而是新生活的开始，变法带给百姓的是一片光明。结尾一句“总把新桃换旧符”，表现了诗人对变法胜利和人民生活改善的欣慰喜悦之情，其中含有深刻哲理，指出新生事物总是要取代没落事物这一客观规律。

知识链接

王安石的诗歌，大致可以以熙宁九年（1076）其第二次罢相为界分为两个阶段，在内容和风格上有较明显的区别。前期创作主要是“不平则鸣”，注重社会现实，反映下层人民的痛苦，倾向性十分鲜明，风格直截；晚年退出政坛后，心情渐趋平淡，大量的写景诗、咏物诗取代了前期政治诗的位置。后期创作“穷而后工”，致力于追求诗歌艺术，重炼意和修辞，下字工、用事切、对偶精，含蓄深沉、深婉不迫，以丰神远韵的风格在当时诗坛上自成一家，世称“王荆公体”。

守岁

[北宋] 苏轼

欲知垂尽[1]岁，有似赴壑[2]蛇。

修鳞[3]半已没，去意谁能遮？
况欲系其尾，虽勤知奈何！
儿童强[4]不睡，相守夜欢哗[5]。
晨鸡且勿唱，更鼓畏添挝[6]。
坐久灯烬[7]落，起看北斗斜[8]。
明年岂无年？心事恐蹉跎[9]。
努力尽今夕，少年犹可夸。

注释

① 垂尽：快要结束。
② 壑：山谷。
③ 修鳞：指长蛇的身躯。
④ 强：勉强。
⑤ 哗：一作“喧”。
⑥ 挝：击，敲打，此处指更鼓声。
⑦ 灯烬：灯花。烬：物体燃烧后剩下的部分。
⑧ 北斗斜：谓时已夜半。
⑨ 蹉跎：时间白白过去，光阴虚度。

译文

要知道快要结束的年岁，有如游向幽壑的长蛇。
长长的鳞甲一半已经不见，离去的心意谁能够拦遮！
何况再想系住它的尾端挽留，尽管勤勉也明知是无可奈何。
儿童勉强不睡觉，相守在夜间笑语喧哗。
晨鸡呵请你不要啼唱，一声声更鼓催促叫人惧怕。
长久夜坐灯花点点坠落，起身看北斗星已经横斜。
明年难道再没有年节？只怕心事又会照旧蹉跎。
努力爱惜这一个夜晚，少年人意气还可以自夸。

赏析

《守岁》共十六句，可分为三个层次。

前六句为第一个层次，用生动的比喻说明守岁无益，从反面入题。这个比喻不但形象生动，而且以蛇比岁，不是泛泛设喻。这六句的前四句写岁已将尽，后二句写虽欲尽力挽回，但徒劳无益。在行文中完全以“赴壑蛇”为喻：到了除夕，已经是一年之末梢了，倒拔蛇已不可能，何况只抓蛇尾巴梢，哪里能系得住呢？以这样六句开头，好像说这个风俗无道理。要写守岁，先写守不住，不必守。这是欲擒故纵，使文字多波澜的手法。

中间六句是第二个层次，写守岁的情景。一个“强”字写出儿童过除夕的特点：明明想打瞌睡，却还要勉强欢闹。这两句仍然是作者回味故乡的风俗，而不是他在凤翔时的情景。这一年苏轼才二十六岁（虚龄二十七岁），膝下只有一子苏迈，虚龄五岁，不可能有这两句所写的场景。“晨鸡”二句将守岁时的心理状态写得细腻入微，“坐久”两句将守岁时的情景写得很逼真。这两句主要是针对大人守岁所说的。纪昀很欣赏这十个字，说是“真景”。实际上这是人人守岁都有过的感受，他不费力地写出来，十分亲切。

最后四句是第三个层次，与开头第一个层次的欲擒故纵相对照，表明守岁有理，应该爱惜将逝的时光，正面交代应该守岁到除夕尽头。结尾两句化用白居易“犹有夸张少年处”，意在勉励苏辙。苏辙在京师侍奉父亲，苏轼希望两地守岁，共惜年华。这个结句含有积极奋发的意味，是点睛之笔，使全诗精神陡然振起。

全诗诗意明白易懂，旨在诫励诗人自己惜时如金。诗人用形象的“赴壑蛇”喻时间不可留，暗示要自始至终抓紧时间做事，免得时间尽逝，虽勤也难补于事。努力应从今日始，不要让志向抱负付诸东流。

知识链接

守岁是中国民间在除夕的习俗，又称照虚耗、熬年、熬夜。指一家人在除夕夜团聚，熬夜迎接农历新年的到来。古时守岁有两种含义：年长者守岁为“辞旧岁”，有珍爱光阴的意思；年轻人守岁，是为延长父母寿命。自汉代以来，新旧年交替的时刻一般为夜半时分。在除夕的晚上，不论男女老少，都会聚在一起守岁。因此，守岁是春节的习俗之一。

水调歌头·丙辰①中秋

［北宋］苏轼

丙辰中秋，欢饮达旦②，大醉。作此篇，兼怀子由③。

明月几时有？把酒④问青天。不知天上宫阙⑤，今夕是何年。我欲乘风归去⑥，又恐琼楼玉宇⑦，高处不胜⑧寒。起舞弄清影⑨，何似⑩在人间？

转朱阁，低绮户，照无眠⑪。不应有恨，何事长向别时圆⑫？人有悲欢离合，月有阴晴圆缺，此事⑬古难全。但⑭愿人长久，千里共婵娟⑮。

注释

① 丙辰：指宋神宗熙宁九年（1076）。这一年，苏轼在密州（今山东诸城）任太守。

② 达旦：到天亮。

③ 子由：苏轼的弟弟苏辙的字。

④ 把酒：端起酒杯。把：执、持。

⑤ 天上宫阙：指月中宫殿。阙：古代城墙后的石台。

⑥ 归去：回去，这里指回到月宫里去。

⑦ 琼楼玉宇：美玉砌成的楼宇，指想象中的仙宫。

⑧ 不胜：经受不住。胜：承担、承受。

⑨ 弄清影：意思是月光下的身影也跟着做出各种舞姿。弄：赏玩。

⑩ 何似：何如，哪里比得上。

⑪ 转朱阁，低绮户，照无眠：月儿移动，转过了朱红色的楼阁，低低地挂在雕花的窗户上，照着没有睡意的人（指诗人自己）。朱阁：朱红的华丽楼阁。绮户：雕饰华丽的门窗。

⑫ 不应有恨，何事长向别时圆：（月儿）不该（对人们）有什么怨恨吧，为什么偏在人们分离时圆呢？何事：为什么。

⑬ 此事：指人的“欢”“合”和月的“晴”“圆”。

⑭ 但：只。

⑮ 千里共婵娟：只希望亲人们年年平安，虽然相隔千里，也能一起欣赏这美好的月光。共：一起欣赏。婵娟：指月亮。

译文

明月是从什么时候才开始出现的？我端起酒杯遥问苍天。不知道在天上的宫殿如今何年何月。我想要乘御清风回到天上，又恐怕在美玉砌成的楼宇里，受不住高耸九天的寒冷。翩翩起舞玩赏着月下清影，哪像是在人间？月儿转过朱红色的楼阁，低低地挂在雕花的窗户上，照着没有睡意的自己。明月不该对人们有什么怨恨吧，为什么偏在人们离别时才圆呢？人有悲欢离合的变迁，月有阴晴圆缺的转换，这种事自古来难以周全。只希望这世上所有人的亲人能平安健康，即便相隔千里，也能共享这美好的月光。

赏析

这首词宋神宗熙宁九年（1076）中秋，作者在密州时所作。苏轼因为与当权的变法者王安石等人政见不同，自求外放，辗转在各地为官。这年的中秋，皓月当空，银辉遍地，作者与弟弟苏辙分别之后，已七年未得团聚。此刻，他面对一轮明月，心潮起伏，于是乘酒兴正酣，挥笔写下了这首名词。

上片写中秋赏月，因月而引发出对天上仙境的奇想。起句奇崛异常，作者用李白“青天有月来几时，我今停杯一问之”（《把酒问

月》）诗意，用一问句把读者引入时间、空间这一带有哲理意味的广阔世界。其中蕴含了作者对明月的赞美和向往之情。作者将青天视为朋友，把酒相问，显示了他豪放的性格与不凡的气魄。“不知”二句承前设疑，引导读者对宇宙人生这一类大问题进行思考。设问、思考而又不得其解，于是又产生了“我欲乘风归去”的遐想。人世间有如此多的不称心、不满意之事，迫使词人幻想摆脱这烦恼人世，到琼楼玉宇中去过逍遥自在的神仙生活。然而，在词中这仅仅是一种打算，未及展开，便被另一种相反的想法打断：“又恐琼楼玉宇，高处不胜寒。”这两句急转直下，天上的“琼楼玉宇”虽然富丽堂皇、美好非凡，但那里高寒难耐、不可久居。词人故意找出天上的美中不足，来坚定自己留在人间的决心。一正一反，更表露出作者对人间生活的热爱。同时，这里依然在写中秋月景，读者可以体会到月亮的美好，以及月光的寒气逼人。

下片写望月怀人，即兼怀子由，同时感念人生的离合无常。开头由中秋的圆月联想到人间的离别。夜深月移，月光穿过“朱阁”，照近“绮户”，照到了房中迟迟未能入睡之人。这里既指自己怀念弟弟的深情，又可以泛指那些中秋佳节因不能与亲人团圆以至难以入眠的一切离人。月圆人不圆是多么令人遗憾啊！作者便无理埋怨圆月：“不应有恨，何事长向别时圆？”相形之下，更加重了离人的愁苦了。无理的语气进一步衬托出作者思念胞弟的手足深情，同时又含蓄地表示了对不幸离人的同情。作者毕竟是旷达的，他随即想到月亮也是无辜的，便转而为明月开脱：“人有悲欢离合，月有阴晴圆缺，此事古难全。”既然如此，又何必为暂时的离别而忧伤呢？这三句对从人到月、从古到今都做了高度的概括。从语气上，好像是代明月回答前面的提问；从结构上，又是推开一层，从人、月对立过渡到人、月融合。为月亮开脱，实质上还是为了强调对人事的达观，同时寄托对未来的希望。

全词设景清丽雄阔，如月光下广袤的清寒世界。将此背景与作者超越一己之喜乐哀愁的豁达胸襟、乐观情调相结合，便典型地体现出苏词清雄旷达的风格。

知识链接

此篇是苏词代表作之一。从艺术成就上看，它构思奇拔，蹊径独辟，极富浪漫主义色彩，是历来公认的中秋词中的绝唱。从表现方面来说，词的前半纵写，后半横叙。上片高屋建瓴，下片峰回路转。前半是对历代神话的推陈出新，也是对魏晋六朝仙诗的递嬗发展。后半纯用白描，人月双及。它名为演绎物理，实则阐释人事。从布局方面来说，上片凌空而起，入处似虚；下片波澜层叠，返虚转实。最后虚实交错，纡徐作结。全词设景清丽雄阔，以咏月为中心表达了游仙“归去”与直舞“人间”、离欲与入世的矛盾和困惑，以及旷达自适、人生长久的乐观态度和美好愿望，极富哲理与人情。

学思践悟

这首《水调歌头》历来都备受推崇。胡仔《苕溪渔隐丛话》认为此词是写中秋的词里最好的一首。这首词仿佛是与明月对话，并在对话中探讨人生的意义。既有理趣，又有情

趣，很耐人寻味。因此，千百年来传诵不衰。

和端午

［北宋］张耒

竞渡[1]深悲千载冤，忠魂一去讵[2]能还。
国亡身殒[3]今何有，只留离骚[4]在世间。

注释

① 竞渡：赛龙舟。

② 讵：岂，表示反问。

③ 殒：死亡。

④ 离骚：战国时楚人屈原的作品《离骚》，是中国古代诗歌史上最长的一首极富浪漫主义色彩的政治抒情诗。诗人从自述身世、品德、理想写起，抒发了自己遭谗被害的苦闷与矛盾，斥责了楚王昏庸、群小猖獗与朝政日非，表现了诗人坚持“美政”理想，抨击黑暗现实，不与邪恶势力同流合污的斗争精神和至死不渝的爱国热情。

译文

龙舟竞赛为的是深切悲悼屈原的千古奇冤，忠烈之魂一去千载哪里还能回还啊？国破身死现在还能有什么呢？唉！只留下千古绝唱之《离骚》在人世间了！

赏析

这首《和端午》凄清悲切、情意深沉。从端午竞渡写起，看似简单，实则意蕴深远，因为龙舟竞渡是为了拯救和悲悼屈原的千载冤魂。但“忠魂一去讵能还”又表达了无限的悲哀与无奈。无怪乎北宋进士余靖作诗说：“龙舟争快楚江滨，吊屈谁知特怆神。”但此句却又分明有着“风萧萧兮易水寒，壮士一去兮不复还”的慷慨悲壮，它使得全诗的意境直转而上、宏阔高远。于是三、四两句便水到渠成、一挥而就。虽然“国亡身殒”、灰飞烟灭，但那光照后人的爱国精神和彪炳千古的《离骚》绝唱却永远不会消亡。

知识链接

端午节为每年农历五月初五。《荆楚岁时记》记载，因仲夏登高，顺阳在上，五月是仲夏，它的第一个午日正是登高顺阳好天气之日，故五月初五亦称为“端阳节”。此外，端午节还称“午日节”“五月节”“龙舟节”“浴兰节”等。端午节是流行于中国及汉字文化圈诸国的传统文化节日。

端午节起源于中国，最初为古代百越地区（长江中下游及以南一带）崇拜龙图腾的部族举行图腾祭祀的节日，百越之地于春秋之前有在农历五月初五以龙舟竞渡形式举行部落图腾祭祀的习俗。后因战国时期的楚国（今湖北）诗人屈原在该日抱石跳汨罗江自尽，民间为祭祀屈原而进行纪念活动，后逐渐演变固定为传统节日；部分地区也有纪念伍子胥、曹娥等说法。

自古以来，端午节便有划龙舟及食粽等节日活动。自 2008 年起，端午节被列为我国国家法定节假日。2006 年 5 月，国务院将其列入首批国家级非物质文化遗产名录；2009 年 9 月，联合国教科文组织正式审议并批准中国端午节列入世界非物质文化遗产，成为中国首个入选世界非物质文化遗产的节日。

郊行即事

［北宋］程颢

芳原绿野恣行[①]事，春入遥山[②]碧四围。
兴[③]逐乱红[④]穿柳巷，困临流水坐苔矶。
莫辞盏酒十分劝，只恐风花一片飞。
况是清明好天气，不妨游衍[⑤]莫忘归。

注释

① 恣行：尽情游赏。
② 遥山：远山。
③ 兴：乘兴，随兴。
④ 乱红：指落花。
⑤ 游衍：是游玩溢出范围的意思。

译文

我在长满芳草的原野尽情地游玩，目睹春色已到远山，四周一片碧绿。乘着兴致追逐随风飘飞的红色花瓣，穿过柳丝飘拂的小巷；感到困倦时，对着溪边流水，坐在长满青苔的石头上休息。休要推辞这杯酒，辜负十分诚挚劝酒的心意，只是怕风吹花落，一片片飞散了。况且今日是清明，又遇着晴朗的好天气，极宜游乐，但不可乐而忘返。

赏析

根据生活经验，清明这一天常下雨，程颢所写的清明节是一个晴朗的清明，应该是个难得的好日子。全诗将春天原野上清新的景致刻画了出来，落

花流水虽说不是春天里独有的现象，可是毕竟是会在春日里最先出现的事物，因此诗人将追逐落花这样的游戏也写进了诗里，平添了几许情趣。

这首诗可以分为两个部分，前四个短句为一部分，后面四句为一部分。前面写郊外踏春，后面写春游所得的感想。清明的原野那样美丽，乡间的景色清新如洗，飘着落花的流水清澈明洌，对疲惫的人来说，最好的休息就是坐下来注视那好像会说话的流水。面对渐飘渐远的落花，诗人想到了时间的珍贵，想到了聚少离多的世事，更想到了朋友。他认为，人生中所有的事物情感，终究有一天会烟消云散，因此，不如抓住当下时光，珍惜今天所有的美好。

知识链接

程颢的主要成就是他的理学主张。程颢与其弟程颐同为宋代理学的主要奠基者，世称“二程”。二程的学说在某些方面有所不同，但基本内容并无二致。皆以“理”或“道”作为全部学说的基础，认为“理”是先于万物的“天理”，“万物皆只是一个天理”，“万事皆出于理”，“有理则有气”。现行社会秩序为天理所定，遵循它便合天理，否则便是逆天理。提出了事物“有对”的朴素辩证法思想。强调人性本善，“性即理也”，人性有善有恶，所以浊气和恶性，其实都是人欲。人欲蒙蔽了本心，便会损害天理。“无人欲即皆天理”，因此教人“存天理、灭人欲”。要“存天理”，必须先“明天理”。而要“明天理”，便要即物穷理，逐日认识事物之理，积累多了，就能豁然贯通。主张“涵养须用敬，进学在致知”的修养方法。

清明

［北宋］王禹偁

无花无酒过清明，兴味[①]萧然[②]似野僧。
昨日邻家乞新火[③]，晓窗分与读书灯。

作者简介

王禹偁（954—1001），北宋诗人、散文家。字元之，济州巨野（今山东省巨野县）人，晚被贬于黄州，世称王黄州。太平兴国八年（983）进士。敢于直言讽谏，因此屡受贬谪。著有《小畜集》。

注释

① 兴味：兴趣、趣味。
② 萧然：清净冷落。
③ 新火：唐宋习俗，清明前一日禁火寒食，到清明节再起火，称为“新火”。

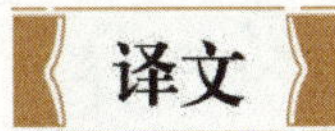

译文

我是在无花可赏、无酒可饮的情况下过这个清明节的，这样寂寞清苦的生活，就像荒山野庙的和尚，一切对于我来说都显得萧条、寂寞。昨天从邻家讨来新燃的火种，在清明节的一大早，就在窗前点灯，坐下来潜心读书。

赏析

这首诗所写的应该作者早年读书生活的真实情况，清苦、寂寞，还可能有孤独。为了前程，也许有兴趣或习惯的原因，作者临窗攻书、发奋苦读，过着山野僧人般的清苦生活。即使在清明节，也没有像平常人那样外出踏青，去欣赏山花烂漫的春景，更没有邀约友朋饮酒作乐。君子慎独，作为读书人，作者没有忘记民俗传统——寒食节禁用烟火。禁忌烟火的期限一过，马上去邻居那里讨来灯火，抓紧时间，在静静的夜里继续苦苦用功，发奋苦读。

从这里可以看出古人读书的用功程度，我们虽然不推崇“兴味萧然”，但是应该学习古人读书的毅力。

知识链接

汉朝有个叫孙敬的人，从小勤奋好学，他每天晚上学习到深夜，为了避免发困，他用绳子的一头拴住头发，一头拴在房梁上。战国时，有个名叫苏秦的人，想干一番大事业，便刻苦读书。每当深夜读书时，他总爱打盹。于是，他就在自己打盹的时候，用锥子往大腿上刺一下，以提精神。孙敬和苏秦的故事感动了后人，人们一般用“悬梁刺股”来表示刻苦学习的精神。

醉花阴·重阳

［南宋］李清照

薄雾浓云愁永昼，瑞脑[①]消[②]金兽[③]。佳节又重阳[④]，玉枕纱厨[⑤]，半夜凉[⑥]初透。

东篱[⑦]把酒黄昏后，有暗香[⑧]盈袖。莫道不消魂[⑨]，帘卷西风[⑩]，人比黄花[⑪]瘦。

注释

① 瑞脑：一种薰香名。又称龙脑，即冰片。

② 消：一本作“销”。《花草粹编》等作“喷”。

③ 金兽：兽形的铜香炉。

④ 重阳：农历九月九日为重阳节。

⑤ 纱厨：即防蚊蝇的纱帐。

⑥ 凉：《全芳备祖》等作“秋”。

⑦ 东篱：泛指采菊之地。陶渊明《饮酒诗》：“采菊东篱下，悠悠见南山。”

⑧ 暗香：这里指菊花的幽香。《古诗十九首·庭中有奇树》：“攀条折其荣，将以遗所思。馨香盈怀袖，路远莫致之。”这里用其意。

⑨ 消魂：形容极度忧愁、悲伤。

⑩ 西风：秋风。

⑪ 黄花：指菊花。

译文

薄雾弥漫，云层浓密，日子整天过得愁烦，龙涎香在金兽香炉中袅袅。又到了重阳佳节，卧在玉枕纱帐中，半夜的凉气刚将全身浸透。

在东篱边饮酒直到黄昏以后，淡淡的菊香溢满双袖。莫要说清秋不让人伤神，西风卷起珠帘，帘内的人儿比那黄花还要消瘦。

赏析

这首词是作者婚后所作，抒发的是重阳佳节思念丈夫的心情。传说李清照将此词寄给赵明诚后，惹得明诚比试之心大起，遂三夜未眠，作词数阕，然终未胜过清照的这首《醉花阴》。

“薄雾浓云愁永昼”，这一天从早到晚，天空都布满了“薄雾浓云”，这种阴沉沉的天气最使人感到愁闷难捱。外面天气不佳，只好待在屋里。永昼，一般用来形容夏天的白昼，这首词写的是重阳，即农历九月九日，已到秋季时令，白昼越来越短，还说“永昼”，因而只是作者的一种心理感觉。时间对于欢乐与愁苦的心境来说，具有相对的意义：在欢乐中时间流逝得快，在愁苦中则感到时间的步履是那样缓慢。李清照结婚不久，就与相爱至深的丈夫赵明诚分离两地，这时她正独守空房，怪不得感到日长难捱了。这里虽然没有直抒离愁，但仍可透过这层灰蒙蒙的“薄雾浓云”，窥见作者的内心苦闷。“瑞脑消金兽”一句，便是转写室内情景：她自个儿看着香炉里瑞脑香的袅袅青烟出神，真是百无聊赖。

又是重阳佳节了，天气骤凉，睡到半夜，凉意透入帐中枕上，对比夫妇团聚时闺房的温馨，真是不可同日而语。上片寥寥数句，把一个闺中少妇心事重重的愁态描摹出来。她走出室外，天气不好；待在室内又闷得慌；白天不好过，黑夜更难熬；坐不住，睡不宁，真是难以将息。“佳节又重阳”一句有深意，李清照写出“瑞脑消金兽”的孤独感后，马上接以一句“佳节又重阳”，显然有弦外之音，暗示当此佳节良辰，丈夫不在身边，玉枕孤眠，纱帐内独寝，自然有十分孤寂之感。“半夜凉初透”，不只是时令转凉，而是别有一番凄凉滋味。

下片写重阳节这天黄昏，作者赏菊东篱、借酒浇愁的情景。把酒赏菊本是重阳佳节的一个主要节目，大概为了应景，李清照在屋里闷坐了一天，直到傍晚，才强打精神“东篱把酒”。可是，这并未能宽解愁怀，反而在她的心中掀起了更大的感情波澜。重阳佳节，菊花开得极盛极美，她一边饮酒，一边赏菊，染得满身花香。然而，她又不禁触景伤情，菊花再美、再香，也无法送给远在异地的亲人。菊花经霜不落，傲霜而开，风标与梅花相似，暗示词人高洁的胸襟和脱俗的情趣，同时也流露出“馨香满怀袖，路远莫致之”的深深遗憾。这是暗写她无法排遣的对丈夫的思念。她实在情不自禁，再无饮酒赏菊的意绪，于是匆匆回到闺房。“莫道不消魂”句写的是晚来风急，瑟瑟西风掀起帘子，作者感到一阵寒意。联想到刚才把酒相对的菊花，菊瓣纤长、菊枝瘦细，而斗风傲霜，人则悲秋伤别，消愁无计，此时顿生人不如菊之感。以“人比黄花瘦”作结，取譬多端，含蕴丰富。

知识链接

李清照的一些词作体现了爱国思想，具有积极的社会意义。从历史的角度观照李清照的爱国思想，能看到中国古代女性知识分子追求男女平等、关心国事、热爱祖国的一个侧面，让后人从中看到了中国古代女性情感世界的另一面。而且，她还在众多爱国作家中为女性争得了一席之地，开创了女性爱国主义创作的先河，为后世留下了一个爱国女性的光辉典范，特别是对现代女性文学的创作产生了重大影响。从现实的角度认识李清照的爱国思想，能感受到女性在国家统一、民族团结及社会进步等方面的巨大作用。这对于在弘扬爱国主义，高举爱国大旗，促进民族团结、国家统一和振兴中华时充分发挥女性的社会作用，具有十分重大的意义。

青玉案[①]·元夕[②]

［南宋］辛弃疾

东风夜放花千树[③]。更吹落、星如雨[④]。宝马雕车[⑤]香满路。凤箫[⑥]声动，玉壶[⑦]光转，一夜鱼龙舞[⑧]。

蛾儿雪柳黄金缕[⑨]。笑语盈盈暗香[⑩]去。众里寻他[⑪]千百度[⑫]。蓦然[⑬]回首，那人却在，灯火阑珊[⑭]处。

注释

① 青玉案：词牌名。
② 元夕：夏历正月十五日为上元节或元宵节，此夜称元夕或元夜。
③ 东风夜放花千树：形容元宵夜花灯繁多。花千树：花灯之多如千树开花。
④ 星如雨：指焰火纷纷，乱落如雨。星：指焰火，形容满天的烟花。
⑤ 宝马雕车：豪华的马车。
⑥ 凤箫：指笙、箫等乐器演奏。
⑦ 玉壶：比喻明月。亦可解释为灯。
⑧ 鱼龙舞：指舞动鱼形、龙形的彩灯，如鱼龙闹海一样。
⑨ 蛾儿雪柳黄金缕：古代妇女元夕节时头上佩戴的各种装饰品，这里指盛装的妇女。
⑩ 盈盈：声音轻盈悦耳，亦指仪态娇美的样子。暗香：本指花香，此指女性身上散发出来的香气。
⑪ 他：泛指第三人称，古时就包括“她”。
⑫ 千百度：千百遍。
⑬ 蓦然：突然，猛然。
⑭ 阑珊：零落稀疏的样子。

译文

像东风吹开千树繁花一样，又像吹落烟火纷纷、乱落如雨。豪华的马车满路芳香。悠扬的凤箫声四处回荡，明月渐渐西斜，一夜鱼龙灯飞舞，笑语喧哗。美人头上都戴着亮丽的饰物，笑语盈盈地随人群走过，留下一路香气。我在人群中寻找她千百回，猛然一回头，不经意间却在灯火稀疏之处发现了她。

赏析

这首词的上半阕写正月十五的晚上，满城灯火，众人尽情狂欢的景象。

“东风夜放花千树，更吹落，星如雨”，一簇簇礼花飞向天空，然后像星雨一样散落下来。一开始就把人带进“火树银花”的节日狂欢之中。“东风夜”化用岑参的“忽如一夜春风来，千树万树梨花开。”“宝马雕车香满路”，达官显贵也携带家眷出门观灯，跟下句的“鱼龙舞”构成万民同欢的景象。“凤箫声动，玉壶光转，一夜鱼龙舞”，“凤箫”是排箫一类的吹奏乐器，这里泛指音乐；“玉壶”指明月；“鱼龙”是灯笼的形状。这句是说，在月华下，灯火辉煌，沉浸在节日里的人们通宵达旦地载歌载舞。

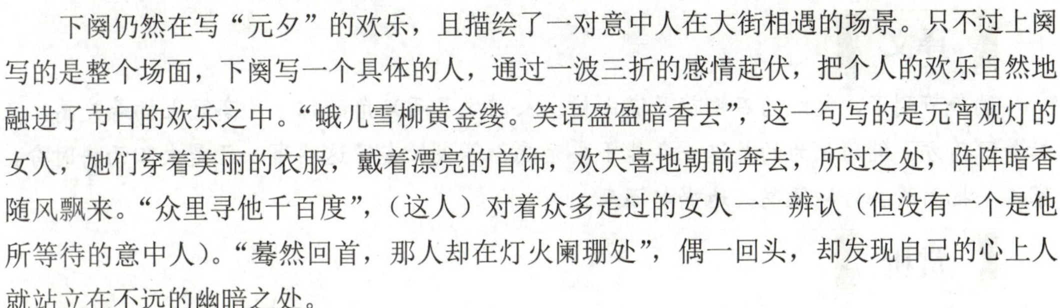

下阕仍然在写“元夕”的欢乐，且描绘了一对意中人在大街相遇的场景。只不过上阕写的是整个场面，下阕写一个具体的人，通过一波三折的感情起伏，把个人的欢乐自然地融进了节日的欢乐之中。“蛾儿雪柳黄金缕。笑语盈盈暗香去”，这一句写的是元宵观灯的女人，她们穿着美丽的衣服，戴着漂亮的首饰，欢天喜地朝前奔去，所过之处，阵阵暗香随风飘来。“众里寻他千百度”，（这人）对着众多走过的女人一一辨认（但没有一个是他所等待的意中人）。“蓦然回首，那人却在灯火阑珊处”，偶一回头，却发现自己的心上人就站立在不远的幽暗之处。

知识链接

当初和辛弃疾一块儿投奔义军的还有一个和尚，他的名字叫义端，是辛弃疾的拜把子兄弟。义端和尚原本就是个守不了清规戒律的花和尚，因为受不了在义军里当差的苦头，竟偷偷地盗走了由辛弃疾保管的帅印，准备去金营里邀功。当晚，辛弃疾带了一小队人马埋伏在他去往金营必经的路上。果然，天快亮的时候，义端和尚骑马来到。辛弃疾不由分说，一个箭步窜了出来，一刀将那义端和尚砍下马来。那和尚一见是杀气腾腾的辛弃疾，吓得魂飞魄散，当即跪地求饶说：“我知道您的真身是一头青兕，您力大能拔山，将来定有大造化。您饶了我的小命吧！”面对这样贪生怕死的变节分子，疾恶如仇的辛弃疾哪里肯听，不由分说，手起刀落，义端身首异处。

乙卯重五诗①

［南宋］陆游

重五山村好，榴花忽已繁。
粽包分两髻②，艾束著危冠③。
旧俗方储药④，羸躯亦点丹。
日斜吾事毕，一笑向杯盘。

注释

① 乙卯：指宋宁宗庆元元年（1195），作者七十一岁，在家乡绍兴隐居。重五：因是五月五日，故曰“重五”，即端午节。因这天古人以兰草汤沐浴，又称“浴兰节”。

② 粽包分两髻：粽子有两个尖尖的角，古时又称角黍。最早，粽子是黍米蒸制而成。到了宋朝，粽里夹枣、豆、杏之类。

③ 艾束著危冠：高高的帽子上插上艾枝。艾叶气味芬芳，据说能通九窍，去疾病，故人们插于帽子上。危冠：高冠。这是屈原流放江南时所戴的一种帽子。

④ 储药：古人把五月视为恶月，需防备恶疾，故储备药物。

译文

端午节到了，火红的石榴花开满山村。人们吃了两只角的粽子，高冠上插着艾蒿，又忙着配药方、储药，为的是这一年能平安无病。等我忙完了这些事，已是太阳西斜时分，家人早把酒菜备好，便高兴地喝起酒来。

赏析

这首诗开篇点题，将时间限定在“重五”（五月初五），将地点定格为“山村”。此时此地，无丝竹之乱耳，无案牍之劳形，有的只是节日的气氛，有的只是淳朴的民风。更何况，石榴在不知不觉间已经盛开了呢！此情此景，怎一个“好”字了得！

“当年万里觅封侯，匹马戍梁州”的诗人，今天终于暂时放下了满腹的忧愤，融入节日的欢快气氛之中。瞧，他先吃了两角的粽子，再在高冠上插着艾枝。然后又按照旧俗，忙着配药方、储药，为的是这一年能平安无病。到了晚上，他忙完这些事情，含着微笑喝起酒来了。

念念不忘“王师北定中原日”的陆游，由于收拾山河的志向未能实现，只能像辛弃疾那样“却将万字平戎策，换得东家种树书”。“日斜吾事毕，一笑向杯盘”，在欢乐中暗藏着多少伤感，在闲适中流露出多少无奈啊！

这首诗语言质朴，融写景、叙事、抒情于一体，那榴花繁多的山村风光，那江南端午的风俗习惯，那字里行间的闲适惬意，浮现在我们眼前，感受在我们胸间。没有装饰，所以诗美；没有做作，所以情真。这，就是诗人所说的“文章本天成，妙手偶得之”的写作境界。

知识链接

陆游在南宋诗坛上占有非常重要的地位。南宋初年，虽然局势危急，但士气尚盛，诗坛风气也颇为振作；随着南宋偏安局面的形成，士大夫渐趋消极，诗坛风气也变得萎靡不振，吟风弄月的题材走向和琐细卑弱的风格日益明显。陆游对这种情形痛心疾首，他高举前代屈、贾、李、杜和本朝欧、苏及南渡诸人（吕本中、曾几等）的作诗旗帜与之对抗，以高扬爱国主题的黄钟大吕振作诗风，对南宋后期诗歌产生了积极的影响。江湖诗派中的戴复古和刘克庄都师承陆游。到了宋末，国破家亡的时代背景更使陆游诗歌中的爱国精神深入人心。

除夜[1]

[南宋] 文天祥

乾坤空落落，岁月去堂堂[2]，
末路惊风雨，穷边饱雪霜。
命随年欲尽，身与世俱忘，
无复屠苏梦，挑灯夜未央[3]。

注释

① 除夜：指元朝至元十八年（1281）除夕。
② 乾坤：指天地。空落落：空洞无物。堂堂：跨步行走的样子。
③ 夜未央：长夜漫漫无穷尽。

译文

山河虽然广大，但时间却已逝去。遗憾的是自己保卫祖国的事业遭到失败。自己不幸被俘，被押送燕京（今北京），过着囚徒生活。战斗则几经风雨，囚居则饱受霜雪。生命将随着一年的终结而消失，但自己决心殉国，对世上一切都将遗忘，不再留恋。除夕（一人独守囚牢）连饮屠苏酒的梦也不再做了，挑亮灯光，面对无穷尽的漫漫长夜。

赏析

此诗作于文天祥人生最后一个除夕之夜。当时作者已经被关押整整三年，敌人对他软硬兼施，然而，高官厚禄不能使他软服，牢狱苦难不能使他屈服。他衰鬓霜染，意志弥坚。牢房冰冷潮湿，饮食艰涩难咽，妻儿宫中服役，朝廷苟且投降……惨痛的现实，令文天祥感受到人生末路穷途的困厄艰难。他用一支沉甸甸的笔，蘸着热血和心泪，写就了这首悲而不屈的诗。

全诗诗句冲淡、平和，没有“天地有正气”的豪迈，没有“留取丹心照汗青”的慷慨，只表现出大英雄欲于除夕夜与家人共聚一堂欢饮屠苏酒的愿望，字里行间甚至透露出一丝寂寞、悲怆的情绪。恰恰是作者这一柔情的刹那，反衬出作者钢铁意志之人的肉身的真实性，这种因亲情牵扯触发的“脆弱”，更让我们深刻体味了作者伟大的人性和铮铮男儿的不朽人格。

知识链接

文天祥在南剑州（今福建南平）开府聚兵期间留下不少建筑，影响最深的是“文山城墙”。“文山城墙”位于福建南平市延平区城北茫荡山的莲花山，城垣旧址长 5 000 余米、宽 4.5 米，高 3 米许，外侧利用天然山脊为陡峭工事，部分地段用石头垒砌而成，更多为夯土所筑，十分壮观。遗址后经造林、开路，严重受毁，地面大部分已不存在，地下墙基尚存。

文天祥于德祐二年（1276）七月到达南剑州后即着手筹建这一带城墙。因为元军南侵陆路必经城北的官道，因此筑城墙成为当务之急。这么浩大的工程至少需要三五个月才能完工，但文天祥仅用了几天几夜就把这十里长墙筑成了。远近百姓有钱出钱，有力出力，足见当时民众抗元热情之高涨。后来人们传说文天祥抗元气节惊天地泣鬼神，筑墙如有神鬼相助，遂把这段城墙称为“鬼城墙”。

端午即事[①]

［南宋］文天祥

五月五日午，赠我一枝艾。
故人不可见，新知[②]万里外。
丹心[③]照夙昔[④]，鬓发日已改。
我欲从灵均[⑤]，三湘[⑥]隔[⑦]辽海[⑧]。

注释

① 即事：就眼前之事歌咏。
② 新知：新结交的知己。
③ 丹心：赤红炽热的心，一般以“碧血丹心”来形容为国尽忠的人。
④ 夙昔：昔时，往日。
⑤ 灵均：形容土地美好而平坦，含有“屈”字的意思。这里指屈原。
⑥ 三湘：指沅湘、潇湘、资湘（或蒸湘），合称“三湘”。也可以指湖南一带。
⑦ 隔：间隔，距离。
⑧ 辽海：泛指辽河流域以东至海地区。

译文

五月五日是端午节，你赠予我一枝艾草。死者看不见，新结交的知己却在万里之外。往日能够为国尽忠的人，现在已经白发苍苍。我想要从屈原那里得到希望，三湘相隔得比较远。

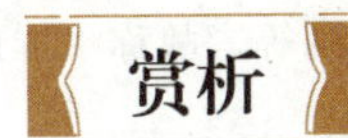

赏析

文天祥德祐二年（1276）出使元军被扣，在镇江逃脱后，不幸的是又一度被谣言所诬陷。为了表明心志，他愤然写下了这首《端午即事》。

在端午节欢愉的背后暗含着作者的一丝无奈，但是即使在这种境况中，他在内心深处仍然满怀着“丹心照夙昔”的壮志。这首诗塑造了一位像屈原一样为国难奔波却壮志不已的士大夫形象。

知识链接

文天祥在狱中曾收到女儿柳娘的来信，得知妻子和两个女儿都在宫中为奴，过着囚徒般的生活。文天祥明白：只要投降，家人即可团聚。但文天祥不愿因妻子和女儿而丧失气节。他在写给自己妹妹的信中说：“收柳女信，痛割肠胃。人谁无妻儿骨肉之情？但今日事到这里，于义当死，乃是命也。奈何？奈何！……可令柳女、环女做好人，爹爹管不得。泪下哽咽。”

文天祥被押解到刑场的那天。监斩官问他：“丞相还有什么话要说？回奏还能免死。”文天祥喝道：“死就死，还有什么可说的！”他又问监斩官：“哪边是南方？”有人给他指了方向，文天祥向南方跪拜，说：“我的事情完结了，心中无愧了！”

采桑子·九日[①]

［清］纳兰性德

深秋绝塞[②]谁相忆，木叶[③]萧萧[④]。乡路迢迢[⑤]。六曲屏山[⑥]和梦遥。

佳时倍惜风光别，不为登高[⑦]。只觉魂销[⑧]。南雁归时更寂寥。

作者简介

纳兰性德（1655—1685），清词人。字容若，号楞伽山人。其诗词在清代以至整个中国词坛上都享有很高的声誉，在中国文学史上也占有光彩夺目的一席。

注释

① 九日。即农历九月九日，为重阳节。

② 绝塞：极遥远之边塞。

③ 木叶：木叶即为树叶，在古代诗歌中特指落叶。屈原《九歌》中有“袅袅兮秋风，洞庭波兮木叶下”。

④ 萧萧：草木摇落声。《楚辞·九怀·蓄英》：“秋风兮萧萧。”杜甫《登高》诗：“无边落木萧萧下。”

⑤ 迢迢：形容遥远。

⑥ 六曲屏山：曲折之屏风。因屏风曲折若重山叠嶂，或谓屏风上绘有山水图画等，故称“屏山”。此处代指家园。

⑦ 登高：重阳有登高之俗。

⑧ 魂销：极度悲伤。

译文

深秋时分，在这遥远的边塞，有谁能记得我？树叶发出萧萧的声响。返乡之路那么遥远。家像梦一样遥不可及。重阳佳节，故园风光正好，离愁倍增。不愿登高望远，只觉心中悲伤不已。当鸿雁南归之际，此地将更加冷落凄凉。

赏析

康熙二十一年（1682）壬戌，时纳兰性德二十八岁。写此词时，正使至塞外，佳节思亲，倍感形单影只、孤独寂寞，遂填此以寄乡情。

这首词将边塞秋景和旅人的秋思完美地结合起来。仅用寥寥数十字便写透了天涯羁客的悲苦，十分利落。上阙写秋光秋色，落笔壮阔，“六曲屏山和梦遥”点出边塞山势回环，路途漫长难行，遥应了“绝塞”一词，亦将眼前山色和梦联系起来，思乡之情变得流水一样生动婉转、意境深广。下阙更翻王维意，道出了“不为登高。只觉魂销”这样仿佛雨打残荷般清凉警心的句子，轻描淡写地将王维的诗意化解为词意，似有若无，恰到好处。结句亦如南雁远飞般空旷，余意不尽。大雁可以自由地飞回家乡，人却在这深秋绝塞的路上渐行渐远。魂不堪重负，愁思久久不能消散。

知识链接

南朝梁吴均《续齐谐记·九日登高》：“汝南桓景随费长房游学累年。长房谓曰：‘九月九日汝家中当有灾，宜急去，令家人各作绛囊盛茱萸以系臂，登高饮菊花酒，此祸可除。’景如言，齐家登山。夕还，见鸡犬牛羊一时暴死。长房闻之曰：‘此可代也。’今世人九日登高饮酒，妇人带茱萸囊，盖始于此。”

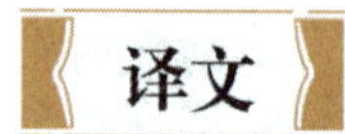

惜时劝学篇

时光易逝、流水匆匆，美好的事物总是在不经意间流逝。珍惜时光、提升自我，便成为自古至今文人墨客歌咏的永恒主题，他们或感慨人生，或规劝时人，或警惕后人，而这一切又无一不在诉说着匆匆岁月，漫漫征程，世人怎能不去抓住人生的青春时光呢？回溯过往，可以知道，在童稚懵懂的时候启蒙，在青春正好的时候读书，在白发苍苍的时候品悟，这即是说，人的一生可分为不同的阶段，而每一阶段有每一阶段的“任务”，但作为隐形主轴始终贯穿于人生的每一阶段的却是学习，是的，人总是在不断的学习中前进和成长的。古人曾云：“活到老，学到老”，这种将学习和生命等同的意识彰显了古人对于终身学习的态度。而生活在 21 世纪的我们，在现代科技的环绕下，拥有最好的、最多的学习资源，可究竟有多少人愿意放下手中的电脑、手机，按捺住浮躁的心，平心静气地去看书、去学习呢？想必，这样的人寥寥无几吧！但我们仍坚信，一定是有这样的人的！也正是怀着这样的信念，本组诗歌选材主要是围绕惜时劝学展开，目的即是让我们走进历代文人的心灵世界，品读他们的人生感悟，也许我们会有自己的发现。

长歌行[①]

汉乐府民歌

青青园中葵[②]，朝露待日晞[③]。
阳春布德泽[④]，万物生光辉。
常恐秋节[⑤]至，焜黄华[⑥]叶衰。
百川[⑦]东到海，何时复西归？
少壮[⑧]不努力，老大徒[⑨]伤悲。

作者简介

乐府是自秦代以来设立的配置乐曲、训练乐工和采集民歌的专门官署；汉乐府指由汉时乐府机关所采制的诗歌。这些诗，原本在民间流传，经由乐府保存下来，汉人叫作“歌诗”，魏晋时始称“乐府”或“汉乐府”。后世文人仿此形式所作的诗，亦称“乐府诗”。

注释

① 长歌行：汉乐府曲题。这首诗选自《乐府诗集》卷三十，属相和歌辞中的平调曲。

② 葵：蔬菜名，指中国古代常见蔬菜之一。

③ 朝露：清晨的露水。晞：天亮，引申为阳光照耀。

④ “阳春”句：阳是温和。阳春是露水和阳光都充足的时候，露水和阳光都是植物所需要的，都是大自然的恩惠，即所谓的“德泽”。布：布施，给予。德泽：恩惠。

⑤ 秋节：秋季。

⑥ 焜黄：形容草木凋落枯黄的样子。华：同“花”。

⑦ 百川：大河流。

⑧ 少壮：年轻力壮，指青少年时代。

⑨ 老大：指年老了，老年。徒：白白地。

译文

园中的葵菜都郁郁葱葱，晶莹的朝露阳光下飞升。
春天把希望洒满了大地，万物都呈现出一派繁荣。
常恐那肃杀的秋天来到，树叶儿黄落百草也凋零。
百川奔腾着东流到大海，何时才能重新返回西境？
少年人如果不及时努力，到老来只能是悔恨一生。

赏析

这是一首咏叹人生的歌。唱人生而从园中葵起调，这在写法上被称作“托物起兴”，即“先言他物以引起所咏之辞也”。园中葵在春天的早晨亭亭玉立，青青的叶片上滚动着露珠，在朝阳下闪着亮光，像一位充满青春活力的少年。诗人由园中葵的蓬勃生长推而广之，写到整个自然界，由于有春天的阳光、雨露，万物都在闪耀着生命的光辉，到处是生机盎然、欣欣向荣的景象。这四句，字面上是对春天的礼赞，实际上是借物比人，是对人生最宝贵的东西——青春的赞歌。人生充满青春活力的时代，正如一年四季中的春天一样美好。这样，在写法上又有比喻的意义，即所谓“兴而比”。

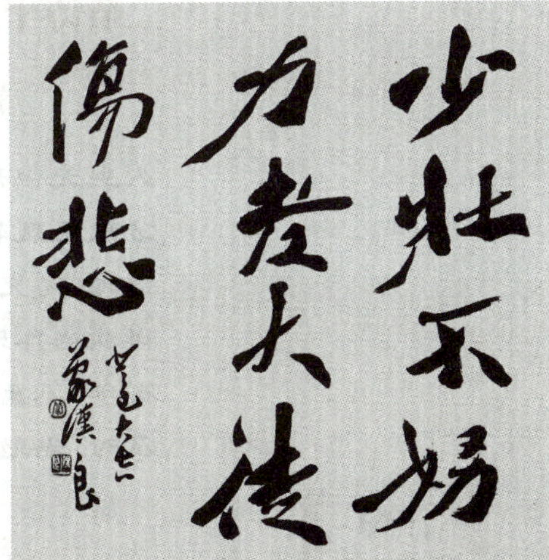

自然界的时序不停交换，转眼春去秋来，园中葵及万物经历了春生、夏长，到了秋天，它们成熟了，昔日熠熠生辉的叶子变得焦黄枯萎，丧失了活力。人生也是如此，由青春勃发而长大，而老死，也要经历一个新陈代谢的过程。诗人用“常恐秋节至”表达对“青春”稍纵即逝的珍惜，其中一个“恐”字，表现出人们对自然法则的无能为力，青春凋谢的不可避免。接着又从时序的更替联想到宇宙的无尽时间和无垠空间，时光像东逝的江河，一去不复返。由时间尺度来衡量人的生命也是老死以后不能复生。在这永恒的自然面前，人生就像叶上的朝露，一见太阳就被晒干了，就像青青葵叶一遇秋风就枯黄凋谢了。诗歌由对宇宙的探寻转入对人生价值的思考，终于推出“少壮不努力，老大徒伤悲”这一振聋发聩的结论，结束全诗。自然界的万物只要有阳光雨露，秋天自能结实；人却不同，没有自身努力是不能成功的。万物经秋变衰，却实现了生命的价值，因而不足伤悲；人则不然，因“少壮不努力”而老无所成，就等于空走世间一趟。

知识链接

汉乐府创作的基本原则是“感于哀乐，缘事而发”(《汉书·艺文志》)。它继承《诗经》现实主义的优良传统，广阔而深刻地反映了汉代的社会现实。汉乐府在艺术上最突出的成就表现在它的叙事性方面，其次，是它善于选取典型细节，通过人物的言行来表现人物性格。其形式有五言、七言和杂言，尤其值得重视的是，汉乐府已产生了一批成熟的五言诗。流传下来的汉代乐府诗，绝大多数已被宋朝的郭茂倩收入他所编著的《乐府诗集》中。

学思践悟

这是一首经典的劝诫人们珍惜时间、珍惜人生的诗歌，年轻力壮的时候不奋发图强，到了一头白发的时候学习，悲伤难过也是徒劳。“少壮不努力，老大徒伤悲”，短短十个字，道出了人生的哲理。读这首诗，我们很自然会联想到《钢铁是怎样炼成的》那段关于人的生命应该如何度过的名言。“人最宝贵的东西是生命。每个人只有一次生命。因此，一个人的一生应该这样度过：当他回顾已逝的年华时，不因虚度时光而悔恨，也不因一事无成而羞愧；这样，在他即将离开人世的时候，就可以坦然地说：‘我把整个生命和全部的精力，都奉献给了人世间最壮丽的事业——为人类的解放而奋斗。’”对于我们来说，不要虚度光阴，要及时努力、珍惜时间。

杂诗十二首（其一）

［东晋］陶渊明

人生无根蒂，飘如陌上尘[①]。
分散逐风转，此已非常身[②]。
落地[③]为兄弟，何必骨肉亲！
得欢当作乐，斗酒聚比邻[④]。
盛年[⑤]不重来，一日难再晨。
及时[⑥]当勉励，岁月不待人。

注释

① 蒂：瓜当、果鼻、花与枝茎相连处都叫蒂。陌：东西的路，这里泛指路。这两句是说人生在世没有根蒂，漂泊如路上的尘土。

② 此：指此身。非常身：不是经久不变的身，即不再是盛年壮年之身。

③ 落地：刚生下来。

④ 斗：酒器。比邻：近邻。

⑤ 盛年：壮年。

⑥ 及时：趁盛年之时。

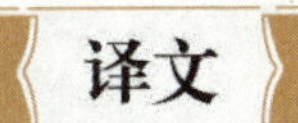

译文

人生在世没有根蒂，漂泊如路上的尘土。生命随风飘转，此身历尽了艰难，已经不是原来的样子了。世人都应当视同兄弟，何必亲生的同胞弟兄才能相亲呢？遇到高兴的事就应当作乐，有酒就要邀请近邻共饮。青春一旦过去便不可能重来，一天之中永远看不到第二次日出。应当趁年富力强之时勉励自己，光阴流逝，并不等待人。

赏析

“人生无根蒂”四句，感叹人生之无常。人生在世即如无根之木、无蒂之花，没有着落，没有根底，又好比是大路上随风飘扬的尘土。由于命运变幻莫测，人生漂泊不定，种种遭遇和变故不断地改变着人，每一个人都已不再是最初的自我了。这四句诗，语虽寻常，却寓意奇崛，将人生比作无根之木、无蒂之花，是为一喻；再比作陌上尘，又是一喻。比中之比，象外之象，直把诗人深刻的人生体验写了出来，透露出至为沉痛的悲怆。

“落地为兄弟，何必骨肉亲”，承前而来，既然每个人都已不是最初的自我，那又何必只在乎骨肉之亲、血缘之情呢，来到这个世界上的人都应该成为兄弟。这也是陶渊明在战乱年代对和平、泛爱的一种理想渴求。

“得欢当作乐，斗酒聚比邻”，处于政治黑暗时期的陶渊明没有完全放弃美好的人生理想，他转向官场宦海之外的自然去寻求美，转向仕途荣利之外的村居生活去寻求精神上的欢乐，这种欢乐平淡冲和、明净淳朴。

“盛年不重来”四句常被人们引用来勉励年轻人要抓紧时机，珍惜光阴，努力学习，奋发上进。在今天，一般读者若对此四句诗作此理解，也未尝不可。但陶渊明的本意却与此大相径庭，是鼓励人们要及时行乐，活在当下。

学思践悟

“及时当勉励，岁月不待人”，两句诗常用来鼓励年轻人不要浪费光阴，必须及时努力，把握青春，力求上进。

劝[①]学诗

[唐] 颜真卿

三更灯火[②]五更鸡[③]，正是男儿读书时。

黑发[4]不知勤学早，白首[5]方悔读书迟。

作者简介

颜真卿（709—784），唐著名政治家、书法家。字清臣，琅琊（今山东临沂）人。颜真卿创立“颜体”楷书，与赵孟頫、柳公权、欧阳询并称为“楷书四大家”。又与柳公权并称“颜柳”。

注释

① 劝：勉励。

② 三更灯火：三更半夜，很晚了。

③ 五更鸡：天快亮时，鸡啼叫。

④ 黑发：年少时期，指少年。

⑤ 白首：人老了，指老年。

译文

每天三更半夜到鸡啼叫的时候，是男孩子们读书的最好时间。少年时只知道玩，不知道要好好学习，到老的时候才后悔自己年少时为什么不知道要勤奋学习。

赏析

《劝学》中的“劝”起着统领全篇的作用。“劝”解释为“勉励”的意思。作者在这篇以“劝学”为题的诗歌中，勉励人们要不停止地坚持学习，只有这样才能增长知识，发展才能，培养高尚的品德。

“三更灯火五更鸡”是指勤劳的人、勤奋学习的学生在三更半夜时还在工作、学习，三更时灯还亮着，熄灯躺下稍稍歇息不久，五更的鸡就叫了，这些勤劳的人又得起床忙碌开了。第一句用客观现象写时间早，引出第二句学习要勤奋，要早起。第二句为第一句作补充，表达了年少学习时应该不分昼夜，通过努力学习才能保家卫国、建功立业。

第三、四句写的是年轻的时候不好好学习，到了年纪大了，再想要学习也晚了。句子中“黑发”“白首”是采用借代的修辞方法，借指青年和老年。通过对比的手法，突出读书学习要趁早，不要到了老了后悔了才去学习。从结构上看，三、四句为对偶句，“黑发”与“白首”前后呼应，互相映衬，给读者留下深刻的印象。

这首诗深入浅出、自然流畅、富含哲理。核心是“黑发早勤学，白首读书迟”。从学习的时间这一角度立意，劝勉年轻人要及早努力学习，不要虚度光阴，免得将来后悔。诗人是从学习的意义、作用和学习应持的态度方法等角度立意，希望人们重视后天学习，以加强自身的行为修养。

知识链接

颜真卿楷书端庄雄伟，气势开张。行书飘逸流畅，神采飞动。他的书法，号称“颜体”，有他独特的风格和笔法。他所留下的碑帖很多，后世的书法家认为从他的一些碑帖中可以找到“圆笔”的痕迹，和其他书法家的“方笔”不同。他的书法，既有以往书风中的气韵法度，又不为古法所束缚，突破了唐初的墨守成规，自成一格。

金缕衣

［唐］杜秋娘

劝君莫惜金缕衣①，劝君须惜少年时。
有花堪②折直须③折，莫待④无花空折枝。

作者简介

杜秋，生卒年不详，《资治通鉴》称杜仲阳，后世多称为“杜秋娘”，是唐时（今江苏镇江）人。后来入宫，为宪宗所宠。穆宗立，为皇子保姆。皇子被废，秋娘归故乡，穷老无依。

注释

① 金缕衣：缀有金线的衣服，比喻荣华富贵。
② 堪：可以，能够。
③ 直须：不必犹豫。直：直接，爽快。
④ 莫待：不要等到。

译文

我劝你不要顾惜华贵的金缕衣，我劝你一定要珍惜青春少年时。花开宜折的时候就要抓紧去折，不要等到花谢时只折了个空枝。

赏析

这是一首很有名的劝谕诗。从字面上看，是对青春和爱情的大胆歌颂，是热情奔放的坦诚流露。然而在字面的背后，是劝谏人们不要贪恋富贵荣华，而要珍惜少年美好时光。告诉人们青春难再，应该珍惜年华，抓住机遇，积极进取。

“劝君莫惜金缕衣，劝君惜取少年时。”两句以

"劝君"领起，既赋又兴，引人注意。上句开门见山提出问题，金缕衣虽然华贵，但不值得珍惜。"金缕衣"，用金线刺绣的华美的服装，这里指代一切华贵的东西。"莫惜"，指不要过于看重，言下之意有比其更为重要的东西。诗人以物起情，这样，开头就有一种引人入胜的力量。下句从正面说明需要珍惜青春的大好时光，补充上句。"惜取少年时"就是要珍惜少年时代的大好时光。

"花开堪折直须折，莫待无花空折枝。"字面意思是当鲜花盛开的时候，要及时采摘，不要等到春残花落之时，去攀折那无花的空枝。本句以春日花开花落做比，一说时光易逝，美好的青春时光很快就会过去。一说要勇于把握时机、抓住机会，不要优柔寡断、拖泥带水，一旦时机错过，将一事无成，空余悔恨。

知识链接

杜牧三十一岁时正在宣州（今安徽宣城）宣歙观察使沈传师幕中，奉沈之命至扬州公干，经过镇江（唐代镇江为润州，又叫金陵），见到年老色衰而孤苦无助的杜秋娘，倾听其诉说平生，"感其穷且老"，于是写下了一首长诗《杜秋娘诗》。作者以深切的同情，叙述了杜秋娘一生的坎坷不幸，刻画了鲜明生动的人物形象，抒发世事沧桑、人生无常的感叹，并曲折地透露出对当时政治的强烈不满。

劝学诗

[唐] 韩愈

读书患[①]不多，思义患不明[②]。
患足[③]已不学，既学患不行[④]。

注释

① 患：担心。
② 明：明白。
③ 足：满足。
④ 行：实践。

译文

担心读书不多，担心思考道理不明白，担心自满不再学习，担心学习了不能应用（不能学以致用）。

赏析

短短二十个字，讲了很多读书的道理。要多读书，还要多思，要真正明白书中的道理。不能仅满足于读书，还要学以致用，注重实践。此诗强调学无止境、知行合一，最宜为做学问者诫，是一首非常精练的劝学诗。

读书患不多——要多读。作为个人，就是要珍惜青春，及时发奋努力，不虚度光阴，“少壮不努力，老大徒伤悲”。人要保持积极的精神状态，学习不该虚与委蛇，乃至以没有时间为借口消极推搪。“力学如力耕，勤惰尔自知。但使书种多，会有岁稔时。”学习就像农夫种地，有一分耕耘，便有一分收获。

思义患不明——要深思。书该多读，但不能滥读书不求甚解。读书时不能匆忙翻阅，只求速度不去理解，而是要沉潜于其中，细细品味，通过潜心专注的研究，反复揣摩推敲，才能真正理解书中内容。学习不能流于形式。

患足已不学——要虚心。吾生也有涯，而知也无涯。我们要扩展自己的知识面，吸收多方面的营养，努力拓展自己学习的广度跟深度。驽马十驾，功在不舍。坚持学习，建立长效的学习机制，不断汲取新的学习经验，才能不断取得新的学习成果。

既学患不行——要躬行。学要有所用，努力践履所学，踏踏实实、坚持不懈，学有所依、学有所成、学有所用，使所学最终有所落实，做到知行合一。理论联系实际，把我们所学习到的理论知识与我们具体的工作实际相结合，把学习成果转化为运用科学理论、科学知识分析和解决实际问题的能力，用理论来指导实践，推动实际问题的解决。

知识链接

韩文公祭鳄鱼

潮州的韩江，从前有很多鳄鱼，会吃过江的人，害得百姓好苦，人们称它为“恶溪”。

一天，又有一个百姓被鳄鱼吃掉了。韩愈知道后很着急，心想鳄害不除后患无穷，便命令宰猪杀羊，决定到城北江边设坛祭鳄。

韩愈在渡口旁边的一个土墩上，摆了祭品，点上香烛，对着大江严厉地宣布道：“鳄鱼！鳄鱼！韩某到这里来做刺史，为的是保土庇民。你们却在此祸害百姓。如今姑念你们无知，不加惩处，只限你们在三天之内，带同族类出海，三天不走就五天走，五天不走就七天走。七天不走，便要严处！”

从此，江里再也没有看见鳄鱼，所有的鳄鱼都出海到南洋去了。

现在，人们把韩愈祭鳄鱼的地方叫作“韩埔”，渡口叫“韩渡”，又叫“鳄渡”，还把大江叫作“韩江”，江对面的山叫作“韩山”。

学思践悟

书要多读，义理概念要明确，学习要永不停辍，然而这一切统统是为了指导实践，学习要与实践相结合，成为指导实践的理论。理论联系实践，才能真正地学好知识。

劝学

［唐］孟郊

击石乃①有火，不击元②无烟。
人学始③知道④，不学非⑤自然⑥。
万事须己运⑦，他得非我贤⑧。
青春⑨须早为，岂⑩能长⑪少年！

作者简介

孟郊（751—814），唐诗人。字东野。湖州武康（今浙江德清）人，祖籍平昌（今山东临邑东北），先世居洛阳（今属河南）。现存诗歌五百多首，以短篇的五言古诗最多，代表作有《游子吟》。有“诗囚”之称，又与贾岛齐名，人称“郊寒岛瘦”。

注释

① 乃：才。
② 元：原本、本来。
③ 始：方才。
④ 道：事物的法则、规律。这里指各种知识。
⑤ 非：不是。
⑥ 自然：天然。
⑦ 运：运用。
⑧ 贤：才能。
⑨ 青春：指人的青年时期。
⑩ 岂：难道。
⑪ 长：长期。

译文

只有击打石头，才会有火花；如果不击打，连一点儿烟也不冒出。
人也是这样，只有通过学习，才能掌握知识；如果不学习，知识不会从天上掉下来。
任何事情必须自己去实践，别人得到的知识不能代替自己的才能。
青春年少时期就应趁早努力，一个人难道能够永远都是“少年”吗？

赏析

诗题“劝学”的“劝”是勉励的意思。诗人首先用当时人们日常生活中不可或缺的击石取火做比喻，指出燧石只有经过敲击，才能产生火星，不敲击连烟都没有，更别说火了。“元”，现在通常写成“原”，元（原）来、本来的意思。基于同样的道理，人只有通过学习，才能储得“道”，诗中所说的“道”当包括做人之道和作诗之道。自然，自家如此，即不学而能。

“万事须己运，他得非我贤”，对“人学始知道”进行了精彩的发挥，强调任何事都须自家努力，别人的创获不会成为自己的成果。这两句是孟郊一生得力处，直到今天也并未丧失其生命力。如果孟郊不学习，不知“道”，沿袭当时流行的平庸浮艳的诗风，那就不能形成自己的风格，我们今天也许就不会知道历史上曾经有过这位诗人了。

结句“青春须早为”，热切地勉励世人抓住一生最宝贵的时间，在“学”“运”上狠下功夫。

学思践悟

孟郊一生遭际不顺，一生穷困，一生苦吟，却在文学方面有巨大成就，这对我们有什么启示？

登乐游原[①]

［唐］李商隐

向晚[②]意不适[③]，驱车登古原[④]。
夕阳无限好，只是近[⑤]黄昏。

注释

① 乐游原：在长安（今西安）城南，是唐代长安城内地势最高处。

② 向晚：傍晚。

③ 不适：不悦，不快。

④ 古原：指乐游原。

⑤ 近：快要。

译文

傍晚时心情不快，驾着车登上古原。夕阳啊无限美好，只不过已接近黄昏。

赏析

这首诗反映了作者的伤感情绪。当诗人为排遣“意不适”的情绪而登上乐游原时，看到了一轮辉煌灿烂的黄昏斜阳，于是发出感慨。

此诗前两句“向晚意不适，驱车登古原”点明登古原的时间和原因。诗人心情忧郁，为了解闷，就驾着车子外出眺望风景，于是登上乐游原。自古诗人词客，善感多思，而每当登高望远，送目临风，更易引动无穷的思绪：家国之悲，身世之感，古今之情，人天之思，往往错综交织，所怅万千，殆难名状。

后两句“夕阳无限好，只是近黄昏”描绘了这样一幅画面：余晖映照，晚霞满天，山凝胭脂，气象万千。有人认为，此为诗人热爱生命、执着人间而心光不灭，是积极的乐观主义精神。其实这里不仅是对夕阳下的自然景象而发，也是对时代所发出的感叹。诗人李商隐透过当时唐王朝的繁荣，预见到社会的严重危机，而借此抒发内心的无奈感受。这两句诗所蕴含的博大而精深的哲理意味，被后世广泛引用，并且借用到人类社会的各个方面；也引申、升华，甚至反其意而为之，变消极为积极，化腐朽为神奇，产生全新的意义。因此具有极高的美学价值和思想价值。

学思践悟

“夕阳无限好，只是尽黄昏”中的夕阳只是指眼前的夕阳吗？还可以有其他哪些理解？

剑客[1]

［唐］贾岛

十年磨一剑，霜刃[2]未曾试。
今日把示君[3]，谁有不平事？

注释

① 剑客：行侠仗义的人。

② 霜刃：形容剑锋寒光闪闪，十分锋利。

③ 把示君：拿给您看。

译文

十年辛苦劳作，磨出一把利剑，剑刃寒光闪烁，只是未试锋芒。如今取出，给您一看，谁有不平之事，不妨如实告我。

赏析

贾岛诗思奇僻。这首《剑客》却率意造语，直吐胸臆，给人别具一格的感觉。诗题一作“述剑”。诗人以剑客的口吻，着力刻画“剑”和“剑客”的形象，托物言志，抒写自己兴利除弊的政治抱负。

这是一把什么样的剑呢？“十年磨一剑”，是剑客花了十年工夫精心磨制的。侧写一笔，已显出此剑非同一般。接着，正面一点：“霜刃未曾试。”写出此剑刃白如霜，闪烁着寒光，是一把锋利无比却还没有试过锋芒的宝剑。说“未曾试”，便有跃跃欲试之意。现在得遇知贤善任的“君”，便充满自信地说：“今日把示君，谁有不平事？”今天将这把利剑拿出来给您看看，告诉我，天下谁有冤屈不平的事？一种急欲施展才能，干一番事业的壮志豪情，跃然纸上。

显然，“剑客”是诗人自喻，而“剑”则比喻自己的才能。诗人没有描写自己十年寒窗、刻苦读书的生涯，也没有表白自己出众的才能和宏大的理想，而是通过巧妙的艺术构思，把自己的意想，含而不露地融入“剑”和“剑客”的形象。这种寓政治抱负于鲜明形象之中的表现手法，确实很高明。

全诗思想性与艺术性结合得自然而巧妙。语言平易，诗思明快，显示了贾岛诗风的另外一种特色。

知识链接

贾岛推敲的故事

贾岛初次在京城参加科举考试时，一天，他想到了一句诗：“鸟宿池边树，僧敲月下门。”想用“推”字，又想用“敲”字，反复思考没有定下来，不停做着推和敲的动作，不知不觉间直走到韩愈的仪仗队前，还在不停地做（推敲）的手势。于是一下子就被（韩愈）左右的侍从推搡到韩愈的面前。贾岛详细地回答了他在酝酿诗句因而忘了要回避。韩愈停下车马思考了好一会，对贾岛说：“用‘敲’字好。”两人于是并排骑着驴马回家，一同谈论作诗的方法，好几天不舍得分开。韩愈因此跟贾岛结下了深厚的友谊。

学思践悟

诗的弦外之音是自己寒窗苦读十年，真才实学还未施展，宏图大志未能实现，但愿有朝一日大干一番。你是怎么理解的？

白鹿洞①二首（其一）

［唐］王贞白

读书不觉已春深②，一寸光阴一寸金③。
不是道人④来引笑⑤，周情孔思⑥正追寻⑦。

作者简介

王贞白（875—958），唐末五代十国诗人。字有道，号灵溪。信州永丰（今江西广丰）人。唐乾宁二年（895）登进士，七年后（902）授职校书郎，尝与罗隐、方干、贯休同唱

和。在登第授职之间的七年中，他随军出塞抵御外敌，写下了许多边塞诗，有不少反映边塞生活，激励士气的佳作。其名句“一寸光阴一寸金”，至今在民间广为流传。

注释

① 白鹿洞：在今江西省境内庐山五老峰南麓的后屏山之南。这里青山环抱，碧树成荫，十分幽静。名为“白鹿洞”，实际并不是洞，而是山谷间的一个坪地。

② 春深：春末，晚春。

③ 一寸光阴一寸金：以金子比光阴，谓时间极为宝贵，应该珍惜。寸、阴：极短的时间。

④ 道人：指白鹿洞的道人。

⑤ 引笑：逗笑，开玩笑。

⑥ 周情孔思：指周公、孔子的精义、教导。

⑦ 追寻：深入钻研。

译文

专心读书，不知不觉春天过完了，每一寸时间就像一寸黄金般珍贵。

要不是那位道人故意引我发笑，我正钻入书本探求周公、孔子的精义、教导呢。

赏析

首句叙事。“读书不觉已春深”，言自己专心读书，不知不觉中春天又快过完了。从这句诗中可以看出，诗人读书入神，每天都过得紧张而充实，全然忘记了时间。春天快过完了，是诗人不经意中猛然才发现的。这一发现令诗人甚感意外，颇多感慨。他觉得时间过得太快了，总不够用似的，许多知识来不及学。次句写诗人的感悟。“一寸光阴一寸金”，寸阴，指极短的时间，这里以金子喻光阴，谓时间宝贵，应该珍惜。这是诗人由第一句叙事自然引发出来的感悟，也是诗人给后人留下的不朽格言，千百年来一直勉励人们珍惜时间、注重知识积累，不断充实和丰富自己。

三、四句叙事，补叙自己发觉“春深”，是因为“道人来引笑”。“道人”指白鹿洞的道人。“引笑”指逗笑、开玩笑。道人修禅养性是耐得住寂寞、静得下心的了，而诗人需要道人来“引笑”，才肯放松一下、休息片刻，可见诗人读书之专心致志，非同寻常。这不，道人到来之时，诗人正在深入钻研周公孔子的精义、教导呢。“周情孔思”，当指古代读书人所读的儒家典籍。从诗人的读书生活看，诗人是惜时如金、潜心求知的人。

学思践悟

你从这首诗中受到什么启发和教育？

题弟侄书堂

［唐］杜荀鹤

何事[①]居穷道不穷[②]，乱时[③]还与静时[④]同。
家山[⑤]虽在干戈[⑥]地，弟侄常修礼乐[⑦]风。
窗竹影摇书案[⑧]上，野泉声入砚池中。
少年辛苦终身事，莫向光阴惰[⑨]寸功。

作者简介

杜荀鹤（846—904），唐诗人。字彦之，号九华山人，唐池州石埭（今安徽石台）人。

注释

① 何事：为什么。

② 居穷道不穷：处于穷困之境仍要注重修养。

③ 乱时：战乱时期。

④ 静时：和平时期。

⑤ 家山：家乡的山，这里代指故乡。

⑥ 干戈：干和戈本是古代打仗时常用的两种武器，这里代指战争。

⑦ 礼乐：这里指儒家思想。礼，泛指奴隶社会或封建社会贵族等级制的社会规范和道德体系。乐：音乐。儒家很重视音乐的教化作用。

⑧ 案：几案。

⑨ 惰：懈怠。

译文

虽然住的屋子简陋但知识却没有变少，我还是与往常一样，尽管外面已经战乱纷纷。故乡虽然在打仗，可是弟侄还在接受儒家思想的教化。窗外竹子的影子还在书桌上摇摆，砚台中的墨汁好像发出了野外泉水的叮咚声。年轻时候的努力是有益终身的大事，对着匆匆逝去的光阴，丝毫不要放松自己。

赏析

这首题壁诗，是杜荀鹤咏其侄子读书之处而作。

首联“何事居穷道不穷，乱时还与静时同”，以“何事”关联两句，提出疑问：侄子为何能“居穷道不穷”，更进一层讲为何能在世道纷乱之时仍守常不变，与和平、安宁时一样“居穷道不穷”？前后两个“穷”显然含义不同。“居穷”的“穷”与“不达”相对，指没有步入仕途，“道不穷”的“穷”当作“缺少”解。“居穷道不穷”是说侄子虽然未达而入仕，但却能谨守礼道，勤奋修业。后句“乱时”指当时纷纭动荡的时世。他“乱时还与静时同”，一如既往地“居穷道不穷”，这样确实难能可贵。

颔联“家山虽在干戈地，弟侄常修礼乐风”，前后两句进行对比。“干戈”借代战争，“礼乐”指儒家所遵奉的道德规范。这联是说，家乡虽在战乱中，然弟侄却能守礼自恃，不放弃道德修养，对比之中，弟侄不但勤勉好学，而且品格高洁，卓然突出。同时，后一句又与首联关合，原来是弟侄一贯谨守礼乐之遗，方能“居穷道不穷”，“乱时还与静时同”，这样就回源溯流解答了首联的“何事”之问。

颈联由书堂之人写到书堂之景：“窗竹影摇书案上，野泉声入砚池中。”前一句从视觉上看，近处书房外种的修竹，在日光照耀下将婆娑的影子洒落在书案上，后一句从听觉上说，不远处山野之泉的潺潺流水声传入洗砚池中。此联明状景实乃写人，透过此景，可以想见其侄伏案苦读的情形。

尾联“少年辛苦终身事，莫向光阴惰寸功”，是对侄子的勉励之语，也是作为长辈总结人生经验的肺腑之言。少年时期是人生的春天，春玩其华，则秋登其实，所以说少年时的辛苦勤勉将终身受用，然而要学有所成，还必须有时间的保证，诗人以过来人的口吻，抓住这一关键。暗用夏禹惜寸阴之事关照侄子，切莫因懒惰而让光阴流逝，尾联出语警策，语重心长。

知识链接

《题弟侄书堂》是晚唐诗人杜荀鹤的一首七言律诗。诗句是对后人的劝勉，情味恳直、旨意深切。前句谆谆教诲，年轻时不要怕经历辛苦磨难，只有这样才能为终身事业打下基础。后句是危言警示，不要在怠惰中浪费光阴。“寸功”极小，“终身事”极大，然而极大却正是极小日积月累的结果。说明了一个量变到质变的辩证道理。

春宵

［北宋］苏轼

春宵①一刻②值千金，花有清香③月有阴④。
歌管⑤楼台声细细，秋千院落夜沉沉。

注释

① 春宵：春夜。

② 一刻：比喻时间短暂。刻：计时单位，古代用漏壶计时，一昼夜共分为一百刻。

③ 花有清香：意思是花朵散发出清香。

④ 月有阴：指月光在花下投射出朦胧的阴影。

⑤ 歌管：歌声和管乐声。

译文

春天的夜晚，即便是极短的时间也十分珍贵。花儿散发着丝丝缕缕的清香，月光在花下投射出朦胧的阴影。楼台深处，富贵人家还在轻歌曼舞，那轻轻的歌声和管乐声还不时地弥散于醉人的夜色中。夜已经很深了，挂着秋千的庭院已是一片寂静。

赏析

开篇两句写春夜美景。春天的夜晚十分宝贵，花朵盛开，月色醉人。这两句不仅写出了夜景的清幽和夜色的宜人，更是在告诉人们光阴的宝贵。

后两句写的是官宦贵族阶层尽情享乐的情景。夜已经很深了，院落里一片沉寂，他们却还在楼台里尽情地享受着歌舞和管乐，对他们来说，这样的良辰美景更显得珍贵。作者的描写不无讽刺意味。

全篇写得明白如画却又立意深沉。在冷静自然的描写中，含蓄委婉地透露出作者对醉生梦死、贪图享乐、不惜光阴的人的深深谴责。诗句华美而含蓄，耐人寻味。特别是“春宵一刻值千金”，成为千古传诵的名句，人们常常用来形容良辰美景的短暂和宝贵。

知识链接

苏轼不但在诗文、书法方面造诣很深，而且堪称我国古代美食家，对烹调菜肴亦很有研究，尤其擅长制作红烧肉。相传元丰三年（1080）二月一日，苏轼被贬谪到黄州，见黄州市面猪肉价贱，而人们不大吃它，便亲自烹调猪肉。有一次他食得兴起，即兴作了一首打油诗名曰“食猪肉诗”，诗中写道：“黄州好猪肉，价贱如粪土。富者不肯吃，贫者不解煮。慢着火，少着水，火候足时它自美。每日早来打一碗，饱得自家君莫管。”此诗一传十，十传百，人们开始争相仿制，并把这道菜戏称为“东坡肉”。

学思践悟

青春易逝，盛年不再来，要珍惜属于我们的大好时光。

浣溪沙·游蕲水清泉寺

［北宋］苏轼

游蕲水[①]清泉寺，寺临兰溪，溪水西流。

山下兰芽短浸[②]溪，松间沙路净无泥，潇潇[③]暮雨子规啼。
谁道人生无再少[④]？门前流水尚能西！休将白发[⑤]唱黄鸡[⑥]。

注释

① 蕲水：县名，今湖北浠水县。时与医人庞安时（字安常）同游，见《东坡题跋》卷三《书清泉寺词》。

② 浸：泡在水中。

③ 潇潇：形容雨声。

④ 无再少：不能回到少年时代。

⑤ 白发：老年。

⑥ 唱黄鸡：感慨时光的流逝。因黄鸡可以报晓，表示时光的流逝。

译文

在蕲水的清泉寺游玩，寺在兰溪的旁边，溪水向西流淌。山脚下刚生长出来的幼芽浸泡在溪水中，松林间的沙路一尘不染，傍晚，下起了小雨，布谷鸟的叫声从松林中传出。谁说人生就不能再回到少年？门前的溪水还能向西边流淌！不要在老年感叹时光的飞逝！

赏析

这是一首触景生慨、蕴含人生哲理的小词，体现了作者热爱生活、乐观旷达的性格。

上片写暮春游清泉寺所见之幽雅景致。山下溪水潺湲，溪边的兰草才抽出嫩芽，蔓延浸泡在溪水中。松柏夹道的沙石小路，经过春雨的冲刷，洁净无泥。时值日暮，松林间的杜鹃在潇潇细雨中啼叫着。这是一幅多么幽美宁静的山林景致啊！作者此际漫步溪边，触目无非生意，浑然忘却尘世的喧嚣和官场的污秽，心情是愉悦的，其内心所唤起的应是对大自然的喜爱及对人生的回味，这就引出了下片的对人生的哲思。

下片就眼前溪水西流之景生发感慨和议论。江水的东流不返，正如人的青春年华只有一次一样，都是不可抗拒的自然规律，曾使古今无数人为之悲叹。而作者此际面对着眼前西流的兰溪水，却产生奇妙的遐想：既然溪水可以西流，人为什么不可以重新拥有青春年华呢？人生之“再少”，乃是说应保持一种年轻的乐观的心态。作者尾句认为即使到了暮年，也不应有那种“黄鸡催晓”、朱颜已失的衰颓心态，体现了作者在贬谪期间旷达振作的精神状态。

知识链接

苏东坡少年时读了一些书，颇为聪慧，常得到师长赞扬，他颇为自负地在自己房前贴了一副对联：“识遍天下字，读尽人间书。”后一白发老妪持一深奥古书拜访苏轼，苏轼不识书中的字，老妪借此委婉批评了苏轼，于是苏轼把对联改为“发奋识遍天下字，立志读尽人间书”，用以自勉，从此传为佳谈。

赠刘景文[①]

［北宋］苏轼

荷尽已无擎雨盖[②]，菊残犹有傲霜枝[③]。

一年好景君须记[④]，正是橙黄橘绿时[⑤]。

注释

① 刘景文：刘季孙，字景文，工诗，时任两浙兵马都监，驻杭州。苏轼视他为国士，曾上表推荐，并以诗歌唱酬往来。

② 荷尽：荷花枯萎，残败凋谢。擎：举，向上托。雨盖：旧称雨伞，诗中比喻荷叶舒展的样子。

③ 菊残：菊花凋谢。犹：仍然。傲霜：不怕霜动寒冷，坚强不屈。

④ 君：原指古代君王，后泛指对男子的敬称，您。须记：一定要记住。

⑤ 正是：一作“最是”。橙黄橘绿时：指橙子发黄、橘子将黄犹绿的时候，指农历秋末冬初。

译文

荷花凋谢连那擎雨的荷叶也枯萎了，只有那开败了菊花的花枝还傲寒斗霜。一年中最好的景致您一定要记住，那就是在橙子金黄、橘子青绿的秋末冬初的时节啊。

赏析

此诗是苏轼于宋哲宗元祐五年（1090）任杭州太守时所作。苏轼在杭州见刘时，刘已五十八岁。经苏轼向朝廷竭力保举，刘才得到小小升迁。不想只过了两年，景文就去世了。苏轼感叹刘人生坎坷遭遇，应当时景色作此诗。

这首诗的前两句写景，抓住“荷尽”“菊残”等特定景物，描绘出秋末冬初的萧瑟景象。“已无”与“犹有”形成强烈对比，突出了菊花傲霜斗雪的坚贞形象。后两句议景，揭示赠诗的目的，说明秋景虽然萧瑟冷落，但也有硕果累累、成熟丰收的一面，而这一点恰恰是其他季节无法相比的。诗人这样写，是用来比喻人到壮年，虽已青春流逝，但也是人生成熟、大有作为的黄金阶段，勉励朋友珍惜这大好时光，努力进取，切忌意志消沉，妄自菲薄。

劝学篇

[北宋] 赵恒

富家不用买良田，书中自有千钟粟[①]。
安居不用架高堂[②]，书中自有黄金屋[③]。
出门无车无须恨，书中有马多如簇[④]。
娶妻无媒无须恨，书中有女颜如玉[⑤]。
男儿欲遂平生志，六经勤向窗前读[⑥]。

作者简介

宋真宗赵恒，宋朝第三位皇帝，宋太宗第三子，至道元年（995），被立为太子，改名恒。至道三年（997），赵恒即位。恒好文学，善书法。有《御制集》三百卷。

注释

① 千钟粟：钟是中国古代计量单位，春秋时齐国以十釜为“钟”。粟：北方通称“谷子”，去皮后称“小米”，在这里泛指五谷。“千钟粟”意思是五谷丰登、良田千顷、粮食满仓，在这里特指官员的俸禄，形容高官厚禄。

② 高堂：指房屋的正室厅堂。见《后汉书·马融传》：“常坐高堂，施绛纱帐，前授生徒，后列女乐。”

③ 黄金屋：泛指富贵满堂、荣华富贵。

④ 簇：丛生，聚集。

⑤ 颜如玉：出自《古诗十九首》“燕赵多佳人，美者颜如玉”，常用来指代年轻貌美的女子。

⑥ 六经：《诗》《书》《礼》《易》《乐》《春秋》的合称。

译文

想要丰衣足食的话，不需要购买良田，只要努力读书，在功成名就时，就能填饱肚子。想要安安稳稳地过生活，不一定要盖起华丽的房子，只要努力读书，就能够得到更好的生活。当出门的时候，不要怨恨身边没有车马跟随，只要努力读书，成大官时自然就有马车仆人随后服侍。当娶妻子的时候，不用怨恨没有好的媒人来做媒，只要努力读书，自然就能认识心仪女子。如果想要这一生的志向得以实现，就应当努力读书。

赏析

宋真宗赵恒用“书中自有千钟粟”“书中自有黄金屋”“书中有马多如簇”“书中有女颜如玉”来劝勉学子读书上进。其目的在于鼓励读书人读书科举，参政治国，使得宋朝能够广招贤士以治理好天下。这几句诗虽然有着鲜明的功利倾向，却在民间广为流传。

“书中自有黄金屋”“书中有女颜如玉”概括了古代许多读书人读书的目的和追求。其实列举这两者只是一种借代的说法，它们是一朝金榜题名、出人头地后最具代表性的收获，所以人们也就常用这句话鼓励别人或子女读书。

这首诗字里行间给我们的启示是读书考取功名是古代读书人人生的一条绝佳出路。用现代理念去解释，读书就是接受教育，教育是社会的一个功能，让学生掌握知识、增长才干，以投身社会，服务群众。

学思践悟

《劝学篇》勉人读书，但诗中有过分追求荣华富贵、功名利禄之嫌，有着鲜明的功利倾向。你是怎么看待读书的目的的呢？

读书

［南宋］陆九渊

读书切戒在慌忙[①]，涵泳[②]工夫兴味长。
未晓不妨权[③]放过，切身[④]须要急思量。

作者简介

陆九渊（1139—1193），南宋著名理学家、思想家和教育家。字子静，号象山，汉族江右民系，书斋名“存”，世人称存斋先生，江西抚州市金溪县陆坊青田村人。宋明两代“心学”的开山之祖。著有《象山先生全集》。

注释

① 慌忙：匆匆忙忙，急于求成。

② 涵泳：边吟诵边思考，慢慢琢磨消化。

③ 权：暂且。

④ 切身：对己有关系之处。

译文

读书要特别注意静下心来读，不能着急，不能抱有功利色彩。慢慢地用心去读，深入体会才会觉得韵味无穷。如果有不明白的地方不妨暂且放过去，不要死抠字眼，回头读到后面就会豁然贯通。对于与自己切身处境相关的需要认真思考，一定要仔细思考其中的深意。

赏析

这首题为“读书”的绝句，应该表现了陆九渊对读书的最基本的看法。

他首先说，读书的最大忌讳是慌忙。读书最怕的不是读书多少，懂不懂，深不深，勤不勤，而是说不能慌忙，他这句话不是从结果上（多少、懂、深度）说的，也不是从意志上（勤奋）说的，而是从方法和习惯上说的。

戒掉慌忙得到的是什么？应该是心静、从容。这里，诗人是在告诫学子要静心读书，从容读书。

“涵泳”地读书，诗人并不认为是苦差事，而应该是美差！这样的读书趣味也是好处多多。因为，这样读书，书就不是简单的文字了，就有了生命，有了情趣，有了美。

前两句说出了读书的心理前提和读书的最基本方法；后面两句，诗人谈的是读书的策略。读书要循序渐进，但所读的书不一定就符合个人的“序”，可能有的书，或者书中的某些地方，一时半刻难以理解，甚至无法理解；他认为，这时，不妨暂且放下，以后工夫到了自然会豁然开朗。但读书是不是只拣能够读懂的读呢？诗人也不同意这种观点，他认为和自己联系紧密的、现在常常用到的还是要弄懂，对这些眼前该要懂的问题是决不能轻易放过的，如果不懂，就要请教和讨论，直到弄懂为止。这两句诗道出了各种书自有特点，所使用的方法策略是不同的，并指出了读书的灵活性和原则性。

四句诗，言短意长，皆是深知读书三昧的智者之言。颜真卿的《劝学》道出了读书的毅力，这首诗，则道出了读书的智慧。

知识链接

金溪陆氏始祖为晚唐宰相陆希声之孙陆德迁，五代末年为避战乱，他携家带小从江苏宜兴县君阳山迁至抚州金溪青田里（今江西省金溪县陆坊）。第五代陆贺（字道卿），通晓孔孟之学，生有六子，九思、九叙、九皋、九韶、九龄和九渊，皆学识不凡、卓然有成，九韶、九龄、九渊三兄弟还都成为南宋著名学者，人称“金溪三陆”。南宋理宗淳祐二年（1242），陆家又被敕封为“义门”，世称“陆氏义门”。

冬夜读书示子聿[①]

［南宋］陆游

古人学问无遗力[②]，少壮工夫老始[③]成。
纸上得来终觉浅[④]，绝知此事要躬行[⑤]。

注释

① 示：训示、指示。子聿：陆游的小儿子。

② 学问：指读书学习，就是学习的意思。无遗力：用出全部力量，没有一点保留，不遗余力、竭尽全力。遗：保留，存留。

③ 少壮：青少年时代。工夫：做事所耗费的时间。始：才。

④ 纸：书本。终：到底，毕竟。觉：觉得。浅：肤浅，浅薄，有限的。

⑤ 绝知：深入、透彻的理解。躬行：亲身实践。行：实践。

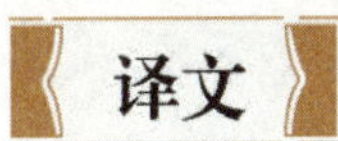

译文

古人做学问是不遗余力的，终生为之奋斗，往往是年轻时开始用功，到了老年才取得成功。从书本上得来的知识终归是浅薄的，未能理解知识的真谛。要想彻底明白书本上的深刻的知识必须要亲自实践。

赏析

首联“古人学问无遗力”，赞扬了古人刻苦做学问的精神。颔联“少壮工夫老始成”是说做学问的艰难。诗的前两句旨在说明只有少年时养成良好的学习习惯，竭尽全力地打好扎实的基础，将来才能成就一番事业。诗人从古人做学问入手娓娓道来，其中“无遗力”三个字，形容古人做学问勤奋用功、孜孜不倦的程度，既生动又形象。诗人语重心长地告诫儿子，趁着年少精力旺盛，抓住美好时光奋力拼搏，莫让青春年华付诸东流。

后两联，强调了做学问的工夫要下在哪里的重要性。孜孜不倦、持之以恒地学习知识，固然很重要，但仅此还不够，因为那只是书本知识，书本知识是前人实践经验的总结，不能纸上谈兵，要“亲身躬行”。一个既有书本知识，又有实践经验的人，才是真正有学问的人。书本知识是前人实践经验的总结，能否符合此时此地的情况，还有待实践去检验。只有经过亲身实践，才能把书本上的知识变成自己的实际本领。诗人从书本知识和社会实践的关系着笔，强调实践的重要性，凸显其真知灼见。“要躬行”包含两层意思：一是学习过程中要“躬行”，力求做到“口到、手到、心到”，二是获取知识后还要“躬行”，通过亲身实践化为己有，转为己用。诗人的意图非常明显，旨在激励儿子不要片面满足于书本知识，而应在实践中夯实和提升。

本诗通过写陆游对儿子子聿的教育，告诉读者做学问要有孜孜不倦、持之以恒的精神。一个既有书本知识，又有实践精神的人，才是真正有学问的人。

知识链接

子聿是陆游的最小的儿子。陆游在冬日寒冷的夜晚，沉醉书房，乐此不疲地啃读诗书。窗外，北风呼啸冷气逼人，诗人却浑然忘我，静寂的夜里，他抑制不住心头奔腾踊跃的情感，毅然挥就了八首《冬夜读书示子聿》的诗，满怀深情地送给儿子，这是其中的一首。

学思践悟

在书本与实践的关系上，我们都强调了实践的重要性。间接经验是人们从书本中汲取营养，学习前人的知识和技巧的途径。直接经验是直接从实践中产生的认识，是获取知识

更加重要的途径。只有通过“躬行”，把书本知识变成实际知识，才能发挥所学知识对实践的指导作用。

谢池春·壮岁从戎

［南宋］陆游

壮岁从戎，曾是气吞残虏①。阵云②高、狼烽③夜举。朱颜青鬓，拥雕戈西戍④。笑儒冠、自来多误。

功名梦断，却泛扁舟吴楚。漫悲歌、伤怀吊古。烟波无际，望秦关何处？叹流年⑤、又成虚度。

注释

① 虏：古对北方外族之蔑称。

② 阵云：战争烟云。

③ 狼烽：烽火。古代边疆烧狼粪生烟以报警，故名。

④ 戍：守边。

⑤ 流年：流逝之岁月；年华。

译文

壮年之时参军，曾经有过吞杀敌虏的豪迈气魄。天上厚厚的云烟，是那烽火狼烟在夜间被点着。年轻的小伙，捧着雕饰精美的戈向西去戍边。那时讥笑：自古儒生都浪费了大好的青春，而不参军报效国家。

上阵杀敌的梦已经破碎，我只能百无聊赖地在这片吴楚大地上泛舟。慢慢吟唱悲歌，不由得伤心而凭吊古人。看着一望无际的江湖，我又想到此刻边关战事如何呢？只能感叹：自己又虚度了不少流水般的岁月。

赏析

南宋乾道八年（1172），陆游四十八岁，于十一月赴成都新任。宣抚司治所在南郑（今陕西汉中），是当时西北前线的军事要地。陆游在这里任职，有机会到前线参加一些军事活动，符合他的想效力于恢复旧山河事业的心愿。所以短短不到一年的南郑生活，成为他一生最适意、最爱回忆的经历。

陆游在南郑，虽然主管的是文书、参议一类的工作，但他也曾戎装骑马，随军外出宿营，并曾亲自在野外雪地上射虎，所以他认为过的是从军生活。那时候，他意气风发，抱着一举收复西北失地的雄心。词的上片开头几句：“壮岁从戎，曾是气吞残虏。阵云高、狼烟夜举。朱颜青鬓，拥雕戈西戍”，写得极为豪壮，使人颇感振奋。但全词感慨，也仅止于此。接下去一句：“笑儒冠、自来多误”，突然转为对这种生活消失的感慨。

下片写老年家居江南水乡的生活和感慨。“功名梦断，却泛扁舟吴楚。”愿望落空，作者被迫隐居家乡，泛舟镜湖等地，以自我解闷消遣，其失落感跃然纸上。“漫悲歌、伤怀吊古”，以自我宽解作转笔。“烟波无际，望秦关何处？叹流年、又成虚度。”无奈“抽刀断水水更流”，自我宽解反而更愁，回到感慨作结。为什么无际的江南烟波的美景，还不能消除对秦关的向往？老年的隐居，还要怕什么流年虚度？这就是爱国感情强烈、壮志不甘断送的缘故。

这首词上片念旧，以慷慨之情起；下片写现实，以沉痛之情结。思想上贯穿的是报效国家的红线，笔调上则尽力化慷慨与沉痛为闲淡，在作者的词作中，是情调比较宁静、含蓄的一首。

偶成

[南宋] 朱熹

少年易老学难成，一寸光阴不可轻。
未觉池塘春草梦[①]，阶前梧叶已秋声[②]。

注释

① 池塘春草梦：这是一个典故，源于《南史·谢方明传》：“谢方明之子惠连，年十岁能属文，族兄灵运嘉赏之，云：‘每有篇章，对惠连辄得佳话。’尝于永嘉西堂，竟日不就，忽梦见惠连，即得‘池塘生春草’，大以为工。常云：‘此语神功，非吾语也。’”“池塘生春草，园柳变鸣禽”是谢灵运《登池上楼》中的诗句，后被赞誉为写春意的千古名句，此处活用其典，意谓美好的青春年华将很快消逝。

② 秋声：秋时西风作，草木凋零，多肃杀之声。

译文

青春的日子容易逝去，学问却很难成功，所以每一寸光阴都要珍惜，不能轻易放过。没等池塘生春草的美梦醒来，台阶前的梧桐树叶就已经在秋风里沙沙作响了。

赏析

这是一首逸诗，具体写作年代不详，大约在绍兴末年。日本盛传此诗，我国大陆亦不胫而走，以为为朱熹所作，姑且存以备考。其主旨是劝青年人珍视光阴，努力向学，用以劝人，亦用于自警。该诗语言明白易懂，形象鲜明生动，把时间快过、岁月易逝的程度，用“未觉池塘春草梦，阶前梧桐已秋声”来比喻，十分贴切，倍增劝勉的力量。

知识链接

“四书”：是《大学》《中庸》《论语》《孟子》这四部著作的总称。据称，它们分别出于早期儒家的四位代表性人物曾参、子思、孔子、孟子，所以称为《四子书》（也称《四子》），简称为《四书》。南宋光宗绍熙元年（1190），当时南宋著名理学家朱熹在福建漳州将《礼记》中《大学》《中庸》两篇拿出来单独成书，和《论语》《孟子》合为四书，并汇集起来作为一套经书刊刻问世。

书院

[南宋] 刘过

力学如力耕①，勤惰②尔自知。
但使书种多，会有岁稔③时。

作者简介

刘过，南宋文学家。字改之，号龙洲道人。四次应举不中，流落江湖间，布衣终身。曾为陆游、辛弃疾所赏。词风与辛弃疾相近，狂逸俊致，与刘克庄、刘辰翁享有“辛派三刘”之誉。有《龙洲集》《龙洲词》。

注释

① 力耕：努力耕作。

② 勤惰：勤劳和懒惰。

③ 岁稔：年成丰熟。唐白居易《泛渭赋》序：“上乐时和岁稔，万物得其宜。”

译文

勤奋读书如农夫种地，勤劳懒惰自己知道。如果多读书有了知识，就等于在农业上有了大丰收。

赏析

《书院》运用了比喻的修辞手法。即以具体的事物把抽象的道理形象地表达出来，借只有下大力气耕地，才能有好的收成，来喻只有努力学习，才能有好的收获。学习和农业种植一样，辛勤付出还是偷奸耍滑，唯有自己最清楚。但如果努力读书，一定会有收获。此诗鼓励人们读书，以勤为径，一分耕耘一分收获。

知识链接

刘过与辛弃疾交往颇深，后世传为佳话。辛弃疾在浙东为帅时，刘过慕名而来欲结交，门房见刘过只是一介布衣，势利眼发作，坚决不让其入内。刘过愤然与门房争执，辛弃疾听见声音召门房问话，门房不免添醋地说刘过是非，辛弃疾大怒，本想将刘过逐走，幸而此时陆游与陈亮在侧，二人把刘过大大夸奖一番，说他是当世豪杰，善赋诗，不妨一见。辛弃疾这才让刘过进来，斜眼看他，冷冷问：“你能写诗么？”刘过说：“能。”这时席间正上羊腰肾羹，辛弃疾便命他以此为赋，刘过笑道：“天气太冷，我想先喝点酒。”辛弃疾赐酒，刘过接过，大口饮尽，一时手颤，有酒液沥流于怀，辛弃疾就让他以“流”字为韵。刘过随即吟道：“拔毫已付管城子，烂首曾封关内侯。死后不知身外物，也随樽酒伴风流。”辛弃疾闻之大喜，忙请他共尝羊羹，宴罢后还厚赠他不少财物，自此二人遂为莫逆之交。

学思践悟

读书就像种粮食，读得多，积累得就多，辛勤付出总会有收获的。

一剪梅·舟过吴江①

［南宋］蒋捷

一片春愁待酒浇。江上舟摇，楼上帘招②。秋娘渡③与泰娘桥④，风又飘飘，雨又萧萧。

何日归家洗客袍？银字笙⑤调，心字香⑥烧。流光容易把人抛，红了樱桃，绿了芭蕉。

作者简介

蒋捷，生卒年不详，南宋词人，宋末元初阳羡（今江苏宜兴）人。先世为宜兴巨族，咸淳十年（1274）进士。南宋亡，深怀亡国之痛，隐居不仕，人称“竹山先生”“樱桃进士”，其气节为时人所重。

注释

① 吴江：今江苏县名。在苏州南。

② 帘招：指酒旗。

③ 秋娘渡：指吴江渡。秋娘：杜秋，生卒年不详，《资治通鉴》称杜仲阳，后世多称为“杜秋娘”，是唐时人（今江苏镇江）。后来入宫，为宪宗所宠。穆宗立，为皇子保姆。皇子被废，秋娘归故乡，穷老

无依。渡：一本作“度”。

④ 桥：一本作“娇”。

⑤ 银字笙：管乐器的一种。笙调：调弄有银字的笙。

⑥ 心字香：心字形的香。

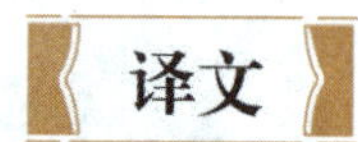

译文

船在吴江上飘摇，我满怀羁旅的春愁，看到岸上酒帘子在飘摇招揽客人，便产生了借酒消愁的愿望。船只经过令文人骚客遐想不尽的胜景秋娘渡与泰娘桥，也没有好心情欣赏，眼前是“风又飘飘，雨又潇潇”，实在令人烦恼。

哪一天能回家洗客袍，结束客游劳顿的生活呢？哪一天能和家人团聚在一起，调弄镶有银字的笙，点燃熏炉里心字形的盘香？春光容易流逝，使人追赶不上，樱桃才红熟，芭蕉又绿了，春去夏又到。

赏析

起笔点题，指出时序，点出“春愁”的主旨。“一片春愁待酒浇”，“一片”言愁闷连绵不断。“待酒浇”，是急欲排解愁绪，表现了他愁绪之浓。词人的愁绪因何而发，这片春愁缘何而生，接着便点出这个命题。

随之以白描手法描绘了“舟过吴江”的情景：“江上舟摇，楼上帘招。秋娘渡与泰娘桥，风又飘飘，雨又萧萧”，这“江”即吴江。一个“摇”字，颇具动态感，带出了乘舟的主人公的动荡漂泊之感。“招”，意为招徕顾客，透露了他的视线为酒楼所吸引并希望借酒浇愁的心理。这里他的船已经驶过了秋娘渡和泰娘桥，以突出一个“过”字。“秋娘”“泰娘”是唐代著名歌女。作者单用之。心绪中难免有一种思归和团聚的急切之情。漂泊思归，偏逢上连阴天气。作者用“飘飘”“萧萧”描绘了风吹雨急。“又”字含意深刻，表明他对风雨阻归的恼意。这里用当地的特色景点和凄清、伤悲气氛对愁绪进行了渲染。

“何日归家洗客袍？银字笙调，心字香烧。”首句点出“归家”的情思，“何日”道出漂泊的厌倦和归家的迫切。想象归家后的温暖生活，思归的心情更加急切。“何日归家”四字，一直管着后面的三件事：洗客袍、调笙和烧香。词人想象归家之后的情景：结束旅途的劳顿，换去客袍；享受家庭生活的温馨，娇妻调弄起镶有银字的笙，点燃熏炉里心字形的香。这里的白描是为了渲染归情，用美好和谐的家庭生活来突出思归的心绪。作者词中极想归家之后佳人陪伴之乐，思归之情段段如此。“银字”和“心字”给他所向往的家庭生活增添了美好、和谐的意味。

下片最后三句非常精妙。“流光容易把人抛”，指时光流逝之快。“红了樱桃，绿了芭蕉”化抽象的时光为可感的意象，以樱桃和芭蕉这两种植物的颜色变化，具体地显示出时光的流逝，也是渲染。蒋捷抓住夏初樱桃成熟时颜色变红，芭蕉叶子由浅绿变为深绿，把看不见的时光流逝转化为可以捉摸的形象。春愁是剪不断、理还乱。词中借“红”“绿”颜色之转变，抒发了年华易逝、人生易老的感叹。

知识链接

《一剪梅》词牌的特点是在舒徐（七字句）与急促（四字叠句）的节奏较整齐的交替中显现动人的音乐性。自周邦彦以来，有不少名句，如李清照“才下眉头，又上心头”等。后又经辛弃疾的创作，四字叠句完全由散而整，构成排句重叠的规定性，音乐性更强了，而且往往突出画面的重叠或心境的重叠。到蒋捷的词里，特别是这首《一剪梅·舟过吴江》传世佳作，其表现手法更为丰富，四组四字相叠的排句也往往写得灵动流丽，名篇更多了。

四时读书乐

[元] 翁森

读书之乐乐无穷，春夏秋冬乐其中。

风雨霜雪频①相戏，合窗展②卷自从容。

作者简介

翁森，生卒年不详，宋末元初人。字秀卿，号一飘。因他对元人的统治不满，不愿出仕做官，隐居浙江仙居乡里，以教书为生。后创办安洲书院，极盛时弟子达八百人，是位著名的教育家和诗人。

注释

① 频：多次，屡次。

② 展：张开，这里作“摊开”之意。

译文

读书之乐无穷无尽，一年四季都乐在其中。不论刮风下雨、霜降飘雪，我自合窗看书自在从容。

赏析

《四时读书乐》是一首歌咏读书情趣的诗，是很好的劝学诗。古人很重视劝学，从幼童的蒙学《三字经》到“四书”“五经”以至“二十四史”、诸子百家，无不谆谆劝学。当然，这种助学宣扬的是“书中自有黄金屋”，

“万般皆下品，唯有读书高”的封建剥削阶级思想。而《四时读书乐》的主题虽然也是劝学，却没有那种世俗的读书做官、光宗耀祖的腐朽思想。它宣扬的是读书的高雅情趣，不以功名利禄为目的。它把一年四季都视为读书的好时光，勉励人们勤奋读书，其基调是积极的。

此诗被清代《四库全书》收录，民国初期曾被教育部部长叶楚伧编进国文教科书，为当时中学生所必读。这首诗被湮没不传将有半个多世纪了，委实是一首优美的、情致高尚的劝学诗。

知识链接

南宋灭亡后，翁森立志不再做官，隐居教授。元至元年间，建安洲书院，以朱熹白鹿洞学规为训，坚持以儒术教化乡人。从学者先后达八百多人。元代废科举，乡里人甚少攻读，学风日下，该县地处穷僻，文化尤其日衰，经翁森的力挽，耕读之风又“彬彬称盛”。

学思践悟

一年四季都是读书的好时光，从这首诗也看出了作者的坚持与认真，我们能做到吗？

昨日歌

[明] 文嘉

昨日兮昨日，昨日何其好！
昨日过去了，今日徒[①]烦恼。
世人但知悔昨日，不觉今日又过了。
水去汩汩[②]流，花落日日少。
万事立业在今日，莫待明朝悔今朝。

作者简介

文嘉（1501—1583），字休承，号文水，明湖广衡山人，系籍长州（今江苏苏州）。文徵明仲子。吴门派代表画家。

注释

① 徒：徒然，白白地。

② 汩汩：水急流貌。《文选·枚乘〈七发〉》：“怳兮忽兮，聊兮慄兮，混汩汩兮。”吕延济注：“混汩汩，相合疾流貌。”

译文

嘴里总是在说着昨天的成功事迹，但是昨天又在哪呢？昨天能成功，现在为什么不做点同样成功的事情？现在你不切实际地回忆昨日往事，而你现在无为浪费的时间终究会变成你未来日子里的昨天。早知道当初你的成功事迹会让你像现在这样无所事事，那么你的昨日还不如做点平平淡淡的事呢！多做点平常的小事吧，也比只有一天光辉历史要强。别把昨天当今天，昨天只能成为过去。

赏析

此诗文辞简易明了，讲述昨日之日不可回，一味回忆浪费光阴，于事无补。若要建功立业，唯有在当下努力奋斗，才能避免陷入一日懊悔一日的陷阱不能自拔。

今日歌

[明] 文嘉

今日复[①]今日，今日何其少！
今日又不为，此事何时了[②]？
人生百年几今日，今日不为真可惜！
若言姑[③]待明朝至，明朝又有明朝事。
为君聊[④]赋今日诗，努力请从今日始。

注释

① 复：又。
② 了：完结，结束。
③ 姑：暂且，暂时。
④ 聊：姑且，勉强，凑合。

赏析

此诗讲述今日之重要。人生短暂，又负有各自使命，每日均需努力学习、工作。往者不可谏，来者犹可追。不管任何时候，从现在开始努力，关注今日，都不为迟。亡羊补牢，犹未晚矣。

这几句诗，是先辈千折百曲、历经磨难生活体验的结晶啊！古人有感于时光之短暂，便有了“悬梁刺股”“囊萤映雪”和“凿壁偷光”的典故。现在我们的条件优越，不是更应该珍惜、抓紧今天的分分秒秒吗？抓住了今天，就是抓住了掌握运用知识的机会，就是抓住了发明创造的希望。聪明、勤奋、有志的人，他们深深懂得时间就是生命，甚至比生命还宝贵。他们决不把今天的宝贵时光虚掷。

知识链接

虚度光阴，是在折损生命的光。及时努力，去开辟理想的路。朋友，不要沉湎于昨天，不要观望明天，一切从现在开始，从今天开始。今天，是生命的开端，是奋斗的起点。李大钊曾指出："你能够把握的就是今天。"昨天已成历史，明天尚不确实，只有今天，才是属于自己的：昨天若有不足，今天尚可弥补；明天有何目标，今天也可谋划。

学思践悟

读了《今日歌》后，你能准确地读出明代徐渭诫子孙的一副奇联吗？

上联：好读书，不好读书；下联：好读书，不好读书。

明日歌

［清］钱福

明日复明日，明日何其多！

我生待明日，万事成蹉跎[①]。

世人苦被明日累[②]，春去秋来老将至。

朝看东流水，暮看日西坠。

百年明日成几何？请君[③]听我《明日歌》。

作者简介

钱福（1461—1504），明代状元。字与谦，华亭（今上海松江）人。因家住鹤滩附近，自号鹤滩。诗文以敏捷见长，有名一时，根据文嘉诗文修改的《明日歌》流传甚广。著有《鹤滩集》。

注释

① 蹉跎：指虚度光阴。

② 累：连带，拖累。

③ 请君：请诸位。

译文

明天，又一个明天，明天何等的多。我的一生都在等待明日，什么事情都没有进展。世人和我一样辛苦地被明天所累，一年年过去马上就会老去。早晨看河水向东流逝，傍晚看太阳向西坠落才是真生活。百年来的明日能有多少呢？请诸位听听我的《明日歌》。

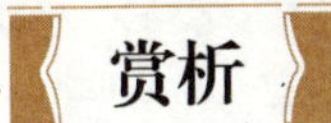

赏析

这一首诗七次提到“明日”，反复告诫人们要珍惜时间，今日的事情今日做，不要拖到明天，不要蹉跎岁月。诗歌的意思浅显，语言明白如话，说理通俗易懂，很有教育意义。它给人的启示是，世界上的许多东西都能尽力争取和失而复得，只有时间难以挽留。人的生命只有一次，时间永不回头。不要今天的事拖明天，明天拖后天。要今日事，今日毕。

《明日歌》自问世至今，数百年来广为世人传颂，经久不衰。诗人在作品中告诫和劝勉人们要牢牢地抓住稍纵即逝的今天，今天能做的事一定要在今天做，不要把任何计划和希望寄托在未知的明天。今天才是最宝贵的，只有紧紧抓住今天，才能有充实的明天，才能有所作为，有所成就。否则，“明日复明日，”到头来只会落得个“万事成蹉跎”，一事无成，悔恨莫及。因此，无论做什么事都应该牢牢铭记：一切从今天开始，一切从现在开始。

知识链接

钱福少有文名。一次，他从私塾读完书回家，路见一客人正在赏菊。二人见过礼后，客人出对曰：“赏菊客归，众手折残彭泽景。”钱福应声答道：“卖花人过，一肩挑尽洛阳春。”后来钱福被置官家居，当地县官雅好笔墨，一日邀请他游君山，预先选出齐韵中的“堤、脐、低、梯”等生僻用字命下人收好，待酒席之上再请出，欲难为钱福。待酒过三巡之后，县官请钱福以大观亭为题作诗，钱福遂挥笔依韵写出：“水势兼天山作堤，诸云烟树望中齐。直从巴峡才归壑，许大乾坤此结脐。胸次决开三极郎，目光摇荡四垂低。欲骑日月穷天外，谁借先生万丈梯。”一时举座皆赞赏不已。

学思践悟

青少年要把握当下，珍惜少壮年华，少年时代要发愤苦读，勤奋学习，有所作为，否则，等到老了以后再想读书就迟了。

晓窗

[清] 魏源

少[1]闻鸡声眠，老[2]听鸡声起。
千古万代人，消磨数声里。

作者简介

魏源（1794—1857），清启蒙思想家、政治家、文学家，近代中国“睁眼看世界”的先行者之一。倡导学习西方先进科学技术，总结出“师夷之长技以制夷”的新思想。著有《海国图志》等。

注释

① 少：年轻的时候。

② 老：年迈的时候。

译文

小时候听到鸡鸣才睡觉，老了的时候，听到鸡鸣才起床。想想这千秋万代中的人，把自己的美好年华都消磨在这几声的鸡鸣中。

赏析

诗人巧借晋代祖逖与刘琨闻鸡起舞之典，警示人们要立志奋发，有所作为，切不可蹉跎岁月，要有时不我待，立志济天下，安邦民，为国献身之精神。由少到老，世上千千万万代人，他们的岁月与生命，都无一例外地消磨在报晓的鸡鸣中，无志者消沉，蹉跎岁月；有志者奋发，建功立业。人生短促，时不我待。诗歌一、二句拿老少对时光的态度进行对比，三、四句引出主题，劝诫少年人要珍惜时光，奋发图强。

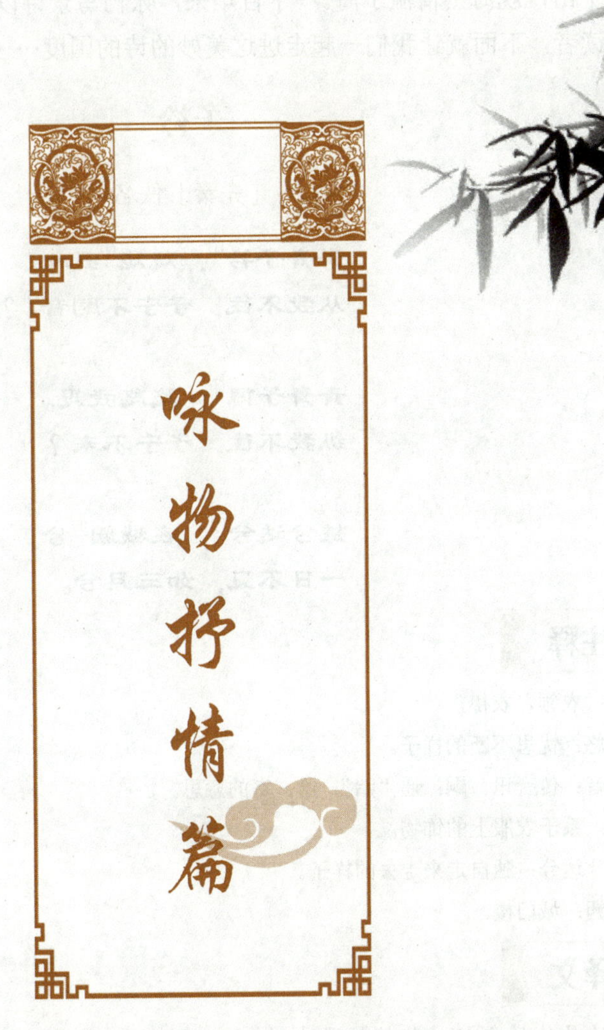

咏物抒情篇

在我国浩瀚的诗词海洋中，文人们借助景物创设了一个个美妙的意境，为我们留下了许多文质兼美的佳作。写景咏物诗是一种以客观世界中的具体事物为描写对象的诗体，它将作者要表达的思想感情寄寓在对物的描写中。内容上以某一物为描写对象，抓住其某些特征（形态、色泽、所处环境等）着意描摹，追求“形似”。思想上往往是托物言志，由物到人，由实到虚，写出物的精神品格，追求“神似”。正如刘勰《文心雕龙》中所说：“登山则情满于山，观海则情溢于海。”千百年来，咏物写景诗以其独特的艺术魅力感染和倾倒了无数读者，下面就让我们一起走进这美妙的诗的国度……

子衿

［先秦］佚名

青青子衿[①]，悠悠[②]我心。
纵我不往，子宁不嗣音[③]？

青青子佩[④]，悠悠我思。
纵我不往，子宁不来？

挑兮达兮[⑤]，在城阙[⑥]兮。
一日不见，如三月兮。

注释

① 衿：衣领，衣襟。
② 悠悠：忧思不断的样子。
③ 嗣音：传音讯。嗣：通“贻”，给、寄的意思。
④ 佩：系于衣服上的饰物。
⑤ 挑兮达兮：独自走来走去的样子。
⑥ 城阙：城门楼。

译文

青青的是你的衣领，悠悠的是我的心境。
纵然我不曾去会你，难道你就此断音信？

青青的是你的佩带，悠悠的是我的情怀。
纵然我不曾去会你，难道你不能主动来？

来来往往张眼望啊，在这高高城楼上啊。

一天不见你的面啊，好像已有三月长啊！

赏析

这首诗写一个女子在城楼上等候她的恋人。全诗三章，采用倒叙手法。前两章以“我”的口气自述怀人。“青青子衿”“青青子佩”，是以恋人的衣饰借代恋人。对方的衣饰给她留下这么深刻的印象，使她念念不忘，可想见其相思萦怀之情。如今因受阻不能前去赴约，只好等恋人过来相会，可望穿秋水，不见影儿，浓浓的爱意不由转化为惆怅与幽怨：纵然我没有去找你，你为何就不能捎个音信？纵然我没有去找你，你为何就不能主动前来？

第三章点明地点，写她在城楼上因久候恋人不至而心烦意乱，来来回回地走个不停，觉得虽然只有一天不见面，却好像分别了三个月那么漫长。全诗五十字不到，但女主人公等待恋人时的焦灼万分的情状宛然如在目前。这种艺术效果的获得，在于诗人在创作中运用了大量的心理描写。诗中表现这个女子的动作行为仅用“挑”“达”二字，主要笔墨都用在刻画她的心理活动上，如前两章对恋人既全无音信、又不见影儿的埋怨，末章“一日不见，如三月兮”的独白。两段埋怨之辞，以“纵我”与“子宁”对举，急盼之情中不无矜持之态，令人生出无限想象，可谓字少而意多。末尾的内心独白，则通过夸张的修辞技巧，造成主观时间与客观时间的反差，从而将其强烈的情绪心理形象地表现了出来。

知识链接

“破镜重圆”的故事出自唐人孟棨所著《本事诗·情感第一》：南朝最末的一位皇帝陈后主陈叔宝有一个妹妹，被封为乐昌公主，是当时有名的才女兼美女，声名远播，她选择夫婿也自有眼光，不恋侯门贵族，独重诗文才识，由自己做主下嫁太子舍人徐德言为妻。

陈将亡国之际，徐德言将一面铜镜破为两半，自己留一半，另一半给妻子，作为日后重见的凭证，并与妻子约定，万一两人失散，就用破镜来互相寻找，镜子重圆日，就是夫妻团圆时。徐德言说：“你以后每年正月十五那天在市上卖这半面镜子，如果我还活着，我也在这天来找你。”

不久后，隋大将杨素率军灭了南陈，乐昌公主也成为他的宠姬。但乐昌公主郁郁寡欢，日日夜夜都在思念着徐德言。每到正月十五元宵佳节，乐昌公主便私下命老仆拿着自己一直珍藏在身边的半块铜镜沿街叫卖。

徐德言颠沛流离，几年后慢慢地流浪到京城长安。又逢正月十五这天，看到有人正在高价叫卖半面镜子，徐德言拿出自己保存的半面镜子，两下一合，果然破镜重圆。一问之下，才知道妻子已沦为权倾朝野的越国公的爱妾，徐德言的心不禁冷了半截，但他还不死心，便在镜面上写了一首五言诗：“镜与人俱去，镜归人未归！无复嫦娥影，空留明月辉！”

老仆回去后诉说了事情经过，乐昌公主知是徐德言，待看到诗后，心中无限悲痛，泪水整天挂在脸上。杨素见状，觉得非常奇怪，便向乐昌公主询问缘故。乐昌公主将夫妻情事据实以告，杨素深为感动，就派人召见徐德言，在府上设宴款待，庆贺他们夫妻破镜重圆。此时的徐德言已是鬓生白发，憔悴落魄，恰似两世为人。夫妻重逢，恍如梦境，但乐昌公主已为他人妇，诸多言语不知从何说起。席间乐昌公主悲喜交集，因即席赋诗曰："今日何迁次，新官对旧官。笑啼俱不敢，方验做人难。"在座的人无不感叹嘘唏。

杨素更是感动不已，索性好人做到底，第二天，便送乐昌公主回到徐德言身边，还赠送了一大笔钱财。后来徐德言与乐昌公主回到了江南，二人相偕到老。

学思践悟

1. 破镜重圆：比喻夫妻失散或决裂后重新团聚与和好。
2. "问世间情为何物，直教人生死相许"是谁的诗句？

题都城南庄

［唐］崔护

去年今日此门中，人面桃花相映红。
人面不知何处去，桃花依旧笑春风。

作者简介

崔护，唐诗人。字殷功，博陵（今河北定州）人。贞元十二年（796）登第（进士及第）。《全唐诗》存诗六首，皆是佳作，尤以《题都城南庄》流传最广，脍炙人口，有目共赏。

赏析

三月桃花盛放时节，崔护游历到了城南门外，看到了一位名叫绛娘的少女，只见她骨骼清奇、神韵自然天成，与盛开着的桃花相映生辉，一时心荡；绛娘也对崔护心生爱意。后来，因为崔护要赴朋友之约就匆匆和绛娘告别。

第二年，崔护又来到此地寻找绛娘时，再无音讯，询问了别人，崔护才知道绛娘因为思念他成疾，在崔护走后不久便死去了。崔护一时感慨万分，提笔写了这首流传千古的《题都城南庄》。

学思践悟

此诗及其本事很有传奇色彩，欧阳予倩先生曾就这个故事写了一出京剧《人面桃花》。这首诗流传甚广，而且在以后的诗词中也累见其痕迹。比如，"落花犹在，香屏空掩，人面知何处？”（晏几道《御街行》）再如，“纵收香藏镜，他年重到，人面桃花在否？”（袁去华《瑞鹤仙》）。从这些作品也可以看出它对后世文学创作的影响。后来人们用“人面桃花”形容女子的面容与桃花相辉映，后用于泛指所爱慕而不能再见的女子，也形容由此而产生的怅惘心情。

叹花

［唐］杜牧

自是[①]寻春去校[②]迟，不须惆怅怨芳时。
狂风[③]落尽深红色[④]，绿叶成阴子满枝[⑤]。

注释

① 自是：都怪自己。
② 校：即“较”，比较。
③ 狂风：指代无情的岁月，人事的变迁。
④ 深红色：借指鲜花。
⑤ 子满枝：双关语。既是说花落结子，也暗指当年的妙龄少女如今已结婚生子。

赏析

杜牧早年游历江南，曾见到一个十几岁的绝色女子，惊为天人，于是毛遂自荐，与少女的母亲约定，让少女等自己十年再嫁。然人世间，世事茫茫难自料，十四年后杜牧官居湖州刺史，本拟抱得美人归。

但再度前去时，少女已经出嫁，且有两个儿子了。杜牧嗔怪，但是女子的母亲用十年之约相对，杜牧默然怅然，写下这首诗。

全诗围绕“叹”字着笔。前两句是自叹自解，抒写自己寻春赏花去迟了，以至于春尽花谢，错失了美好的时机。后两句写自然界的风风雨雨使鲜花凋零，红芳褪尽，绿叶成荫，结子满枝，果实累累，春天已经过去了。似乎只是纯客观地写花树的自然变化，其实蕴含着诗人深深惋惜的感情。

学思践悟

1. 从这首小诗中，我们可以体会一种很深的哲理意蕴。机遇的稍纵即逝固然增加了人们把握它的难度，但这并不意味着机遇本身的不可把握或不存在。相反，它启示人们：应该学会准确地抓住现在，抓住一切可能的机遇，并且加倍地珍惜这种机遇。

2.《叹花》还有另一个版本：自恨寻芳到已迟，往年曾见未开时。如今风摆花狼藉，绿叶成荫子满枝！

杂诗三首（其二）

［唐］王维

君自故乡来，应知故乡事。
来日绮窗前，寒梅著花未？

赏析

这首诗通篇运用借问法，以第一人称叙写。四句都是游子向故乡来人的询问之辞。游子离家日久，不免思家怀内。遇到故乡来人，迫不及待地打听家中事情。他关心的事情一定很多，其中最关心的是他的妻子。但他偏偏不直接问妻子的情况，也不问其他重大的事，却问起窗前的那株寒梅开花了没有，似乎不可思议。细细品味，这一问，确如前人所说，问得“淡绝妙绝”。窗前着一“绮”字，则窗中之人，必是游子魂牵梦绕的佳人爱妻。而这株亭亭玉立于绮窗前的“寒梅”，更耐人寻味。它或许是爱妻亲手栽植，或许倾听过他们夫妻二人的山盟海誓，总之，是他们爱情的见证或象征。因此，游子对它有着深刻的印象和特别的感情。他不直接说思念故乡、亲人，而对寒梅开花没有这一微小的却又牵动着他情怀的事物表示关切，从而把对故乡和妻子的思念，对往事的回忆眷恋，表现得格外含蓄、浓烈、深厚。窗前那一树梅花，透露出无限情味，引人生出无穷遐想。

学思践悟

你知道“花中四君子”是哪些吗？

行军九日思长安故园

［唐］岑参

强欲登高去，无人送酒来。
遥怜故园菊，应傍战场开。

作者简介

岑参（约 715—770），唐边塞诗人。南阳人，太宗时功臣岑文本重孙，后徙居江陵，曾官嘉州刺史，世称岑嘉州。

赏析

唐代以九月九日重阳节登高为题材的好诗不少，并且各有特点。岑参的这首五绝，表现的不是一般的节日思乡，而是对国事的忧虑和对战乱中人民疾苦的关切。表面看来写得平直朴素，实际构思精巧，情韵无限，是一首言简意深、耐人寻味的抒情佳作。

这首诗的原注说："时未收长安。"唐天宝十四载（755）安禄山起兵叛乱，次年长安被攻陷。至德二载（757）旧历二月肃宗由彭原行军至凤翔，岑参随行。九月唐军收复长安，诗可能是该年重阳节在凤翔写的。岑参是南阳人，但久居长安，故称长安为"故园"。

古人在九月九日重阳节有登高饮菊花酒的习俗，首句"登高"二字就紧扣题目中的"九日"。劈头一个"强"字，表现了诗人在战乱中的凄清景况。第二句化用陶渊明的典故。据《南史·隐逸传》：陶渊明有一次过重阳节，没有酒喝，就在宅边的菊花丛中独自闷坐了很久。后来正好王弘送酒来了，才醉饮而归。这里反用其意，是说自己虽然也想勉强地按照习俗去登高饮酒，可是在战乱中，没有像王弘那样的人来送酒助兴。此句承前句而来，衔接自然，写得明白如话，使人不觉是用典，达到了前人提出的"用事"的最高要求："用事不使人觉，若胸臆语也。"（邢邵语）正因为此处巧用典故，所以能引起人们种种的联想和猜测：造成"无人送酒来"的原因是什么呢？这里暗寓着题中"行军"的特定环境。

第三句开头一个"遥"字，是渲染自己和故园长安相隔之远，而更见思乡之切。作者写思乡，没有泛泛地写，而是特别强调思念、怜惜长安故园的菊花。这样写，不仅以个别代表一般，以"故园菊"代表整个故园长安，显得形象鲜明，具体可感；而且这是由登高饮酒的叙写自然发展而来的，是由上述陶渊明因无酒而闷坐菊花丛中的典故引出的联想，具有重阳节的节日特色，仍贴题目中的"九日"，又点出"长安故园"，可以说是切时切地、紧扣诗题。诗写到这里为止，还显得比较平淡，然而这样写，却是为了逼出关键的最后一句。这句承接前句，是一种想象之辞。本来，对故园菊花，可以有各种各样的想象，诗人别的不写，只是设想它"应傍战场开"，这样的想象扣住诗题中的"行军"二字，结合安史之乱和长安被陷的时代特点，写得新巧自然，形象真实，使读者仿佛看到了一幅鲜明的战乱图：长安城中战火纷飞，血染天街，断墙残壁间，一丛丛菊花依然寂寞地开放着。此处的想象之辞已经突破了单纯的惜花和思乡，而寄托着诗人对饱经战争忧患的人民的同情，对早日平定安史之乱的渴望。这一结句用的是叙述语言，朴实无华，但是寓巧于朴，余意深长，耐人咀嚼，顿使全诗的思想和艺术境界出现了一个飞跃。

学思践悟

赏析并背诵岑参的《白雪歌送武判官归京》。

秋思

[唐] 张籍

洛阳城里见秋风，欲作家书意万重[①]。
复恐[②]匆匆说不尽，行人[③]临发[④]又开封[⑤]。

注释

① 意万重：极言心思之多。

② 复恐：又恐怕。

③ 行人：指捎信的人。

④ 临发：将出发。

⑤ 开封：拆开已经封好的家书。

赏析

第一句交代“作家书”的原因（“见秋风”），说客居洛阳城，又见秋风。平平叙事，不事渲染。秋风使木叶黄落、百卉凋零，给自然界和人间带来一片秋光秋色、秋容秋态。它无形可见，却处处可见。

第二句正面写“思”字。“欲作家书意万重”，“欲”字紧承“见秋风”。这“欲”字颇可玩味。原来诗人的心情是平静的，像一泓清水。秋风乍起，吹起他感情上的阵阵涟漪。心里涌起千愁万绪，觉得有说不完、写不尽的话需要倾吐，而一时间竟不知从何处说起，也不知如何表达。“意万重”，乃是以虚带实。这家书怎么写呢？写了没有？作者没有明言，让读者去想象。

三、四两句剪取家书就要发出时的一个细节——“复恐匆匆说不尽，行人临发又开封。”诗人既因“意万重”而感到无从下笔，又因时间“匆匆”无暇细加考虑，书成封就之际，似乎已经言尽；但当捎信的行人就要上路的时候，却又生怕信里漏写了什么重要的内容，于是又匆匆拆开信封。“复恐”二字，刻画心理细致入微。这“临发又开封”的行动，与其说是为了添写几句匆匆未说尽的内容，不如说是为了验证一下自己的疑惑和担心。

全诗一气贯成，明白如话。后人每每读到，常有感同身受之叹，所谓人同此心，情同此理。

学思践悟

本诗与柳永“竟无语凝噎”有何异曲同工之处？

节妇吟[①]

［唐］张籍

君知妾[②]有夫，赠妾双明珠。
感君缠绵[③]意，系在红罗襦[④]。
妾家高楼连苑起[⑤]，良人执戟明光里[⑥]。
知君用心如日月[⑦]，事夫誓拟[⑧]同生死。
还君明珠双泪垂，恨不相逢未嫁时。

注释

① 节妇：能守住节操的妇女，特别是对丈夫忠贞的妻子。吟：一种诗体的名称。

② 妾：古代妇女对自己的谦称，这里是诗人的自喻。

③ 缠绵：情意深厚。

④ 罗：一种丝织品，质薄、手感滑爽而透气。襦：短衣、短袄。

⑤ 高楼连苑起：耸立的高楼连接着园林。苑：帝王及贵族游玩和打猎的风景园林。起：矗立着。

⑥ 良人：旧时女人对丈夫的称呼。执戟：指守卫宫殿的门户。戟：一种古代的兵器。明光：汉代宫殿名，这里指皇帝的宫殿。

⑦ 用心：动机目的。如日月：光明磊落的意思。

⑧ 事：服侍、侍奉。拟：打算。

译文

你明知我已经有了丈夫，还偏要送给我一对明珠。
我心中感激你情意缠绵，把明珠系在我红罗短衫。
我家的高楼就连着皇家的花园，我丈夫拿着长戟在皇宫里值班。
虽然知道你是真心朗朗无遮掩，但我已发誓与丈夫生死共患难。
归还你的双明珠我两眼泪涟涟，遗憾没有在我未嫁之前遇到你。

赏析

《节妇吟》，又名《寄东平李司空师道》，是唐代诗人张籍自创的乐府诗。中唐以后，藩镇割据，用各种手段，勾结、拉拢文人和中央官吏。而一些不得意的文人和官吏也往往去依附他们，李师道因为张籍的才名，想要拉拢为己所用，此诗就是张籍回复李师道的书信。

本诗具有双层面的内涵，在文字层面上，它描

写了一位忠于丈夫的妻子，经过思想斗争后终于拒绝了一位多情男子的追求，守住了妇道；在喻义层面上，它表达了作者忠于朝廷、不被藩镇高官拉拢、收买的决心。全诗以比兴手法委婉地表明态度，语言上极富民歌风味，对人物刻画细腻传神，为唐诗中的佳作。

学思践悟

你知道什么是藩镇割据吗？

望江南

［唐］温庭筠

梳洗罢，独倚望江楼。过尽千帆皆不是，
斜晖脉脉水悠悠。肠断白蘋洲。

赏析

起首二句：“梳洗罢，独倚望江楼”，写女主人公早上起来，匆匆梳洗后，独上望江楼，凭窗远眺。若单看“梳洗罢”三字，似乎显得很平淡。然而这三字却有着丰富的内容，给读者留下很大的想象空间。“梳洗”二字，点明时间——早上，并伏笔于下文的“斜晖”二字。紧接着“独倚”二字，反映了女主人公匆匆梳洗完毕，急忙登上楼去，倚窗眺望。这虽是夸张，与生活真实不符，然而它却极有力地刻画出了妇人盼夫归来的急切心情。在这里，特别是这个“独”字，用得很传神。它既无色泽，又无音响，却意味深长。

“过尽千帆皆不是”，此为转折，写思妇希望与失望的交替过程。思妇在“望江楼”上倚窗而立。每当远处现出一艘船影，她就情不自禁地引颈眺望，看遍江上每一艘来往的行船，寻找自己所思念的那个人，但是随着船的渐渐远去，她高涨的希望也渐渐随着船儿的远去变成失望。

“斜晖脉脉水悠悠”，此句承上句，既是写景，也是写情，是一个寓情于景，情景交融的句子。已是夕阳西下，早上满腔的期望都随落日渐渐黯淡。而“水悠悠”，不仅是船去江空，江面一片空茫的景象，更是思妇希望破灭之后的那种空寂、落魄、哀怨的写照。

全词的点题句——“肠断白蘋洲”。寻觅了一天，此时，斜阳西下，船去江空，女主人公愁绪满怀、幽怨绵绵，情不自禁地将目光移到了当年他们分别之处——白蘋洲，想那时，二人海誓山盟，年少情浓，临别时，虽几度“兰舟催发”，然而二人“执手相看泪眼”，不忍离去，而且想起这些，怎不叫她肝肠寸断呢！

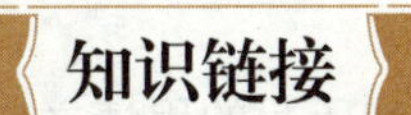

知识链接

温庭筠（？—866），晚唐诗词巨匠。原名岐，字飞卿，唐并州祁人，其少负才华，长于诗赋，每入试，押官韵作赋，凡八叉手而八韵成，无其二也，故称以“温八叉”。其词镂金错彩，秾艳绮丽，细腻婉约，格调高俊而常含悲，风格卓著，后世尊之花间鼻祖。其诗多述闺阁情愁及个人沦落，与李商隐齐名，号“温李”；其词与韦庄齐名，又称“温韦”。然而最能代表他词作成就的是那些清新自然、婉丽省净洗练之词，如本词。整首词几乎全用白描手法，然而却意蕴丰盛，留给读者无限遐思的空间。

学思践悟

《望江南》，又名《忆江南》《梦江南》，是原唐教坊曲名，后用作词牌。据说，它是唐代宰相李德裕为悼念其爱妾谢秋娘所作，因名《谢秋娘》，后白居易依其句格作词三首，但嫌其名不雅，遂改为《忆江南》。

思帝乡·春日游

［唐］韦庄

春日游，杏花吹满头。陌上谁家年少，足风流？

妾拟将身嫁与，一生休。纵被无情弃，不能羞。

作者简介

韦庄（约 836—910），字端己，杜陵（今陕西省西安市附近）人，诗人韦应物的四代孙，曾任前蜀宰相，谥文靖。唐朝花间派词人，词风清丽，有《浣花词》流传。

赏析

这首词毫不掩饰地流露了女子青春的热情，迫切要求恋爱自由。词意质朴大胆，很近民歌。

此词开端之“春日游”三字，表面看来只是极为简单直接的一句叙述而已，然而却为后文所写的感情之浓挚做了很好的准备和渲染。试想“春日”是何等美好的季节，草木之萌发，昆虫之起蛰，一切都表现了一种生命的觉醒与跃动。而“春日”之后更加一“游”字，则此“春游”之人的春心之欲，随春物以共同萌发及跃动可想而知，春游所见之万紫千红、莺飞蝶舞之景象则可以想象了。其后再加“杏花吹满头”一句，则外在之春物与游春之人有了一层直接的关系。

“吹”字虽有花瓣被风吹落的意思，然而在此句中并没有花落春归的哀感，却展现出一种当繁花开到极盛时，同时伴随有花瓣飞舞的缤纷盛美的景象。首二句为以后的感情之引发，培养和渲染了足够的气势，下面“陌上谁家年少，足风流”这个九字长句，因此读

来笔力异常饱满。

韦庄这首小词虽不必有儒家之修养与楚骚之钟爱的用心，然而其所写的用情之态度与殉身之精神，确实可以引发读者深层的感动与丰富的联想。

摊破浣溪沙·手卷真珠上玉钩

［五代］李璟

手卷真珠上玉钩，依前春恨锁重楼。风里落花谁是主？思悠悠。

青鸟不传云外信，丁香空结雨中愁。回首绿波三楚暮，接天流。

作者简介

李璟（916—961），五代十国时期南唐第二位皇帝，943 年嗣位。后因受到后周威胁，削去帝号，改称国主，史称南唐中主。李璟好读书，多才艺。常与韩熙载、冯延巳等饮宴赋诗。奢侈无度，导致政治腐败，国力下降。961 年逝，时年四十七岁。庙号元宗，谥号明道崇德文宣孝皇帝。其诗词被录入《南唐二主词》。

赏析

词的开头“手卷真珠上玉钩，依前春恨锁重楼”二句委婉、细腻，卷帘本欲观省景物，借抒怀抱，而既卷之后，依旧春愁浩荡。可见，“锁”是一种无所不在的心灵桎梏，使人欲销愁而不可得。而“春恨”并不是抽象的，“风里落花谁是主”，风不仅吹落花朵，更将凋零的残红吹得四处飞扬，无处归宿。在这里可以看到的是人的身世飘零、孤独无依。上片结句“思悠悠”，正是因此而思绪萧索，悠然神往。

下片从人事着笔，是对春恨的进一步申说，也是“思悠悠”的直接结果。“青鸟不传云外信，丁香空结雨中愁”，则点出了“春恨”绵绵的缘由所在。此句反用西王母与汉武帝典故。“丁香结”本是丁香的花蕾，取固结难解之意，人多用它比喻相思之愁的郁结不散，李璟的独创就在于将丁香结化入雨中的境界，使象征愁心的喻体丁香花蕾更加凄楚动人，更加令人怜悯。“青鸟”“丁香”二句合看又恰是一联工稳的对仗，一人事，一时景，这律诗般的俊语将思念难解之情写得既空灵透脱又真挚实在。最后以景语作结：“回首绿波三楚暮，接天流”。楚天日暮，长江接天，这样的背景暗示着愁思的深广。“接天流”三个字让人想起“问君能有几多愁，恰似一江春水向东流”。就这一意境而言，李璟、李煜父子是一脉相承的。另外，从整首词来看，末句的境界突然拓展，词中的一腔愁怀置于一个与其身世密切相关的历史地理环境中，与心灵的起伏波动也是密切相合的。

学思践悟

李璟被称为南唐中主，被称为南唐后主的是谁？他们是什么关系？

相见欢·无言独上西楼

［南唐］李煜

无言独上西楼，月如钩。寂寞梧桐深院锁清秋。
剪不断，理还乱，是离愁。别是一番滋味在心头。

作者简介

李煜（937—978），五代十国时南唐国君。字重光，初名从嘉，号钟隐、莲峰居士。彭城（今江苏徐州）人。南唐元宗李璟第六子，于宋建隆二年（961）继位，史称李后主。开宝八年（975），宋军破南唐都城，李煜降宋，被俘至汴京。后因作感怀故国的名词《虞美人》而被宋太宗毒死。李煜虽不通政治，但其艺术才华却卓绝非凡。精书法，善绘画，通音律，诗和文均有一定造诣，尤以词的成就最高，被称为“千古词帝”。

赏析

首句“无言独上西楼”将人物引入画面。“无言”二字活画出词人的愁苦神态，“独上”二字勾勒出作者孤身登楼的身影，孤独的词人默默无语，独自登上西楼。“……月如钩。寂寞梧桐深院锁清秋”，寥寥十二字，形象地描绘出了词人登楼所见之景。仰视天空，缺月如钩。“如钩”不仅写出月形，表明时令，而且意味深长：那如钩的残月经历了无数次的阴晴圆缺，见证了人世间无数的悲欢离合，如今又勾起了词人的离愁别恨。俯视庭院，茂密的梧桐叶已被无情的秋风扫荡殆尽，只剩下光秃秃的树干和几片残叶在秋风中瑟缩，词人不禁“寂寞”情生。然而，“寂寞”的不只是梧桐，即使是凄惨秋色，也要被“锁”于这高墙深院之中。而“锁”住的也不只是这满院秋色，落魄的人、孤寂的心、思乡的情、亡国的恨，都被这高墙深院禁锢起来，此景此情，用一个“愁”字是说不完的。

“剪不断，理还乱，是离愁。”用丝喻愁，新颖而别致。李煜用“丝”来比喻“离愁”，别有一番新意。然而丝长可以剪断，丝乱可以整理，而那千丝万缕的“离愁”却是“剪不断，理还乱”。

末句“别是一番滋味在心头”，紧承上句写出了李煜对愁的体验与感受。以滋味喻愁，而味在酸甜之外，它根植于人的内心深处，是一种独特而真切的感受。“别是”二字极佳，昔日唯我独尊的天子，如今成了阶下囚徒，备受屈辱，遍历愁苦，心头淤积的是思、是苦、是悔、还是恨……词人自己也难以说清，常人更是体会不到。

学思践悟

课下阅读、背诵李煜的5～10首作品，并相互交流心得。

蝶恋花·槛菊愁烟兰泣露

[北宋] 晏殊

槛菊愁烟兰泣露，罗幕轻寒，燕子双飞去。明月不谙离恨苦，斜光到晓穿朱户。

昨夜西风凋碧树，独上高楼，望尽天涯路。欲寄彩笺兼尺素，山长水阔知何处。

赏析

在婉约派词人众多伤离别的词作中，这是一首颇负盛名的词。它不仅具有情致深婉的共同特点，而且在某些方面超越了婉约词。起句“槛菊愁烟兰泣露”，写菊花笼罩着一层轻烟薄雾，这里用“愁烟”“泣露”将它们人格化，将主观感情移于客观景物，透露女主人公自己的哀愁。次句“罗幕轻寒，燕子双飞去”，写新秋清晨，罗幕之间荡漾着一缕轻寒，燕子双双穿过帘幕飞走了。这两句表情非常委婉含蓄。接下来两句“明月不谙离恨苦，斜光到晓穿朱户”，明点“离恨”，情感也从隐微转为强烈。

“昨夜西风凋碧树，独上高楼，望尽天涯路。”过片承上“到晓”，折回写今晨登高望远。“独上”应上“离恨”，反照“双飞”，而“望尽天涯”正从一夜无眠生出。“西风凋碧树”，不仅是登楼所见，而且包含昨夜通宵不寐卧听西风落叶的回忆。碧树因一夜西风而尽凋，足见西风之劲厉肃杀，“凋”字正传出这一自然界的显著变化给予主人公的强烈感受。“独上高楼，望尽天涯路。”这里固然有凭高望远的苍茫之感，也有不见所思的空虚怅惘，但又给主人公一种精神上的满足，使其从狭小的帘幕庭院的忧伤愁闷转向对广远境界的骋望。这三句尽管包含望而不见的伤离意绪，但感情是悲壮的，没有纤柔颓靡的气息；语言也洗净铅华，纯用白描。这三句是此词中流传千古的佳句。

高楼骋望，不见所思，因而想到音书寄远：“欲寄彩笺兼尺素，山长水阔知何处。”两句一纵一收，将主人公音书寄远的强烈愿望与音书无寄的可悲现实对照起来，更加突出了“满目山河空念远”的悲慨，词也就在这渺茫无着落的怅惘中结束。

学思践悟

1．你知道什么是词的豪放派、婉约派吗？

2．王国维的“人生三境界”是什么？

蝶恋花·庭院深深深几许

［北宋］欧阳修

庭院深深深几许？杨柳堆烟，帘幕无重数。玉勒雕鞍游冶[①]处，楼高不见章台路。

雨横风狂三月暮。门掩黄昏，无计留春住。泪眼问花花不语，乱红飞过秋千去。

注释

① 游冶：出游寻乐，特指流连妓馆，追逐声色。

译文

庭院深深，不知有多深；杨柳依依，飞扬起片片烟雾，一重重帘幕不知有多少层。豪华的车马停在贵族公子寻欢作乐的地方，她登楼向远处望去，却看不见那通向章台的大路。春已至暮，三月的雨伴随着狂风大作，即使重门将黄昏景色掩闭，也无法留住春意。泪眼汪汪地问落花可知道我的心意，落花默默不语，纷乱的花瓣飘过院里的秋千架。

赏析

上片开头三句写“庭院深深”的境况，“深几许”于提问中含有怨艾之情，“堆烟”状院中之静，衬人之孤独寡欢，“帘幕无重数”，写闺阁之幽深封闭，“庭院”深深，“帘幕”重重，更兼“杨柳堆烟”，既浓且密——生活在这种内外隔绝的阴森、幽邃的环境中，女主人公身心两方面都受到压抑与禁锢。叠用三个“深”字，写出其遭封锁，形同囚居之苦，不但暗示了女主人公的孤身独处，而且有心事深沉、怨恨莫诉之感。显然，女主人公的物质生活是优裕的。但她精神上的极度苦闷，也是不言自明的。“玉勒雕鞍”以下诸句，逐层深入地展示了现实的凄风苦雨对其芳心的无情蹂躏：情人薄幸，游冶不归，而自己又无可奈何。

下片前三句用狂风暴雨比喻封建礼教的无情，以花被摧残喻自己青春被毁。“门掩黄昏”四句喻韶华空逝，人生易老之痛。结尾二句写女子的痴情与绝望，含蕴丰厚。“泪眼问花”，实即含泪自问。“乱红飞过秋千去”，比语言更清楚地昭示了她面临的命运。“乱红”飞过青春嬉戏之地而飘去、消逝。在泪光莹莹之中，花如人，人如花，最后花、人莫辨，同样难以避免被抛掷遗弃而沦落的命运。“乱红”意象既是写景实摹，又是女子悲剧性命运的象征。真切地表现了生活在幽闭状态下的贵族少妇难以明言的内心隐痛。

学思践悟

你知道唐宋八大家吗？

蝶恋花·春景

[北宋] 苏轼

花褪残红青杏小。燕子飞时，绿水人家绕。
枝上柳绵吹又少，天涯何处无芳草。
墙里秋千墙外道，墙外行人，墙里佳人笑。
笑渐不闻声渐悄，多情却被无情恼。

赏析

本词是伤春之作。苏轼长于豪放，亦擅婉约。本词写春景清新秀丽。同时，景中又有情理，如今我们仍用“何处无芳草（知音）”以自慰自勉。作者的“多情却被无情恼”，也不仅仅局限于对“佳人”的相思。本词下片所写的是一个爱情故事的片段，未必有什么寄托，只是一首很好的婉约词。

上阕描写了一组暮春景色，虽也有些许亮色，但由于缺少了花草，令人感到更多的是衰败和萧索，这正如作者此时的心境。作者被贬谪在外，仕途失意又远离家人，所以他感到孤独惆怅，想寻找一些美好的景物来排解心中的郁闷，谁知佳景难觅，心情更糟。

下阕写人，描述了墙外行人对墙内佳人的眷顾及佳人的淡漠，让行人更加惆怅。在这里，“佳人”即代表上阕作者所追求的“芳草”，“行人”则是词人的化身。词人通过这样一组意象的刻画，表现了其抑郁终不得排解的心绪。

综观全词，词人写了春天的景、春天的人，而后者也可以算是一种特殊的景观。词人意欲奋发有为，但终究未能如愿。全词真实地反映了词人的一段心理历程，意境朦胧，令人回味无穷。

知识链接

据说苏东坡被贬惠州时，宠妾王朝云常常唱这首《蝶恋花》词，为苏轼排解愁闷。每当朝云唱到“枝上柳绵吹又少”时，就难抑惆怅，不胜伤悲，哭而止声。东坡问何因，朝云答：“妾所不能竟（唱完）者，‘天涯何处无芳草’句也。”苏轼大笑：“我正悲秋，而你又开始伤春了！”朝云去世后，苏轼“终生不复听此词”。

学思践悟

你是怎样理解“天涯何处无芳草”的？

卜算子·黄州定慧院寓居作[①]

［北宋］苏轼

缺月挂疏桐，漏断[②]人初静。时见幽[③]人独往来，缥缈孤鸿影。

惊起却回头，有恨无人省[④]。拣尽寒枝不肯栖，寂寞沙洲冷。

注释

① 原题“黄州定惠寺寓居作”。

② 漏：指更漏。漏断：夜深。

③ 幽：幽静、优雅。

④ 省：理解。“无人省”，犹言“无人识”。

赏析

在这首词中，作者借月夜孤鸿这一形象托物寓怀，表达了孤高自许、蔑视流俗的心境。

上阕写的正是深夜院中所见的景色。“缺月挂疏桐，漏断人初静。”营造了一个夜深人静、月挂疏桐的孤寂氛围，为“幽人”“孤鸿”的出场作铺垫。“漏断”即指深夜。夜深人静的时候，苏轼步出庭院，抬头望月，又是一个多么孤寂的夜晚呀！月儿似乎也知趣，从稀疏的桐树间透出清晖，像是挂在枝丫间。这两句渲染出一种孤高初生的境界。接下来的两句，“时见幽人独往来，缥缈孤鸿影。”周围是那么宁静幽寂，在万物入梦的此刻，又有谁像自己这样在月光下孤寂地徘徊，就像是一只孤单飞过天穹的凄凉

的大雁呢？这两句，既是实写，又通过人、鸟形象的对应、嫁接，极富象征意味和诗意之美地强化了“幽人”的超凡脱俗。物我同一，互为补充，使孤独的形象更为具体感人。

下阕更是把鸿与人同写，“惊起却回头，有恨无人省。”这是直写自己孤寂的心境。人孤独的时候，总会四顾，然而找到的却是更多的孤独，“有恨无人省”，有谁能理解自己孤独的心呢？世无知音，孤苦难耐，情何以堪？“拣尽寒枝不肯栖，寂寞沙洲冷。”孤鸿遭遇不幸，心怀幽恨，惊恐不已，在寒枝间飞来飞去，拣尽寒枝不肯栖，只好落宿于寂寞荒冷的沙洲，度过这样寒冷的夜晚。词人以象征手法表达了贬谪黄州时期的孤寂处境和高洁自许、不愿随波逐流的心境。

学思践悟

“问汝平生功业，黄州惠州儋州”，黄州本是苏轼遭贬的地方，为什么诗人念念不忘黄州呢？诗人还有哪些诗文与黄州有关？

鹊桥仙·纤云弄巧

［北宋］秦观

纤云[①]弄巧[②]，飞星[③]传恨，银汉[④]迢迢[⑤]暗度[⑥]。金风玉露[⑦]一相逢，便胜却人间无数。

柔情似水，佳期如梦，忍顾[⑧]鹊桥归路。两情若是久长时，又岂在朝朝暮暮[⑨]！

作者简介

秦观（1049—1100），字太虚，又字少游，别号邗沟居士，世称淮海先生。北宋高邮（今江苏高邮）人，官至太学博士，国史馆编修。秦观一生坎坷，所写诗词，高古沉重，寄托身世，感人至深。

注释

① 纤云：轻盈的云彩。
② 弄巧：指云彩在空中幻化成各种巧妙的花样。
③ 飞星：流星。一说指牵牛、织女二星。
④ 银汉：银河。
⑤ 迢迢：遥远的样子。
⑥ 暗度：悄悄渡过。度：通“渡”。
⑦ 金风玉露：指秋风白露。李商隐《辛未七夕》：“由来碧落银河畔，可要金风玉露时。”
⑧ 忍顾：怎忍回视。
⑨ 朝朝暮暮：指朝夕相聚。

译文

纤薄的云彩在天空中变幻多端，天上的流星传递着相思的愁怨，今夜我悄悄渡过遥远无垠的银河。在秋风白露的七夕相会，就胜过尘世间那些长相厮守却貌合神离的夫妻。共诉相思，柔情似水，短暂的相会如梦如幻，分别之时不忍去看那鹊桥路。只要两情至死不渝，又何必贪求卿卿我我的朝欢暮乐呢。

赏析

这是一首咏七夕节序词。词一开始即写“纤云弄巧”，轻柔多姿的云彩，变化出许多优美巧妙的图案，显示出织女的手艺何其精巧绝伦。可是，这样美好的人儿，却不能与自己心爱的人共同过美好的生活。“飞星传恨”，那些闪亮的星星仿佛都传递着他们的离愁别恨。

“柔情似水”，那两情相会的情意啊，就像悠悠无声的流水，是那样的温柔缠绵。“似水”照应“银汉迢迢”，即景设喻，十分自然。一夕佳期竟然像梦幻一般倏然而逝，才相见又分离，怎不令人心碎！“佳期如梦”，除言相会时间之短，还写出爱侣相会时的复杂心情。“忍顾鹊桥归路”，转写分离，刚刚借以相会的鹊桥，转瞬间又成了和爱人分别的归路。不说不忍离去，却说怎忍看鹊桥归路，婉转语意中，含有无限惜别之情，含有无限辛酸眼泪。 回顾佳期幽会，似真似假，似梦似幻，及至鹊桥言别，恋恋之情，已至于极。词笔至此忽又空际转身，爆发出高亢的音响：“两情若是久长时，又岂在朝朝暮暮！”秦观这两句词揭示了爱情的真谛：爱情要经得起长久分离的考验，只要能彼此真诚相爱，即使终年天各一方，也比朝夕相伴的庸俗情趣可贵得多。

这首词的议论，自由流畅，通俗易懂，却又显得婉约蕴藉，余味无穷。作者将画龙点睛的议论与散文句法与优美的形象、深沉的情感结合起来，起伏跌宕地讴歌了人间美好的爱情，取得了极好的艺术效果。

知识链接

七夕节始终和牛郎织女的传说相联系，这是一个美丽的、千古流传的爱情故事，是中国四大民间爱情传说之一。相传牛郎和织女被银河隔开，只允许每年的农历七月七日相见。为了让牛郎和织女相会，各地的喜鹊就会飞过来用身体紧贴着搭成一座桥，此桥就叫作“鹊桥”。牛郎和织女便在这鹊桥上相会。

卜算子·我住长江头

[北宋] 李之仪

我住长江头，君住长江尾。日日思君不见君，共饮长江水。

此水几时休，此恨何时已。只愿君心似我心，定不负相思意。

赏析

李之仪这首《卜算子》深得民歌的神情风味，明白如话，复叠回环，同时又具有文人词的构思新巧。同住长江边，同饮长江水，却因相隔两地而不能相见，此情如水长流不息，此恨绵绵终无绝期。只能对空遥祝君心永似我心，彼此不负相思情意。语极平常，感情却深沉真挚。设想很别致。

这首词的结尾写出了隔绝中的永恒的爱恋，给人以江水长流人情长的感受。全词以长江水为抒情线索。悠悠长江水，既是双方万里阻隔的天然障碍，又是一脉相通、遥寄情思的天然载体；既是悠悠相思、无穷别恨的触发物与象征，又是双方永恒情意与期待的见证。随着词情的发展，它的作用也不断变化，可谓妙用无穷。

学思践悟

北宋崇宁二年（1103），仕途不顺的李之仪被贬到太平州。祸不单行，先是女儿及儿子相继去世，接着，与他相濡以沫四十年的夫人胡淑修也撒手人寰。事业受到沉重打击，家人连遭不幸，李之仪跌落到了人生的谷底。这时，一位年轻貌美的奇女子出现了，就是当地绝色歌伎杨姝。杨姝是个很有正义感的歌伎。李之仪对她一见倾心，把她当作知音，接连写下几首听她弹琴的词。这年秋天，李之仪携杨姝来到长江边，面对知冷知热的红颜知己，面对滚滚东逝奔流不息的江水，心中涌起万般柔情，写下了这首千古流传的爱情词。

踏莎行·杨柳回塘

[北宋] 贺铸

杨柳回塘①，鸳鸯别浦②，绿萍涨断莲舟路。断无蜂蝶慕幽香，红衣③脱尽芳心④苦。

返照⑤迎潮，行云带雨，依依似与骚人⑥语。当年不肯嫁春风，无端却被秋风误。

作者简介

贺铸（1052—1125），北宋词人。字方回，号庆湖遗老。是唐贺知章后裔。

注释

① 回塘：环曲的水塘。

② 别浦：水流的汊口。

③ 红衣：此指红荷花瓣。

④ 芳心：莲心。

⑤ 返照：夕阳的回光。

⑥ 骚人：诗人。

译文

杨柳围绕着曲折的池塘，偏僻的水渠旁，又厚又密的浮萍挡住了采莲的姑娘。没有蜜蜂和蝴蝶来倾慕我幽幽的芳香。荷花渐渐地衰老，结一颗苦涩的芳心。

潮水带着夕阳，涌进荷塘，行云夹着雨点，无情地打在荷花上。随风摇曳的荷花呀，像是向骚人诉说衷肠：当年不肯在春天开放，如今却无端地在秋风中受尽凄凉。

赏析

此词全篇咏写荷花，借物言情，暗中以荷花自况。诗人咏物，很少止于描写物态，多半有所寄托。因为在生活中，有许多事物可以类比，情感可以相通，人们可以利用联想，由此及彼，发抒文外之意。所以从《诗经》《楚辞》以来，就有比兴的表现方式。词也不例外。

“当年不肯嫁春风，无端却被秋风误。”是点睛之笔，引来了多少文人的唏嘘感慨。作者在词中隐然将荷花比作一位幽静贞洁、身世飘零的女子，借以抒发自己沦落不遇的无奈。

知识链接

此词开头两句写荷花所在之地。“回塘”，位于迂回曲折之处的池塘。“别浦”，不当行路要冲之处的水口。（小水流入大水的地方叫作“浦”。另外的所在谓之“别”，如别墅、别业、别馆）回塘、别浦，在这里事实上是一个地方。荷花在回塘、别浦，就暗示了它处于不容易被人发现，因而也不容易为人爱慕的环境之中。

学思践悟

《诗经》中的比兴手法是什么？

一剪梅·红藕香残玉簟秋

［南宋］李清照

红藕香残玉簟秋。轻解罗裳，独上兰舟。云中谁寄锦书来？雁字回时月满楼。

花自飘零水自流。一种相思，两处闲愁。此情无计可消除，才下眉头，却上心头。

赏析

“红藕香残玉簟秋”，首句词人描述与夫君别后，目睹池塘中的荷花色香俱残，回房倚靠竹席，颇有凉意，原来秋天已至。词人不经意地道出自己滞后的节令意识，实是写出了她自夫君走后，神不守舍，对环境变化浑然不觉的情形。“红藕香残”的意境，“玉簟”的凉意，也衬托出女词人的冷清与孤寂。“轻解罗裳，独上兰舟。”次写在闺中无法排遣愁闷与相思之苦，便出外乘舟解闷。“云中谁寄锦书来？雁字回时，月满西楼。”女词人独坐舟中，多么希望此刻有雁阵南翔，捎回夫君的书信。而“月满西楼”，则当理解为他日夫妻相聚之时，临窗望月，共话彼此相思之情。此句颇有李商隐“何当共剪西窗烛”诗句的意境。另外，“月满”也蕴含夫妻团圆之意。这三句，女词人的思维与想象大大超越现实，与首句恰形成鲜明对照。表明了词人的相思之深。

“花自飘零水自流”，词人的思绪又由想象回到现实，并照映上片首句的句意。眼前的景象是落花飘零，流水自去。由盼望书信的到来，到眼前的抒写流水落花，词人的无可奈何的伤感油然而生，尤其是两个“自”字的运用，更表露了词人对现状的无奈。“一种相思，两处闲愁”，次写词人自己思念丈夫赵明诚，也设想赵明诚同样在思念自己。这样的断语，这样的心有灵犀，是建立在夫妻相知相爱的基础上的。末三句，“此情无计可消除，才下眉头，却上心头。”词人以接近口语的词句，描述自己不仅无法暂时排遣相思之苦，反而陷入更深的思念境地。副词“才”“却”的使用，真切形象地表现了词人无计可消除的相思之情。

知识链接

元伊世珍《琅嬛记》卷中载："易安结婚未久，明诚即负笈远游。易安殊不忍别，觅锦帕书《一剪梅》词以送之。"以词来抒写相思之情，这并不是什么新鲜的题材，但李清照这首《一剪梅》以其清新的格调，女性特有的沉挚情感，丝毫"不落俗套"的表现方式，给人以美的享受，越发显得难能可贵。

学思践悟

李清照写"愁"的诗句很多，课下收集、背诵。

声声慢·寻寻觅觅

［南宋］李清照

寻寻觅觅[1]，冷冷清清，凄凄惨惨戚戚[2]。乍暖还寒[3]时候，最难将息[4]。三杯两盏淡酒，怎敌[5]他，晚来风急！雁过也，正伤心，却是旧时相识[6]。

满地黄花堆积，憔悴损，如今有谁堪摘[7]？守着窗儿，独自怎生得黑！梧桐更兼细雨，到黄昏，点点滴滴。这次第[8]，怎一个，愁字了得[9]！

注释

① 寻寻觅觅：六神无主，像丢失什么东西似的。

② 戚戚：忧愁苦恼。

③ 乍暖还寒：忽暖忽寒。

④ 将息：调养休息。

⑤ 敌：抵挡。

⑥ 旧时相识：意思是这雁原来给她传过书信。

⑦ 堪摘：忍心采摘。

⑧ 这次第：这一连串的情况。

⑨ 了得：说得尽。

赏析

全词除首尾直抒情怀外，中间层层渲染愁情，景愁，人更愁，愁恨弥深，幽怨无穷。

本词上片围绕主人公的愁绪层层写来，景越写越悲，愁越写越浓。七组叠字，创意出奇，如大珠小珠落玉盘。"寻寻觅觅"写她若有所失、似有所寻的神情；"冷冷清清"写环境的清冷，亦可看出她的孤独寂寞；"凄凄惨惨戚戚"写她内心

无比凄楚与愁苦，是前两句的感情凝聚。“乍暖”两句，紧扣秋天的气候特征，天气不适是主人公对天气之怨。“三杯”两句写她欲借酒消愁而酒淡风急，无济于事，愁反而更浓。雁儿飞过却是旧时相识，物是人非，更增添一层浓厚的悲伤，读起来深婉感人。

下片继续写秋景，“满地黄花堆积”，无人有心情去摘。“守着窗儿”句，表明主人公对眼前的一切毫无兴趣，度日如年，盼白天早早过去，可到了黄昏，秋雨梧桐却“点点滴滴”，把悠悠愁情渲染得更为浓重，“这次第，怎一个愁字了得！”终于从心底里迸发出这个“愁”字来，愁到高潮，悲苦伤感到极点。由此可见，她的愁恨弥深，幽怨无穷。

知识链接

李清照（1084—1151），宋女词人。号易安居士。李清照的创作分为两个阶段。早年，她家境优裕、婚姻幸福美满。词作大多抒发真挚、清新的情感。随着金兵侵入、北宋灭亡，李清照仓皇南渡，饱受磨难，遭逢国破家亡、丈夫去世的打击，这使她后来的诗、词忧国伤时，慷慨悲凉，形成独特的风格，名曰“易安体”。有《漱玉词》流传至今。

学思践悟

和李清照同为婉约派代表词人的还有谁？

钗头凤·红酥手

［南宋］陆游

红酥手，黄縢酒，满城春色宫墙柳。东风恶，欢情薄。一怀愁绪，几年离索。错、错、错！

春如旧，人空瘦，泪痕红浥鲛绡透。桃花落，闲池阁。山盟虽在，锦书难托。莫、莫、莫！

赏析

陆游的原配是母舅唐诚的女儿，名唤唐婉，字蕙仙，文静灵秀，善解人意。他们“伉俪相得”“琴瑟甚和”。但后来陆母对儿媳产生了厌恶感，逼迫陆游休弃唐氏。二人被迫分离，唐氏改嫁同郡赵士程。几年以后的一个春日，陆游在沈园与偕夫同游的唐氏邂逅。唐氏征得丈夫同意，上前为陆游敬酒。陆游见人感事，心中感触很深，遂乘醉吟赋这首词，信笔题于园壁之上。

词的上片通过追忆往昔美满的爱情生活，感叹被迫离异的痛苦，分两层意思。

开头三句为上片的第一层，回忆往昔与唐氏偕游沈园时的美好情景，“红酥手”写出了唐氏为词人殷勤把盏时的美丽姿态，形象地表现出昔日这对恩爱夫妻生活的美满与幸福。第三句点明了他们是在共赏春色。

“东风恶”几句为第二层，写词人被迫与唐氏离异后的痛苦心情。“东风恶”三字，一语双关，意蕴丰富。东风既可以使大地复苏，给万物带来勃勃的生机，也会狂风大作破坏春容春态。下片所云“桃花落，闲池阁”，就正是它狂吹乱扫所带来的严重后果，因此说它“恶”。至于陆母是否也包含在内，不便明言，而又不能不言，只能含蓄表达。“欢情薄。一怀愁绪，几年离索。”美满姻缘被迫拆散，恩爱夫妻被迫分离，几年来的离别生活带给他们的只是满怀愁怨。“错、错、错”，一连三个“错”字，连迸而出，感情极为沉痛。

词的下片，由感慨往事回到现实，进一步抒写夫妻被迫离异的巨大哀痛，也分为两层。头三句为第一层，写沈园重逢时唐氏的表现。“春如旧”承上片“满城春色”句而来，依然是从前那样的春日，但是，唐氏却今非昔比了。经过“东风”的无情摧残，憔悴了，消瘦了。“泪痕”句进一步表现出此次相逢唐氏的心情状态。一个“透”字，不仅见其流泪之多，亦见其伤心之甚。

词的最后几句，是下片的第二层，写词人与唐氏相遇以后的痛苦心情。“桃花落”两句与上片的“东风恶”句前后照应，像桃花一样美丽姣好的唐氏，不是被无情的“东风”摧残折磨得憔悴消瘦了么？词人自己的心境，不也像“闲池阁”一样凄寂冷落么？下面两句虽只寥寥八字，“山盟虽在，锦书难托。”却很能表现出词人自己内心的痛苦之情。“莫、莫、莫！”事已至此，再也无可补救、无法挽回了，这万千感慨还想它做什么？于是快刀斩乱麻：罢了，罢了，罢了！明明言犹未尽，意犹未了，情犹未终，却偏偏这么不了了之。全词在极其沉痛的喟叹声中结束了。

知识链接

与陆游相遇的第二年春天，怀着一种莫名的憧憬，唐婉再一次来到沈园，徘徊在曲径回廊之间，忽然瞥见陆游的题词。反复吟诵，想起往日二人诗词唱和的情景，不由得泪流满面，心潮起伏，于是和了一阕《钗头凤·世情薄》，题在陆游的词后：

世情薄，人情恶。雨送黄昏花易落。晓风干，泪痕残。欲笺心事，独语斜阑。难、难、难！

人成各，今非昨。病魂常似秋千索。角声寒，夜阑珊。怕人寻问，咽泪装欢。瞒、瞒、瞒！

同年秋，抑郁而终。

丑奴儿·书博山道中壁

[南宋] 辛弃疾

少年不识愁滋味，爱上层楼，爱上层楼，为赋新词强说愁。

而今识尽愁滋味，欲说还休，欲说还休，却道天凉好个秋！

赏析

此词是辛弃疾被弹劾去职、闲居带湖时所作。博山风景优美，作者常到博山游览，却无心赏玩。眼看国事日非，自己无能为力，一腔愁绪无法排遣，遂在博山道中一壁上题了这首词。

上片说，少年时代思想单纯，没有经历过人世艰辛，喜欢登上高楼（层楼），赏玩景致，本来没有愁苦可言，但是“为赋新词”，只好装出一副斯文样子，勉强写一些“愁苦”的字眼应景。生动地写出少年时代纯真幼稚的感情。

下片笔锋一转，写出历尽沧桑，饱尝愁苦滋味之后，思想感情的变化。“识尽愁滋味”概括了作者半生的经历，积极抗金，献谋献策，力主恢复中原，这些主张不仅未被朝廷重视，反而遭受投降派的迫害、打击。“欲说还休”深刻地表现了作者痛苦矛盾的心情，悲愤愁苦溢于言表。“欲说还休”四字重复出现，用叠句的形式渲染了“有苦无处诉”的气氛，加强了艺术效果，作者实在有难言的苦衷啊！怎么办呢？只好顾左右而言他。“却道天凉好个秋”句，意思就是说作者无可奈何，只得回避不谈，说些言不由衷的话聊以应景！

在平易浅近的语句中，表现出作者内心深处的痛楚和矛盾，包含着深沉、忧郁、激愤的感情，意境阔大，内容丰富。

学思践悟

北宋时期诗歌的两大流派是什么？都有哪些代表人物？

青杏儿·风雨替花愁[①]

[金] 赵秉文

风雨替花愁[②]。风雨罢，花也应休[③]。劝君莫惜花前醉，今年花谢，明年花谢，白了人头。

乘兴两三瓯[④]。拣溪山好处追游[⑤]。但教有酒身无事，有花也好，无花也好，选甚春秋。

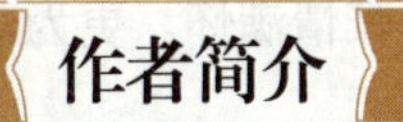

作者简介

赵秉文（1159—1232），金代学者、书法家。字周臣，号闲闲居士，晚年称闲闲老人。能诗文，诗歌多写自然景物，又工草书。

注释

① 此词牌即“摊破南乡子”。双调，六十二字，平韵。又名“似娘儿”“庆灵椿”。“闲得令”之名则因赵秉文有此词而得。

② 此句意为风雨中替花愁，句式倒装。

③ 休：完了，凋落尽。

④ 瓯：瓦制盆盂，此处指大酒碗。

⑤ 追游：追采风景，随逐而游。

译文

当暴风雨袭来的时候，娇嫩的花儿该怎么办呢？它们怎堪风雨的摧残呢？不免替花儿深深地担忧。想来当肆虐的狂风暴雨过后，遍地残红，花期也该过去了吧。花开又花落，使人不由惜花，而那多情善感的赏花人、惜花人，也就在这花飞花谢、春去春来中白了少年头。

乘着良辰美景高兴之际，喝两三盏淡酒，听江山清风，观柳绿花红、莺飞草长，感叹大自然是这样的神奇美妙。只要胸襟豁达，有美酒相伴，无俗事缠身，有花也罢，无花也罢，春天永远常在，春光永远无限！

赏析

首句“风雨替花愁”，语句凝练，一个“替”字，生动地表达出作者对花的关切之情。当暴风雨袭来的时候，娇嫩的花儿该怎么办呢？多情的词人不免“替”花儿深深地担忧。

“风雨里，花也应休”，当肆虐的狂风暴雨过后，遍地残红，花期也该过去了吧？年年岁岁，岁岁年年，时光如流水，莫负春光啊！这也是“劝君莫惜花前醉”的缘故。词的上片写至此处，不由使读者与词人一起生出几许怅惘悲伤之感。

然而，《青杏儿》的作者却不想用更多的悲凉、迟暮感来感染读者。笔调轻轻一转，“乘兴两三瓯”，意境立刻由沉闷、苦恼转向了明彻、欢快。“莫惜”深化为“乘兴”，启示人们要积极开创美好的生活，良辰美景、赏心乐事要尽情享受。大自然是这样的美妙，人们啊，要“拣溪山好处追游”，得欢愉时且欢愉，莫要自寻烦恼。“但教有酒身无事，有花也好，无花也好，选甚春秋。”只要胸襟豁达，有美酒相伴，无俗事缠身，有花也罢，无花也罢，春天永远常在！这是多么豁达的胸襟，多么美好的人生感触，愿每人心中都似春光常驻！

赵秉文的这首《青杏儿》风格清新，语句明白如话，以白描的手法，本色天然，流畅

自然。词的上下片对比鲜明，一路读来，不禁令人心胸豁然开朗、豪情满怀。更为难得的是语言通俗易懂，又不流于俗白，可见作者的确有很高的艺术修养。

[越调] 天净沙·秋

[元] 白朴

孤村落日残霞，轻烟老树寒鸦，一点飞鸿影下。
青山绿水，白草红叶黄花。

作者简介

白朴（1226—约1306），终身未仕。元代著名的文学家、曲作家、杂剧家，与关汉卿、马致远、郑光祖合称为“元曲四大家”。代表作主要有《唐明皇秋夜梧桐雨》《裴少俊墙头马上》《董月英花月东墙记》等。

赏析

白朴这首曲子是以秋景作为写作的题材，通篇全都由一些美丽的自然图景构成。

前二句的“孤村落日残霞，轻烟老树寒鸦”，共用了六个图景：“孤村”“落日”“残霞”“轻烟”“老树”“寒鸦”，其中任何一个图景，都代表着秋日秋景的萧瑟气氛。为了要使这种萧瑟气氛活泼起来，于是作者接下来选用了“一点飞鸿影下”作为上半段的结语。如此一来，原本萧瑟的画面转成了动态之景，寂寞的秋景仿佛也展现了另一种鲜活的生气。最后，为了加强作者心目中秋景是美丽而有韵味的形象，再以“青山绿水，白草红叶黄花”作为曲文的结束语。这两句用了“青”“绿”“白”“红”“黄”五种颜色，而且“白草红叶黄花”交杂在“青山绿水”之中；“青山绿水”是广大的图景，“白草红叶黄花”是细微的图景，如此交杂相错，使原本寂寞萧瑟的秋景，变得五颜六色而多彩多姿。

学思践悟

本曲与马致远的《天净沙·秋思》有何异同？

[双调] 大德歌·冬景

[元] 关汉卿

雪粉华，舞梨花，再不见烟村四五家。密洒堪图画。
看疏林噪晚鸦，黄芦掩映清江下，斜揽着钓鱼艖。

作者简介

关汉卿（约1220—1300），元代杂剧作家。号已斋（一作一斋）、已斋叟。解州人（今山西省运城）。中国古代戏曲创作的代表人物，与马致远、郑光祖、白朴并称为“元曲四大家”。以杂剧的成就最大，一生写了六十多种，今存十八种，被誉“曲家圣人”。

赏析

这首小令，作者通过对冬景的描绘，曲折地表现了元朝文人儒士无限的历世感叹和兴亡之感。

小令前四句写大雪漫天飞舞的迷离景色，说明野外的扑朔迷离，依稀难辨，远景的衬托，同时透视出作者的赞叹之情，境界开阔，层次分明。后三句，精心摄取几个近景：“晚鸦”“黄芦”“钓鱼艖”一目了然，同时层次清楚：岸上、岸边、水中，三层由高及低，层次清晰，形色鲜明。前四句朦胧，后三句明晰，把朦胧的远景和明晰的近景紧密配合，使得整个画面的空间层次鲜明。而近景又分三层，富有空间层次感和画面的立体感；白中有寒鸦，一分荒凉；黄芦掩映，色彩富有质量感，给人温馨；渔舟斜缆，安详静谧，给人以想象。雪过天霁，照样下江捕鱼，表达了作者对安闲稳定的生活的向往和赞美之情。整个画面给人一种寒而不冽、淡而有味之感，是件雅俗共赏的好作品。

学思践悟

1．你知道中国的四大悲剧吗？

2．你知道莎士比亚的四大悲剧吗？

长亭送别·碧云天

［元］王实甫

碧云天，黄花地。西风紧，北雁南飞。晓来谁染霜林醉？总是离人泪。

作者简介

王实甫，生卒年不详，元著名杂剧作家。字德信，定兴（今属河北保定）人。著有杂剧十四种，代表作《西厢记》。

赏析

出自王实甫的《西厢记》。“碧云天”，万里晴空，正是秋高气爽之时。“黄花地”，虽

美犹凄，不禁让人想起李清照的“满地黄花堆积，憔悴损”。“西风紧，北雁南飞”，一个“紧”字点出秋风之急，秋之萧瑟。抬头望去，北雁南迁，此情此景，与人之离去相照应，更是凄凉。大雁秋去春归，人呢？今日一别，又将何日归来？“晓来谁染霜林醉？总是离人泪”，由经霜的红叶这一暮秋之景发出疑问，是谁将这些霜叶染成如此让人迷醉的红色？是悲秋感冬？是相见恨晚？是热泪盈眶？不是，那是离别之人伤感的眼泪！

一个“泪”沟通了情与景的关系，使所有的景物都染上了离别的愁绪。

[双调] 蟾宫曲·春情

[元] 徐再思

平生不会相思，才会相思，便害相思。身似浮云①，心如飞絮，气若游丝。空一缕余香②在此，盼千金游子何之③。证候④来时，正是何时？灯半昏时，月半明时。

作者简介

徐再思，生卒年不详，元代散曲作家。字德可，曾任嘉兴路吏。因喜食甘饴，故号甜斋。浙江嘉兴人。今存所作散曲小令约一百首。作品与当时自号酸斋的贯云石齐名，称为“酸甜乐府”。

注释

① 身似浮云：形容身体虚弱，走路晕晕乎乎、摇摇晃晃，像飘浮的云一样。

② 余香：指情人留下的定情物。

③ 盼千金游子何之：殷勤盼望的情侣到哪里去了。千金游子：远去的情人是富家子弟。何之：往哪里去了。千金：喻珍贵。

④ 证候：即征候，疾病，此处指相思的痛苦。

译文

生平不会相思，才会相思，便害了相思。

身像飘浮的云，心像纷飞的柳絮，气像一缕缕游丝。

空剩下一丝余香留在此，心上人却已不知到哪里去了。

相思病征候的到来，最猛烈的时候是什么时候？是灯光半昏半暗时，是月亮半明半亮时。

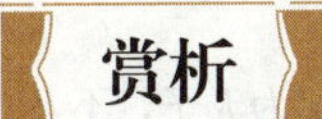

赏析

题目为“春情”，显然是写男女的爱慕之意。“平生不会相思”三句，说明这位少女尚是初恋。情窦初开，才解相思，正切合“春情”的题目。因为是初次尝到爱情的琼浆，所以一旦不见情人，那相思之情便无比深刻和真诚。这三句一气贯注，明白如话，然其中感情的波澜已显然可见。作者连用了三个比喻：“身似浮云”，状其坐卧不宁、游移不定的样子；“心如飞絮”，言其心烦意乱、神志恍惚的心理；“气若游丝”则刻画她相思成疾、气微力弱。少女的痴情与相思的诚笃就通过这三个句子被形象地表现出来了。“空一缕余香在此”，乃是作者的比喻之词，形容少女孤凄的处境。著一“空”字，便曲尽她空房独守、寂寞冷落的情状；“一缕余香”四字，若即若离，似实似虚，暗喻少女的情思飘忽不定而绵绵不绝。至“盼千金游子何之”一句才点破了她愁思的真正原因，原来她心之所系、魂牵梦萦的是一位出游在外的高贵男子。最后四句是一问一答，作为全篇的一个补笔。“证候”是医家用语，犹言病状，因为上文言少女得了相思病，故此处以“证候”指她的多愁善感、入骨相思，也与上文“害”字与“气若游丝”诸句呼应。作者设问：什么时候是少女相思最苦的时刻？便是夜阑灯昏、月色朦胧之时。全曲描写这位年轻女子的相思之情，读来恻恻动人。

木兰词·拟古决绝词柬[1]友

［清］纳兰性德

人生若只如初见，何事秋风悲画扇[2]。
等闲变却故人[3]心，却道故人心易变。
骊山语罢清宵半，泪雨霖铃终不怨[4]。
何如薄幸锦衣郎，比翼连枝当日愿[5]。

注释

① 柬：给……信札。

② 何事秋风悲画扇：用汉朝班婕妤被弃的典故。班婕妤为汉成帝妃，被赵飞燕谗害，退居冷宫，后以秋扇闲置为喻抒发被弃之怨情。南北朝梁刘孝绰《班婕妤怨》诗又点明“妾身似秋扇”，后遂以“秋扇见捐”喻女子被弃。这里是说本应当相亲相爱，但却成了相离相弃。

③ 故人：指情人。

④ 骊山语罢清宵半，泪雨霖铃终不怨：这里借用唐明皇与杨玉环的爱情典故，说即使是最后作决绝

之别，也不生怨。

⑤ 何如薄幸锦衣郎，比翼连枝当日愿：化用唐李商隐《马嵬》诗中“如何四纪为天子，不及卢家有莫愁”之句意。薄幸：薄情。

译文

与意中人相处应当总像刚刚相识的时候，是那样甜蜜，那样温馨，那样深情和快乐。你我本应当相亲相爱，却为何成了今日的相离相弃？如今轻易地变了心，你却反而说情人间就是容易变心。我与你就像唐明皇与杨玉环那样，在长生殿起过生死不相离的誓言，却又最终作决绝之别，即使如此，也不生怨。但你又怎比得上当年的唐明皇呢，他总还是与杨玉环有过比翼鸟、连理枝的誓愿。

赏析

纳兰性德的这首拟作是借用汉唐典故而抒发“闺怨”之情。

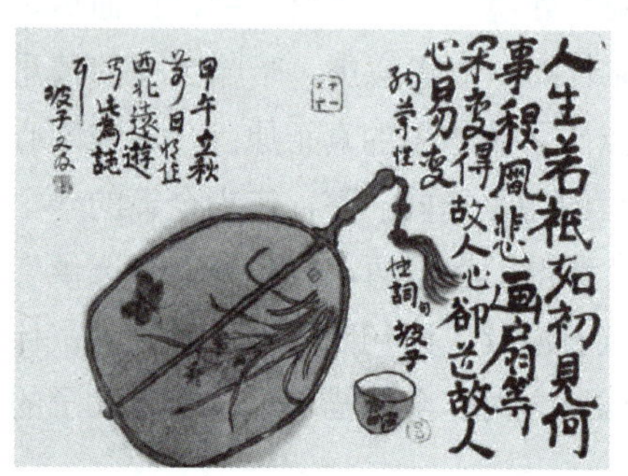

这首词是模拟被抛弃的女性的口吻来写的。第一句“人生若只如初见”是整首词里最平淡、感情最强烈的一句，一段感情，如果在人的心里分量足够重的话，那么无论他以后经历了哪些变故，初见的一刹那，永远是清晰难以忘怀的。

“何事秋风悲画扇”一句用汉朝班婕妤被弃的典故。扇子是夏天用来驱走炎热，到了秋天就没人理睬了，古典诗词多用扇子来比喻被冷落的女性。这里是说本应相亲相爱，但却成了相离相弃。

“等闲变却故人心，却道故人心易变”二句：此词是模拟女性的口吻写的，写出了主人公深深的自责与悔恨。纳兰不是一个负心汉，只是当时十多岁的少年还没能主宰自己的命运。像李隆基这样的大唐皇帝都保不住心爱的恋人，更何况是纳兰。

“骊山语罢清宵半，泪雨霖铃终不怨”二句用唐明皇与杨玉环的爱情典故。说即使是最后作决绝之别，也不生怨。

“何如薄幸锦衣郎，比翼连枝当日愿”二句化用唐李商隐《马嵬》诗句，承接前二句句意，从另一面说明主人公情感之坚贞。

全词以一个女子的口吻，抒写了被丈夫抛弃的幽怨之情。词情哀怨凄婉、屈曲缠绵。“秋风悲画扇”即是悲叹自己遭弃的命运，“骊山”之语暗指原来浓情蜜意的时刻，“泪雨霖铃”写像唐玄宗和杨贵妃那样的亲密爱人也最终肠断马嵬坡，“比翼连枝”句，写曾经的爱情誓言已成为遥远的过去。这“闺怨”的背后，似乎更有着深层的痛楚。有人认为此篇别有隐情，词人是用男女间的爱情为喻，说明与朋友也应该始终如一、生死不渝。

学思践悟

你知道杨玉环与李隆基的故事吗？

咏白海棠六首（其三）

[清] 曹雪芹

秋容浅淡映重门，七节攒成雪满盆。
出浴太真冰作影，捧心西子玉为魂。
晓风不散愁千点，宿雨还添泪一痕。
独倚画栏如有意，清砧怨笛送黄昏。

作者简介

曹雪芹，生卒年不详，清文学家、小说家。名沾，字梦阮，号雪芹，又号芹溪、芹圃。先祖为中原汉人，满洲正白旗包衣出身。爱好研究广泛：金石、诗书、绘画、园林、中医、织补、工艺、饮食等。他出身于一个“百年望族”的大官僚地主家庭，因家庭的衰败饱尝人世辛酸，后以坚韧不拔之毅力，历经多年艰辛创作出极具思想性、艺术性的伟大作品《红楼梦》。

赏析

此为《红楼梦》中贾宝玉的诗，中间二联可以看作对薛宝钗、林黛玉的评价和态度。薛宝钗曾被贾宝玉比喻为杨贵妃，则“冰作影”正写出了服用“冷香丸”的“雪”姑娘其内心冷漠无情恰如“冰”人。“病如西子胜三分”的林黛玉以“玉为魂”，恰说明了宝玉心中的林妹妹纤瑕不染，分外清高。从宝玉对二人截然不同的两种态度可以知道，在宝玉心中，只有黛玉才是志同道合的知心人。“晓风结愁”“宿雨添泪”，表面上是在写海棠，实际却是写黛玉寄人篱下的愁苦心境，以至最终的芳华早逝。“独倚画栏”“清砧怨笛”是写宝玉在黛玉死后的孤苦心境，是对这份凄美爱情的祭奠。

特别值得读者注意的是，这些诗多半都“寄兴寓情”，而作者擅用隐语，往往让诗与人物的情感，故事的背景，甚至是最终的归宿都密切相关。凡此种种，要使每一首诗都多方关合、左右逢源，必须经作者惨淡经营、匠心独运，才能臻于完美的境地。

学思践悟

你看过中国的古典四大名著吗？

蝶恋花·阅尽天涯离别苦

［清］王国维

阅尽天涯离别苦，不道归来，零落花如许。花底相看无一语，绿窗春与天俱莫。

待把相思灯下诉，一缕新欢，旧恨千千缕。最是人间留不住，朱颜辞镜花辞树。

知识链接

王国维（1877—1927），清末秀才。字伯隅、静安，号观堂、永观，浙江海宁盐官镇人。我国近现代在文学、美学、史学、哲学、古文字学、考古学等各方面成就卓著的学术巨子、国学大师。

赏析

“阅尽”三句：我早已历尽天涯离别的痛苦，想不到归来时，却看到百花如此零落的情景。天涯离别之苦，不抵时光流逝之悲。

“花底”二句：我跟她，在花底黯然相看，都无一语。绿窗下的芳春，也与天时同样地迟暮了。“无一语”，益觉悲凉。春暮，日暮，象征着情人们年华迟暮。

“待把”三句：本来准备在夜阑灯下，细诉别后的相思。可是，一点点新的欢娱，又勾起了无穷的旧恨。三句更着力写迟暮的悲感。当日的别离，辜负了大好芳春，这千丝万缕的怨恨是无法消除的。

“最是”二句：在人世间最留不住的，是那在镜中一去不复返的青春和离树飘零的落花。“辞镜”二字新，有点铁成金之妙。两“辞”字重用亦佳。

卜算子·咏梅

毛泽东

风雨送春归，飞雪迎春到。已是悬崖百丈冰，犹有花枝俏。

俏也不争春，只把春来报。待到山花烂漫时，她在丛中笑。

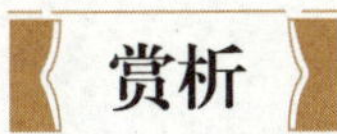

赏析

该词是毛泽东读陆游同题词，反其意而作。

“风雨送春归，飞雪迎春到。”“风雨”“飞雪”点出了四季的变化、时间的更替；“春归”“春到”着眼于事物的运动，既给全篇造成了一种时间的流动感，又为下面写饱历沧桑的雪中之梅做了准备。

“已是悬崖百丈冰”一句，描绘出寒冬中梅花严酷的生存环境。但就在逼人的环境和险恶的氛围中，竟然“犹有花枝俏”。“悬崖”表明险峻，“百丈冰”显示出严寒的酷威，而梅花就在这冰凝百丈、绝壁悬崖上俏丽地开放着，一个“俏”字，不仅描绘出梅花的艳丽形态，更突现了梅花傲岸挺拔、花中豪杰的精神气质，以及不畏严寒的性格特点。

“俏也不争春，只把春来报”，严冬中怒放的梅花，正是报春的最早使者，这种无私无欲的品性，使梅花的形象更为丰满。

最后，作者以“待到山花烂漫时，她在丛中笑”作结，将词的境界推向更高一层。春天来临了，悬崖上终于山花烂漫、一片绚丽。原来一枝独秀、傲然挺拔的梅花，没有丝毫的妒意，却很欣慰安详地隐于烂漫的春色之中。“丛中笑”三字，以传神之笔写出了梅花与山花共享春光的喜悦，特别是“笑”字，写出了梅花的神韵——既谦逊脱俗又豁达大度的精神风采，极大地升华了词的艺术境界。

学思践悟

次年的 12 月，诗人又作《七律·冬云》以言志，你会背诵这首诗吗？两首诗的寓意一样吗？